# 语境诗学的理论构建与当代价值研究

徐　杰◎著

**图书在版编目(CIP)数据**

语境诗学的理论构建与当代价值研究 / 徐杰著. 合肥 ：安徽大学出版社，2025. 1. -- ISBN 978-7-5664-2963-6

Ⅰ. I052

中国国家版本馆 CIP 数据核字第 2024CL8580 号

**语境诗学的理论构建与当代价值研究**

Yujing Shixue De Lilun Goujian Yu Dangdai Jiazhi Yanjiu

徐杰　著

**出版发行**：北京师范大学出版集团
安徽大学出版社
(安徽省合肥市肥西路 3 号 邮编 230039)
www.bnupg.com
www.ahupress.com.cn

**印　　刷**：合肥远东印务有限责任公司
**经　　销**：全国新华书店
**开　　本**：710 mm×1010 mm　1/16
**印　　张**：19.75
**字　　数**：379 千字
**版　　次**：2025 年 1 月第 1 版
**印　　次**：2025 年 1 月第 1 次印刷
**定　　价**：75.00 元

ISBN 978-7-5664-2963-6

**策划编辑**：李　君
**责任编辑**：汪　君
**责任校对**：葛灵知
**装帧设计**：李　军　孟献辉
**美术编辑**：李　军
**责任印制**：陈　如　孟献辉

# 国家社科基金后期资助项目
# 出版说明

后期资助项目是国家社科基金设立的一类重要项目，旨在鼓励广大社科研究者潜心治学，支持基础研究多出优秀成果。它是经过严格评审，从接近完成的科研成果中遴选立项的。为扩大后期资助项目的影响，更好地推动学术发展，促进成果转化，全国哲学社会科学工作办公室按照“统一设计、统一标识、统一版式、形成系列”的总体要求，组织出版国家社科基金后期资助项目成果。

全国哲学社会科学工作办公室

# 目　录

绪言 …… 1

第一章　文艺理论中语境观念和语境理论的知识谱系 …… 17

第一节　20 世纪之前西方文论中的语境观念 …… 17
第二节　20 世纪之前中国文论中的语境观念 …… 28
第三节　文艺人类学中语境理论的知识谱系 …… 40
第四节　语言论文论中语境理论的知识谱系 …… 52

第二章　“语境诗学”的理论构建 …… 67

第一节　“语境诗学”的维度构建 …… 67
第二节　“语境诗学”的范式构建 …… 87
第三节　“语境诗学”的哲学确证 …… 114
第四节　“语境诗学”的理论定位 …… 127

第三章　“语境诗学”对文论核心概念的重塑 …… 140

第一节　“语境诗学”视域下的“文学意义” …… 141
第二节　“语境诗学”视域下的“文学文本” …… 159

第四章　“语境诗学”对文学本质论的新解 …… 175

第一节　从“内在论”走向“语境论” …… 175
第二节　以“语境论”审视文学本质的学理依据 …… 181
第三节　文学本质在“语境诗学”中的三种言说方式 …… 189

第五章　“语境诗学”对文学审美价值论的重释 …… 200

第一节　文学理论偏向与中西哲学思维 …… 200

第二节　文学理论与价值判断 …………………………………… 206
第三节　相对主义还是相对性：文学语境中的审美价值判断…… 209
第四节　价值普遍性：文学语境论的“底层代码”………………… 214
第五节　基因论抑或语境论：价值普遍性背后的人性共通性…… 219

**第六章　“语境诗学”对新世纪文论范式的革新** ……………… 223

第一节　媒介情境与文学审美范式 ……………………………… 224
第二节　媒介间性语境与新媒介文艺的多模态性 ……………… 233
第三节　时空语境与虚拟现实艺术 ……………………………… 242
第四节　身体情境与人工智能文艺状况 ………………………… 255

**结语** ……………………………………………………………… 268

**主要参考文献** …………………………………………………… 277

**后记** ……………………………………………………………… 311

# 绪 言

中国文艺理论界自21世纪以来涌现出许多与“语境”相关的学术动向与学术话题，比如“中国阐释学”“文学地理学”“生活美学”“文化批评”“文学人类学”“文学伦理批评”“生态批评”“情境诗学”“文学言语行为论”“话语批评”“事件理论”“后理论”“跨媒介叙事”“关系主义”和“后经典叙事学”等。这些学术焦点背后存在着一个共同的、不为人注意的“底层代码”——“语境”。参与构建理论的学者们都在自觉不自觉地使用语境观念或语境理论来解释文艺现象。他们抛弃封闭的、纯粹的文学研究方式，主张将文学对象置于文化语境、地方语境、历史语境、个人遭际、媒介语境和地理语境等之中以考察其意义的生成。

在20世纪文论史中，“语境”同样作为一个隐藏的概念存在着。“语境”在胡塞尔那里是“生活世界”，在海德格尔那里是“世界”，在巴赫金那里是“对话”，在福柯那里是“话语”，在布尔迪厄那里是“场域”，在克里斯蒂娃那里是“互文性”，在姚斯那里是“接受者”，在拉图尔那里是“行动者网络”，在新现象学美学那里是“气氛”，在口头诗学那里是“演述”，在审美人类学那里是“地方性”，在生态美学那里是“审美场”，在媒介诗学那里是“媒介域”，等等。一部当代西方文论史，从这个意义上来说，就是对文学“语境”释义嬗变的历史。

从“语境理论”角度审视文艺现象和活动，甚至建构以“语境”为元范畴的“语境诗学”，对于当代文论来说是具有学术意义和学术价值的。然而，由于不同理论流派的理论出发点和思维方式的差异，“语境”概念在历史流变之中逐渐沉积了复杂、分离和悖论涵义。同时，“语境”内涵的差异又涉及“语境”自身的语境，即背后的哲学思想、思维逻辑、伦理道德和社会现实等。因此，通过文论中已有的“语境观念”和“语境理论”构建圆融的、有机的“语境诗学”是一件复杂、艰巨却充满意义的事情。

## 一、研究的目的与意义

“文学语境”是“语境诗学”的逻辑起点，不过在文艺理论之中常常被人误解为一种文学的"背景"。这种"语境背景论"与我们所说的"语境诗学"有着本质的不同。传统的"文学背景"说将"语境"视为一种附属的、可有可无的存在。但是,在"语境诗学"中,"语境"范畴是贯穿整个文学活动、文学维度和文学话语的本体性术语。我们将"语境"作为元范畴来建构适合当代文艺理论的一套言说和话语,并以此角度来理解文学经验和文学现象,审视和丰富文学体系。同时,作为"背景"的语境往往是静态的,与凸显的对象之间少有意义交流;而"语境"不仅参与对象意义的生成,而且随着对象的变化自我动态更新。换言之,"语境诗学"以"语境"作为本体范畴,而以"作者""读者""文本""意义"和"媒介"等某个单独角度为基本范式。从文论中的语境观念、语境理论的梳理到"语境诗学"的提出和建构,其目的是解决文论思潮内外转形成的对立性,弥合西方文论之中基本范畴间的割裂性,转变文论的话语视角,扩展文论研究对象的范围,重新审视诗学理论中的"焦点"之外的"氛围"和"场域"。

第一,语境诗学的提出主要是针对文艺理论界中长期以来存在的形式主义观念。由康德提出的"审美无功利性"观念认为审美与知识、信仰、道德等无关。我们只关心艺术带来的愉悦,而不必知道对象是什么,不用关心它是否有道德,不用在乎是谁出于何种理由创造了它。审美无功利性引出了后来的形式主义,比如克莱夫·贝尔(Clive Bell)的"有意味的形式"、瓦西里·康定斯基(Wassily Kandinsky)的"形式精神"、亨利·福西永(Henri Focillon)的"形式生命"、维克托·什克洛夫斯基(Viktor Shklovsky)的"艺术程序"和罗杰·弗莱(Roger Fry)对形式情感性的强调等。形式主义理论家主张,对诸如颜色、节奏、形态、平衡和比例等直观可感知属性的无利害性领悟,是区分审美经验与其他一切经验的关键所在。然而,这种去语境化的形式美学从未在非欧洲文化中处于主流的地位,比如美洲原住民依然将审美活动与那些具有"利害关系"的功能性物体和事件紧密相连。而在众多的非洲文化中,对物体或事件的"美丽"描述,并不需要刻意区分其"用途为何"与"外观如何"。中国古代文论中的"文以明道""文以载道""文以明理"和"文以贯道"等观念也主张审美与实用性的紧密结合。即便在以欧洲为主导的文化背景下,形式主义在"主流"艺术世界——由专业艺术家、评论家、策展人等构成的圈子——之外,也从未得到完全的接纳或实践。普通民众对美的感知往往受到道德价值观和现实信仰的深刻影响。[①] 语境诗学反对将文学和艺术视为孤立的形式和审美，强调文学审美经验与社会文化语境之间的联系。

第二，“语境诗学”协调和衔接文艺研究中存在的“向内转”和“向外转”的分裂。吴兴明发现在经历了解构主义、后现代主义的“拆解”和“文化诗学”的“扩展”之后，中国文艺理论界出现了一股重建文学理论的思潮，比如阎嘉的《“理论之后”的理论与文学理论》、王一川的《“理论之后”的中国文艺理论》和王宁的《“后理论时代”的理论风云：走向后人文主义》等。这种重建体现着文学理论发展的“正-反-合”规律：当过度“解构”之后，人的内心持有一种对“确定性”的渴望。这种回归既“追求文学理论以文学研究为核心的规范性知识积累”，又“保持对社会现实的开放性和现代性批判的思想力量”。[②] 在此大背景下，笔者期望“语境诗学”的构建可以为解释理论钟摆现象提供一种新的思路。从语境论角度来说，人通过实践将外部自然和社会世界转化为主体的实践活动的条件和环境，于是外在世界在实践中向主体敞开和生成，从而形成人类活动的“世界语境”。同时，“世界语境”与文学语言、文体和审美等形成的“文内语境”，它们是一种内嵌的和共在的绾合关系，并不存在绝对独立的“文内语境”。因此，文学的批评阐释和文学观念的理论反思，应该是有机结合审美和伦理、作品内部和外部的理论活动。“语境诗学”的理论目标之一是将审美经验与日常生活经验光谱式地连接起来。在“语境诗学”中，文内语境、情境语境、世界语境和间性语境之间形成一种全息的、整体的和互渗的混沌关系，其理论基础不再是语言学条分缕析的分析话语，而应该是中国古代文论所秉持的生命性、圆融性和整一性的东方思想。故而，“语境诗学”的构建意味着中西诗学对话的可能性，它将中国传统诗学带向当代诗学的话语体系构建之中。

第三，针对西方文论范式存在的“机械主义”倾向，“语境诗学”试图形成各个基本范畴间的对话和融通。按照艾布拉姆斯《镜与灯》的划分，文学理论涉及四个维度：作品（work）、艺术家（artist）、世界（universe）和读者（audience）。[③] 之后的文艺理论在这四个维度上延伸独属的理论领地，比如结构主义的形式批评、作家导向的精神分析、读者层面的释义研究和世

---

① Marcia Muelder Eaton, “Kantian and contextual beauty,” *The Journal of Aesthetics and Art Criticism* 57.1 (1999): 11-15.

② 吴兴明：《重建意义论的文学理论》，载《文艺研究》，2016年第3期，第6页。

③ M. H. Abrams, *The Mirror and the Lamp: Romantic Theory and the Critical Tradition*. (New York: Oxford University Press, 1971), p. 6.

界维度的文化研究、意识形态批评等。然而，“四分法”以各自为政的方式来肢解文学现象，其本质就是一种静态的、孤立的、要素式的理论建构。事实上，文学活动中四个维度在不同程度上呈现出交织和融合的趋势。作者本身携带的时代文化、作者写作时设想的“理想读者”，隐含读者、空白点、读者的期待视野、读者对作家精神世界的建构，世界作为主体意向性的存在等，这些都折射出维度之间的交融性。条分缕析的诗学要素论无法真实地反映文学的理论状况。文学理论应该处于一种动态的、有机的和整体性的关系中。于是，我们提出一种设想：将“作品-作者-读者-世界”简化为“作品-语境”，因为“语境”包括所有的文学要素及其间的动态关系。值得特别指出的是，“作品-语境”的二元划分依然是语言表达的不彻底性造成的，作品本身是期待被语境充盈的，语境也不是独立于作品而存在的。二者是一张纸的两面，性质是相同的，至少是可以互相同化的。离开“语境”，“作品”只是一本缺失“意义”和“价值”的字典。我们试图在“语境诗学”中用“语境”范畴替代传统的四分法，将“语境”建构为文学理论的“元范畴”。

第四，“语境诗学”转变了文学理论看待文学文本的方式，扩展了文学理论研究对象的范围。传统文学理论默认印刷文学是文学研究的对象。当我们将理论视野从文本转向语境之后，诗学研究便将关注点从静态的印刷文本转向动态的现场演述，从单一媒介文学转向多模态文学，从固态的文学话语转向活态化的文学话语。如果研究视野从熟悉的印刷文学扩展到整个人类文化的源头以及当下的现状时，我们就会发现口头诗学、文字诗学和多媒介诗学等才是文学理论的真实面貌。印刷文学形成的话语是一种视觉的、静态的、封闭的诗学话语，而口头诗学和多媒介诗学则是将听觉、身体、气氛等情境要素囊括其中的文学形态。故而，从文本走向语境才能还原文学理论应有的真正面向，才能解决当下新媒介诗学构建的理论基石的问题。与此同时，“语境诗学”重构了文学研究的范围。传统文艺理论所探讨的对象主要是文学史上经典的作家作品，这些作品往往以“古雅”“意境”“气象”等作为自身的审美标准。然而，文学史中还存在大量衬托经典作家作品的“绿叶”，比如追求“日常生活化”“地域化”和“私人化”的近世诗歌。这些诗歌未被视为“经国之大业，不朽之盛事”，故而一直以来未被重视和研究。在此文学研究状况之上，张剑提出“情境诗学”，即从心灵史和生活史角度重新定位诗歌的诗学。[1] 如果将“情境诗学”纳入“语境诗学”中，我们会发现曾经作为语境性存在的、非中心的文学作品逐渐成为关注的焦点，比如当代的地域文学研究、口头文学研究、底层文学研究、民族文学研究、网络文学研究等。

第五，“语境诗学”转变了审视文学的角度和重心。文学作品除传达文学意义外，还会为营造某种模糊的氛围，比如意犹未尽之感、妙不可言的体会、隐晦隐喻、“意境”、“神韵”，等等。对于超出文学意义之外的某种整体性的体验，鲜有理论对其进行深入概括和研究，“语境诗学”便试图填补这一理论遗憾。“语境诗学”更多关注文学的不在场性、不可言说性和非语言性等。于是，我们将“文学”视为动词意义上的“写作”，而非名词意义上的“作品”。“写作”在文学理论体系之中呈现出不可传承的属性，其根源在于作为艺术和技术的混合，它具有不可言说的默会性。当“文学”不再被视为一个客观对象，而被看作一种行为技术时，我们既有的文学知识便失效了。因为我们的理论关注点不是可以被言说的对象，而是不可言说的默会知识。“语境诗学”将文学从焦点觉知带向附带觉知，从实在走向虚在。在这一点上，又将中国传统诗学所追求的虚与实、显与隐、无与有统一的话语体系纳入理论之中，从而构建具有民族性和本土性的中国“语境诗学”。

总的来说，“语境诗学”的理论目的是从“语境”本体论角度审视文学活动和文学现象，建构一套新的范式体系，重新诠释传统文论中的核心概念和理论观点，并参与中国当代文论话语构建中。

## 二、研究的现状与检思

21 世纪以来，对于语境诗学的研究逐渐呈现繁荣兴盛的状态。对文艺“语境”的关注，不再以一种“泛化”的背景进行研究。[2] 当“语境”在哲学之中被视为一种“根隐喻”的本体性之后，文学“语境”就从一种文学解释的“框架”转变成文学理论的视角基点。在这种思维的转变过程之中，对语境诗学的思考愈加深刻和成熟，具体表现为以下几个方面。

第一，研究语境诗学的首要步骤是，对一个内涵混沌或者自明性的概念“语境”进行“分析”：区分和剖析。因而，与文学相关的语境可以分解为什么样类型的语境，展示着文论研究者的理论出发点和立场，也预示着研

---

① 张剑：《宋代文学与文献考论》，杭州：浙江古籍出版社，2022 年，第 104 页。

② 吴昊：《语境是什么》，载《求索》，2007 年第 12 期，189～191 页。

究者对语境理论建构的一种期待。韩加明按照语境与文本远近的关系将语境分为:“文类语境”“作者语境”“文化语境”“历史语境”和“中国语境(读者语境)”。[①] 童庆炳区分了文学语言文本的三层语境:“文内的语境”“‘全人’语境”和“时代文化语境”,文学语言文本的“语义”“意义”和“涵义”必须在这个三层语境之中实现。[②] 余素青将文学话语语境分为:“文学人物的虚构语境”“叙事者-读者间语境”“读者的现实世界语境和作者的信念语境”。[③] 高楠从批评主体性角度将语境构成分为“切身语境”“一般情致语境”“世界语境”和“主题语境”。[④] 杨矗认为文学性是什么的问题与语境相关,文学性在他那里分为三层:外层为语境关联性,中层为诗意对话性,深层为诗性,这三者趋于混融和周期性凸显的状态。[⑤] 申丹和王丽亚从叙事学角度将语境分为“叙事语境”与“社会历史语境”。[⑥] 吴昊在《文学语境意义生成机制研究》中将文学语境按其对象分为:“文本内语境”“文本间性语境”“符号间性语境”和“社会文化语境”,并对四类语境进行详细论证。[⑦] 邓京力考察了怀特新历史主义的历史“语境”思想,反思了三种语境理论:传统史学的语境理论、语境主义的历史语境理论和文本主义的历史语境理论,提出了思想史的语境论研究方向。[⑧] 王大桥提出在文学人类学中的三种“语境主义”方法:“历史语境还原”(顾颉刚“多重证据法”);“文化语境还原”(文学人类学的田野调查);“人类学意义上的还原”(人类共性的文化还原语境)。[⑨] 时胜勋将文学话语语境分为“语言语境”(文内语境、文外语境和互文语境),“非语言语境”,“语言-非语言语境”和“语言(非语言)-权力

---

① 韩加明:《试论语境的范围和作用》,载《杭州大学学报(哲学社会科学版)》,1997 年第 4 期,第 62～63 页。

② 童庆炳:《论文学语言文本的三重语境》,载《陕西师范大学学报(哲学社会科学版)》,2008 年第 5 期,第 9～10 页。

③ 余素青:《文学话语的多语境分析》,载《江西社会科学》,2009 年第 7 期,第 228 页。

④ 高楠:《批评自主性的语境规定》,载《当代作家评论》,2010 年第 2 期,第 131～134 页。

⑤ 杨矗:《文学性新释》,载《上海师范大学学报(哲学社会科学版)》,2010 年第 2 期,第 107 页。

⑥ 申丹、王丽亚:《西方叙事学:经典与后经典》,北京:北京大学出版社,2010 年,第 223 页。

⑦ 吴昊:《文学语境意义生成机制研究》,北京:中国社会科学出版社,2021 年,第 63～65 页。

⑧ 邓京力:《语境与历史之间——作为解释模式与方法论前提的历史语境理论》,载《天津社会科学》,2013 年第 2 期,第 127～134 页。

⑨ 王大桥:《文学人类学的方法论演化及其限度》,载《文艺理论研究》,2014 年第 2 期,第 46 页。

语境”。[①]

第二，通过梳理文艺理论家和文论流派中的语境理论发现，“语境”在不同的理论家思想中有着不同的内涵，其语境的诗学思考甚至还涉及了文论家的哲学思想。朱全国重点研究了新批评流派的语境思想，并进一步延伸到隐喻与语境的关系：话语是否属于隐喻是由语境决定的，并且语境的变化导致隐喻意义的变化。[②] 韩魏和赵晓彬分析了雅可布逊诗学之中文本与语境的矛盾统一关系。[③] 孙超梳理了俄国历史上不同文学批评流派的语境理论，为文艺理论界注入了英语世界之外的语境论文论思想。[④] 李贵苍和李玲梅认为在西方两千多年文学批评的历史中，文学批评从现实语境到作者语境，从作品语境到读者语境，再到现在的文化研究和生态批评，在这个过程中，文学批评向语境批评建构。[⑤] 吴昊研究了“复义”在罗曼·雅各布森(Roman Jakobson)、I. A. 瑞恰兹(I. A. Richards)、威廉·燕卜逊(William Empson)、罗兰·巴特(Roland Barthes)和耶鲁学派等理论家眼中的涵义，并将“复义”作为文学语境的重要组成部分。[⑥] 吴昊还整理了20世纪不同的文论流派中的语境观念，比如路德维希·维特根斯坦(Ludwig Wittgenstein)和米哈伊尔·巴赫金(Mikhail Bakhtin)注重语境的实践性和对话性，汉斯-格奥尔格·伽达默尔(Hans-Georg Gadamer)在阐释层面侧重于语境的时空性，雅各布·韦伯(Jacques Weber)在文学文体层面关注语境的开放性，新历史主义者在文学历史批评层面主张语境的主观性和虚构性，乔纳森·卡勒(Jonathan Culler)和特里·伊格尔顿(Terry Eagleton)在文学本质层面运用语境的无限性。[⑦] 谢龙新在《文学叙事与言语行为》中研究了卡恩斯的叙事语境理论。[⑧]

第三，从根本上思考“语境”的概念内涵是什么，“语境论”之于哲学思

---

① 时胜勋：《文学话语本体论：文学观念、话语分析与中国问题》，载《汉语言文学研究》，2014年第3期，第66～67页。

② 朱全国：《文学隐喻研究》，北京：中国社会科学出版社，2011年，第266～277页。

③ 韩巍、赵晓彬：《雅可布逊诗学视野下的文本-语境关系论》，载《解放军外国语学院学报》，2011年第5期，第113～117页。

④ 孙超：《俄国文艺美学中的“语境”考辨》，载《俄罗斯文艺》，2012年第3期，第67～73页。

⑤ 李贵苍、李玲梅：《语境化：西方文学批评的发展脉络》，载《山东外语教学》，2013年第3期，第82～86页。

⑥ 吴昊：《论文学语境的复义功能》，载《理论界》，2017年第5期，第81～87页。

⑦ 吴昊：《20世纪西方文论中的语境思维变革》，载《湖北社会科学》，2017年第10期，第110～117页。

⑧ 谢龙新：《文学叙事与言语行为》，北京：中国社会科学出版社，2017年，第242～244页。

想又处于什么样的位置。马大康认为文学语境是能产性语境，非科学的限制性语境；文学语境偏重于有机语境，而其“总语境”是变化的；文学虚构性使得文学语境从现实情境中剥离，完成对经验情境的建构。[①] 吴昊对语境的本质进行了认定，认为语境“在本质上是寄生于对象的外在的关联域”，呈现网状关联的结构。[②] 马睿梳理了文学理论在不同语境中的知识状态：作为通识的文学知识；作为学科的文学理论；作为批判理论的文学理论和作为跨学科知识的文学理论。同时追问了一个问题：作为人类认知的基本框架，文学理论的“语境化”和“普适性”应该保持怎样的关系。[③] 胥志强在研究民间文艺过程中发现，民俗学所说的“语境”不是环境，而是一种现象学意义上的“在之中”的“体验情景”，即与主体具有语境关联性的世界，同时文本通过事件性构建了语境。[④]

第四，研究语境与文学基本理论之间的复杂关系。其一，探讨语境论与文艺理论范畴的关系，比如彭文钊认为作为动态过程的语境与中国古代文论核心范畴“意境”有着深刻的和内在的关联。[⑤] 冯黎明借用了英美新批评派的“语境”概念来思考文学话语理论。[⑥] 其二，探讨语境与文学文本之间的关系，比如王杰文认为在不同时间和空间语境中，荷马诗歌的“演述”的意义和功能是不同的：作为一项仪式或一种娱乐。这些语境并非认识论意义上的“生活世界”，因为荷马史诗在文本内部就已经被语境化了。[⑦] 其三，探讨语境叙事学作为后经典叙事学的提出及其交流规律，申丹认为经典叙事学排除了性别、读者和作者等因素，成为超然和非语境的实体，后经典叙事学作为语境叙事学则需要重新思考形式叙事学存在的去语境化问题。[⑧] 申洁玲从霍尔的高低语境交流思想中得到启发，认为叙事

---

① 马大康：《诗性语言研究》，北京：中国社会科学出版社，2005 年，第 117～140 页。

② 吴昊：《语境是什么》，载《求索》，2007 年第 12 期，第 189 页。

③ 马睿：《知识的语境化：观察文学理论的一种方式》，载《社会科学研究》，2011 年第 6 期，第 180～184 页。

④ 胥志强：《语境方法的解释学向度》，载《民俗研究》，2015 年第 5 期，第 28～36 页。

⑤ 彭文钊：《语境及语境对意境的构建与阐释》，载《中国俄语教学》，2000 年第 4 期，第 8～14 页。

⑥ 冯黎明：《论文学话语与语境的关系》，载《文艺研究》，2002 年第 6 期，第 25～31 页。

⑦ 王杰文：《表演研究：口头艺术的诗学与社会学》，北京：学苑出版社，2016 年，第 61～63 页。

⑧ 申丹：《语境叙事学与形式叙事学缘何相互依存》，载《江西社会科学》，2006 年第 10 期，第 39～54 页。

交流是一种低语境交流，它具有延时性、单向性和语境差异性。[①] 其四，探讨语境与文学文体之间的关系。马菊玲和陈玉萍从认知语境角度思考作者在整体语境中选择文体的过程。[②] 其五，李春青和史钰认为传统文论的思维方式是将具体文学现象抽象为概念和逻辑，随着文学研究的对象的不同、言说者身份的变化、元理论的消失和文化研究的围攻，传统文论的理论言说方式已经不适应文学现实，文学理论需要走具体化、历史化和语境化的路子。[③] 其六，章辉从语境主义角度探讨文艺伦理批评，他认为作品的伦理瑕疵可以增加接受者对不道德的理解，同时对作品进行道德批评需要从语境角度审视道德的历史性和相对性。[④]

此外，与语境诗学研究最为切近的是对艺术和美学的语境思考。在国外，艺术人类学者或者审美人类学者是典型的艺术和美学语境论的实践者，他们认为"艺术的起源、艺术和美学中的普遍主义与文化相对主义"都只能通过更宽范围的人类学语境研究来解决。[⑤] 在国内，李国华认为美的本质性、普遍性和多元异质性必须通过引入语境范畴才能得以解决，语境对于美学研究有着独特的意义。[⑥] 向丽思考如何对美学的"中国经验"进行语境研究，从而消除中西误读。[⑦] 孙文刚特别强调美必须被还原到其发生的语境中，这是不同于康德美学和黑格尔美学的全新美学思考方式。[⑧] 王一川更是将"审美语境"作为其美学教程的核心篇章，认为审美沟通只能

---

① 申洁玲：《低语境交流：文学叙事交流新论》，载《外国文学研究》，2018 年第 1 期，第 78～87 页。

② 马菊玲、陈玉萍：《语境与文学文体学》，载《宁夏社会科学》，2011 年第 3 期，第 160～164 页。

③ 李春青、史钰：《徘徊于理论与历史之间——中国当代文学理论研究路径讨论之一》，载《山东师范大学学报(人文社会科学版)》，2012 年第 5 期，第 41～53 页。

④ 章辉：《语境主义与当代西方文艺伦理批评》，载《西北师大学报(社会科学版)》，2020 年第 1 期，第 56～64 页。

⑤ 如范丹姆的论文《审美人类学导论》《恩斯特·格罗塞与审美人类学的诞生》《审美人类学：经验主义、语境主义和跨文化比较——范丹姆教授访谈录》《恩斯特·格罗塞和艺术理论的"人类学方法"》；彼得·麦考密克的论文《明日之美学：再语境化?》将曾经独立出来的美学"再语境化"，延伸到美学之外的相关学科：伦理学或人类学中，重新反思当代审美现象；埃伦·迪萨纳亚克的论文《审美的人》。

⑥ 李国华：《"语境"的介入——略论将语境问题引入美学研究中的可行性》，载《天府新论》，2004 年第 4 期，第 126～128 页。

⑦ 向丽：《语境研究与中国美学的现代建构》，载《民族艺术研究》，2006 年第 6 期，第 4～9 页。

⑧ 孙文刚：《语境中的美：审美人类学的研究路径》，载《中央民族大学学报(哲学社会科学版)》，2015 年第 5 期，第 65～71 页。

发生在语境之中。[①]

从一般艺术理论角度研究语境为语境诗学提供了重要的理论支持。国外理论家偏重于对艺术史中的语境主义者的梳理和反思。比如大卫·E. W. 芬纳(David E. W. Fenner)在《语境中的艺术：理解审美价值》(*Art in Context: Understanding Aesthetic Value*)中认为语境理论主要针对的是审美无利害关系理论、形式主义以及广义上的去语境主义，因而在他眼中，艺术语境理论包括语境如何增强审美体验、语境如何帮助理解艺术本质和语境如何为艺术作品提供道德、伦理、社会或政治维度的阐释等。[②] 国内学者偏向于形而下的语境实践性的探讨。谢嘉幸从阐释学语境角度研究音乐，并建构了音乐意义的三层语境结构。[③] 李波的博士论文专门探讨"审美情境"的理论内涵和构成要素，分析其与审美活动、审美意图和审美判断的关系。[④] 孙晓霞在《艺术语境研究》中建立了一套艺术语境理论体系，并将艺术语境应用在艺术现象的分析上，为艺术阐释和批评提供了一种有效的理论。[⑤] 卢文超发现当代艺术呈现语境化倾向，即以艺术观念取代艺术作品、以艺术体制取代艺术作品和以艺术家生平取代艺术作品。他认为艺术的语境化导致美的消失，艺术品被架空，因此艺术虽然是语境中的艺术，但是语境不能取代艺术。[⑥] 此外，还有一些学者从具体艺术门类的语境性研究来考察，比如谭霈生在《论戏剧性》中对"戏剧情境"的论述、熊晓辉的《音乐人类学的历史语境与理论诉求》、颜勇的《以艺术进化论为名：美术入华语境中的中国画论》、莫合德尔·亚森的《多重语境中新疆美术形态当代阐释模式重构》和易东华的《"文体"语境中的"美术史"》等。

学界关于语境诗学的思考和研究成果丰富。对语境自身概念的思考，从一般定义逐渐有了一种形而上的追求。从历史上的文论家和文论流派的语境思想的梳理中，我们可以看到不同流派的文学语境思想其实差别巨大，有时甚至对语境的理解是完全"错位"的。最为关键的是以语境思想来

---

① 王一川主编：《新编美学教程》，上海：复旦大学出版社，2007年，第157～174页。

② David E. W. Fenner, *Art in Context: Understanding Aesthetic Value*. (Athens: Ohio University Press, 2008), pp. 123-124.

③ 谢嘉幸：《音乐的"语境"——一种音乐解释学的视域》，上海：上海音乐学院出版社，2005年。

④ 李波：《审美情境与美感——美感的人类学分析》，复旦大学博士学位论文，2005年。

⑤ 孙晓霞：《艺术语境研究》，北京：中国社会科学出版社，2013年。

⑥ 卢文超：《是欣赏艺术，还是欣赏语境？——当代艺术的语境化倾向及反思》，载《文艺研究》，2019年第11期，第28～36页。

完成对中国文学理论的思考和构建:对核心范畴的比较,对文学文本、文学文体和文学叙事的建构,以及从传统文论的问题指出现实主义文学理论的“语境论”出路。还有在艺术学和美学领域中,学者们的研究成果丰硕,对于我们的语境诗学研究有着重要的启发意义。

大致的方向虽然明确,但是从细处看仍然混沌一片,这就为我们接下来的理论工作提出了思考和要求:第一,已有的文学语境研究仅仅是在“文学语境”本身概念或者范畴内部进行思考,将语言学和哲学中的语境理论移植到文学理论中。学者们并未研究作为一种理论方法和思维方式的文学语境对于中国当代文学建设的价值和意义。比如从语境论角度审视文学经验、文学本质、文学意义、文学文本、文学创作和阅读等,会看到文学理论的何种“全新面向”?第二,只有极少数相关研究对文学理论流派中的“语境”思想进行系统的梳理,但我们认为精细度还不够,并且主要集中于18世纪到20世纪的西方文论。几乎没有学者对西方古代文论和中国古代文论的语境思想进行梳理,这导致语境理论建构缺乏体系的完整性和阐释的有效性。第三,尚未有研究者对文学语境的内部规律进行理论建构。学者们仅仅将语境分为多种语境,并分析不同层面语境之间的关系。然而,这仅仅是一种表层的、静态的、机械的现象描述。语境本身是有机的、整体的、圆融的和动态的,我们如何为其寻找到深层的理论支撑,这是“语境诗学”构建的重要议题之一。第四,已有的研究只是将“语境”作为文艺理论的重要组成部分,“语境诗学”则试图将“语境”构建为文艺理论的“元范畴”或“元概念”。我们必须从本体意义上思考语境与文学的内在关联性。离开具体语境的文学理论探讨并不能在真正意义上思考文学现象,只是一种对理论永恒性追求的虚妄之说。第五,研究者们没有对“语境诗学”本身进行理论反思:文学语境论在文学理论中到底是怎样的一种理论?“语境诗学”具有怎样的理论品性?等等。总的来说,已有研究带来的价值和存在的不足都为我们的进一步研究提供了参考的基点:“语境诗学”的构建需要从哪些角度入手、拓展和深入。

## 三、术语解释和整体框架

针对已有研究尚未完成的理论建构,“语境诗学”试图从更宏阔的谱系梳理和根本的理论定位来展开。“语境诗学”的构建是建立在文艺理论中的“语境观念”和“语境理论”的知识谱系之上的。对“语境意识”“语境观念”“语境理论”和“语境诗学”进行术语解释可以避免理解的混乱。

“语境意识”指人们最初思考世间万物时非自觉地使用的关联性思维，比如在对现象的思考时，赫拉克利特所采用的相对性思维和毕达哥拉斯所采用的关系性思维。“语境意识”是“语境观念”初级萌芽阶段的产物或者是广义上的“语境观念”。在古希腊时代，尽管并未明确提出“语境”这一概念，但是人们早已具备了对语境的敏锐意识。例如，亚里士多德所提及的“prepon”和西塞罗所讲的“decorum”，都反映出他们认识到言语和行为应受到适当性原则的指引，即需要根据特定的时间、地点和受众来调整表达的内容和方式。西塞罗在其著作《论义务》(*De officiis*)中特别强调了地点和时间对于表达原则的重要性；而昆蒂利安在《演说家》(*Orator*)中也指出，言语应当“恰当”，即需要“适应主题和听众”。这些论述都表明，古希腊人已经具有了一种对语境的深刻理解和应用。[①]

“语境观念”主要指“语境”概念尚未明确提出之前，人们解释对象时自觉地采用的与整体性、关联性和有机性等相关的概念和命题，比如德尼·狄德罗(Denis Diderot)的“关系论”，孟子的“知人论世”说，刘勰的“附会”说，等等。虽没有明确地使用“语境”概念，但理论家们已经有意识地透过“语境”来审视、分析、解释和批评文艺作品和文艺现象。

“语境理论”主要指勃洛尼斯拉夫·马林诺夫斯基(Bronislaw Malinowski)首先提出“语境”概念之后，人类学、语言学、美学、历史学和科技哲学等学科中涌现的关于“语境”的观点。“语境理论”具有一种“跨学科性”，它超出了人类学或语言学的原初学科的话语，比如民俗学家理查德·鲍曼(Richard Bauman)的“演述情境说”、历史学家昆廷·斯金纳(Quentin Skinner)的“历史语境主义”和科技哲学中的“语境实在论”，等等。在文学人类学、艺术人类学、文学言语行为论、阐释学、接受美学、话语论文论等文艺理论中同样包含着无数的“语境理论”，比如卡尔·马克思(Karl Marx)的“关联语境”和“社会生活”、卡尔·曼海姆(Karl Mannheim)的情境知识、库尔特·勒温(Kurt Lewin)的“场论”、罗宾·乔治·科林伍德(Robin George Collingwood)的“情境”、欧文·戈夫曼(Erving Goffman)的“演述”、威尔弗里德·范丹姆(Wilfried van Damme)的“审美语境主义”、保罗·利科(Paul Ricoeur)的“主体语境”和雅克·德里达(Jacques Derrida)的“无边语境”等。

---

① Peter Burke,“Context in context,” *Common Knowledge* 28.1 (2022): 11-40.

值得注意的是，在我们的论述中，“语境思想”和“语境理论”常常是互用的。从字面上看，“理论”较之“思想”更强调系统性和规律性，然而文艺理论中的“语境思想”和“语境理论”无法泾渭分明地对举区分。

“语境诗学”则是“语境理论”在文艺理论中的呈现、应用和实践。在对无数理论家和流派中的“语境理论”的甄别、筛选、总结和深化的基础之上，体系化、学理化、本体化地建构一套圆融的、有机的“语境诗学”。从“语境诗学”出发重新审视文艺理论中的基本问题，为当代文论建设提供理论启示；同时介入 21 世纪文论的构建并成为 21 世纪文艺批评的基本范畴和全新范式。

为何使用“语境诗学”而非“语境论文论”或“文学语境论”？我们从“诗学”概念的内涵以及“语境诗学”的研究范围来进行解释。按照安托万·孔帕尼翁(Antoine Compagnon)的看法，“诗学”似乎仅仅在强调文学自身的“自为性”、纯粹性或者说审美性。[①] 那“语境诗学”这种提法岂不是自相矛盾？答案是否定的。我们从“诗学”的起源，可以看到“诗”绝对不是“为艺术而艺术”的纯粹性建构，而是与人类原初的生活空间和现实情境合一的存在。“诗学”在中国和西方国家语境之中使用的范围并非原初所指的“诗歌”，还旁及文学其他门类、艺术和美学，比如卡勒的《结构主义诗学》、加斯东·巴什拉(Gaston Bachelard)的《空间的诗学》、海登·怀特(Hayden White)的“历史诗学”。“诗学”作为一个话语，在使用中体现出现代人文学科对“复归艺术的原初语境”的想象。[②] 在谈及“文化诗学”为何可以被视为一种诗学时，张文涛认为“取‘诗学’当初审美与实用未分时学科间的资源能互用时的状态，从中寻找文本在当代发生功能的位置”。[③] 所以，“诗学”并不仅仅是对诗歌(准确地说是“纯诗”状态)研究的理论，也不仅仅是研究诗歌审美性的理论。“诗学”根本的意义是回到诗歌语境中去思考和研究的学问。与此同时，“诗学”含义的模糊性使得它具有更强的学科跨界性。范劲就列举了“诗学”的语用含义：“连接文学和其他学科”的理论；“包容不同的文学理论”；“概括同一艺术家的不同侧面”和“沟通中西方的审美

① [法]安托万·孔帕尼翁著，吴泓缈、汪捷宇译：《理论的幽灵：文学与常识》，南京：南京大学出版社，2017 年，第 37 页。

② 范劲：《从符号到系统：跨文化观察的方法》，上海：复旦大学出版社，2019 年，第 114 页。

③ 张文涛：《“文化诗学”的“诗学”含义》，载《福州大学学报(哲学社会科学版)》，2012 年第 2 期，第 61 页。

观念”。① 因此，对“诗学”名称的考察，为“语境诗学”的跨学科性提供了学理上的合法性。这意味着：其一，“语境诗学”的提法在概念逻辑上是自洽的，不是互相矛盾的；其二，“语境诗学”的内在结构之间，即文学文内语境、情景语境、世界语境和间性语境之间的内在统一具有命名层面上的合法性；其三，在“语境诗学”的论证过程中，语境理论介入艺术美学的研究也同样取得了学理上的合法性。

“语境诗学”是在我们遵循“史”和“论”、“理论”与“实践”相结合的基础上提出和建构的。任何理论都不是无源之水，它都沉淀着文艺理论史中无数理论家、理论流派对该问题的思考和研究。同时，“语境诗学”还重构着传统文艺理论并介入当下的文论实践中。因而，我们从历史逻辑、理论逻辑和实践逻辑维度去思考和构建“语境诗学”。语境观念和语境思想的历史演进是“语境诗学”理论逻辑的基础，而理论逻辑又随着文学实践的变化而不断自我更新。

本书前两章属于总体意义上的“语境诗学”的理论建构。我们从语境观念和语境理论的历时流变和“语境诗学”的共时分析、学理论证两方面建构“语境诗学”的理论体系。

第一章《文艺理论中语境观念和语境理论的知识谱系》。我们考察了20世纪之前西方文论中的语境意识，比如苏格拉底的“情境语境”、亚里士多德的“作品语境”、狄德罗的“关系论”、歌德的“有机论”和丹纳的“自然语境”等。我们接着梳理20世纪之前中国古典文论里包含的语境观念，比如儒家文论中文学艺术与社会政治语境的关系，孔子的“兴、观、群、怨”，孟子的“知人论世”，《乐记》中谈及的“文与政通”；“一代有一代之文学”中涉及的文学与“时代精神语境”的关系；文学艺术的“南北之争”所关涉的风格与地理语境的关系等。由于语境理论直接来源于人类学和话语学，故而从文艺人类学和话语论文论角度梳理其中的语境理论显得尤为重要。文艺人类学特别是口头诗学明确将“语境”作为基本范式。我们接着探讨语言学转向所统摄的各理论流派的语境理论，特别是“‘对话论’文论”“文学言语行为论”和“话语论文论”中的语境思想，比如巴赫金的对话美学、利科的文学事件理论、贝林特的“介入美学”和怀特的“话语理论”等。

第二章《“语境诗学”的理论构建》。这章的目的是在语境观念和语境

① 范劲：《从符号到系统：跨文化观察的方法》，上海：复旦大学出版社，2019年，第115～116页。

思想的历时流变的基础上建构体系完备、内部融洽的“语境诗学”。我们从理论逻辑角度探讨“语境诗学”的理论合法性,建构“语境诗学”的基本维度、基本论域和基本范式,寻找“语境诗学”的哲学确证和话语定位。本章首先以“文学语境”概念的界定为起点建构“语境诗学”的四个内在维度,并以中国古典诗学之中的“文气说”及其背后的“天人合一”观念作为“语境诗学”各个维度相互融通的理论支撑。接着我们从知识论角度将“语境”建构为文艺理论的“元范畴”;从作为媒介的文学角度建构“活态”和“多模态”的语境范式;从作为事件的文学角度建构“事件”和“演述”的语境范式;从作为关联的文学角度建构“关系”与“间性”的语境范式。然后,我们引用赫尔曼·施密茨(Hermann Schmitz)的新现象学为“在场性”语境提供话语支撑,引用中国道家“不在场”思想为语境提供哲学确证。最后,我们为“语境诗学”寻找到话语体系的定位:阐述“语境诗学”与康德的批判哲学、波兰尼的后批判哲学以及后理论诗学之间的内在关联。

本书第三章到第六章属于“‘语境诗学’的当代价值”部分。我们认为通过“语境诗学”可以重塑文论核心概念,带给文学本质论新的思考,重释文学审美价值论,介入新媒介文艺批评。

第三章《“语境诗学”对文论核心概念的重塑》。本章我们从“语境诗学”的角度重新阐释与文学语境密切相关的两个基本概念:“文学意义”和“文学文本”。第一,语境论认为文学意义是在各种关系中生成的,而非内在地固定于文学符号中。文学情境语境和社会文化语境与文学意义、文学意味的分层对应,解决了文学意味的模糊性、不可言说性与文学意义的明晰性、可言说性之间的矛盾。第二,对文本的定性从“物性”的存在走向“事性”的存在,从而纠正文学文本物质化倾向。

第四章《“语境诗学”对文学本质论的新解》。我们认为传统文学本质论建立在“纯文学”观念基础之上,是无法解释“泛文学”现实的。文学本质论将文学的本质视为一种永恒不变的东西,默认了艺术现象和艺术本质具有一个由固定到流动、从深层指向表层的清晰意义结构。“语境诗学”为文学理论提供了“情境”范畴,试图解决当下的诗学困境,认为文学不可能有一种确定的意义解释,更不可能占据稳固的本质等待具象“分有”。文学是有本质的,只不过这种本质并非形而上的、实体性的、“是其所是”的本体性存在,也非“自然本质”和“文本内在物”,而是一种语境性的本质。在“语境诗学”看来,文学本质是一种关系性而非实体性的存在;文学本质是一种动态性的生成过程，而非预成性的静止状态。文学是一种整体的存在，包含了语言文本和非语言情境、在场文本和不在场语境。

第五章《“语境诗学”对文学审美价值论的重释》。我们认为文艺批评是一种审美价值判断行为，判断必然是在“间性”的关系语境中完成的。“语境诗学”视域中的审美并非“相对主义”式的，而仅仅是“相对的”。相对语境反而有助于艺术审美趣味多样性和意义多元化的实现。审美相对性背后是文学的价值普遍性；文学审美表层的差异性来自文学审美价值的“个人偏好”语境和“历史-文化”语境；文学深层的共通性源自“普适性生命诉求”。这又引发了审美的基因决定论与语境决定论的论争。

第六章《“语境诗学”对新世纪文论范式的革新》。我们将“媒介情境”“媒介间性语境”“时空语境”和“身体情境”等范式引入新媒介文艺批评之中。第一，文艺作品之于媒介情境是一种“弱决定性”关系。纸媒的理性化、静默性和孤立性带给纸媒文学以“意味”的追求；新媒体先天带有的碎片化、浅薄化、去真实世界、反精神诉求和媚俗化等特征，使得网络文学倾向于“快感”的追求。第二，新媒体时代，文艺形态呈现“跨艺术”和“跨媒介”的弥散现象。从媒介发展逻辑来说，新媒介文艺实践正在返回“前技术时代”的媒介间性状况中。换句话说，此刻当下的在场性成为新媒介文艺所追求的审美效果，因而沉浸性、全息性、互动性和多感官性的艺术形式成为新媒介文艺实践的趋势。第三，虚拟现实艺术悬置了文艺所依赖的时空语境，使得艺术失去了根本的精神品质。时间和空间以异质性的方式默会地决定着人类艺术的品质。相较于现实空间的粗粝，虚拟空间呈现出平滑性，这使得艺术精神丧失地方性和崇高性；相较于现实时间的有限性，虚拟时间的无限性让艺术失去历史意识和超越精神。第四，人工智能艺术以其算法逻辑挑战着艺术创作的人类主体之审美直觉。我们认为人工智能由于缺乏身体/肉身，故而并不存在审美意识。身体情境的“混沌性”“整体性”和“直觉性”确保了艺术和审美的生成。

# 第一章　文艺理论中语境观念和语境理论的知识谱系

理论的构建离不开对已有观点与思想的吸收借鉴，于是对语境观念和语境理论的知识谱系的梳理成为“语境诗学”构建的理论前提和重要部分。笔者在绪言中明确地提到，“语境观念”以各种形式存在于人类知识中，而“语境”概念则是起源于人类学并发展于语言学中的。因此，对知识谱系的梳理包括20世纪之前中西方文论的“语境观念”（第一节、第二节），“文艺人类学中的语境理论”（第三节）和“语言论文论中的语境理论”（第四节）。前两节的书写考虑的是我们建构的语境“诗学”，故而无法离开文艺理论孤立地谈论语境。同时这并不意味人类学和语言学中的语境理论可以被忽视。恰恰相反，第三节所论及的“口头诗学”“艺术人类学”一方面涉及人类学对语境的探讨，另一方面又与文学艺术紧密关联。第四节所谈到的“对话论”“言语行为论”和“话语论”，其理论来源就是语用学、语言哲学，同时又涉及语言思想在文学中的具体运用。这样的知识谱系梳理紧扣“诗学”学科意识，又不至于遗忘语境理论的源发点。

## 第一节　20世纪之前西方文论中的语境观念

20世纪之前西方文论中的语境观念总体上可以分为：内部维度和外部维度。这种分野在早期古希腊就初具雏形：赫拉克利特以相对性来思考世界，其思维中的语境意识呈现出非均质性；毕达哥拉斯以关系性作为世界本体，其思维中的语境意识则偏向于均质性。前者带来语境的价值判断维度，偏向外部社会；后者形成语境的事实判断维度，偏向内部形式。后人对文学的语境性思考都逃不开这两种路径，只是语境的内涵和基础受其他学科知识的影响发生了理论置换而已。文学的世界语境很大程度上是外决定型的，是由已然存在的社会、历史、文化、政治和物理等种种因素构成的；文学作品内部借由文字图像和声音等媒介为自己生成氛围统一的语境。但是，文学作品并非独立于社会、历史和文化系统之外。庞大的文学体系就是社会-历史的一部分,同时它还创造和生产着文化意义。内部和外部语境有机地关联着。“一个语境就是以特定方式联系起来的一组整体(事物或事件);这些整体都拥有一种特征使得其他一组整体以同样的特征和关联方式出现;并且它们都‘近乎统一’地出现”。[①] 文学内部语境的静态观察召唤着文学外部语境的出场,文学外部语境规约着文学内部语境的动态生成。

## 一、形式与关系:语境内部维度的生成

语境意识发源于哲学家对原子论的逐渐摆脱和超越之中。“关系主义”认为美存在于数与数之间的关系(比例论),推进了早期古希腊哲学家对世界本体的认识。早期古希腊哲学家对世界本质的探究着眼于自然事物自身。不管是米利都学派的泰勒斯,还是毕达哥拉斯学派的毕达哥拉斯、艾菲斯学派的赫拉克利特、爱利亚学派的恩培多克勒和阿那克萨戈拉,他们从某种意义上都认可世界的本质或基础原子是“不可分、不可穿透和单纯的原子”。[②] 毕达哥拉斯学派在弦乐之中发现当琴码置于弦的不同位置发出的音是不同的,优美的旋律则是其背后数的关系,就像罗素所说:“他把世界假想为原子的,把物体假想为是原子按各种不同形式排列起来而构成的分子所形成的。他希望以这种方式使算学成为物理学的以及美学的根本研究对象。”[③]数本身指称或代表的对象毫无意义,意义存在于数与数的关系之间。单个语言单位确实自带意义,但是文艺作品的意义存在于整体之中,存在于基本元素的搭配和关系之中。不是“1+1=2”的叠加关系,而是“1+1>2”的涌现关系。毕达哥拉斯学派认为文艺的本质就在于数与数之间和谐匀称的关系。“没有一门艺术的产生不与比例有关,而比例正是存在于数之中。所以,一切艺术都产生于数”。[④] 同样是“我”“等”“你”“吃”“饭”,五个字不同的排列组合,其含义千差万别。字的意义是固定的,内包于语言千百年的约定俗成之中,可是字构成的句、句构成的段、段构成的章,都会以“意义溢出”的形式反叛着“语言的原子意义”。这种意义的涌现其本质就是作为整体性的语境生成的。

---

① Charles Kay Ogden and Ivor Armstrong Richards, *The Meaning of Meaning*. (New York: Harcourt Brace Jovanovich, Inc., 1923), p. 58.

② [美]梯利著,葛力译:《西方哲学史》,北京:商务印书馆,2015年,第36页。

③ [英]罗素著,何兆武、李约瑟译:《西方哲学史》,北京:商务印书馆,2015年,第43页。

④ 范明生:《古希腊罗马美学》,北京:北京师范大学出版社,2013年,第65页。

偏重于对象内部形式和关系的语境意识在亚里士多德《诗学》中体现得更为体系化。在《诗学》之中，亚里士多德对悲剧的分析完全是从创制性知识的角度，而非理论性知识的角度进行研究，比如探讨“诗艺本身和诗的类型，每种类型的潜力，应如何组织情节才能写出优秀的诗作，诗的组成部分的数量和性质”①等。悲剧内部的各个组成部分和规律成为他分析的核心，语境在亚里士多德看来是文本内部语境。文学自身的内在属性主要来自诗歌反映事物的普遍性和因果性，而非像历史一样记载无必然性的具体事件。亚里士多德认为情节不应该出现这种意外情况，否则是对必然律或可然律的破坏。诗人对作品素材的选择，对作品形式的塑造和加工，使得诗从生活语境中独立出来，形成自身的语境。什么是使作品成为这类艺术的关键，他认为是“媒介”“对象”和“方式”所营造的独有语境。诗人之所以是诗人，并非像柏拉图所说的是作品对理念进行了模仿，而是因为他们都使用了格律文，如节奏、话语、音调的单用或混用。同时，亚里士多德认为文艺作品要产生美，“不仅本体各部分的排列要适当，而且要有一定的、不是得之于偶然的体积，因为美取决于体积和顺序”。② “排列”意味着诗艺中的具体部分是遵从整个作品语境的。作品语境的整一性要求悲剧中所有事件严密绾和为整体，不可以随意挪动或删减；如果可以的话，它就不是整体的一部分。

亚里士多德对作品内部语境的肯定直接影响了贺拉斯。古罗马时期，文艺理论家对具体的诗学技术的要求是以作品语境的协调为标准的，而不是以外在的政治和道德诉求作为标准。贺拉斯认为艺术作品的成功与否并不在于精微的模仿对象，而在于作品内部的有机统合。比如他在谈及艾米留斯学校附近拙劣的铜像工匠时说，他们对铜像细处的雕刻极为精美，但从整体语境角度审视，这些作品往往是失败的。同样在戏剧中，“假如你把新的题材搬上舞台，假如你敢于创造新的人物，那么必须注意从头到尾要一致，不可自相矛盾”。③ 人物性格和行为“一致性”其实就是在凸显作品自身是一个有机语境。同时，文学文类构成自律性的语境，制约着作品遣词造句和风格的选择。使用的词语一定要与文类语境相符合，其使用才

---

① ［古希腊］亚里士多德著，陈中梅译注：《诗学》，北京：商务印书馆，1996年，第27页。

② ［古希腊］亚里士多德著，陈中梅译注：《诗学》，北京：商务印书馆，1996年，第74页。

③ 任甏甫、胡经之主编：《西方文艺理论名著选编（上卷）》，北京：北京大学出版社，1985年，第97～100页。

是纯一的。比如悲剧的文类语境决定了词语的选择必然是与"轻浮"无缘的。

在16世纪和17世纪，意大利语中的"contesto"、法语中的"contexture"、英语中的"context"及德语中的"kontext"等词汇开始出现在书面语言中，并常常用于文本的解读中，尤其是关于《圣经》和亚里士多德著作的诠释。1690年，安托万·弗雷蒂埃(Antoine Furetière)在词典中将"contexture"一词定义为"将文学作品的各个部分联结成一个整体"。威廉·凯夫(William Cave)在其著作中详细阐述了教父作品真伪鉴别规则的第四条，即"作品的风格和整体质地"(stylus totiusque orationis contextus)，这进一步凸显了"语境"在文本解读中的重要地位。①

"生命有机论"和"自然主义"成为文艺复兴甚至启蒙运动时期文艺理论的底层代码。文艺复兴以来的文学理论透露着当时社会对理性和科学的尊崇，自然科技的发达将医学、自然和天文等知识话语融入了诗学话语之中。文艺复兴时代其实是在完成一种整体性的话语转型：从继承到创新，从文献到现实，从观察到实践。比如文艺复兴时期的医学研究偏重的是古代医学文献而非临床或生理学实验。医学人文主义者专注的是对阿拉伯医学的驱逐，并为希腊医学经典著作进行辩护。直到17世纪之后，此种趋势才逐渐让位于解剖学家、生理学家和临床医生。② 这个时期的植物学家同样将目光聚焦于古代植物的图绘，而非自然对象本身。很多学人是人文学者，而非博物学家。③ 如果说文艺复兴是一种从古代到现代的过渡的话，那么启蒙运动则是现代性话语的正式开启。启蒙运动时期，医学的进步成为科技革命的重要信心来源。这一时期医学并不仅仅是处理疾病的学问，而是哲学研究的基础和新哲学话语的标志。狄德罗参与翻译《医学辞典》时就说道："没有当过解剖学家、博物学家、生理学家或医生的人……很难深入地思考形而上学或伦理学问题。"④可以说，医学话语直接影响了文艺话语。"生命有机论"和"自然主义"是这一时期语境理论的表征。

---

① Peter Burke, "Context in context," *Common Knowledge* 28.1 (2022): 11-40.

② [美]乔治·萨顿著，郑诚、郑方磊、袁媛译：《文艺复兴时期的科学观(上)》，上海：上海交通大学出版社，2007年，第115～116页。

③ [美]乔治·萨顿著，郑诚、郑方磊、袁媛译：《文艺复兴时期的科学观(上)》，上海：上海交通大学出版社，2007年，第137页。

④ [美]彼得·盖伊著，王皖强译：《启蒙时代(下)：自由的科学》，上海：上海人民出版社，2016年，第15～16页。

17、18世纪大陆理性主义和英国经验主义的美学家，对于艺术和美的论断都是以协调和统一作为标准的。笛卡尔认为："美不在某一特殊部分的闪烁，而在所有部分总起来看，彼此之间有一种恰到好处的协调和适中，没有一部分突出到压倒其他部分，以至失去其余部分的比例，损害全体结构的完美。"[①]"生命有机论"在牛顿力学的强大攻势之下，逐渐走向"生命物理主义"，物理世界的科学规律也适用于生命现象，甚至心灵内部的现象。当时的代表性著作《人是机器》正体现了这一思想。"自然主义"在这种背景下被召唤出来应对机械主义的哲学，比如布封认为好的文学应该向大自然学习，是内在紧密缩合的。大自然的作品之所以如此完善，"那是因为每一个作品都是一个整体，因为大自然造物都依据一个永恒的计划，从来不离开一步；它不声不响地准备着它的产品的萌芽；它先以单一的动作草创任何一个生物的雏形；然后它以绵续不断的活动，在预定的时间内，发展这雏形，改善这雏形"。[②] 在这一点上人类自身是无法比拟的，人类的精神永远无法和大自然相比，因为我们所有的产品都来自经验和冥想，而这些经验又是在对大自然的模仿中实现的。在自然主义之下，作品与自然的同构关系被提出来，语境与生态的隐喻关系第一次凸显。

在此背景下，作为法国18世纪启蒙运动文艺理论家代表，狄德罗是第一个将"关系"作为艺术哲学"元概念"的理论家。"关系"其实就是"语境"的表现形态。在狄德罗看来，"关系"不是简单的比较概念，而是一种"更具有哲理性，更符合一般的美的概念以及语言和事物的本质"。[③] 关于美的本质和根源，他认为如果只就个人喜欢的品质作为美的特性，便受限于空间和时间的某一点。相反，如果将美归结于对关系的感觉，关于美的观念便是可以跨越时空的。狄德罗的"关系论"将对象内部语境扩展到对象与主体之间的情境语境。他认为关系在美学中存在于两个层面：一个是客观存在的"能够唤起"的美，一个是"已经感觉到的""关系到我的"美。前者

---

① 北京大学哲学系美学教研室编：《西方美学家论美和美感》，北京：商务印书馆，1980年，第80页。

② 任繇甫、胡经之主编：《西方文艺理论名著选编（上卷）》，北京：北京大学出版社，1985年，第216页。

③ ［法］德尼·狄德罗著，张冠尧、桂裕芳译：《狄德罗美学论文选》，北京：人民文学出版社，1984年，第31页。

“我的悟性不往物体里加进任何东西，也不从它那里取走任何东西”[①]；后者相反，我们主动将判断和比较带入物与物的关系之中。“真实的美”是在一种作品内语境中产生的美。孤立地观察一个对象，表面上是切断了关系，实际上是在审视对象的内部组成之间的关系。当说花或鱼是美的时候，意味着我看到的是对象的“秩序、安排、对称、关系”。客观性的美存在于物体身上的内在关系之中，并非主体想象力对对象的虚构性赋予。“相对的美”则是外语境的扩展，从外部要素对作品进行的审美判断可谓千差万别。如果将花或鱼与其他同类联系起来并被言说为美的时候，意味着对象在主体心中唤起的关系的概念最多。外在关系的异质性，而非内在的同质性，故而对“美”效果不同，这便产生“相对的美”。随着美的对象的抽象化或具象化程度的加深，其美丑判断会发生变化。

在狄德罗看来，美诞生于对关系语境的感知。美感的程度生成于作品关系语境的延展性和丰富度中。首先，随着作品关系的扩延，作品意义逐渐充盈而具有美感。这种思维是通过一种不断扩大对象参照语境的方式来进行审美判断的。狄德罗以古罗马时代荷拉士的悲剧为例来阐述此问题。老荷拉士的两个儿子战死，被问及怎么看待仅剩一个儿子的情况时，他说出了“让他死”。如果仅仅是“让他死”，三个字的关系没有美与丑；如果赋予其战争背景，可以引起兴趣；如果“他”指代的是被问者的儿子，唯一的儿子，这句话就成为精妙的话。“美总是随着关系而产生，而增长，而变化，而衰退，而消失”。[②] 与此同时，关系语境的层次越多，美感越强烈。“从单一的关系的感觉得来的美，往往小于从多种关系的感觉得来的美。一张美的面孔或一幅美的图画给人的感受比单纯一种颜色要多，星光闪闪的天空胜过蔚蓝的帷幕，风景胜过空旷的田野，建筑物胜过平平的空地，乐曲胜过单音”。[③] 文学作品的意义被多重关系语境赋予之后，其复杂性和丰富度带来作品美感的立体性。狄德罗的“关系论”是在启蒙运动时期生命有机整体论和自然主义的思想背景下提出的，比如他在论述人面部的器官是否美时说道，天然歪的鼻子其周围器官的畸形弥补了鼻子的畸形，即

---

① [法]德尼·狄德罗著，张冠尧、桂裕芳译：《狄德罗美学论文选》，北京：人民文学出版社，1984年，第25页。

② [法]德尼·狄德罗著，张冠尧、桂裕芳译：《狄德罗美学论文选》，北京：人民文学出版社，1984年，第29页。

③ [法]德尼·狄德罗著，张冠尧、桂裕芳译：《狄德罗美学论文选》，北京：人民文学出版社，1984年，第31页。

它们是“牵一发而动全身”的关系。故而最完美的艺术作品都无法与大自然的创造相比。一个鼻子不单单是孤立存在的，还牵涉周围的生命组织；人工创造的作品永远不及自然生成的作品完美。文艺复兴时期对身体内部生命体内在联系的认识，对应于文学艺术作品内部的内在关联。启蒙运动时期艺术被视为对真正美的扭曲和偏离，这使得文艺作品倾向于走向自身之外的“自然状态”中寻找完美。

作为德国的天才式人物，歌德在论述文艺时依然受到自然主义的影响，认为自然造物远远高于人工创制的作品，美的作品是以自然作品为判定标准的。歌德分析了《拉奥孔》，其文章继承了前人对作品内部语境的思考，认为雕塑作品所呈现的身体也是一个缩合的整体。特别是当他谈及雕塑中父亲被蛇咬的地方时，他认为“咬伤的那个点决定了肢体现在这样的运动，即上半身躲闪，腹部收缩，胸部隆起，肩和头下垂；我甚至觉得，面部一切表情也都是由眼前这一不期而遇的痛苦的刺激而决定的”。[①] 身体的一点刺激而牵动整个全身的动作网络，这其实是从作品内部语境来说明其各要素的内在关联。将这种语境思维扩大，如果整个作品作为一个点，这个点和与其有着隐秘关系的周遭环境之间也存在关系链。生命体的整体性投射和隐喻到整个文化语境中。同时，我们的感官总是在对立面中感觉，比如痛苦消除之后的宁静，有一种令人愉悦的感觉。身体的感知具有在“异质”他者之中产生自我的倾向，这也是语境论的感官隐喻基点。歌德创作了经典的《浮士德》，他对歌剧的理解和批评更有说服力。他认为经典的歌剧自身就是一个小语境（“小世界”），对歌剧的审美判断是按照语境自身的规律和特点来进行的。因而，我们对于艺术作品的欣赏必然是将其视为一个整体，并在此整体语境之中体验到整一有机的美感。艺术自身作为语境是区别于生活语境和自然环境的。雕刻的马不一定必须戴挽具，因为它遵循审美原则而非生活逻辑。艺术遵循美和愉悦的规则，生活强调正确和实用的规则。但是，正确的规则是大自然的外在表征，因为它是根据人们自身的感觉、经验和喜好制定的。“自然变化所依据的规律则要求最严格的内在有机关系”。[②] 歌德清楚艺术与自然各自的界域，在各自语境之

---

① 范大灿编，范大灿、安书祉、黄燎宇等译：《歌德论文学艺术》，上海：上海人民出版社，2017年，第53页。

② 范大灿编，范大灿、安书祉、黄燎宇等译：《歌德论文学艺术》，上海：上海人民出版社，2017年，第161页。

内遵循完全不同的逻辑。歌德不仅认为单个艺术作品是整一的语境，还认为由无数经典艺术作品构成的“艺术整体”也是一个语境，即复数的艺术语境。优秀的艺术作品的审美性，其自身全息地包含着整个艺术作品中的经典因素和普遍属性。“要想讨论一部杰出的艺术作品，几乎必须讨论整个艺术，因为一部杰出的艺术作品包含了艺术的整体，而且每个人都可以在他力所能及的范围内从一部艺术作品的特殊事例中得到普遍的结论”。[①]文艺创作大多数并非如我们看上去的那样处处充满着天才式的灵感和卓越，更多的是在作品的不同要素的雕琢上强于其他作家而已。

## 二、价值与世界：语境外部维度的源流

最早从价值语境维度来审视和判断事物的美学家要数赫拉克利特，他认为事物的本质并不在于自身，而是外在于事物的他者。纯粹的、独立的事物，其存在毫无意义，事物总是在其对立面中呈现自身的。“相反的东西结合在一起，不同的音调造成最美的和谐……疾病使健康成为愉快，坏事使好事成为愉快，饿使饱成为愉快，疲劳使安息成为愉快”。[②] 他还认为没有不义，何来正义。同一条路既可以是上山的路，又可以是下山的路，这取决于我们选择的方向。同样是物理事实意义上的路，不同的场景和目的下的讨论，其本质是不同的。同时，美具有相对性，“海水最干净，又最脏：鱼能喝，有营养；人不能喝，有毒”。“最美的猴子同人类相比也是丑的”。“最智慧的人同神相比，无论在智慧、美丽或其他方面，都像一只猴子”。[③] 总之，相反的要素组合才能产生美，美不是纯一的构成；同时，同一对象由不同主体进行判断，其结果有着本质的不同。审美相对论，就是以神或者世界总体为出发点，语境性地判断对象的价值属性。这种早期的非本质主义式的语境论，具有明显的价值阶梯性，而非均质的语境结果。不管如何，赫拉克利特第一次将对象的研究视角投向了对象之外的因素，并且这些因素在对象的本质构成中起着决定性作用。但是，从相对论出发的语境论，必然为将来审美相对主义种下理论基因。

---

① 范大灿编，范大灿、安书祉、黄燎宇等译：《歌德论文学艺术》，上海：上海人民出版社，2017年，第45页。

② 北京大学哲学系外国哲学史教研室编译：《西方哲学原著选读（上卷）》，北京：商务印书馆，1981年，第23～24页。

③ 北京大学哲学系外国哲学史教研室编译：《西方哲学原著选读（上卷）》，北京：商务印书馆，1981年，第24～25页。

苏格拉底的美学标准是"适称"，他认为美是对象与主体之间的适恰性，而非对象本身的客观物理属性。苏格拉底从相对性语境角度来审视事物的价值属性：美与好的问题。事物自身并没有固定的本质，都是在语境之中与周遭的适配度来成就自己的价值和自性的。他说，如果被放在合适的环境之中实现合适的功用，粪筐是美的；相反，金盾牌也可能是丑的。当他与胸甲制造者皮斯提阿斯聊天时好奇地问：同样是胸甲，在结实度和成本上都不高的胸甲，你为何比别人卖得贵。皮斯提阿斯说他的胸甲不可能完全相同，主要是考虑合用性，这为其带来价值。可是皮斯提阿斯自己也说不清什么是合用。苏格拉底说"适称"并非从事物本身来看的，而是从与使用者的关系来说的。虽然胸甲是外在于身体的东西，"适称"的胸甲就像本来就长在身体上的"自然的附加物"一样。"一个严格精确"的胸甲面对同一个人的不同姿势、弯曲、伸直时怎么能合用呢？"合用的并不是严格精确的，而是使人用起来不感到难受的"。[①] 苏格拉底的美不是毕达哥拉斯学派的本体论式的数学。毕达哥拉斯认为美是静止的、抽象的、理论逻辑式的，而苏格拉底则认为美是动态的、具象的、实践情境式的。在合数学规律与合人的目的之间，苏格拉底选择了后者。这根源于苏格拉底将哲学思考从自然转向了人世。希腊早期哲学家，米利都学派、毕达哥拉斯学派、爱利亚学派都是从世界的时间起源角度寻找本原，巴门尼德从世界的逻辑前提(本体)角度思考世界。这种倾向被智者学派的普罗泰戈拉以"人是万物的尺度"拉回了尘世。苏格拉底以辩证法方式洗去其极端相对主义的倾向，将思辨置之于人世的实践语境维度。他并非像其他哲学家一样关注万物的本体和本原，更多思考的是与人类相关的事情，如虔诚、适宜、弓刀、明智、刚毅和怯懦等。可以说，苏格拉底的美学是建立在实践论而非知识论的基础之上的。实践必然涉及人当下的境况和语境。故而，他论美不是本质主义式的，而是语境主义式的。

近代文艺理论家对文学语境的理解主要是先在的、客观的，故而对文学进行研究是从物理语境或社会历史语境来进行的。文论家从实在语境角度阐释文学，如从天气、气候、地理地势等方面来研究这些因素对文学的直接作用。后来人们意识到物理语境直接进驻文学并不能为具体的文学阐释提供新鲜的血液，于是将注意力转向社会环境和政治环境。无论是文

---

① [古希腊]色诺芬著，吴永泉译：《回忆苏格拉底》，北京：商务印书馆，1986年，第124页。

学的物理语境探讨，还是文学的社会历史语境探讨，都与当时盛行的实证主义分不开的。斯达尔夫人（Madame de Staël）的《论文学》真正开启了从外部语境研究文学现象的先河，其写作目的在于将宗教、民风、法律与文学之间的关系挖掘出来。孟德斯鸠认为天气与人快乐的感受度直接相关。受其影响，斯达尔夫人的研究重视时代、社会环境对文学艺术的直接影响，认为文学作品表现的是一个民族精神的历史过程。在探讨希腊文学时她指出，希腊诗歌的产生并不受之前文学的影响，因为希腊诗歌的诞生早于其他文学形式，并被视为典范。真正影响希腊诗歌的因素是文学环境。希腊诗歌的发展是最初形象思维和诗情迸发产生的无法超越之美的结果，而恰好希腊当时的时代提供了这样的语境，“英雄时代的历史事件、人物性格、迷信、习俗都特别适合于诗的形象”。[①] 同时炎热的气候、活跃的想象和人们对诗人的颂扬都激发着诗人们的狂热和对诗歌语言的音乐性追求。斯达尔夫人还将西欧文学分为北方文学和南方文学，她认为造成南北文学差异的原因是自然环境和社会时代环境的直接影响。北方天气阴暗，风啸、灌木、荒原等使得人们具有一种忧郁的精神气质，北方文学因而充满着一种高尚纯洁的情感和深刻的思想，但是缺乏一种文学审美的成分。像北方文学代表作家莎士比亚的剧本在哲理和认识上高于古希腊悲剧，但是在艺术审美上却略逊一筹。南方空气清新、树林繁茂、溪流清澈等使得人们具有一种激情的气质。人们享受安逸的生活，爱好艺术，在艺术性上造诣非常高，然而文学的哲学思想性完全不能同北方文学相比。以地理环境作为文学解释的主要因素，在斯达尔夫人这里可谓贯彻得非常彻底，而丹纳则自觉地寻找和建构比较完整的文学社会历史批评方法。丹纳将孟德斯鸠的地理说、斯达尔夫人的文学与社会关系研究、黑格尔的理念演化论，以及文化人类学的实证研究等综合起来，提出种族、环境、时代三元素说。种族作为内部动力，包含着人的先天的、生理的因素；环境作为外部动力，包含着气候、地理等因素；时代作为后天的力量，包含着文化等因素。三者从不同的侧面构成了文学的社会条件，作品的产生取决于时代精神。丹纳同时将作品与植物进行比较，植物的生长除了是一粒合格的种子之外，还必须具备气候和自然形势。作品的生成也同样需要“精神气候”对才干的“选择”，“环境只接受同它一致的品种而淘汰其余的品种；环境用重重障碍和

---

① [法]斯达尔夫人著，徐继曾译：《论文学》，北京：人民文学出版社，1986年，第41页。

不断地攻击，阻止别的品种发展”。[1] 后来詹巴蒂斯塔·维科(Giambattista Vico)在其经典之作《新科学》中，将阿喀琉斯和阿伽门农这两位古希腊英雄的野蛮行为置于他们所处的英雄时代的习俗背景之下进行深刻解读。维科认为，这些行为并非单纯的个人选择或道德缺失，而是深受当时社会、文化和宗教习俗的影响。在英雄时代，力量、勇气和荣誉被视为至高无上的价值，而这些价值的追求往往伴随着血腥和暴力。[2] 因此，阿喀琉斯和阿伽门农的野蛮行为，实际上是那个特定历史时期和文化背景下的产物。

19 世纪，文艺的外部语境从之前的自然主义逐渐走向现实主义；语境也由自然环境置换为社会历史。典型的理论家代表是维萨里昂·格里戈里耶维奇·别林斯基(Vissarion Grigoryevich Belinsky)和尼古拉·加夫里诺维奇·加夫里诺维奇·车尔尼雪夫斯基(Nikolai Gavrinovich Chernyshevsky)。别林斯基的文艺理论走的并非黑格尔和谢林的推演式路线，而是以社会历史和现实生活作为探讨基础。在别林斯基看来，诗人从一出生就受到社会历史语境的影响，比如 12 世纪诛杀异端，19 世纪则反对按照自己相信的原则去杀害别人，两种环境下所创作的艺术作品理念必然差别极大。艺术家在不同的时代所书写的内容必然受到时代精神影响，比如中世纪画家的作品内容主要是圣母和圣徒。因此，在美学上，别林斯基坚持现实主义美学原则。“艺术是现实的再现；因此，它的任务不是矫正生活，也不是修饰生活，而是按照实际的样子把生活表现出来”。[3] 莎士比亚的作品同样有法国狂热文学那样对生活中种种不堪一面的描写，但是莎士比亚的艺术作品在审美和道德层面都是优秀的，因为他不像狂热文学单独将生活中丑恶的图画从“完整的生活”中抽引出来，而是按照实际的样子把生活描写出来。在别林斯基看来，“现实”包含着“可见的世界和精神的世界，事实的世界和概念的世界……显露在自己面前的精神，是现实性”；而“幻影性”则是“一切局部的、偶然的、非理性的东西，作为现实性的反面，作为它的否定，作为若有，而不是实有”。[4] 因此，现实原则并非说诗

---

① [法]丹纳著，傅雷译：《艺术哲学》，北京：人民文学出版社，1963 年，第 39 页。

② Peter Burke, “Context in context,” *Common Knowledge* 28.1 (2022): 11-40.

③ [俄]别林斯基著，满涛译：《别林斯基选集(第二卷)》，上海：上海译文出版社，1980 年，第 73 页。

④ [俄]别林斯基著，满涛译：《别林斯基选集(第二卷)》，上海：上海译文出版社，1980 年，第 103 页。

歌是对现实的抄袭，而是“幻影性”的反面，即精神之中普遍性的真实（典型）。

车尔尼雪夫斯基也反对将美视为理念的感性显现，反对艺术美高于客观现实中的美这一观点。他认为“真正的最高的美正是人在现实世界中所遇到的美，而不是艺术所创造的美”。[①] 车尔尼雪夫斯基的“美是生活”，主要指美并非存在于抽象思想之中，而是存在于现实的、活生生的个别事物之中。同时，他反驳了现实生活中美稀少的观点。现实生活中的自然美随处可见，崇高情感也到处都有。现实生活中美很稀少的根本原因在于人们总喜欢在美的东西之中挑选出顶级最好的，“倘若有或者可能有那么个东西X比我眼前的东西A更高级，那么这个A便是低级的”，实际上美与不美并非抽象的数学比较的结果，而是生活语境的结果。“一条在某些地方只有一呎深的河之所以被认为是浅河，不是因为别的河比它深得多；不用任何比较，它本身就是一条浅河，因为它不便于航行。一条三十呎深的运河，在实际生活中不算浅，因为它完全便于航行；没有一个人会说它浅，虽则每个人都知道多维尔海峡比它深得多”。[②] 因此，在艺术作品中，美即便有等级，次级的作品从现实生活中来看并非就不美。

## 第二节　20世纪之前中国文论中的语境观念

20世纪之前中国文论中的语境观念主要涉及古代文论家对文学风格、文学文体与社会文化、时代精神和地理空间等关系的论述。

### 一、“文变染乎世情”：文学与“社会文化语境”

以儒家文论为代表的文学批评不仅通过阐释《诗经》的方式来建构文学艺术与现实政治的关系，还以实用主义文论观指导诗歌写作。[③] 这种文论观念与儒家思想底层所秉持的入世情怀密不可分。正如冯友兰先生所说：“儒家思想强调个人的社会责任，道家则强调人内心自然自动的秉性。

---

① ［俄］车尔尼雪夫斯基著，周扬译：《艺术与现实的审美关系》，北京：人民文学出版社，2009年，第10页。

② ［俄］车尔尼雪夫斯基著，周扬译：《艺术与现实的审美关系》，北京：人民文学出版社，2009年，第44～45页。

③ 李春青等：《20世纪中国古代文论研究史》，济南：山东教育出版社，2008年，第7页。

《庄子》书中说：儒家游方之内，道家游方之外。方，就是指社会。”[①]故而，儒家文论占据了中国古典诗学中语境观念梳理的重要部分。刘勰将文学与社会文化的内嵌关系表述为“文变染乎世情，兴废系乎时序”。[②]

第一，儒家文论以“兴、观、群、怨”的方式介入“社会文化语境”。儒家并不将文学视为自娱自乐的纯粹艺术来对待，而是将其视为批评和改造社会政治的一部分。孔子的“兴、观、群、怨”说最能体现儒家文论倡导的文学功能观或者说文学伦理观。在《论语·阳货》篇中，孔子提出：“小子何莫学夫《诗》?《诗》可以兴，可以观，可以群，可以怨。”[③]《诗经》在春秋时期成为贵族之间的外交辞令。[④] 这是“诗”能介入社会现实的前提条件。孔子所说的“不学诗无以言”反映的就是贵族之间通过“诗”进行交往的文化现实。“兴、观、群、怨”作为诗歌的四种功能都与“社会文化语境”存在着内在关系。较之于现代西方文论强调文学艺术对现实的“介入性”，中国古代诗学认为诗歌本身便是内置于、从属于“社会文化语境”的。语言论转向之后的西方文论将文艺区隔、孤立出来，试图以“文学性”和“艺术性”对抗所谓的“社会性”。于是，西方文论才会有关于文学重新回归社会历史语境的探讨。儒家文论一直注重文学和社会政治之间的关联，因此，无所谓“介入”与“不介入”的争辩。

中国古典诗学中一直存在着一种指向社会现实的文学传统，比如李白不仅以大量诗篇如《豫章行》《远别离》《北上行》等批判当时的朝政，还在《〈泽畔吟〉序》中明确表达了怨刺的诗歌观念。杜甫以“三吏”“三别”为代表的诗篇婉转地讽喻了当时的朝政。白居易《寄唐生》中的“为君、为臣、为物、为事而作，不为文而作”和后来李商隐的《献相国京兆公启一》具有近似的意旨。我们看出当时讽刺观念“越过汉儒诗教，将怨刺诗学直接《三百篇》”，在创作中表现为“直言无隐、放言无忌”。[⑤] 即便是近代中国五四新文化运动所倡导的“文学启蒙”和“文学救亡”，同样继承了儒家文论的诗教

---

① 冯友兰著，赵复三译：《中国哲学简史》，北京：生活·读书·新知三联书店，2009年，第25页。

② ［南朝梁］刘勰著，黄叔琳注，李详补注，杨明照校注拾遗：《增订文心雕龙校注》，北京：中华书局，2012年，第547页。

③ 杨伯峻译注：《论语译注》，北京：中华书局，1980年，第185页。

④ 李春青：《在儒学与诗学之间》，长春：吉林大学出版社，2015年，第346页。

⑤ 刘青海：《论唐代怨刺诗学的发展历程——以李、杜及其接受为中心》，载《文艺研究》，2017年第8期，第51页。

传统。

第二，文学状况、文学风格与其所处的社会文化语境之间存在着直接的关系。挚虞《文章流别论》中所说的“质文时异”[①]和葛洪《抱朴子外篇·钧世》里强调的“时移世改”[②]都在阐明此种关系。社会文化语境包括了统治者的政治治理能力、文化主张和社会状况等因素。

首先，社会政治状况与文学艺术是一种反映式的表征关系，按刘勰的说法二者如同“风”和“波”的关系。刘勰在《文心雕龙·时序》中说：“歌谣文理，与世推移，风动于上，而波震于下者。”上古时期，唐尧、虞舜的政治昌明，才会有《击壤歌》《卿云歌》等歌谣；夏禹、商汤和周文王的德政，才会有“九序咏功”“‘猗欤’作颂”“《周南》勤而不怨”和“《邠风》乐而不淫”。[③] 而周幽王、周厉王的黑暗政治，才有了充满怒气的《大雅·板》《大雅·荡》。周平王时代政治衰微，于是有了哀伤的《王风·黍离》。汉惠帝、汉文帝和汉景帝政治上不重用文人，于是贾谊、邹阳和枚乘郁郁不得志；汉武帝“崇儒”，“礼乐争辉，辞藻竞骛”，于是有了《柏梁诗》《瓠子歌》和枚乘、司马相如、司马迁等文人的凸显。刘禹锡在《唐故尚书礼部员外郎柳君集纪》中提出“八音与政通，而文章与时高下”[④]，并列举了“三代之文”经历战国混乱后在秦汉复兴；“汉之文”经历魏晋南北朝又在唐朝复兴。叶燮的《原诗》也提到了文学与时代形成精神气候的互动关系。“且夫风雅之有正有变，其正变系乎时，谓政治、风俗之由得而失、由隆而污。此以时言诗，时有变而诗因之。时变而失正，诗变而仍不失其正，故有盛无衰，诗之源也。吾言后代之诗，有正有变，其正变系乎诗，谓体格、声调、命意、措辞、新故、升降之不同。此以诗言时；诗递变而时随之。故有汉、魏、六朝、唐、宋、元、明之互为盛衰，惟变以救正之衰，故递衰递盛，诗之流也”。[⑤] 叶燮认为诗的风格和问题与政治盛衰、风俗变迁有着内在关系，故而“以时言诗”，从时代语境角度来谈论和阐释诗歌是有效的。

其次，社会的治乱状况直接影响文学的风格。相关的论述最早出现在

---

① 郁沅、张明高编选：《魏晋南北朝文论选》，北京：人民文学出版社，1999年，第181页。

② 杨明照撰：《抱朴子外篇校笺(下)》，北京：中华书局，1997年，第77页。

③ [南朝梁]刘勰著，黄叔琳注，李详补注，杨明照校注拾遗：《增订文心雕龙校注》，北京：中华书局，2012年，第545页。

④ [唐]刘禹锡撰，《刘禹锡集》整理组点校，卞孝萱校订：《刘属锡集》，北京：中华书局，1990年，第236页。

⑤ [清]叶燮著，蒋寅笺注：《原诗笺注》，上海：上海古籍出版社，2014年，第58页。

《礼记·乐记》中："是故治世之音安以乐，其政和；乱世之音怨以怒，其政乖；亡国之音哀以思，其民困。声音之道，与政通矣。"[①]《礼记·乐记》之所以会将艺术与国家政治直接联系起来，是因为其背后的文化逻辑是："声"来自人情感的外化，经由艺术加工为"音"，因而"音"本质就是人内心所滋生的，"其本在人心之感于物也"。可以说，"音"来自人对外部世界的感受所形成的情感外化。因此，"政和""政乖"和"民困"的社会现实可以在"音"之中呈现出来。因而，"审声以知音，审音以知乐，审乐以知政，而治道备矣"。[②] 所以，从"音"可观社会之治乱，从"乐"可察政治之通和。关于文学风格与社会治理之间的关系，刘勰在《文心雕龙》中也有谈及。"良由世积乱离，风衰俗怨，并志深而笔长，故梗概而多气也"。[③] 他举例说，汉末献帝时期，"文学蓬转"，以"三曹"曹操、曹丕、曹植为代表的"建安文学"，以及王粲、陈琳、徐幹、刘桢等的文学作品往往都流露着慷慨激昂的精神气质。

朱熹专门区分了"治世之文""衰世之文"和"乱世之文"。他认为"六经"是"治世之文"，《国语》"委靡繁絮"属于"衰世之文"，而《战国策》则是"乱世之文"，"有英伟气"。[④] 汪琬在《文戒示门人》中针对魏禧"遗民之文章"，提出"昌明博大，盛世之文也；烦促破碎，衰世之文也；颠倒悖谬，乱世之文也"。[⑤] 他在给俞南史、汪森选的《唐诗正》作序时写道，诗歌创作应该"崇正"，诗歌的"正""变"与"时"相关联。"志微噍杀之音作而民忧思，啴谐慢易之音作而民康乐，顺成和动之音作而民慈爱，流僻邪散、狄成涤滥之音作而民淫乱"。[⑥]

第三，社会文化语境是文学阐释的重要前提。《孟子·万章下》提出的著名的"知人论世"命题，此命题被当代学术界视为中国阐释学的起点。[⑦]"知人论世"更是关于文学的语境观念的表达。学者郭西安明确说，此命题

---

① ［汉］郑玄注，［唐］孔颖达疏，《十三经注疏》整理委员会整理，李学勤主编：《礼记正义》，北京：北京大学出版社，1999年，第1077页。

② ［汉］郑玄注，［唐］孔颖达疏，《十三经注疏》整理委员会整理，李学勤主编：《礼记正义》，北京：北京大学出版社，1999年，第1081页。

③ ［南朝梁］刘勰著，黄叔琳注，李详补注，杨明照校注拾遗：《增订文心雕龙校注》，北京：中华书局，2012年，第547页。

④ ［宋］黎靖德编，王星贤点校：《朱子语类》，北京：中华书局，1986年，第3297页。

⑤ 余祖坤编：《历代文话续编》，南京：凤凰出版社，2013年，第2009页。

⑥ 余祖坤编：《历代文话续编》，南京：凤凰出版社，2013年，第35页。

⑦ 比如周光庆、周裕锴、李承贵、张宝石和李建盛等学者将"知人论世"置于阐释学的视域之中，并尝试以之作为中国阐释学研究的基点。

中"'论世'指向一种语境观照的诉求",语境不仅仅是围绕作者的生平、时代和世运,还包括文本生成过程中的"多重语境"(即作为复数的语境:contexts)。[①]

"一乡之善士斯友一乡之善士。一国之善士斯友一国之善士。天下之善士斯友天下之善士。以友天下之善士未足,又尚论古之人,颂其诗,读其书。不知其人可乎?是以论其世也,是尚友也"。[②] 孟子的这段论述主要谈及的是通过读书来交往同时代或不同时代的"善士"。对一个人的了解需要阅读他创作的或关于他的"诗"和"书",比如通过"传记、野史、族谱、史传、祭文、墓志铭、书信"等了解他自身的言语行为和别人对他的评价。[③] 不过,仅仅通过作品不能完全了解一个人,就需要"知人",即通过作者的"生平事迹"和"生命情境"才能正确理解和把握他的作品。

要进一步理解作者,就需要追溯其所处的"世"。何谓"世"呢?吴淇说:"'世'字见于文有二义:纵言之,曰世运,积时而成古;横言之,曰世界,积人而成天下。故天下者,我之世,其世者,古人之天下也。""世"包括历史承积下来的"世运"与当下所有共世者所处的"世界"。论人必先论其"世",因为"人必与世相关也"。[④] 所有的人都处身于其"世界"之中,个体精神和世界精神便生成于人的"在世之中"。因而,"世"谈及的其实就是"作者生活的政治、经济、历史、文化背景,及其'时代精神'"。[⑤] 学者李承贵援引了施莱尔马赫的一段话,这段话与孟子"知人论世"说极为接近。"每一话语总只是通过它所属的整体生命而理解,这就是说,因为每一话语作为讲话者的生命环节只有通过他的一切生命环节才是可认识的,而这只是由他的环境整体而来,他的发展和他的进展是由他的环境所决定的,所以每一讲话者只有通过他的民族性和他的时代才是可理解的"。[⑥] 作品内在精神、作者生命情境和时世状况同处于一个整体语境才能完成意义的阐释。从

---

① 郭西安:《作者、文本与语境:当代汉学对"知人论世"观的方法论省思》,载《中国比较文学》,2018 年第 1 期,第 40 页。

② [清]焦循撰,沈文倬点校:《孟子正义》,北京:中华书局,1987 年,第 725 页。

③ 李承贵:《"知人论世":作为一种解释学命题的考察》,载《齐鲁学刊》,2013 年第 1 期,第 10 页。

④ [清]吴淇:《六朝选诗定论缘起(节录)》,见郭绍虞主编:《中国历代文论选(一)》,上海:上海古籍出版社,2007 年,第 36～37 页。

⑤ 李承贵:《"知人论世":作为一种解释学命题的考察》,载《齐鲁学刊》,2013 年第 1 期,第 11 页。

⑥ 洪汉鼎主编:《理解与解释——诠释学经典文选》,北京:东方出版社,2001 年,第 51 页。

“知世”到“知身处”，再到“论其文”，只有经过如此的理解过程，我们才能以“敬恕”之心、同理同情之心，设身处地地阅读“古人之辞”。

## 二、“一代有一代之文学”：文学与“时代精神语境”

“时代精神语境”与“社会文化语境”之间是一种包含与被包含的关系。“时代”是表示人类历史某个阶段的概念，“时代语境”指的是由政治治理、文化习俗、思想精神、民众意愿、社会情绪等所形成的、对所寓居的文学艺术具有决定性的总体情境。因而，“时代语境”其实是“社会语境”的泛化。元明之后，从社会文化角度研究文学的方式有了新的变化。比如袁宏道在《雪涛阁集序》中提出“文之不能古而今也，时使之也……夫古有古之时，今有今之时，袭古人语言之迹而冒以为古，是处严冬而袭夏之葛者也”。[①] 学者刘明今认为袁宏道在《雪涛阁集序》中提到的“时”和在《与丘长孺书》中提到的“气运”，比起“社会治乱”的“治”来说内涵更广，包括“民风、习俗以至审美趣味”。[②] 许学夷在《诗源辩体》中说“诗文与风俗相为盛衰。齐梁以后风俗颓靡破败，故其诗文亦尔”。[③] 观察文学的方式从治政扩展到更为宽泛的“风俗”。汪婉在《唐诗正》序中认为，诗歌的风格除了受到“国家治乱”的影响，还受到“风俗之隆污”的影响，并特别提出“人气”的中介概念。“人气”是整个时代和社会各个阶层人物的精神状态。[④]

作为元代文坛巨擘的虞集尊奉程朱理学又反对因循守旧，较早提出时代语境和文学文体变迁的关系：“一代之兴，必有一代之绝艺，足称于后世者。汉之文章，唐之律诗，宋之道学，国朝之今乐府，亦开于气数音律之盛。”[⑤]这也是王国维“一代有一代之文学”观念的最早表述。自此以后，文学和社会文化的关系在“一代有一代之……”的话语之中演变为“文体变迁”与“时代语境”的关系。

茅一相在《题词·评〈曲藻〉后》中也说：“夫一代之兴，必生一代之妙才。一代之才，必有一时之绝艺。春秋之辞命，战国之纵横，以至汉之文，

---

① [明]袁宏道著，钱伯城笺校：《袁宏道集笺校》，上海：上海古籍出版社，2008年，第709页。

② 刘明今：《中国古代文学理论体系：方法论》，上海：复旦大学出版社，2000年，第32页。

③ [明]许学夷著，杜维沫校点：《诗源辨体》，北京：人民文学出版社，2001年，第137页。

④ 刘明今：《中国古代文学理论体系：方法论》，上海：复旦大学出版社，2000年，第33页。

⑤ [元]杨瑀、孔齐撰，李梦生、庄葳、郭群一校点：《山居新语 至正直记》，上海：上海古籍出版社，2012年，第110页。

晋之字，唐之诗，宋之词，元之曲，是皆独擅其美而不得相兼。”[①]关于文体观，王世贞与虞集可谓一脉相承。只不过虞集认为时代精神与文艺样式之间存在直接关系，而王世贞则在时代语境和文学文体间加入了“妙才”，并强调不同文学样式之间是各美其美而不能兼容的关系。明代王思任在主张时代精神对“一代之言”的影响时，特别强调时代精神的“凝合度”，即“专”的问题。“一代之言，皆一代之精神所出，其精神不专，则言不传。汉之策，晋之玄，唐之诗，宋之学，元之曲，明之小题，皆必传之言也”。[②] 彭师度谈到时人论诗文的情况：一说起文章便搬出《史记》《汉书》和唐宋八大家，一谈及诗歌必然举出汉魏六朝和盛唐诗歌。法古的同时并未带来创新，所以他提出“今古虽殊，文心各胜。一代有一代之音，一人有一人之韵”。[③]

与此同时，文学的创作与接受活动本质上是个体与时代主体之间的对话，这可以形成整个时代的精神语境。李渔在《闲情偶寄》中谈到“古剧新唱”，他主张戏剧的创作“能新而善变”，立足于当下时代视角来审视古剧。“曲文与大段关目不可改者，古人既费一片心血，自合常留天地之间，我与何仇，而必欲使之埋没？且时人是古非今，改之徒来讪笑，仍其大体，既慰作者之心，且杜时人之口。科诨与细微说白不可不变者，凡人作事，贵于见景生情，世道迁移，人心非旧，当日有当日之情态，今日有今日之情态，传奇妙在入情，即使作者至今未死，亦当与世迁移，自啭其舌，必不为胶柱鼓瑟之谈，以拂听者之耳”。[④] 李渔认为戏剧之中的科诨与细微说白是需要变化的。因为世道变了，人心也变了，必须基于当下的情境对戏剧进行微调。就算作者还未去世，艺术作品也应该根据社会文化语境的变迁作出相应的调整。文学的接受由于其语境的积累性，逐渐形成一种布尔迪厄式的“场域”，而其中的“惯习”就是文化语境的形成标志。正如一座古寺，如果从古至今一直隐藏在深山之中无人问津，那它是不存在“场域”的。相反，一座历朝历代被无数文人士大夫作诗吟诵的寺庙，每一首诗或诗人的每次访游都改变着后来人对寺庙的感受，也改变着后来诗人围绕着寺庙进行的

---

① 中国戏曲研究院编：《中国古典戏曲论著集成（四）》，北京：中国戏剧出版社，1982 年，第 38 页。

② ［明］王季重著，任远点校：《王季重集》，杭州：浙江古籍出版社，2012 年，第 79 页。

③ ［清］冒辟疆著辑，万久富、丁富生主编：《冒辟疆全集（下）》，南京：凤凰出版社，2014 年，第 774 页。

④ ［清］李渔著，孙敏强译注：《闲情偶寄译注》，上海：上海古籍出版社，2019 年，第 151 页。

创作。

还有更多的清代文论家论述过文学和时代精神之间的关系，比如顾炎武的《日知录·诗体代降》、吴伟业的《梅村家藏稿·陈百史文集序》、邵长蘅的《青门剩稿·三家文钞序》、欧阳厚均的《望云书屋文集·伍翊臣诗序》、王嗣槐的《宋诗选序代》、李调元的《童山文集·重刻太白全集序》、魏裔介的《兼济堂文集·纂修经书大全疏》、焦循的《易余籥录》、张廷玉的《廿一史文钞序》、许宗彦的《寄答陈恭甫同年书》、石韫玉的《独学庐五稿·明八家文选序》、姚文燮的《李芥须先生文集序》、邹弢的《三借庐赘谭·谬赞》等。[①]

王齐洲认为传统的文体代嬗观主要秉持的是中国传统的"通变论"。[②]文体代嬗观本质上呈现了中国古人对文学风格、文学文体中存在的"变"与"不变"的深层次思考。"变"是顺应时代语境之变，不过语境所带来的多义性、情境性等背后还有永恒不变的东西，即"变"与"不变"形成的转换关系代表中国古代语境观念的辩证性。

## 三、"江山之助"：文学与"地理语境"

在西方文艺理论中，我们知道17世纪之后孟德斯鸠、斯达尔夫人和丹纳才谈到"地理环境"的决定作用。在中国古代文论中，文学的地理语境批评则可以追溯到班固。他在《汉书·地理志》中解释"风"时说道"凡民函五常之性，而其刚柔缓急，音声不同，系水土之风气，故谓之风"。[③] "水土风气"造成了文学风格的差异。

刘勰在《文心雕龙·物色》中提出了著名的"江山之助"论："若乃山林皋壤，实文思之奥府，略语则阙，详说则繁。然则屈平所以能洞监风骚之情者，抑亦江山之助乎？"[④]刘勰认为自然环境随四季变换影响着人内心的感受，诗人感物而创作出文学作品。"山林皋壤"是启发作家文思的源泉。地理环境影响文学家的生活经验、文化积累、生命意识、价值观念、个人气质、思维方式、审美追求等，进而影响文学作品的形式、语言、主题、题材、人物、

① 刘洪强：《"一代有一代之文学"来源考》，载《求索》，2016年第9期，第158～159页。

② 王齐洲：《"一代有一代之文学"文学史观的现代意义》，载《文艺研究》，2002年第6期，第55页。

③ [汉]班固撰：《汉书》，北京：中华书局，2007年，第306页。

④ [南朝梁]刘勰著，黄叔琳注，李详补注，杨明照校注拾遗：《增订文心雕龙校注》，北京：中华书局，2012年，第574页。

原型、意象、景观等。[①] 元人王沂在《隐轩诗序》中就明确将“自然”环境与对人的语言审美的影响关联起来。“言出而为诗，原于人情之真；声发而为歌，本于土风之素……辽、交、凉、蓟，生而殊言；青、越、函、胡，声亦各异。于是有唐俭、魏狭、卫靡、郑淫，盖有得于天地之自然，莫之为而为之者矣”。[②]

在中国古代文艺理论中，关于地理环境与文学关系的探讨多集中于“南北之争”。南北方水土、气候等地理差异造成了文学风格、文学体式上的不同。魏征在《隋书·文学传序》中首次谈到南北文学的差异：“江左宫商发越，贵于清绮；河朔词义贞刚，重乎气质。气质则理胜其词，清绮则文过其意。理深者便于时用，文华者宜于咏歌。此其南北词人得失之大较也。若能掇彼清音，简兹累句，各去所短，合其两长，则文质彬彬，尽美尽善矣。”[③]当然魏征所谈及的南北文学不同，其原因并非来自地理环境对文学的直接塑造，而是南北不同的文化环境造成的。南方重文、“缘情”，北方重质、“宗经”。南方尊崇老庄玄学，北方秉承两汉的儒家经世致用的思想。[④]当南北文学分立而论的观点一开，后来的文论家更多地以南北地理环境作为文学品性差异的根源，比如明人李开先在《乔龙溪词序》中所说，“北之音调舒放雄雅，南则凄婉优柔，均出于风土之自然，不可强而齐也。故云北人不歌，南人不曲，其实歌曲一也，特有舒放雄雅、凄婉优柔之分耳”。[⑤]

面对南宋、北宋地理划分的国家现实，明清代以“南北文学论”论宋词便较为常见，比如王士贞、焦循、刘熙载、陈廷焯、贾敦艮等人的词论都有所论及。况周颐在《蕙风词话》中区分了金、宋对峙时期，金词和南宋词的差异。“姑以词论，金源之于南宋，时代政同，疆域之不同，人事为之耳……南宋佳词能浑，至金源佳词近刚方。宋词深致能入骨，如清真、梦窗是。金词清劲能树骨，如萧闲、遁庵是。南人得江山之秀，北人以冰霜为清。南或失之绮靡，近于雕文刻镂之技。北或失之荒率，无解深裘大马之讥”。[⑥] 南宋词含蓄婉约、清峭柔远，金词清劲奇峭、疏朗雄丽，其根本原因在于南方的

---

① 曾大兴：《文学地理学研究》，北京：商务印书馆，2012年，第24页。

② 丁放撰：《元代诗论校释》，北京：中华书局，2020年，第531页。

③ [唐]李延寿撰：《北史》，北京：中华书局，1974年，第2781～2782页。

④ 张少康、刘三富：《中国文学理论批评发展史》，北京：北京大学出版社，2000年，第277～278页。

⑤ [明]李开先著，卜键笺校：《李开先全集》，上海：上海古籍出版社，2014年，第526页。

⑥ 唐圭璋编：《词话丛编》，北京：中华书局，2005年，第4456页。

“江山之秀”和北方的“冰霜为清”之间的地理环境差别。

刘师培在《南北文学不同论》中首先区分了“吴楚之音”和“燕赵之音”，一种偏“清浅”，一种偏“重浊”。因为声成言，言成章，故而南北文学有着“楚声”和“夏声”之别。“声音既殊，故南方之文亦与北方迥别。大抵北方之地土厚水深，民生其间，多尚实际。南方之地水势浩洋，民生其际，多崇虚无。民崇实际，故所著之文，不外记事析理二端。民尚虚无，故所作之文或为言志抒情之体”。[①] 于是出现了《尚书》《春秋》《礼》《乐》等“纪事析礼”的“北方之文”和《老子》《楚辞》这类“杳冥深远”“荒唐谲怪”的“南方之文”。杜甫、韩愈、高适、常建、崔颢和李颀等的诗歌属于“北方之诗”，李白、温庭筠、李商隐和孟郊等的诗歌属于“南方之诗”。同样地，梁启超在《中国地理大势论》中总结了中国文学历史中一直存在的不同：“燕赵多慷慨悲歌之士，吴楚多放诞纤丽之文。自古然矣。自唐以前，于诗于文于赋，皆南北各为家数。长城饮马，河梁携手，北人之气概也；江南草长，洞庭始波，南人之情怀也。散文之长江大河一泻千里者，北人为优；骈文之镂云刻月善移我情者，南人为优。盖文章根于性灵，其受四周社会影响特甚焉。”[②]梁启超用“四周社会”的概念来表达自然地理之于文学的决定作用，然而后文谈到由于交通发达之后，文人之间交流机会增加，于是南北文风逐渐走向混融的状态。这也证明“四周社会”指的是包括自然和社会在内的人文地理。

曲艺、绘画和书法艺术之中同样存在大量的艺术南北差异的论述，比如王骥德的《总论南北曲第二》、王世贞的《艺苑卮言》、魏良辅的《曲律》、黄图珌的《看山阁集闲笔·文学部·南北有别》和王德晖、徐沅澄的《顾误录·南北曲总说》中都详谈了“南北曲论”；董其昌的《画禅室随笔》、张庚的《浦山论画》、王概的《画学浅说》、方熏的《山静居画论》、徐沁的《明画录》和布颜图的《画学心法问答》都谈及“南北画论”；冯班的《钝吟书要》、阮元的《南北书派论》、钱泳的《书学·书法分南北宗》和刘熙载的《书概》都有“南北书论”的论述[③]。朱志荣总结了受地理环境影响，南北艺术风格的不同表现：“南虚北实”“南文北质”“南韵北骨”和“南秀北雄”。[④]

---

① 刘师培：《刘师培清儒得失论》，长春：吉林人民出版社，2012 年，第 219～220 页。

② 梁启超著，吴松、卢云昆、王文光、段炳昌点校：《饮冰室文集点校》，昆明：云南教育出版社，2001 年，第 1807 页。

③ 徐慧极：《中国古代艺术体式研究》，东南大学博士学位论文，2020 年，第 218～249 页。

④ 朱志荣：《论中国古代艺术的南北差异》，载《湖南科技大学学报（社会科学版）》，2018 年第 6 期，第 162～163 页。

## 四、"首尾周密，表里一体"：文学的"内在语境"

社会文化、时代精神作为外部语境影响着文学风格和文学活动，而文学作品本身也是一个有机统一性的语境。中国古代文学批评关于作品内在语境的论述受到中国古代生命思想的影响。

最早明确作品语境对文学具有统合作用的是刘勰，他在《文心雕龙·附会》中谈道："何谓附会？谓总文理，统首尾，定与夺，合涯际，弥纶一篇，使杂而不越者也。若筑室之须基构，裁衣之待缝缉矣……扶阳而出条，顺阴而藏迹，首尾周密，表里一体，此附会之术也。"[①]"附会"即附辞会义。按照詹锳先生在《文章的整体性》一文中所说，"会义"就是"把文意会合成一个整体"；"附辞"就是"使文辞密切结合内容来安排"。[②]

作品的词语和意义调整有序，文章的首尾统一，内容才会丰富而不松散杂乱。好比建房子先有整体框架再处理细节，才能保证"万涂同归""百虑一致"，也才能协调文章该显露的部分和该隐藏的部分之间的关系。在《文心雕龙·章句》中，刘勰认为将情感和语言摆到合适的位置才能形成有机的章句关系。虽然春秋时期人们常将《诗经》断章取义来表达自己的意思，但是"章句在篇，如茧之抽绪，原始要终，体必鳞次。启行之辞，逆萌中篇之意；绝笔之言，追媵前句之旨：故能外文绮交，内义脉注，跗萼相衔，首尾一体。若辞失其朋，则羁旅而无友；事乖其次，则飘寓而不安。是以搜句忌于颠倒，裁章贵于顺序，斯固情趣之指归，文笔之同致也"。[③] 文章的连贯性要像蚕茧的丝一样，文章的秩序性要像动物的鳞片一样。文章的开头就包孕着中篇的意思，文章的结尾要呼应前面的内容。这样写出来的文章才像花和花萼的结合一样形成有机连接。

王世贞在《艺苑卮言》中谈到绝句特别是五言绝句时，认为"绝句固自难，五言尤甚。离首即尾，离尾即首，而腰腹亦自不可少，妙在愈小而大，愈促而缓"。[④] 游艺在《诗法入门》中更是以书法比喻诗歌作品的有机整体

---

① [南朝梁]刘勰著，黄叔琳注，李详补注，杨明照校注拾遗：《增订文心雕龙校注》，北京：中华书局，2012年，第525页。

② 詹锳：《詹锳全集·语言文学与心理学论集》，石家庄：河北教育出版社，2016年，第242页。

③ [南朝梁]刘勰著，黄叔琳注，李详补注，杨明照校注拾遗：《增订文心雕龙校注》，北京：中华书局，2012年，第444页。

④ [明]王世贞著，陆洁栋、周明初批注：《艺苑卮言》，南京：凤凰出版社，2009年，第12页。

性："今人论诗谓从首至尾，字字有脉络承接，方为浑成。是犹书法行间，妙在断续中顾盼，岂钩踢牵丝，一行缠绕到底，乃为结横乎？"[①]画家石涛在《石涛画语录·皴法章》中从艺术作品的要素角度出发，通过作品语境的生成作用来描述绘画创作的过程。"一画落纸，众画随之；一理才具，众理付之。审一画之来去，达众理之范围，山川之形势得定，古今之皴法不殊"。[②]对于文学来说，就像开篇第一句对于整个作品进行定调一样。

中国文艺理论中"作品"自身以其整体统一性形成作品的语境，然而仅仅是"统一"还不够，其背后是生命的有机性所达至的统一。正如作家汪曾祺评价桐城派的"神气"时说道，"神气"即为文章内在的节奏，"文章内在的各部分之间的有机联系是非常重要的。有的文章看起来很死板，有些看起来很活。这个'活'，就是内在的有机联系，不要单纯地讲表面的整齐、对称和呼应"。[③] 中国古代文论一直有"以生命喻诗"的传统。谢赫在《古画品录》中以"气韵""骨法"论画。《文心雕龙·附会》中以"情志""骨髓""肌肤"和"声气"来比喻文章整体构成："夫才量学文，宜正体制，必以情志为神明，事义为骨髓，辞采为肌肤，宫商为声气。"[④]《文心雕龙·风骨》中以"风骨"比喻文章架构和风格："故辞之待骨，如体之树骸；情之含风，犹形之包气。结言端直，则文骨成焉；意气骏爽，则文风清（一作生）焉。若丰藻克赡，风骨不飞，则振采失鲜，负声无力。"[⑤]文章必须保证骨架和文气并重，风骨之于文章就像鸟的双翼。李膺在《答赵士舞德茂宣义论宏词书》中以"体""志""气"和"韵"来喻文章的组成部分。[⑥] 可以说，中国文论的"以体喻文"秉持着《易传》"近取诸身，远取诸物"的诗性思维，强调文章内在的有机性与生命有机性之间的相通性。[⑦]

---

① 游艺编：《诗法入门》，武汉：武汉古籍书店，1986年，第24页。

② ［清］石涛著，窦亚杰编注：《石涛画语录》，杭州：西泠印社出版社，2006年，第60页。

③ 汪曾祺：《汪曾祺全集》，北京：人民文学出版社，2019年，第233～234页。

④ ［南朝梁］刘勰著，黄叔琳注，李详补注，杨明照校注拾遗：《增订文心雕龙校注》，北京：中华书局，2012年，第525页。

⑤ ［南朝梁］刘勰著，黄叔琳注，李详补注，杨明照校注拾遗：《增订文心雕龙校注》，北京：中华书局，2012年，第391页。

⑥ 罗根泽：《中国文学批评史》，北京：商务印书馆，2015年，第675～676页。

⑦ 李凯、舒畅：《〈文心雕龙〉中的作品有机论》，载《四川师范大学学报（社会科学版）》，2006年第2期，第52页。

## 第三节 文艺人类学中语境理论的知识谱系

"语境"最初就是一个人类学概念。"语境"概念的正式提出者可以追溯到1923年人类学家马林洛夫斯基。在对新几内亚北部的特罗布里安群岛(Trobriand Islands)土著部落的语言研究中,马林洛夫斯基认为当时的语言学以孤立的(isolated)、自足的(self-contained)和不言自明的(self-explanatory)书面文本为基础,是脱离了所有语境的、僵死的语言学。从民族志的角度来说,原始语言中的每一个表达在本质上都与语言的情境语境和言语行为目的绑定在一起,语言内嵌于活动(activity)和行动(action)之中;语言是一种行动方式(a mode of action),而不是反思的工具(an instrument of reflection)。[①] 马林诺夫斯基提出"情境语境"(context of situation)的概念,其目的是恢复活态语言的语言学(living languages)。土著部落有一种古怪的表达方式"We paddle in place"。在这里"paddle"并非指船员做什么,而被理解为马上要接近目的村庄。每当当地人到达一个海外村庄的岸边时,那里的水很深,无法用篙撑船,于是他们都必须将帆折叠起来并使用桨。故而,"paddle"的意思是"到达海外的村庄"。因此,语言本质植根于文化现实、民族生活和日常习俗中,离开"情境语境"就无法解释语言的意义。马林诺夫斯基还通过物质文化话语来探讨语言的文化语境。他选取了一根棍子作为生动的例子,说明这根棍子可以被用于多种不同的场景:挖掘、划船、走路或打架。他进一步强调,在每一种特定的使用情境中,棍子都深深地嵌入了不同的文化背景中。也就是说,它因用途的不同而被赋予了不同的意义与思想观念,承载了不同的文化价值,并且通常还会以不同的名称来命名。因此,这根棍子在不同的文化语境中,呈现出了多种内涵。[②] 正因为有了马林诺夫斯基所提出的"情境语境"和"文化语境"理论,所以在后来的文学人类学和艺术人类学研究中,"语境"成为核心概念。

当然,我们必须明确的是,马林诺夫斯基在提出"语境"概念之前,德国人类学家弗朗茨·博厄斯(Franz Boas)已经实践着"语境"观念了。在18、

---

① Charles Kay Ogden and Ivor Armstrong Richards, The Meaning of Meaning. (New York: Harcourt Brace Jovanovich, Inc. ,1923), pp. 311-312.

② Peter Burke. "Context in context," *Common Knowledge* 28.1 (2022): 11-40.

19世纪的博物馆学中，艺术藏品的分类排列方式通常遵循时间先后的顺序。博厄斯对此提出了独到的见解。他主张不应仅仅依据文物的类型或在进化序列中所处的阶段来排列，而应依照“文化区域”(culture area)进行分类。博厄斯致力于在博物馆中展示“生活群体”(life groups)，通过精心挑选的展品，旨在“将参观者带入陌生的环境”，使其能够身临其境地感受不同的文化气息。他认为一个物品只有在其所属的周遭环境中，无论是物理环境还是文化环境，才能得到准确的理解。这种周遭环境对于观众解释物品的意义至关重要，就如同语境在帮助读者理解文本中所扮演的角色一样。① 博厄斯的这一观点，为博物馆学的藏品分类和展示方式开辟了新的思路，当然也为后来艺术人类学的研究奠定了“语境革命”(contextual revolution)的基调。

## 一、文学人类学中的语境理论

文学人类学作为一门交叉的新兴学科，其研究方法主要是“语境主义”方法论，比如闻一多对《诗经》的研究和顾颉刚对孟姜女故事的研究采用的是“历史语境还原”法；神话原型批评也是将对象“还原到人类共性的文化语境”中。② 我们同时更关注文学人类学中对“语境”的专门讨论，尤为强调“语境”范式的“口头诗学”成为理论梳理的切入口。

以口头文学为基础的“口头诗学”一直以来都是文学人类学的重要组成部分。叶舒宪将弗莱视为“文学人类学”的开创者③，而弗莱的“原型”批评主要是基于口头文化传统之上的。弗莱认为所谓的“原型”就是口头文学、民间故事的“主题及其反复出现的成分”在其他体裁的文学作品中的呈现。④ 在1997年首届中国文学人类学研讨会上，李亦园认为文学人类学偏重于“民族的、口传的、变迁的展演性(performance)”；萧兵认为文学人类学材料包括“考古材料、口传材料、文本材料、民俗材料”等。⑤ 徐新建在

---

① Peter Burke. “Context in context,” *Common Knowledge* 28.1 (2022): 11-40.

② 王大桥:《文学人类学的中国进路与问题研究》，北京:中国社会科学出版社，2014年，第66～74页。

③ 叶舒宪:《弗莱的文学人类学思想》，载《内蒙古大学学报(人文社会科学版)》，2001年第3期，第1～7页。

④ [加]诺思洛普·弗莱著，吴持哲编:《诺思洛普·弗莱文论选集》，北京:中国社会科学出版社，1997年，第60页。

⑤ 彭兆荣:《首届中国文学人类学研讨会综述》，载《文艺研究》，1998年第2期，第150～151页。

梳理文学人类学在中国的发展历程时指出以精英文化和文字书写为代表的印刷话语将“民间、口传和仪式过程中的活态文学，比如格萨尔、玛纳斯以及刘三姐、阿诗玛”等限制在正统文学之外。[①] 程金城和乔雪明确认为文学人类学作为大的范式包含着一些具体的范式：“神话研究、原型批评、仪式叙事、人类学诗学、民族志文学、文化诗学、口传研究。”[②]由此可见，无论是文学人类学的起源，还是本土文学人类学的建构都明确将口头文学（民间文学）纳入了自己的研究范围。因此，“口头诗学”中语境思想的梳理能够呈现文学人类学的语境理论。

20世纪90年代以来，通过朝戈金、尹虎彬、巴莫曲布嫫等学者的译介和研究[③]，口头诗学在中国逐渐发展并壮大起来。口头诗学带来了民间文学和民俗学研究范式的转向：从认知转向实践，从文本转向语境。口头诗学为民间叙事文本提供了完整的分析方法，比如“程式”“典型场景”和“故事范型”等，这些诗学法则弥补了传统诗学理论体系的缺失。口头诗学在某些方面超越了书面文学的传统，如它“将人和人的言语行为、全官感知、认知心理及身体实践纳入考量”[④]；它强调演述场域中的“五个在场”：“史诗演述传统”“表演事件”“受众”“演述人”“研究者”等。[⑤] 循此思路，口头诗学为文艺理论贡献了一系列全新的诗学范畴，如活态性、演述性、事件性、在场性等，而这些范畴背后的“语境”范式则可以成为整个诗学的“元话语”。换句话说，语境范式不局限于文学人类学学科内部，还为整个文艺理论提供新的研究话语和思维方式。

20世纪60年代末，美国民俗学界学术范式发生了转移：从文本到语境，从静态文本到动态演述。这个过程被鲍曼表述为从“作为材料的民俗”向“作为交流的民俗”的转变，即从以民俗材料（things of folklore）为基础

---

① 徐新建：《文学人类学的中国历程》，载《西南民族大学学报（人文社会科学版）》，2012年第12期，第183页。

② 程金城、乔雪：《文学人类学批评范式转换的理论背景和语境探赜》，载《兰州大学学报（社会科学版）》，2021年第3期，第120页。

③ 比如朝戈金对约翰·迈尔斯·弗里《口头诗学：帕里-洛德理论》（2000年）的翻译，将理论实践于蒙古史诗的著作《口传史诗诗学：冉皮勒〈江格尔〉程式句法研究》；尹虎彬对阿尔伯特·贝茨·洛德《故事的歌手》（2004年）的翻译，并在《古代经典与口头传统》中对口头诗学进行深入分析；巴莫曲布嫫对格雷戈里·纳吉《荷马诸问题》（2008年）的翻译；杨利慧、安德明对理查德·鲍曼《作为表演的口头艺术》（2008年）的翻译。

④ 朝戈金：《口头诗学》，载《民间文化论坛》，2018年第6期，第125页。

⑤ 巴莫曲布嫫：《叙事语境与演述场域——以诺苏彝族的口头论辩和史诗传统为例》，载《文学评论》，2004年第1期，第151～153页。

的民俗事项(item)转向以民俗实践(doing of folklore)为基础的民俗事件(event)。[①] 支撑民俗学语境转向的一系列论文包括:鲍曼的《走向行为理论的民俗学》(1969)和《作为表演的口头艺术》(1975);丹·本-阿莫斯(Dan Ben-Amos)的《关于语境中的民俗定义》(1971);罗伯特·乔治(Robert Georges)的《对故事讲述事件的一种理解》(1969);罗杰·亚伯拉罕(Roger Abrahams)的《文化中的民俗:关于分析方法的说明》(1963);阿兰·邓迪斯(Alan Dundes)的《元民俗与口头文学批评》(1966)等。[②] 语境理论者们认为民俗文本并非与语境孤立的物件或语言材料,而是一种即兴的、情境性的和生成性的活态文本。民俗学研究必须关注文本的语境,比如时间、空间、演述方式、演述者、观众、观察者和社会文化传统等。缺乏语境的民俗文本是毫无生气的,孤立的文本好似异国情调的乐器被作为装饰品置于博物馆的墙壁上,无人知晓乐器的音域、音调、功能及其表演的复杂性。[③] 于是,“交流”“行动”“实践”“讲述”和“演述”等术语成为口头传统的本质性表达。口头诗学强调演述的“情境”和“气氛”的现场性、沉浸性、全息性和情感性,也关注讲故事的传统和社会文化记忆等。

丹·本-阿莫斯认为,马林诺夫斯基将“语境”分为“文化现实语境”(context of cultural reality)和“情境语境”。他的“文化语境”概念受到了18、19世纪浪漫主义、精神分析和马克思主义等的影响,这些学术流派秉持同一种学术观点:任何审美依赖于民族、种族、经济、宗教、社会和意识形态;所有的审美表达都根植于其文化背景并由其文化背景来作出解释。马林诺夫斯基提出的“情境语境”概念则借鉴了心理学家菲利普·魏格纳(Philipp Wegener)的情境理论(theory of situation)和语言学家艾伦·加德纳(Alan Gardiner)对言语过程中说者与听者的时空状况的表述。[④] “文化现实语境”关注言说者共享的知识:行为惯例、信仰系统、语言隐喻、言说类型及言说者的历史意识和道德法律准则等;“情境语境”则指向特定的、具体的活动因素、目标、意图等。

---

① Richard Bauman, “Verbal art as performance,” *American Anthropologist* 77.2 (1975): 290-311.

② Steven Jones, “Slouching towards ethnography: the text/context controversy reconsidered,” *Western Folklore* 38.1 (1979): 42-47.

③ Alan Dundes, “Metafolklore and oral literary criticism,” *The Monist* 50.4(1966): 505-516.

④ Dan Ben-Amos, “‘Context’ in Context,” *Western Folklore* 50.2/4(1993): 209-226.

（一）口头文学的演述性赋予“本文”[①]以内置性语境。“本文”的语境性具体表现为新生性（emergent quality）和动态性（dynamism）等。演述本身是即时即地的、转瞬即逝的、不可重复的单向度事件。口头文学不像书面文学可以标准化、批量化复制，而是特定受众在特定时空所接受的特定的“这一个”文本。[②] 同时演述又意味着演述场域中所有要素之间的互动，比如演述者、受述者、舞台空间、演述形式等交互性地形成新的语境。于是口头文学作品呈现出进行时态的新生性：口头文学的学习和创编都是在现场演述中完成的；口头作品包含临场的创新成分和历史性的口头演述程式。在演述理论中，语境不是先在的、外在的或者固定不变的信息，而是生成中的、偶发的、互动中的关系[③]，因而存在于语境中的“本文”是新生的、开放的和变异的。这对于纸媒文本观是一种根本性的挑战。纸媒文本是单一的，但是口头演述文本则是复杂的。每一次口头演述都是新的，都是一次“再创造”。印刷文本的固定性滋生了“版权”的观念和“标准本”的说法；口头诗学并不存在所谓的“权威本”，每次演述都是创作。在口头诗学的文本观念中区分了“某一首歌”（a song）和“这一首歌”（the song），前者泛指一首歌的所有变体，后者仅指某一首歌的特定变体。每次演述的都是作为特定变体的“这一首歌”，即具体时空中的、独一无二的演述本。演述人并非记诵故事，而是通过程式、场景和故事范型创编故事。[④] 比如巴厘岛上的演出方式不同于遵守固定剧本的西方戏剧框架：它没有必须演述的单一剧本，取而代之的是提示语、情节大纲、脚本等；同时演述每次都会发生变化，也许只是措辞或细节问题，也有可能是完全不同的故事开端、结局、持续时间、角色选择和审美风格（如悲剧变成喜剧）。[⑤] 与此同时，纸媒文本是固定的，而口头演述文本则是动态的。演述的口头性和互动性决定

---

① 此处借用尹虎彬所使用的术语“本文”。“本文”（texture）是口头诗学的术语，它本身意味着演述的情境性；“本文”指“表演中的创作”（compostion in performance）。之所以不选择“文本”（text），是因为它在结构主义诗学中被表示为去主体化的互文性产物；之所以不选择“作品”（work），是因为其暗含着作者对作品的绝对主导地位，这又与口头诗学中演述者身份不吻合。口头诗学的“本文”含义与美国学者安妮·赫莉提出的“新文本”相近，“新文本主义”将文本视为动态生成的对象而非静止的固定对象。参见尹虎彬：《口头诗学的本文概念》，载《民族文学研究》，1998年第3期，第89～93页。

② 朝戈金：《论口头文学的接受》，载《文学评论》，2022年第4期，第10页。

③ 王杰文：《表演研究：口头艺术的诗学与社会学》，北京：学苑出版社，2016年，第45页。

④ 朝戈金：《口头诗学的文本观》，载《文学遗产》，2022年第3期，第30～31页。

⑤ Thérèse de Vet，“Context and the emerging story：Improvised performance in oral and literate societies，”*Oral Tradition* 23.1(2008)：159-179.

着口头文学以“过程性”而非“文本性”的方式存在。口头文本除了故事的演述之外，还伴随着身体语言、音乐旋律、语言格律、乐器效果和演述人与受述人的互动等[①]。比如马尔加什人的“卡巴瑞”，整个演述就是婚姻双方的家庭参与的艺术性、论辩性和演述性的协商过程，其中充满着双方之间的情绪、张力等的变换和波动。[②]

（二）“情境语境”确保了口头诗学的“在场性”交流，让“可言说”的意义更精细地表达出来，让“不可言说”的意味能被“体知”（bodily knowing）到。凯瑟琳·扬（Katharine Young）称“情境语境”为“当下语境”（present contexts），并将其分为“携入性语境”（imported contexts）与“遭遇性语境”（encountered contexts）。[③] 首先，“携入性语境”指演述者和受述者所携带的感情情绪、个人历史、认知风格、过往经验等。鲍曼研究了说书人埃德·贝尔（Ed Bell）不同时期的《蜜蜂树》（*The Bee Tree*）文本，发现文本中情节的繁殖（proliferation of episodes）、新主题的添加（addition of new motifs）、形式技巧的挖掘（formal devices）和元叙事（metanarration）的出现等现象。比如元叙事使用的目的是演述者让受述者更加熟悉自己，从而产生更好的演述效果。贝尔向新的听众群体讲述《蜜蜂树》故事时必须增添故事背景和演述者的个人生活经历，从而形成良好的演述气氛。[④] 其次，“遭遇性语境”包括参与者的非言语行为、时空安排和参与者间的互动关系等。在口头文学演述过程中，具身性决定了其存在的情境性。口头文学除了通过声音传递出的信息之外，还有大量的非语言的舞蹈、姿态动作、眼神表情、仪式和游戏等非文本性的“演述行为”。[⑤] 口头文学将文学从文字性文本中解放出来，进入一种当下性、场景性和多感官性的全息文学语境中。“以表演为中心，就是要关注这种语境的整体性和当下性，而不是把语境拆分为鱼水关系，更不能把语境误解为主客对立的外在场所甚至讲述环境”。[⑥] 口头文化中存在的“非文本性”是以“默会知识”（tacit knowledge）

---

① 朝戈金：《口头诗学的文本观》，载《文学遗产》，2022 年第 3 期，第 33 页。

② ［美］理查德·鲍曼著，杨利慧、安德明译：《作为表演的口头艺术》，桂林：广西师范大学出版社，2008 年，第 46 页。

③ Katharine Young，“ The notion of context，”*Western Folklore* 44. 2(1985)：115-122.

④ Richard Bauman， *Story*， *Performance*， *and Event*： *Contextual Studies of Oral Narrative*. (New York：Cambridge University Press，1986)， pp. 98-99.

⑤ 王杰文：《表演研究：口头艺术的诗学与社会学》，北京：学苑出版社，2016 年，第 126 页。

⑥ 户晓辉：《民间文学的自由叙事》，北京：社会科学文献出版社，2014 年，第 99～100 页。

的方式存在着的。因而,口头诗歌的审美效果更多地呈现在不可言说的、隐秘的和模糊的现场气氛中。同时,语境的生成与身体的在场性有着内在关联。按照约翰·杜翰姆·彼得斯(John Durham Peters)所说,身体的在场意味着"触觉与时间的不可化约性"。在场的身体带来难以伪造的触觉和无法再生的时间,这是人和人之间真诚的唯一保证。"由于我们只能够和一些人而不是所有人共度时光,只能够接触一些人而不是所有人,因此,亲临而在场恐怕是我们能做到的最接近跨越人与人之间鸿沟的保证"。① 口头演述让演述者和受述者共享同一时间和场景,从而排除了不在场的人。于是,身体在场确证了情境中人与人的亲密关系。于是,口头文学演述的时间、地点和人物因素必然成为语境的重要构成部分。比如泰蕾丝·迪·威特(Thérèse de Vet)在研究巴厘岛的戏剧表演后发现,影响表演的"语境"包括:表演的地点(寺庙? 某人的家? 海滩?);表演的原因(节日?私人活动?);谁支付或赞助演出(社区? 个人?);以及表演的日期或时间(宗教节日? 私人纪念日? 吉日或非吉日?);等等。② 在论文《谚语和口头民俗的民族志》③中,阿雷瓦和邓迪斯通过研究约鲁巴谚语后发现,除了谚语使用的时间、地点和渠道之外,说话人和听者之间的身份关系也影响到谚语的选择。比如有些谚语只能长者对年轻人使用,另一些谚语则是在年龄相仿者之间使用。④ 可见,情境语境中的"携入性语境"和"遭遇性语境"都为口头文学的意义阐释与样态呈现提供了"框架"式的保证。

(三)口头文学与"文化语境"之间是一种展现和表征的意义关系。"展现"意味着一种镜式的反映和折射;"表征"则指代一种意向性的形塑和建

---

① [美]约翰·杜翰姆·彼得斯著,邓建国译:《对空言说:传播的观念史》,上海:上海译文出版社,2017年,第388页。

② Thérèse de Vet, "Context and the emerging story: Improvised performance in oral and literate societies," *Oral Tradition* 23.1(2008):159-179.

③ E. Ojo Arewa and Alan Dundes, "Proverbs and the ethnography of speaking folklore," *American Anthropologist* 66.6(1964):70-85.

④ 阿雷瓦和邓迪斯在论文中分析了十四条约鲁巴谚语的语境,其中四条只能是长辈讲给晚辈的:"我们用捏紧的拳头敲击我们的胸部。""一个试图表现得像个大人的孩子会发现他的年龄已经暴露了他。""白鸟不知道自己老了。""当一个孩子扮演一个孩子时,一个男人就应该扮演一个男人。"而以下几条谚语则是老者讲给老者听的:"如果一个人用右手打他的孩子,他应该用左手把他拉到自己身边。""大象的后代不能变成侏儒;大象的后代就像大象一样。""如果你当着孩子的面砍掉某人的头,他会一直盯着那个人的脖子。""小孩子的手够不到高架子,老人的手也伸不进葫芦里。"( E. Ojo Arewa and Alan Dundes, "Proverbs and the ethnography of speaking folklore," *American Anthropologist* 66.6(1964):70-85.)

构。口头文学既以“反映论”的方式呈现民族文化传统，又以“建构论”的方式介入和塑造文化形态。威廉姆·R.巴斯科姆（William R. Bascom）将口头民俗与文化之间的关系归纳为四个方面：其一，口头民俗是文化的一面镜子，它包含着对各种庆典、制度和技术的细节的描述，以及信仰、价值和态度的表达。[①] 口头民俗作为文化的一部分，一个民族的口头民俗只能在其文化语境中才能被充分理解。比如口头诗歌中的“程式”从字面上有时很难理解，须将其放回原初的“文化土壤”中去阐释；“程式”的意义光环是被过去产生的语境和传统所赋予的。[②] 比如《荷马史诗》中“肥胖的手”被用以描述优雅女性似乎不恰当，然而在古希腊史诗传统中，“肥胖的手”意味着“英勇”的品质。其二，口头文学的演述性确证（validate）和构建着其置身的文化语境。一方面作为“文化记忆”的口头文学承载着历史语境中价值取向、社会结构和生活状态。口头文学参与集体记忆中，这些集体记忆包括“被经历的时间”和“被唤醒的空间”。“被经历的时间”包括原始或重大事件，或者周期性事件（如节日），而“被唤醒的空间”指围绕“我”的“物的世界”（如器械、家具、房间）等。集体记忆给予我们持久的稳定感、价值感和社会地位，并将场所“空间化”以成为共同的文化象征。可以说集体记忆“不仅重构着过去，而且组织着当下和未来的经验”。[③] 另一方面口头文学的产生来自对文化的建构。比如马林诺夫斯基认为神话（myth）在原始文化中表达、提升和编纂信仰；守护并执行道德律令；担保仪式效率；囊括实用性规则。神话是人类文明必不可少的组成部分。它不是一种故事虚构而是辛苦劳作的行动力；它不是一种知识解释或艺术想象，而是原始信仰和道德智慧的实用宪章（pragmatic charter）。[④] 其三，口头文学在无文字的社会里有教育的功能。我们会通过寓言和民间故事给孩子们灌输普适性的价值观和法则，比如勤劳、孝顺和友好等；神话和传说常常包含着对神圣仪式、信仰准则和宗教信条、部落或氏族起源等的详细描述；箴言经常

---

① William R. Bascom, "Four functions of folklore," *The Journal of American Folklore* 67.266(1954):333-349.

② ［美］阿尔伯特·贝茨·洛德著，尹虎彬译：《故事的歌手》，北京：中华书局，2004年，第213页。

③ ［德］扬·阿斯曼著，金寿福、黄晓晨译：《文化记忆：早期高级文化中的文字、回忆和政治身份》，北京：北京大学出版社，2015年，第31～35页。

④ Bronislaw Malinowski, *Magic, Science and Religion and Other Essays*. (Illinois: The Free Pres, 1948), p. 79.

被非洲人描述为祖辈遗传下来的智慧；谜语被当作教诲的策略以磨砺孩子们的智慧。① 其四，口头文学凝聚个体思维和行为，以维持行为模式的一致性(conformity)。谚语、谜语和民间传说不仅确证着制度、信仰和态度的合理性，而且作为重要手段控制和影响社会文化。比如约鲁巴谚语"无论针头有多小，鸡都不能吞下它"揭示了一个教训：对于一个强大的对手来说，一个弱者可能带来始料未及的麻烦。这用于警告强大的对手保持对说话者的尊重。

无论是将口头文学理解为事件、交流还是演述，语境都是其核心范畴。邓迪斯认为关于口头文学的文学批评也应该作为语境的一部分被记录下来，并且口头文学批评必须是本地的(native)而非外来的(exogenous)文学批评。本土文学批评可以被视作"民族文学"(ethno-literature)的一个方面，与民族植物学、民族动物学等平行。本土文学批评并不能替代分析性文学批评，但它肯定应该作为民族志的语境被记录下来。② "口头文学批评"就是邓迪斯口中所说的"元民俗"(metafolk)，即"关于民俗的民俗"，在谚语中就是"关于谚语的谚语"。比如约鲁巴谚语："谚语就像一匹马：当真理缺失时，我们用谚语来找到它。"③还有口头文学讲述过程中的解释性批评或旁白，也使得其自身具有了突破"第四堵墙"的效果。邓迪斯认为口头文学批评应该少些文本，多些伴随文本的语境。

总的来说，从语境的空间性维度来看，书面文学和口头文学对"语境"的理解是完全不同的。书面文学谈及语境时将其视为容器，其原因在于文字书写文学的过程本身就是将其从语境之中剥离的过程。口头文学让我们明白，并非存在一个先在的、实在的、静态的语境等待其分有；文学并非外在于而是内嵌于语境中，文学就是语境的一部分；文学的一举一动都改变着语境。对于口头文学来说，"语境"是一种天生的、本然的和内置的范畴，反倒成为不被突出的概念。口头文学的"语境性"表明"语境"是文学具有的本然状态。

---

① William R. Bascom, "Four functions of folklore," *The Journal of American Folklore* 67. 266(1954): 333-349.

② E. Ojo Arewa and Alan Dundes, "Proverbs and the ethnography of speaking folklore," *American Anthropologist* 66. 6(1964): 70-85.

③ Alan Dundes, "Metafolklore and oral literary criticism," *The Monist* 50. 4(1966): 505-516.

## 二、艺术人类学中的语境理论

艺术人类学相较于其他艺术理论研究的最大不同在于搁置艺术形而上学的本质思考，将艺术对象放回其所处的原生态历史语境之中。正如阿尔弗雷德·盖尔(Alfred Gell)所说，人类学是社会科学而非人文学科，因而艺术人类学关注的重点是艺术创作、传播和接受的社会语境，而非对具体艺术品的评价。[①] 人类学对艺术的研究方法之一就是将艺术置于产生该艺术的社会语境中。我们阐释艺术时可以将其从另一社会的接受者来审视，也可以将其与一些有关人类状况的普遍命题相联系。但是最首要的是将该艺术放回其民族志的语境之中。[②] 雷蒙德·弗斯(Raymond Firth)也认为要理解艺术对象，只研究普泛性的人类价值和情感是远远不够的，需要将艺术置于特定文化语境和时空语境中加以研究。[③]

为何语境对于艺术人类学如此重要呢？其根源在于艺术人类学理解艺术本质不同于传统艺术哲学的方式。艺术并不仅仅是“美的艺术”，从原初来说更是实用的艺术。理查德·L.安德森(Richard L. Anderson)认为我们不能将“美”视为艺术的本质或共同特征，因为浴室歌曲可能缺乏美，而漫步和旧石器可能颇有审美效果。如果将纯粹的愉悦视为艺术的话，闲暇漫步就成了艺术，而毕加索的《格尔尼卡》则不属于艺术。[④] 艺术不能被视为由非功利性决定的存在，因为它也包含功利性的社会交往、宗教涵义、文化仪式等，比如原始艺术中极少存在“为艺术而艺术”的风景画，更多的是传递信息的图画艺术和记录重要事件的历史艺术。[⑤] 再比如，非洲人对物品漂亮与否的判断不是来自无目的的形式，而是其社会文化价值和道德价值。[⑥] 因此，盖尔认为“艺术品的本质是社会关系母体(语境)的一种功

---

① Alfred Gell, *Art and Agency: An Anthropological Theory*. (Oxford: Clarendon Press, 1998), p. 3.

② Jeremy Coote and Anthony Shelton (eds.), *Anthropology, Art, and Aesthetics* (New York: Oxford University Press, 1992), p. 4.

③ Raymond Firth, *Elements of Social Organization*. (London: Tavistock Publiations, 1971), p. 162.

④ [美]理查德·L.安德森著，李修建、庄振富、王嘉琪译:《艺术人类学导论》，北京:文化艺术出版社，2023年，第13页。

⑤ [澳]莱昂哈德·亚当，李修建、庄振富、向芳译:《原始艺术》，北京:文化艺术出版社，2022年，第22页。

⑥ [美]理查德·L.安德森著，李修建、庄振富、王嘉琪译:《艺术人类学导论》，北京:文化艺术出版社，2023年，第23页。

能，艺术品是嵌入在社会母体中的。艺术品没有独立于关系语境的内在的本质”。[①] 艺术人类学认为艺术并非孤立的、纯粹的、以单数的形式存在，而是置身于日常生活的、多元的复数关系体，它强调艺术是一种地方性的经验和感觉。[②]

艺术人类学研究关注艺术对象与语境之间的生成与制约关系。在艺术人类学看来，无论以哪种样态存在，艺术必然与语境处于内嵌关系中。艺术的语境性存在与对艺术语境的研究是不同的。对“艺术”的研究是先以特殊方式“悬置”对象，然后审视其与文化历史语境之间的相互作用。

在艺术人类学领域，范丹姆是对语境关注特别多的学者。范丹姆认为哲学美学的思辨性研究言辞完美却无比空洞，他欣赏费希纳式的自下而上的经验美学。[③] 具体地说，传统美学研究受到哲学美学的影响：偏重于艺术（特别是高雅艺术）的审美研究而忽视对非艺术的日常美学的研究；偏重于“视觉艺术”而略过“表演艺术”的研究；强调审美感官中的“视觉”和“听觉”而绕开嗅觉、味觉和触觉感受。范丹姆主张艺术人类学应将艺术现象嵌入社会文化语境中，在艺术研究中对“经验性立场、跨文化视角以及对社会文化语境的强调，乃是典型的人类学方法”。[④] 不同群体的艺术审美偏好的差异性往往是“由在某一既定的文化及其所赖以产生的变化着的社会文化语境之间的系统的、有效的跨文化联系所形成的，这种语境性研究方法有可能会具有一种解释性的价值”。[⑤] 为何要将社会文化语境引入艺术审美批评之中呢？他认为对艺术经验的审美判断不仅限于口头表达的内容，还应该对围绕和支撑“内容”的“语境”进行考察，比如语调、肢体语言、面部表情等非口头性反应。艺术评价还不能仅从现存的物品中推导出一套审美标准，因为有可能存在创作者故意用偏离当地审美标准的方式丑化自己的作品，那么根据最终作品进行的审美判断就会出现问题。即便从作

---

① Alfred Gell, *Art and Agency: An Anthropological Theory*. (Oxford: Clarendon Press, 1998), p. 7.

② 向丽：《人类学批评与当代艺术人类学的问题阈》，载《思想战线》，2016年第1期，第26～34页。

③ [荷]范丹姆著，李修建、向丽译：《审美人类学：视野与方法》，北京：中国文联出版社，2015年，第19～21页。

④ [荷]范丹姆著，李修建、向丽译：《审美人类学：视野与方法》，北京：中国文联出版社，2015年，第35～39页。

⑤ [荷]范丹姆著，李修建、向丽译：《审美人类学：视野与方法》，北京：中国文联出版社，2015年，第54页。

品中顺利地分析出某些美学属性，我们依然无法知晓这些属性在原初制作者的文化语境中是不是被看重的，因为我们是以自己的文化语境来衡量判断作品属性的重要性的。"仅仅研究博物馆的藏品，根本不可能再现那些方法，实际上，艺术家抽象的审美理想与工艺技能、手头的材料、实用的考量以及他人批判性的评价结合在一起，共同生产出了最终的作品。只有将注意力放到艺术家对他们的审美目标的陈述，以及将实际的生产过程作为对他们的审美理想的反思之时，才有可能理解这一创作过程"。[①]

在艺术人类学研究过程中逐渐浮现出一些问题：存不存在艺术的普遍性，或者说全人类都欣赏的艺术形式及其原则？如何解释这种普遍性？普遍性是一种基因进化和生理本能呢？还是人类经验和价值的共享呢？[②]范丹姆的艺术人类学既关注人生物层面的审美普遍性问题，又关注不同文化语境中的艺术审美特殊性问题。在审美的普遍主义和相对主义之间，范丹姆选择凝合而非割裂和对立。换句话说，受文化相对论的影响，他既重视社会文化语境对艺术审美的塑造，同时又认为在人类心理的底层存在先天配置的"中央模块"或"心理程序"，比如天生惧怕蛇、忠于自己的亲人等。"其中一些功能性的专门'程序'——由以遗传指令为基础建构的神经回路组成——是相当稳固的，而另一些程序在与外界提供的信息的交互作用中，变得具有伸缩性和可塑性。事实上，人们越来越清楚地认识到，环境因素（通过打开或闭合它们）能够影响基因的表达，最终揭示了'先天即有还是后天培育'(nature versus nurture)的二分法是错误的"。[③] 之所以走向进化论美学的路子，是因为范丹姆受到艺术社会学家恩斯特·格罗塞(Ernst Grosse)的影响。范丹姆眼中的格罗塞是第一位有意识地采用人类学方法研究艺术的学者。格罗塞认为艺术情感和通过特定媒介表达艺术情感的能力是人类的共性，他"假定存在全人类的审美需要以及普遍的艺术冲动"。与此同时，格罗塞又兴奋于"审美普遍性"中的例外美学现象，比如他从日本立轴画没有遵循西欧黄金分割比中可以发现他更为强调"美学的文化相对主义"，即"当地语境"。格罗塞为艺术人类学提供了一种语境思路："美学应以人类学为楷模，以经验为基础，以语境为导向，进行跨文化

---

① ［荷］范丹姆著，李修建、向丽译：《审美人类学：视野与方法》，北京：中国文联出版社，2015年，第115～116页。

② ［荷］范丹姆著，向丽译：《审美人类学导论》，载《民族艺术》，2013年第3期，第71页。

③ ［荷］范丹姆著，李修建、向丽译：《审美人类学：视野与方法》，北京：中国文联出版社，2015年，第144～145页。

的比较研究。"[①]可以说，艺术人类学的研究方法同样植根于语境范式之中。

## 第四节　语言论文论中语境理论的知识谱系

19世纪末20世纪初，维特根斯坦、海德格尔和索绪尔等带来了语言论转向，这直接改变了西方文艺理论言说文学的话语方式和思维模式。张瑜将语言论文论分为两条路径：一是"以研究抽象语言自身形式结构特征为中心的"、内转型的语言论文论，包括俄国形式主义、新批评主义、结构主义和解构主义等；二是"以考察现实环境中实际使用的语言特征为中心"的外转型语言论文论，包括"巴赫金的言谈对话理论""后结构主义的话语理论"和"英美言语行为理论"。[②] 我们认为对语言论文论中的语境理论的梳理，从外转型语言论文论进行梳理更为恰当，因为内转型语言论文论本质是"反语境""非语境"或"去语境"的。

其一，俄国形式主义将文学视为独立于社会文化语境的独立自足体。受到索绪尔的"共时语言学"观念的影响，什克洛夫斯基认为诗歌语言与实用语言是对立的。诗歌语言反抗着日常语言的机械化、无意识化和代数化倾向，强调"第一次"见到事物时对其的"视象"式的描述，即"反常化"（"陌生化"）。[③] 巴赫金明确反对形式主义的"陌生化"，他认为"陌生化"并非为了感受事物本身（即所谓的"使石头变成石头"），而应该为了"道德价值"这样的语境性要素。[④] 其二，被克里格称为"语境批评"的新批评派本质上是一种封闭的文学研究。冯黎明认为新批评派的"语境"指文学文本内部的"上下文"；新批评派本质上依然是"形式主义理论"。新批评派的研究方式拒绝将文本置于外在环境中以界定其意义。[⑤] 其三，语境范式对于结构主义语言流派来说是不成立的。索绪尔认为语言学的研究应该从语言的"历

---

① ［荷］范丹姆著，李修建、向丽译：《审美人类学：视野与方法》，北京：中国文联出版社，2015年，第26～27页。

② 张瑜：《文学言语行为论研究》，上海：学林出版社，2009年，第2～3页。

③ ［俄］维克托·什克洛夫斯基等著，方珊等译：《俄国形式主义文论选》，北京：生活·读书·新知三联书店，1989年，第6～8页。

④ ［俄］米哈伊尔·巴赫金著，李辉凡等译：《巴赫金全集》第二卷《周边集》，石家庄：河北教育出版社，1998年，第187～188页。

⑤ 冯黎明：《学科互涉与文学研究方法论革命》，武汉：武汉大学出版社，2014年，第117～118页。

时"研究转向"共时"研究，从关注"所指"到转向"能指"和"能指"之间的区别性联系。相应地，文学作品所处、所指与所牵涉的"语境"也随着索绪尔对"语言"的强调一并被切割了，留下的只有作品本身。结构主义文论从固定的、静止的和抽象的语言模型或结构来解释千差万别的文学现象，比如阿尔吉达斯·朱利安·格雷马斯(Algirdas Julien Greimas)的"意义矩阵"、茨维坦·托多罗夫(Tzvetan Todorov)的"叙事语法"和热拉尔·热奈特(Gérard Genette)的叙事学理论。他们将"语境"视为理论构建中的绊脚石并将其排除在外。以至于后经典叙事理论家反对去语境化的经典叙事学。他们认为叙事研究必须与作者语境、读者语境和社会语境结合起来研究。后经典叙事理论也往往被称为"语境主义叙事学"。[①] 其四，在解构主义文论中"语境"本质上是以"能指"在"能指"链中无限滑动形成的语境。这种语境依然秉持的是结构主义的"去主体性"思维，比如朱丽娅·克里斯蒂娃(Julia kristeva)的"互文性"(intertextuality)，就是用互文性替代了主体间性(inter-subjective)。[②] 我们认为主体语境是"语境诗学"的有机组成部分，"去主体性"的语境表面上在思考"关系性"，但是这种"关系性"并不能构成整一性的"文学语境"。

基于对内转型语言论文论的探讨，我们将语言论文论中语境理论集中于外转型语言论文论，即"对话论"文论、"文学言语行为论"和"话语论"文论中的语境理论。

## 一、"对话论"文论中的语境理论

俄国文艺理论家巴赫金和德国哲学家伽达默尔都在他们的语言哲学中探讨了"对话"理论。索绪尔以"语言"(langue)替代了言语(parole)，主张在无数变化的语言现象背后寻找到一套类似于词典的、抽象的、静态的语言结构。巴赫金认为并不存在这样一种独白型的语言，所有的语言都浸透着主体之间的对话。这种"对话论"可以延伸至文艺作品和现象的阐释批评中。我们将"对话论"在文艺理论中的应用称为"对话论"文论。

巴赫金用"表述"(俄语可译为"话语")来表示这种言语交际的基本单

---

① Seymour Chatman, "What can we learn from contextualist narratology?" *Poetics Today* 11.2 (1990): 309-328.

② Julia Kristeva, *The Kristeva Reader*. (New York: Columbia University Press, 1986), p. 37.

位。从简单的问与答，到建议与接受，再到命令与执行等对话都是语言本然的属性。不同的“表述”之间所形成的对话关系共同属于“超语言学”(metalinguistics)。在超语言学中，词语不再是抽空血肉的骨头，而是具有生命的、充满“对话的泛音”的“表述”。中态的语言之词可以保证语言的共同性和言说者互相的可理解性，言语交际中的“表述”则保证了言语交际的具体语境。他认为“表述”是“其他人们的他人之词，它充满他人表述的回声”；是“我的词，因为既然我同它在一定情景中打交道，并有特定的言语意图，它就已经渗透着我的情态”。[①] 我们从这两个层面来具体阐述“表述”中的语境思想。

第一，“表述”内置着语言主体之间的对话性和表述者“表述”之外的“非语言”维度。“表述”的边界存在于“不同言语主体的交替处，即决定于说话者的更替”。从日常对话到长篇小说，其明确的开头、结尾对于“对话”来说都只是表面的，在开头之前、结束之后都有他人的表述和应答。即便是在演说体裁中，说者也会自问自答甚至自我反驳。作为“表述”的对立概念，“句子”受限于语法边界性、完成性和同一性，与现实语境、他人表述并不存在直接的关系。“句子”是“无主”的，不属于、不针对任何人；而“表述”包含作者和受话人。以“句子”作为语言分析单位便歪曲了“句子”本质上是言语交际单位的“表述”。比如一个单独的句子“太阳出来了”，是无法反应对话中的真实情境的。它可以是现实中起床的呼叫声，也可以是文学作品中的象征景观。因此，句子对于整个表述来说只是一个“意义要素”，只有在“整体”(即语境)中才能获得自己最终的涵义。[②]

“对话”是“双方对语之间的关系”，“独白”是“两个句子之间的关系”。因此，从表面上看，“对话”与“独白”是截然不同的。但巴赫金却认为二者只是程度不同而已。因为每个“独白”在某种程度上都是对语，它要求先有听者，不管听者是另一个自我，还是想象里的他人。所以“独白”的听者具有不确定性和群体性。并不存在不诉诸任何人、纯粹表达个人想法的、绝对的独白。如果真的存在绝对的独白，那它不需要使用被人可以听懂的语言。当“独白”中的情态增强时，其对话的潜力也随着增强。因而，一切语

① [俄]米哈伊尔·巴赫金著，白春仁等译：《巴赫金全集》第四卷《文本 对话与人文》，石家庄：河北教育出版社，1998年，第174页。

② [俄]米哈伊尔·巴赫金著，白春仁等译：《巴赫金全集》第四卷《文本 对话与人文》，石家庄：河北教育出版社，1998年，第154～168页。

言都是对他人说的语言，一切表述都具有对话性。[①] 即便是陀思妥耶夫斯基作品中的“忏悔”也不是个体的“自我倾诉”和“自我辩护”，而是意识间的对话关系。对话理论走向了对话主义。从人类整体的宏观角度来说，不存在第一句话，也不存在最后一句话。对话“从来不是固定的（一劳永逸完成了的、终结了的），它们总是在随着对话进一步发展的过程中不断变化着（得到更新）”。[②] 唯心主义语言学将语言视为独白，这是典型的去语境化；而超语言学将语言视为“对话”，则是在言语交际的基本单位处证明其语境性。

我们以“外位性”审视自我，即在自身之外看自己，从他人的眼睛和视点看自己。人自我的形成来自对话，即内在的无限性与别人眼中的渺小性的“平均”。[③] 巴赫金认为陀思妥耶夫斯基的基本主题和人物形象之一就是小说里主人公对他人的依赖，故而他将陀思妥耶夫斯基的小说称为“复调小说”。他小说中的人物都处于与世界相交的“切线”或“门坎”上，“作家把人带出了世界、宅邸、房间”，即便在一个人的内心深处，“同样也是一个边缘，是门坎（他人心灵的门坎）”。[④] “表述”出来的东西都是外在于说话者“心灵”外的，有他人参与进来的东西。文学作为一种“表述”同样存在着对话性，文学风格和文学体裁的选择便来自“假定性的或半假定性的”受话人，比如读者、听众、受众和后代。文学往往隐秘地演绎着像对话、日常叙事、信函、日记等这样的言语交际形式。[⑤]

第二，“表述”本身携带着情态性或者评价性，这使得“表述”明显具有主体情感和价值语境。“句子”是中立的、无情感评价的语法单位，而“表述”在言语主体完成“指物意义”后，会对表述内容进行主观情感评价，即具有“情态性”。作为句子“他死了”是无情态的中性单位，但是在不同的表述语境中可以是哀伤的，也可以是狂欢的。这其实将无数对话的主体作为语

① [俄]米哈伊尔·巴赫金著，白春仁等译：《巴赫金全集》第四卷《文本 对话与人文》，石家庄：河北教育出版社，1998年，第191～195页。

② [俄]米哈伊尔·巴赫金著，白春仁等译：《巴赫金全集》第四卷《文本 对话与人文》，石家庄：河北教育出版社，1998年，第391页。

③ [俄]米哈伊尔·巴赫金著，白春仁等译：《巴赫金全集》第四卷《文本 对话与人文》，石家庄：河北教育出版社，1998年，第82页。

④ [俄]米哈伊尔·巴赫金著，白春仁等译：《巴赫金全集》第四卷《文本 对话与人文》，石家庄：河北教育出版社，1998年，第89页。

⑤ [俄]米哈伊尔·巴赫金著，白春仁等译：《巴赫金全集》第四卷《文本 对话与人文》，石家庄：河北教育出版社，1998年，第185页。

境要素置入语言的基本单位中。因此,我们并不是通过作为语言单位的“句子”在打交道,而是同言语交际中的“表述”在发生联系。我们应该对“作为语言之词语”作出同情、赞同、反对或促成行动的对话立场。巴赫金进一步认为主体对事物和事件的感受和表述必然具有一种情态性和价值性。词语的选择是以构思中的表述整体为出发点的,而构思所创造的整体却总是饱含感情色彩的;正是这个整体把我们的情态辐射到我们所选的每个词语身上,即用整体的情态去感染词语。[①] 于是,主体情态让其所有表述在整体上呈现出一种语境感。

巴赫金列举了“对话语”的各种语体,如沙龙的语体、亲昵的语体、官方或事务谈话的语体。他认为不同语体的选择取决于语境:对话者间的关系、交谈的目的或主题、所处的物理环境等。在长篇小说中同样存在不同语体间的对话关系,比如普希金的抒情诗和长篇小说中的“古旧词语”。词语的使用并非处于“指物”的考虑,言语主体通过言语情态呈现不同的人物形象,比如随着对话对象、交谈目的和生活情境的变化,乞乞科夫语言中语体和格调发生变换。[②]

除了“对话论”蕴含的语境思想外,巴赫金还直接对语境进行了阐释。他认为语言服务于整个社会(所有的阶级社会群体)和社会生活的各个领域,同时还服务于“一切可能的唯一而不可重复的情境”、“说者和写者的一切可能的独一无二的意图”等。在语言系统未发生变化的时期内,人对世界的认识却丰富了。因此,巴赫金认为语言的语境意义才是研究的重点。[③] 他将语境分为“语言语境”和“非语言语境”、“表述的语境”和“理解的语境”、“独白语境”和“对话语境”。[④] 这为“语境诗学”的维度构建提供了重要的理论帮助。

伽达默尔语言理论中的对话思想是在反对形而上学语言理论基础上建立的。“现在我自己也不得不反对海德格尔,我认为根本不存在形而上

---

① [俄]米哈伊尔·巴赫金著,白春仁等译:《巴赫金全集》第四卷《文本 对话与人文》,石家庄:河北教育出版社,1998年,第169~172页。

② [俄]米哈伊尔·巴赫金著,白春仁等译:《巴赫金全集》第四卷《文本 对话与人文》,石家庄:河北教育出版社,1998年,第197~198页。

③ [俄]米哈伊尔·巴赫金著,白春仁等译:《巴赫金全集》第四卷《文本 对话与人文》,石家庄:河北教育出版社,1998年,第217页。

④ [俄]米哈伊尔·巴赫金著,白春仁等译:《巴赫金全集》第四卷《文本 对话与人文》,石家庄:河北教育出版社,1998年,第228页。

学的语言……实际上只存在其内容由语词的运用而规定的形而上学概念，就如所有的语词一样”。[①] 他认为并不存在一种封闭的、神秘的、自说自话的自为性语言，语言只存在于实际的使用之中。所有语言的存在都具有“无我性”(ichlosigkeit)，“只要一个人所说的是其他人不理解的语言，他就不算在讲话。因为讲话的含义就是对某人讲话。讲话中所用的词所以是合适的词，并非仅因为这些词向我自己表现所意指的事情，而是因为它们使我正与之讲话的另一个人也了解这件事情”。[②] 所有的语言中必然包含着说话者与听话者的可能关系，否则就不可能有任何说话。“讲话并不属于‘我’的范围而属于‘我们’的范围”。[③] 人与人之间真正的谈话是不按任何一方意愿进行，并达到谁都不可能事先知道的结果。语言便在谈话之中具有自己的“真理”，即“语言能让某种东西‘显露出来’(entbirgen)和涌现出来，而这种东西自此才有存在”。[④]

伽达默尔所说的“对某人讲话”与巴赫金的“对话论”极为相似。语言的对话性共同塑造了语言游戏理论，并直接延伸到艺术存在方式的思考中。不同于儿童游戏的自为性，宗教膜拜游戏和观赏游戏是以“为……表现着”的方式存在着的。比如戏剧一方面是处于自身封闭世界的游戏，另一方面又向观赏者敞开，并在观赏者那里获得完全的意义。游戏者和观赏者形成一个整体。“只是为观赏者——而不是为游戏者，只是在观赏者中——而不是在游戏者中，游戏才起游戏作用”。[⑤] 即便是室内音乐这样的艺术形式，演奏者力求让音乐演奏给某个倾听的人，这样才能更好地将音乐表现出来。艺术一定是为某人而存在的。

“为……表现着”的艺术观念是“对某人讲话”的延伸。艺术品不再自为存在，而是由于观赏者的存在而存在。伽达默尔语言观中“语境”思想的最重要的一部分是确证了读者语境的必要性。这种必要性源于对艺术品

---

① ［德］汉斯-格奥尔格·伽达默尔著，洪汉鼎译：《真理与方法——补充与索引》，北京：商务印书馆，2010 年，第 13～14 页。

② ［德］汉斯-格奥尔格·伽达默尔著，洪汉鼎译：《真理与方法——补充与索引》，北京：商务印书馆，2010 年，第 189 页。

③ ［德］汉斯-格奥尔格·伽达默尔著，洪汉鼎译：《真理与方法——补充与索引》，北京：商务印书馆，2010 年，第 189 页。

④ ［德］汉斯-格奥尔格·伽达默尔著，洪汉鼎译：《真理与方法——哲学诠释学的基本特征》，北京：商务印书馆，2010 年，第 539 页。

⑤ ［德］汉斯-格奥尔格·伽达默尔著，洪汉鼎译：《真理与方法——哲学诠释学的基本特征》，北京：商务印书馆，2010 年，第 162 页。

同一性和差异性的追问。艺术一方面处于时间之流中，另一方面又以“无时间性”对立于时间。究竟是什么保证了艺术作品在历史语境中的同一性。伽达默尔认为神学中的“神圣的时间”与艺术作品的无时间性类似，然而在缺少神学确认的情况下，我们真正关注的是艺术作品的“时间性”。比如重复出现的“节日”，它“既不是另外一种庆典活动，也不是对原来的庆典东西的单纯回顾”。[①] 一次次重复的节日庆典却在不同情境、不同时间、不同地域中呈现出“异样的东西”。这些异样性来自节日本身所内置着的“偶缘性”。“偶缘性”指的是“意义是由其得以被意指的境遇（gelegenheit）从内容上继续规定的，所以它比没有这种境遇要包含更多的东西”。[②] 比如戏剧和音乐的每次演出都是在不同境遇中呈现出自身的。即便像雕塑也不是自在存在的，“艺术作品本身就是那种在不断变化的条件下不同地呈现出来的东西。今日之观赏者不仅仅是以不同的方式去观看，而且他也确实看到了不同的东西”。[③] 文学作为语言遗传物不像戏剧和音乐，其阅读行为似乎脱离了一切境遇和偶然性。文学阅读与观赏者观看绘画相同。阅读、朗诵和演出作为一种再创造，都是文学艺术作品本质的一部分，“文学概念决不可能脱离接受者而存在”。[④] 艺术本身与观赏者之间是一种“共在”关系。“共在”不仅仅是“同在”，它更多地具有沉浸式的参与性。

## 二、“文学言语行为论”中的语境理论

语言学转向之前的文学理论，将文学语言视为表达文学观念的工具和反映文学世界的手段。文学思想是相对于文学语言存在的“先在者”，文学语言只需要通过被动地命名和言说“先在者”即可。这种文学语言观即西方语言哲学中的“符合论”，维特根斯坦前期的语言思想便是这样产生的。维特根斯坦受法庭上车祸事故的“模拟沙盘”的启发，认为语言是对世界一一比一的“复制”；对世界的研究不需要到世界之中去，只需要研究描述世界

① ［德］汉斯-格奥尔格·伽达默尔著，洪汉鼎译：《真理与方法——哲学诠释学的基本特征》，北京：商务印书馆，2010年，第181页。

② ［德］汉斯-格奥尔格·伽达默尔著，洪汉鼎译：《真理与方法——哲学诠释学的基本特征》，北京：商务印书馆，2010年，第211～212页。

③ ［德］汉斯-格奥尔格·伽达默尔著，洪汉鼎译：《真理与方法——哲学诠释学的基本特征》，北京：商务印书馆2010年，第217页。

④ ［德］汉斯-格奥尔格·伽达默尔著，洪汉鼎译：《真理与方法——哲学诠释学的基本特征》，北京：商务印书馆，2010年，第236～237页。

的语言即可。但是，从 J. L. 奥斯汀(J. L. Austin)开始到 J. R. 塞尔(J. R. Searle)、玛丽·路易斯·普拉特(Mary Louise Pratt)、于尔根·哈贝马斯(Jürgen Habermas)等都认为语言除静态的命名世界的功能外，还具有交流和做事的功能。

奥斯汀认为语言有两种功能："以言表意"和"以言行事"，分别对应记述话语(performative utterance)和述行话语(constative utterance)。记述话语表达对世界的陈述(statements)，因而涉及真与假的判断，比如"月亮围绕地球转"。述行话语不仅仅在于言说对象，尽管语法上看起来在陈述事态——奥斯汀称其为"伪装"(masqueraders)。述行话语表达的不在于作出真与假的评判，而在于去做事情，比如"我保证去学习"。因此，当我说天下雨时只是在陈述事实，而不是在打赌、争论或警告。因此，在言语行为的观念下，奥斯汀认为自己面对语言时，首先想到的不是将其视为"句子"，而是将其看作情境中的话语。[①] 言语行为理论将所有语言都视为一种"行为"和"事件"。这种语言的施为性，使得语言和世界的情境之间产生必然的关联，因而"言语行为理论经常被称为支持的中心观点之一就是语境主义"。[②] 国内较早研究文学言语行为理论的张瑜认为文学话语并非"一种假装、类似的"言语行为，它在"字面意义""交往意义"和"效果意义"实现着文学对世界的实践。[③] 言语行为理论影响了许多理论家的思想，比如保罗·利科(Paul Ricoeur)、沃尔夫冈·伊瑟尔(Wolfgang Iser)和阿诺德·贝林特(Arnold Bennett)的文艺观念。

利科受到奥斯汀和塞尔的影响，认为人说话的重心并非说了什么话，而在于通过"说"的行为向别人展示着某种价值倾向，"说"的动作并非对世界的陈述而是对世界的"行动"和介入。说话是一种事件，而结构主义语言学则悬置了语言"使用"的维度。其一，语言系统本质上是一种虚拟的建构，处于时间维度之外；话语则是在当前被实现的。其二，语言系统缺失"谁在说"的"主体"，而话语必然和言说主体关联在一起。其三，语言系统是以符号之间的区别性构建起来的：符号的存在是以其他符号为基础的；符号的意义于是从"所指"(世界)转向"能指"(符号)。但是，话语必然会指

---

① J. L. Austin, *How to Do Things with Words*. (London: Oxford University Press, 1962), pp. 133-138.

② Jay Schleusener, "Convention and the context of reading," *Critical Inquiry* 6.4 (1980): 669-680.

③ 张瑜:《文学言语行为论研究》,上海:学林出版社,2009 年,第 63 页。

涉“一个它试图描述、表达或者表象的世界”。[①] 对时间性、主体性和世界性的强调使得话语超越语言成为“事件”:“思想行为”。语言并非对事物和事件的描述,也不是对内心情感和感受的符号性展示,而是介入和处置世界的行动。

语言的最小单位是“符号”,话语的基本单位是“句子”。在由“句子”构成的“作品”中,话语是实践和技艺的对象。正如利科所引亚里士多德的话,医生医治的对象并不是“人”,而是某个“具体的人”。故而,“实践”针对的是个体,并将“复杂的语境”(真实经验世界里的社会条件)熔铸在一起。当语言的媒介从话语变迁为文字后,文学文本被固化为外在的物质性对象。作者“事性”的意向与文本作为“物性”的意指不再一致。文本便可以脱离原初语境,并将自身带入新的语境。当指向事物和表述世界的话语变为文本之后,文本由于其遵循语言系统的“内循环”规则,故而它去除了话语语境中的“主体”“空间-时间”“共享的处境”和“呈现行为的具体条件”等。[②] 语境,特别是指涉对象被悬置于空中,文本外在于世界或处于“无世界”之中。相反,在话语(或“言语”)中,“言说双方都是在场的,但是同时出现的还有话语的处境、气氛、情境。正是就这种情境来说,话语是充满意义的;指向现实最后就是指向这个现实,即‘围绕着’言说者而得以呈现的现实,‘围绕着’——如果我们可以这么说——话语现时发生得以呈现的现实;另外为了保证这种(现实在交谈情境上的)锚定,语言提供了很好的配备;指示词、关于时间和地点的副词、人称代词、动词时态以及一般来说所有‘间接的’或‘直接的’指涉用词都是用来把话语锚定在围绕话语现时发生的情境现实里”。[③] 在利科看来,最容易被视为“无主体”的话语“猫在草席上”与“我证明猫在草席上”具有相同的价值。那么,“我证明……”其实就是“我向你证明……”。一方面,表面上是描述的语言,实际上“同时包含一个说话的‘我’和一个作为前者说话对象的‘你’”。另一方面,指示词将语言引向说话者周围的对象(如“这个”)、说话者的地点(如“这里”)和“所

---

① [法]保罗·利科著,夏小燕译:《从文本到行动》,上海:华东师范大学出版社,2015年,第108页。

② [法]保罗·利科著,夏小燕译:《从文本到行动》,上海:华东师范大学出版社,2015年,第116～119页。

③ [法]保罗·利科著,夏小燕译:《从文本到行动》,上海:华东师范大学出版社,2015年,第151页。

有与说话者的话语同时发生的事件”（如“现在”）。[①] 在话语的语境研究中，利科恢复了主体情境：“只有当说话者们被言语行为推上表演舞台，而且是有血有肉的说话者，并带有他们的世界经验和不可替代的世界观时，对话情境才具有事件的价值。”[②]

同时，伊瑟尔的阅读理论也明显受到奥斯汀和塞尔的言语行为理论的影响。伊瑟尔认为小说阅读是一种语言活动，“它建立了本文与读者间的交叉”。[③] 在《阅读活动——审美反应理论》中伊瑟尔提到，奥斯汀区分了言语活动中的陈述性与活动性：陈述性话语独立于实用语境之外；而活动性话语因其创造性和施为性产生了“以前没有的新东西”。换句话说，活动性话语在“语境”中产生的新意义依赖特定的语境。要成功地实现言语活动，“话语必须唤起对接受者与发言者同样有效的惯例，而惯例的运用还要与环境联系起来……语言活动中的参与者的意志要与活动的环境或语境相称副”。[④] 区分陈述性话语和活动性话语之外更要思考“话语”与“活动”之间的联系。伊瑟尔着重强调“以言表意”之外的“超表达”和“非表达”。言语活动中的“超表达”语言会对接受者产生现实效果，而“非表达”意味着在陈述者与接受者共处的惯例与程序中，“接受者一般只能从环境、语境中获取的东西”。[⑤] 这两种“表达”都深深地关联着言语的“语境”。

谈及文学语言，奥斯汀和塞尔认为它不具有行动性，是“空洞无物”的。因为从实用角度来说，文学语言“并不导致真实语境中的真实活动”。换句话说，“它不能唤起惯例与既定成规，无法与某种语境联系起来，将话语的意义固定化”。[⑥] 不过，小说语言与普通语言只是在遵守惯例上的方式不同而已，虚构文本以一种出乎意料的方式对社会文化惯例进行组合和调节。惯例因失去有效性而成为被观察的对象。文学对外在现实“发出质

---

① [法]保罗·利科著，佘碧平译：《作为一个他者的自身》，北京：商务印书馆，2013年，第66～69页。

② [法]保罗·利科著，佘碧平译：《作为一个他者的自身》，北京：商务印书馆，2013年，第73页。

③ [德]沃尔夫冈·伊瑟尔著，金元浦、周宁译：《阅读活动——审美反应理论》，北京：中国社会科学出版社，1991年，第66页。

④ [德]沃尔夫冈·伊瑟尔著，金元浦、周宁译：《阅读活动——审美反应理论》，北京：中国社会科学出版社，1991年，第69页。

⑤ [德]沃尔夫冈·伊瑟尔著，金元浦、周宁译：《阅读活动——审美反应理论》，北京：中国社会科学出版社，1991年，第71页。

⑥ [德]沃尔夫冈·伊瑟尔著，金元浦、周宁译：《阅读活动——审美反应理论》，北京：中国社会科学出版社，1991年，第74页。

疑”并“重新编码”，读者可以进行追问并参与意义的生成。如果文学与读者所处的时代语境相同，读者由于文学对现实语境的游离性，可以重新审视自己曾经毫不怀疑就接受的“规范”。文学对社会历史的再编码可以使同时代读者（参与者）“见到日常生活中熟视无睹的东西”，又能使后世的读者（观察者）“掌握一种他人的现实”。① 于是伊瑟尔专门提出文学阅读就是“事件”。文学的虚构性本文可以产生“活动性”，“虚构本文通过对不同惯例的平面组织和对既定视野的挫败，获得一种‘非表达力量’，而本文的潜在效应不仅要引起读者的注意，同时还要指导读者接受本文，以引起对本文的反应”。② 因此，文学独立于现实的判断是错误的，文学本身就是表述现实的一种方式。小说是一种交流的手段，读者则是过程中的协作者。

## 三、“话语论”文论中的语境理论

米歇尔·福柯（Michel Foucault）的话语理论关注的并非知识是什么，而是知识在各种语境纠缠中如何生产出来的。他提出的“知识谱系学”关注的是文学文本背后的社会、政治、历史等语境，以及话语中的权力关系。“话语”理论凸显了语境之中的意识形态维度。福柯的“话语理论”（discourse）主要体现在《知识考古学》（*The Archaeology of Knowledge*）和《话语的秩序》（*The Order of Discourse*）中。在《知识考古学》中，福柯认为话语是由语言符号构成，但是话语的真正意义不在于确指事物，而是探讨谁在说话，谁有权力说话，谁是这种语言的拥有者等问题。③ 比如医生的医嘱背后就是关于医生的一系列话语的权力性问题。《话语的秩序》一文描述了话语产生的进程即话语的排除机制（procedures of exclusion）：话语首先排除对各种性和死亡禁忌的谈论；以理性的话语排斥疯癫的话语；以专家和机构为代表的真理话语对其他人的陈述的排斥。④ 同时，组成话语内部也存在排除机制的问题，比如“学科”就是一种限制性的话语，

---

① ［德］沃尔夫冈·伊瑟尔著，金元浦、周宁译：《阅读活动——审美反应理论》，北京：中国社会科学出版社，1991年，第90～91页。

② ［德］沃尔夫冈·伊瑟尔著，金元浦、周宁译：《阅读活动——审美反应理论》，北京：中国社会科学出版社，1991年，第75～76页。

③ ［法］米歇尔·福柯著，谢强、马月译：《知识考古学》，北京：生活·读书·新知三联书店，2007年，第53～54页。

④ Michel Foucault, “*The Order of Discourse*,” *in Untying the Text: A Post Structuralist Reader, ed. Robert Young*. (London: Routledge & Kegan Paul, 1981), pp. 52-53.

它限定了话题的范围和理论工具等。[①] 因而,话语应该被看作指代所有陈述的整体性术语,这些陈述形成的规则及这些陈述被传播而其他陈述被排除在外的过程。[②]

斯图尔特·霍尔(Stuart Hall)认为,我们有两种表征世界的方式:一种是"就世界说出有意义的话",另一种是"有意义地表述世界"。[③] 前者默认现实的先在性和语言的从属性,后者则认为言语可以对现实进行形塑和建构。这是语言和话语的本质差异。语言学意义上的"语言"就是单纯地对客观存在的人、事、物的意义的反映。福柯的"话语"则是通过话语揭示知识-权力的关系。

"话语"不仅仅是语言概念,还是语言的实践。按霍尔的说法,话语的实践性体现在限制性和排除性的权力维度。"话语构造了话题。它界定和生产了我们知识的各种对象。它控制着一个话题能被有意义地谈论和追问的方法。它还影响着各种观念被投入实践和被用来规范他人行为的方式"。[④] 话语主要通过赋权、限制和建构三种方式支配人们的话语实践。语言就是一种话语,"它赋予我言谈的权利,它对我可说的内容作出了限制,它还将我建构为一个会言谈的主体(意即我的主体性是由语言建构和确定的:我在语言中了解自己,在语言中思考,在语言中与自己对话)"。[⑤] 在《疯癫与文明:理性时代的疯癫史》中福柯对"疯子"这一类人和"疯癫"这一事实进行了"话语"性考察。他发现"疯癫"并非一开始就有的,甚至最初的"疯癫人"是受人仰慕的"预言者"。后来在偶然性的制度变化之中,关押麻风病人的场所由于闲置,恰好可以关押无处安放的"疯癫人"。对关押行为合理性的需求滋生了医学和司法对"疯癫"的"证明性"科学话语。故而"疯癫"作为一种病被制造出来了。所以,在福柯看来,"疯癫"并非一种客观事实,而是一种话语权力的建构。"疯癫"话语的制造就包括了关于"疯

---

① Michel Foucault, *The Order of Discourse*," *in Untying the Text: A Post Structuralist Reader, ed. Robert Young*. (London: Routledge & Kegan Paul, 1981), p. 61.

② Sara Mills, *Michel Foucault*. (London and New York: Routledge Taylor & Francis Group, 2003), p. 62.

③ [英]斯图尔特·霍尔编,徐亮、陆兴华译:《表征:文化表征与意指实践》,北京:商务印书馆,2013年,第19页。

④ [英]斯图尔特·霍尔编,徐亮、陆兴华译:《表征:文化表征与意指实践》,北京:商务印书馆,2013年,第65页。

⑤ [英]约翰·斯道雷著,常江译:《文化理论与大众文化导论》,北京:北京大学出版社,2019年,第159页。

癫"的陈述；与"疯癫"相关的话题哪些可说和可想；将"疯癫"具体化到某些主体身上；通过各种权力体制对被建构为"疯癫"的人进行规训与惩罚。难怪福柯说，话语覆盖了整个疯癫领域，它是疯癫的最初和最终的结构。[①]

现实世界因为话语而被赋予意义，话语之外并非不存在事物，而是事物没有任何意义。话语不涉及事物本身问题，只涉及其意义如何生产出来的问题。比如你踢的圆形皮质物体"球"只有在公共游戏规则语境中才成为"一只足球"。语境之外对象的意义无法确定，战争中投掷的一块石头与博物馆展出的一块石头是不同的事物。"由于我们只有在事物具有意义时才拥有事物的知识，所以只有话语（而非事物本身）才生产意义"。[②] 比如关于"疯癫"和"同性恋"这些话语都是在特殊的历史语境中被建构出来的，或者说话语制造了关于"疯癫"和"同性恋"的语境。

话语是语境形成的基础，因为话语自身具有断裂性、非连续性。"话语的每个阶段都向作为事件的它的断裂敞开着；事件存在于断续之间；存在于转瞬即逝的偏离之中，这断续和偏离使话语被继续、被知道、被遗忘、被改造、被抹除为它最细小的痕迹，并从每双眼睛前移开埋入如微尘的书籍之中"。[③] 正因为话语的断裂性，其谈论的对象往往不可能在不同时代重复出现，于是当谈论某一对象时，话语本质上为其营造了独特的语境。关于话语的基本构成单位"陈述"和语境之间的关系，福柯有一段重要的论述："一个陈述总有一些密布着其他陈述的边缘，这些边缘不同于我们平时所理解的像'语境'的东西——实际的或者词语的——就是说它们不同于促使某种表述的形成并确定其意义的环境的或语言的成分的总体，它们与后者的区别在于它们使它成为可能：因为如果我们涉及的是一部小说或者一个物理定理，语境关系与一个句子和围绕着这个句子的其他句子之间的关系是不相同的；如果它涉及的是对话或者试验报告，它也不同于表述与客观环境之间的关系。只有在表述之间的比较普遍的关系的基础上，在整

① [法]米歇尔·福柯著，刘北成、杨远婴译：《疯癫与文明：理性时代的疯癫史》，北京：生活·读书·新知三联书店，2015年，第97页。

② [英]斯图尔特·霍尔编，徐亮、陆兴华译：《表征：文化表征与意指实践》，北京：商务印书馆，2013年，第66～67页。

③ [法]米歇尔·福柯著，汪民安编：《什么是批判：福柯文选Ⅱ》，北京：北京大学出版社，2016年，第48页。

个词语网的基础上,语境的效果才可能被确定。”[①]一个陈述与一个陈述之间的关系并不足以形成语境关系,语境是在无数“陈述”构成的关系网中形成的。以陈述为基础的话语所含有的关系性是整体的语境得以形成的基础。

受到“话语”理论的影响,文化诗学(新历史主义)强调历史从连续性走向断裂性,从大历史走向“小历史”,打破了“文本”与“历史”之间的藩篱。海登·怀特(Hayden White)的“历史诗学”的理论基础就是话语理论。其一,历史事实并非给定的和被发现的,历史是基于当下语境的一种“制造”(making),是研究者根据当下现象所提出的问题构建出来的。[②] 错乱的历史事实经由历史学家的叙事意图,被选择、分离、划分和甄选。建构出来的作为史料的历史事实,又由于特定的目的被重构。历史绝非简单的历史,而总是“为……的历史”,为了某类科学的目标或设想而撰写的历史。[③] 其二,历史的断裂性和非连续性使得怀特对历史的解释走向“情境论”。根据佩珀的观点,怀特将历史解释的推理论证形式分为:“形式论”“有机论”“机械论”和“情境论”。历史解释的“情境论”则是结合了形式论的“分散性”和有机论的“整合性”冲动,将历史事件放置在其发生的“情境”之中,从而寻找其解释和意义。[④] 情境主义是形式主义的补充或矫正,这种理论的差异性前提使得“情境”范畴不仅指向实践,还指向理论的自我反思,即元理论。正因为这种元话语的性质,当“情境”范畴进入怀特的“新历史主义”理论后,历史和文学之间便成为一种内生的实践关系。文学的“情境主义”为了反叛或弥补“形式主义”,将文学研究溢出之前固守的文本领域,聚焦于文学源出的“历史情境”。历史是文化体系的序列,文学也是文化体系的明证,故而,文学与历史形成一种内嵌性的情境关系:二者彼此深入和建构着对方。例如,路易斯·艾德里安·蒙特罗斯(Louis Adrian Montrose)将《仲夏夜之梦》重新放置于伊丽莎白时代宫廷娱乐的表演语境中,这部作品

---

① [法]米歇尔·福柯著,谢强、马月译:《知识考古学》,北京:生活·读书·新知三联书店,2007年,第106～107页。

② [美]海登·怀特著,董立河译:《话语的转义——文化批评文集》,郑州:大象出版社,北京:北京出版社,2011年,第47页。

③ [美]海登·怀特著,董立河译:《话语的转义——文化批评文集》,郑州:大象出版社,北京:北京出版社,2011年,第61～62页。

④ [美]海登·怀特著,陈新译:《元史学:19世纪欧洲的历史想象》,南京:译林出版社,2004年,第21～23页。

最初便是作为宫廷娱乐活动的一部分而诞生的。然而，他并未止步于此，而是借鉴了早期社会文学史家的研究方法，进一步将这些娱乐活动置于更广阔的宫廷背景之下，并深入剖析了伊丽莎白时代英格兰独特的“性别和权力的象征”。[①] 通过这一细致入微的研究，蒙特罗斯为我们呈现了一个更为丰富的、立体的伊丽莎白时代的文化图景。同属于新历史主义的斯蒂芬·格林布拉特(Stephen Greenblatt)避免使用“语境”这一术语，而是更倾向于使用“流通”(circulation)或“谈判”(negotiation)等概念来展开他的论述。格林布拉特所提出的“谈判”概念，实际上与传统的“语境”思想在核心理念上相去并不远。按照他在《通向一种文化诗学》中的说法，“艺术作品本身并不是位于我们所猜想的源头的纯清火焰”，“艺术作品是一番谈判(negotiation)以后的产物，谈判的一方是一个或一群创作者，他们掌握了一套复杂的、人所公认的创作成规，另一方则是社会机制和实践。为使谈判达成协议，艺术家需要创造出一种在有意义的、互利的交易中得到承认的通货”。[②] 尽管他采用了新的术语和表述方式，但其背后的逻辑和关注点依然是对文本与周围世界的关系进行深入探究。总之，文学和历史共同交融为对方解释的“情境”。

---

① Louis Adrian Montrose, "'Shaping fantasies': Figurations of gender and power in elizabethan culture," *Representations* 2 (1983): 61-94.

② 张京媛主编:《新历史主义与文学批评》,北京:北京大学出版社,1993 年,第 14 页。

# 第二章 “语境诗学”的理论构建

笔者在第一章梳理“文学语境”的知识谱系后发现，“文学语境”在文论中意味着不同的意涵：“关系语境”“作品语境”“价值语境”“社会文化语境”“时代精神语境”“地理语境”“内在语境”“情境语境”“作者创作语境”“读者接受语境”和“话语语境”等。这些差异性的意涵为“语境诗学”的维度构建和范式构建提供了理论依据和思想来源。如“社会文化语境”“时代精神语境”和“地理语境”成为“世界语境”维度的主要构成；狄德罗的“关系论”和巴赫金的“对话论”成为“间性语境”中“主体间性语境”的雏形；鲍曼的“演述情境说”成为“情境语境”维度中“身体情境”的来源等。知识谱系梳理的目的就是“召唤”“语境诗学”的出场。

从文学实践角度来说，文论史中零散的语境观念和语境思想完全可以解释大量的文学作品和文学现象。不过，如果试图将“语境”作为文艺理论的“元范畴”以建构“语境诗学”的话，我们需要在共时层面寻求理论体系的圆融性、作为元概念的学理性、作为基本理论的本体确证和作为诗学的理论定位。换句话说，“语境诗学”到底建构了哪些新的维度和范式？“语境诗学”仅仅是形而下的文艺理论构建吗？是否能得到哲学和美学层面的支撑？“语境诗学”如何在当下话语体系中寻找到自身的理论定位？以上问题域构成“语境诗学”理论论证，并为当下文学实践和当代价值的思考提供理论支撑。

## 第一节 “语境诗学”的维度构建

“语境诗学”的维度构建主要是基于“文学语境”的定义及对其涉及的所有维度进行分类、阐释并从理论上论证其内在关联性。对“文学语境”的“分”和“析”可以清晰地展示语境所涉及的维度；对“文学语境”的“综”与“合”可以有机地关联各个维度，使其成为整一性的理论话语。作为“诗学”的语境并非零碎的、随机的和任意的语境要素，它应该是一个圆融的、整体的和有机的理论体系。“语境诗学”的维度构建是为了对文艺作品和现象进行语境批评实践。我们会征用不同的语境维度来阐释不同的对象，如社会文化语境之于文学审美论的作用；媒介情境语境之于新媒介文论的价值；物理语境之于虚拟现实艺术批评的意义；身体情境之于人类艺术的价值等。

## 一、文学语境的本质审思及其维度划分

“语境诗学”是语境观念和语境理论在文艺理论中的呈现和实践。那么作为“语境诗学”核心概念的“文学语境”到底是什么？作为人文社会学科基本范畴的“语境”究竟指的是什么呢？“语境”概念的界定对于“文学语境”乃至“语境诗学”来说是极为重要的，因为它是理论的逻辑原点。本-阿米·沙夫斯坦恩（Ben-Ami Scharfstein）认为语境是与我们感兴趣的对象具有相关性并用以解释对象的周遭环境①；约翰·佩娄（John Pellowe）认为语境是与意义紧密相关的、参与者共享的事项②；胡霞、黄华新认为语境是一个集合性整体，它是“意义的伴随物”，具有无法分割的关系性③；刘焕辉认为语境是“对话语表达和理解具有制约和解释功能的一种语义氛围”④；吴昊认为语境是“寄生于对象的外在的网状关联域”⑤；江怡认为语境是“一种确定意义的限度、范围和条件”⑥；周宪认为语境是“事件或言语行为发生的背景”，是“作家、读者甚至文本存活于其间并产生意义关联的历史构架”。⑦ 从学者们对语境的定义中，我们发现语境必然关涉着“意义”及意义所附着的“对象”。

我们认为语境是围绕对象却并不包括对象的意义场。语境不能是“语言”和“作品”等对象，否则“语境”概念自身便毫无意义。我们可以说对象内置于语境中，但是不能说语境是对象。与此同时，语境和对象是一种意义关系。对象周遭的一切都有可能成为其语境，而只有具有意义关联的因素才能成为语境生成的前提。正如刘润清所说，“语境不是什么实际单位，

---

① Ben-Ami Scharfstein, *The Dilemma of Context*. (New York: New York University Press,1989), p. 1.

② 约翰·佩娄著，榕培译：《谁是语境？》，载《外语与外语教学》，1992年第6期，第1～7页。

③ 胡霞、黄华新：《语境研究的嬗变》，载《华中科技大学学报（社会科学版）》，2004年第2期，第104页。

④ 刘焕辉：《语境是一种语义氛围》，载《修辞学习》，2007年第2期，第15页。

⑤ 吴昊：《语境是什么》，载《求索》，2007年第12期，第191页。

⑥ 江怡：《语境与意义》，载《科学技术哲学研究》，2011年第2期，第8页。

⑦ 周宪：《文学理论：从现代到后现代》，北京：生活·读书·新知三联书店，2023年，第318页。

而是指实际单位之间的关系"。[①] 同样,罗伊·迪莱(Roy Dilley)也表达了类似的观念:"语境是一个过程或者一系列关系,而并非是一个事物本身。"[②]因而,语境的本质是一种关系、意义的场域。文学的语境就是指围绕文学作品却并非文学作品的意义场。

关于语境与文学语境的分类,学术界已有较为丰富的论述。1987 年,唐纳德·柯西(Donald Keesey)在《批评的语境》(*Contexts for Criticism*)中将文学批评分为五种:"基因批评:作为语境的作者","形式批评:作为语境的诗歌","情感批评:作为语境的受众","模仿批评:作为语境的现实"和"互文批评:作为语境的文学"。[③] 王建华、周明强、盛爱萍将语境分为由语言自身逻辑、节奏韵律和话题述题所组成的"言内语境";时间空间、场景、目的与对象、语体与风格、关系与情绪、副语言与体态所形成的"言伴语境";还有社会心理、时代环境、思维方式、民族习俗、文化传统和认知背景所构成的"言外语境"。[④] 曹京渊将语境分为"语言语境"(词组、语句、言辞),"情境语境"(场景、主体、社会),"文化语境"和"认知语境"。[⑤] 语境在语言学中的三分法可以追溯到马林诺夫斯基和弗斯,这一点在第一章第三节已经详述。在文学艺术领域,童庆炳将文学语境分为:"文内的语境""'全人'语境"和"时代文化语境"。[⑥] 吴昊最初将文学语境分为"面向文学语言的话语语境""面向文学活动的时空语境"和"面向文学自身世界的文学语境"。[⑦] 后来她又将文学语境分为"文本内语境""文本间性语境""符号间性语境"和"社会文化语境"。[⑧] 孙晓霞将艺术语境分为"取向艺术作品内部的"(主要涉及新批评派)和"取向艺术作品外部环境的"(主要包括艺术生产过程语境和社会世界语境)两种语境理论。[⑨] 周宪将文学语境分

---

① 刘润清编著:《西方语言学流派》,北京:外语教学与研究出版社,2013 年,第 304 页。

② Roy Dilley, *The Problem of Context*. (New York: Berghahn Books,1999), p. 5.

③ J. R. Bennett, "Contemporary critical anthologies," *College English* 50. 5 (1988): 566-571.

④ 王建华、周明强、盛爱萍:《现代汉语语境研究》,杭州:浙江大学出版社,2002 年,第 91~341 页。

⑤ 曹京渊:《言语交际中的语境研究》,济南:山东文艺出版社,2008 年,第 65~66 页。

⑥ 童庆炳:《论文学语言文本的三重语境》,载《陕西师范大学学报(哲学社会科学版)》,2008 年第 5 期,第 9 页。

⑦ 吴昊:《文学语境新论》,载《渤海大学学报(哲学社会科学版)》,2011 年第 2 期,第 72~73 页。

⑧ 吴昊:《文学语境意义生成机制研究》,北京:中国社会科学出版社,2021 年,第 63~65 页。

⑨ 孙晓霞:《艺术语境研究》,北京:中国社会科学出版社,2013 年,第 89~90 页。

为影响作家写作并提供特定内容背景的“作者语境”，超越原初语境且跨越历史时间和物理空间的“关联性语境”和与作者同时代或具有历史距离、文化差异的“读者语境”。①

已有的语境理论分类对于我们进一步的思考有着很大启发，我们批判性地吸收以完成“语境诗学”的建构。

我们认为文学语境涉及“文内语境”“情境语境”“世界语境”和“间性语境”四个维度。之所以如此划分，是因为第一章知识谱系梳理里语境观念的迭代性分类。20世纪之前的西方文论所涉及的语境可以被分为“内部维度”和“外部维度”；20世纪之前的中国文论中语境包括：“内在语境”“地理语境”“社会文化语境”和“时代精神语境”；口头诗学的语境观可以明确地分为“本文语境”“情境语境”和“文化语境”；语言论文论中关涉的语境囊括了“主体间性语境”“言语行为语境”和“社会政治语境”。这证明在文论史中既有的“文学语境”已经包括“文内语境”“情境语境”和“世界语境”三个维度。我们将其划分为“文内语境”“情境语境”“世界语境”和“间性语境”还基于以下的思考。

“文内语境”来自童庆炳的“文内的语境”；“情境语境”主要受到马林诺夫斯基提出“语境”概念时所用的“situation”这个词和王建华、周明强、盛爱萍所提的“言伴语境”；“世界语境”主要取自高楠所说的四种语境中的“世界语境”；“间性语境”则是我们从语境要素间的“间性关系”中总结出来的、不同于前三者的语境类型。

需要说明的是，我们所区分的“文内语境”“情境语境”和“世界语境”的内义又不同于童庆炳、王建华、周明强、盛爱萍、高楠几位学者的界定。文学的“文内语境”指的是为了保持作品内部的基调、节奏、韵律、语义、情节等的有机统一性所形成的“关系场”，主要指代的是文体语境。“情境语境”主要包括身体/主体语境、媒介传播语境。“世界语境”主要包括周遭语境、社会文化语境和物理语境。“间性语境”则是前面三种语境内部要素互相关联而成的语境。

特别值得强调的是，“文内语境”与“情境语境”“世界语境”“间性语境”并非处于同一参照系中。在日常命名习惯中，“作品”和“语境”本身就是对举的区别性范畴。文学作品或者文学文本只是文学语境指向的对象。此

---

① 周宪：《文学理论：从现代到后现代》，北京：生活·读书·新知三联书店，2023年，第318～319页。

时，“文学”的语境指的是“情境语境”“世界语境”和“间性语境”。“文内语境”所围绕的关联对象一定不是作为整体的“文学”，而仅仅是文本内部要素之间的关系性。也就是说，按照“语境”的思路，一层一层向内追溯“语境”相对的“对象”，只能陷入剥洋葱的思路中。文学语境最里层并不存在一个语境所依附的或所指的“文本”。这也是我们将文学语境定义为“不包括对象的意义场”的原因。因此，我们需要明确“文内语境”这个概念的自我悖论性：“文内语境”（“言内语境”“作品语境”）的提出是建立在生命有机性的基础之上的，后来受到结构主义语言学的加持而走向封闭性。结构主义语言学将语言视为一种孤立的、永恒的、静态的对象，而受其影响的英美新批评派、俄国形式主义和结构主义文论也倾向于将文学作品独立于作者、读者和社会环境之外。换句话说，单独谈论的“文内语境”是一种以去除“语境”为前提的语境，它并非真正意义上的语境。

我们并非不承认文学内部的“上下文”语境，只不过文内语境与作家的创作意图、写作情境、传播媒介还有整个时代精神、社会政治状况等密不可分。比如戴望舒《雨巷》中第一段的“长”“巷”和“娘”所形成“ang”韵基调，使得后面的诗句都需要遵从此韵，这在形式层面形成了规约性的语境力量。不过诗歌可以任意选择押韵，为何非要押“ang”韵呢？这必然打破作品内部的形式选择走向情境语境、世界语境和间性语境。“ang”韵较之“an”韵的差异在于其后鼻音，后鼻音更能呈现朦胧之感，对应姑娘雨中撑着油纸伞这一情境；同时“ang”韵比“an”韵和“a”韵时值更长，也同和姑娘相逢的“雨巷”的“悠长、悠长”的场景对应。诗歌哀怨、凄婉、迷惘的情调与戴望舒所处的江南及其爱情遭际之间又可以形成语境关联。因此，文学中并不存在纯粹意义上的作品语境，所有作品语境都是由情境语境、世界语境和间性语境的渗透而形成。正如中国古代文论所强调的作品内部有机整体性，它并非一种孤立的有机性，而是与天地万物相通的、开放性的有机性。

## 二、文学语境的维度分析与内涵阐释

“语境诗学”的构建离不开对其内在的具体维度条分缕析的解释。究竟何谓“文内语境”？何谓“情境语境”？何谓“世界语境”？何谓“间性语境”？他们各自又包含哪些维度的语境？这些都是维度分析需要完成的任务。

（一）“文内语境”指作品内部所形成的句、段、篇章之间意义的勾连关系，如韵律节奏、话题述题和文体风格等形成的语境。正如高尔基所说，小说第一句话就像音乐的定调一样，最难写下来却也最为重要。文学作品中的一字一句都具有自己独立的含义，然而每个语言要素都受制于自己聚合成的整体。无论是西方文论的“生命有机论”，还是中国文论中的“以体喻文”，都将生命身体的有机性比附作品内部的有机性。正如苏珊·朗格（Susanne Langer）所说，“你愈是深入地研究艺术品的结构，你就会愈加清楚地发现艺术结构与生命结构的相似之处，这里所说的生命结构，包括从低级生物的生命结构到人类情感和人类本性这样一些高级复杂的生命结构（情感和人性正是那些最高级的艺术所传达的意义）。正是由于这两种结构之间相似性，才使得一幅画，一支歌或一首诗与一件普通的事物区别开来——使它们看上去像是一种生命的形式；使它看上去像是创造出来的，而不是用机械的方法制造出来的；使它的表现意义看上去像是直接包含在艺术品之中”。[①] 苏珊·朗格的“艺术生命结构论”在强调其生命性的同时，着重强调了生命形式的相对独立性。就好比身体与外部环境之间是关联的，但是这并不妨碍身体内部存在一个相对独立的小环境。

我们认为文学文体是保证文内语境的重要维度。同一特定风格、形式或内容形成文学的体裁语境，文学体裁隐含着规约文学的“制度性语境”。[②] “文学逻辑”与“现实逻辑”的对立便能说明文内语境这个问题。哲学家卡尔·波普（Karl Popper）将世界上的所有事件分为两种主要类型：钟型事件和云型事件。一种遵循决定论和因果性，一种遵循偶然性和随机性。[③] “钟”的内部齿轮和发条之间是一种规则固定的关系，钟型事件就是指事件与事件之间存在着的一环扣一环的线性逻辑关系。“云”的内部要素不像“钟”那么固定，它具有流变性，一个起因并不一定得到确定的结果。云型事件呈现的是事件和事件之间随机的、不固定的和无法回溯和还原的特点，就像“蝴蝶效应”。当我们带着这两种视角来审视文学时，发现文学规律往往遵循的是“钟型事件”的逻辑。王安忆就作过这样的比喻：福楼拜的小说严丝合缝得像一口钟。小说便是对复杂现实的、“本质性”的简化和

---

① ［美］朗格著，滕守尧译：《艺术问题》，南京：南京出版社，2006年，第70页。

② 余素青：《文学话语的多语境分析》，载《江西社会科学》，2009年第7期，第230页。

③ ［英］戴维·米勒编，张之沧译：《开放的思想和社会：波普思想精粹》，南京：江苏人民出版社，2000年，第267页。

模仿，永远不是真实生活本身。现实世界对于每个人来说都存在残酷、不解和违逆的特征，而文学世界将作家对世界的理解和向往赋予作品之中，这使得支离破碎的生活被叙事重组，现实世界的时空被文学重构，而我们也会在这种文学叙事时空之中重新感受“应有”的生活。小说内部语境设计了一种合情合理的情节，这让我们在判断作品时参照的是同一类题材的小说而非现实世界。如侦探小说让我们觉得死亡、谋杀、线索等是正常事件，然而现实生活中谁又会像福尔摩斯一样时刻琢磨生活碎片中的蛛丝马迹。虽然是虚构的，但是侦探小说的类型语境保证了我们在阅读过程之中持有的事件可信度。

不过我们必须清楚的是，文艺作品并不以文内语境的有机性将自己孤立起来或者抽象出来，相反，它总是一种时空具体化的存在。正如托马斯・门罗(Thomas Munro)所说艺术作品作为知觉刺激物，其本质会受到环境的影响。雕像或绘画很少孤立地出现：它们都有自己的背景，无论是希腊神庙，还是艺术家的工作室。光线、邻近的物体和观察者的视点都会影响其可见的视觉形式和品质。[①] 作品作为物的体现，内在地承载着“大地”的基本属性，这构成了不同语境间相互关联的基石。正如文学作品的核心——语言，它深深植根于特定的场景与语境之中。维特根斯坦亦持有类似的观点，他坚信语言的意义理解无法游离于现实生活的实际场景之外。语言并非一架空转的机器，它无法独立于使用它的具体情境而独立存在。因此，在更广泛的层面上，我们亦无法脱离使用该表达的特定语言环境去解读其语义。简而言之，语言的真正意义是在实际使用中得到体现和领悟的。未在使用中的语言，其实只是一堆无意义的噪声、涂鸦和心理联想的堆砌而已。所以，维特根斯坦说，“一个词的意义是对它的一种运用”。[②] 因此，直接的语境对于语言的重要性是显而易见的。它不仅能够协助我们精确地把握句子所传达的内容，还是其语义完整性的决定性因素。在这种解释框架下，我们认识到所谓在不同场合中恒定不变的语言意义，实际上并无实质性的存在。依据这一观点，语言的意义与理解并非多维度的，而是单一维度的。它们本质上与特定场合下的语言使用紧密相

---

① Thomas Munro, *Toward Science in Aesthetics: Selected Essays*. (New York: Liberal Arts Press, 1956), p. 285.

② Ludwig Wittgenstein, *Philosophical Investigations*, trans. G. E. M. Anscombe. (Oxford: Basil Blackwell Ltd, 1958), p. 20.

连，不可分割。这意味着我们理解语言时，必须将其置于具体的语境中，才能真正领悟其深刻含义。[①] 维特根斯坦举了建筑师的例子："A 是用建筑石材建造的建筑：砌块、柱子、楼板和横梁。B 必须按照 A 需要的顺序传递石头。为此，他们使用一种由'砌块''柱子''板''梁'等词组成的语言。A 喊出了这些词语；B 递给了他石头——他通过语言学会的石头，在这样那样的召唤下，把它想象成一种完整的原始语言。"[②]只有当某种表达方式在语言交流的实际运作中发挥其应有的作用时，它才能真正地被理解。我们的语言，同样地，唯有在人类活动的广阔背景及多样化的生活形式中，才能获得其应有的意义。一旦我们试图脱离必要的语境去理解语言，便会陷入"语言空转"的困境，即语言失去了实际的意义和效用，变得空洞而无用。语言并非拥有固定不变的本质，相反，它是使用的总和，是无数次的交流和表达累积而成的结果。声音与事物之间的联系，并不依赖于某个特定的命题或生命秩序，而是源于语言的实际运用。一个陈述的真正含义，往往意味着需要运用多种不同的语言来表达，而这些语言又是受到众多语言来源的影响而逐渐形成的。"语言游戏一词意在强调这样一个事实，即语言是一种活动或一种生活形式的一部分"。[③] "想象一种语言意味着想象一种生活方式"。[④] 既然语言自身的存在本质上就是语境性的，那么文学作品作为语言的艺术表达，在构成基质上更是深深地烙印着语境性的特征。

（二）"情境语境"指围绕文学作品的意义发生的"现场性"因素的总和，如媒介语境、作者语境、读者语境和身体语境等。我们以"现场性"来强调对文学产生直接作用的意义域和关系场，正如口头文学的文本与表演、身体、观众等之间同时在场一样。第一，媒介内置于文学作品之中，因而媒介语境对于文学来说并非外在的、后在的外部语境，而是类似文学形式的内在语境。文学的媒介经历了从最早的语音媒介到文字媒介，再到纸质媒介及近代的电子媒介，最后到当下的数字媒介。媒介作为文学的情境语境决

---

① Tamara Dobler, "Two conceptions of Wittgenstein's contextualism," *Lodz Papers in Pragmatics* 7.2 (2011): 189-204.

② Ludwig Wittgenstein, *Philosophical Investigations*, trans. G. E. M. Anscombe. (Oxford: Basil Blackwell Ltd, 1958), p. 5.

③ Ludwig Wittgenstein, *Philosophical Investigations*. trans. G. E. M. Anscombe. (Oxford: Basil Blackwell Ltd, 1958), p. 11.

④ Ludwig Wittgenstein, *Philosophical Investigations*, trans. G. E. M. Anscombe. (Oxford: Basil Blackwell Ltd, 1958), p. 8.

定着文学样式、文学风格和文学审美等。媒介语境对于文学来说具有本体论的决定意义。在媒介语境中,文学审美经历了从纯感性的声音美学到初具理性的文字美学的过程;文学作者-读者关系经历了从原始诗歌的“一体化”到纸质媒介语境中的“距离化”,再到网络媒介中作者和读者“再一体化”(特别是在大数据时代)的演化;文学作品经历了语言文字的单媒介到图像、音乐、视频等多媒介的转变。正如赵宪章所说,文学是语言的艺术,但是语言并非文学的全部。新媒体时代,各种元素都可以汇聚到文学之中。与此同时,文学媒介的变化彻底改变了审美感性比率,从而改变了整个文学创作。语音时代的文学,其媒介基础就是声音。声音的高低、长短,节奏的快慢,韵律的和谐等都成为文学根本的属性。这个时代文学的媒介语境是整一的、现场感的和听觉的。到纸质印刷媒介时代,文学的媒介基础变为文字。文字媒介语境具有视觉的、切割的、理性的和线性的性质,于是文学在感性的表层之下隐含着理性的逻辑。如诗歌之中的词和乐的分离,小说中的叙事视角和绘画中的透视法。电子媒介对之前的所有媒介具有统合性,于是文学艺术从视觉的再现走向强调整体通感的“图像艺术”,比如塞尚的立体派绘画,其审美感知方式正是电子媒介本身的属性所导致的。①

第二,作者语境的提出旨在论证作者与作品之间的内在关联,还涉及文学的再语境化(recontextualization)问题。其一,传统文论都坚信作家和作品之间具有内在的关联性,从孟子的“知人论世”到法国批评家圣佩韦的传记批评法②,再到弗洛伊德的“白日梦”理论。然而随着语言论在知识系统中的凸显,有创造性的、对作品具有解释权的“作者”沦为“书写者”,最后走向“死亡”。罗兰·巴特在《作者之死》中认为“作者”是现代性的产物。由于经验主义、理性主义和宗教信仰等都推崇“人性之人”,于是文学作品成为作者的代言人。在传统观念里,作者与作品是“父与子”的先后关系、主谓关系,然而巴特认为作者不过是对无数文本进行编织的书写者(scripteur),书写者与文本同时诞生。书写者不再像作者饱含激情、情绪、

---

① 李西建、金惠敏主编:《美学麦克卢汉:媒介研究新维度论集》,北京:商务印书馆,2017年,第133页。

② C. A. Sainte-Beuve, *Portraits of the Eighteenth Century: Historic and Literary*, trans. Katharine P. Wormeley. (New York: G. P. Putnam's sons, 1905), p. 89.

情感、印象，他从语言系统的大字典中无休止地汲取、模仿和抄袭。[1] 巴特在《作者之死》中所秉持的后结构主义精神，其背后出发点依然是索绪尔结构主义语言学思想。这种语言学思想恰好是“语境论”反对和批判的理论，如第一章我们所论及的“对话论”“言语行为论”和“话语论”无一不是对结构语言观持批评态度的。我们认为作者创作了作品而后又外在于作品，作家既在作品之中又在作品之外，故而构成了作品的情境语境。作者处于不同情境、心境和事境之下，作品风格和艺术性差异颇大，但是与作品有着深层的生命性联系。中国古代文论家认为诗人的心灵境界、心胸格局决定着诗歌的格局，如王夫之的“胸次”说：“太白胸中浩渺之致，汉人皆有之，特以微言点出，包举自宏。太白乐府歌行，则倾囊而出耳。如射者引弓极满，或即发矢，或迟审久之，能忍不能忍，其力之大小可知已。要至于太白止矣。一失而为白乐天，本无浩渺之才，如决池水，旋踵而涸；再失而为苏子瞻，萎花败叶，随流而漾，胸次局促，乱节狂兴，所必然也。”[2]叶燮同样地将“人品”与“诗品”统一起来，认为在艺术作品中可见到诗人心灵的格局。“诗是心声，不可违心而出，亦不能违心而出。功名之士，决不能为泉石淡泊之音；轻浮之子，必不能为敦庞大雅之响。故陶潜多素心之语，李白有遗世之句，杜甫兴‘广厦万间’之愿，苏轼师‘四海弟昆’之言。凡如此类，皆应声而出。其心如日月，其诗如日月之光。随其光之所至，即日月见焉。故每诗以人见，人又以诗见”。[3] 人的胸襟是文学创作的现在条件，对世界的整体理解和体察才可能创作出有生命力的作品来。诗人内心有境界才能创作出大格局的诗作，反之，即便同样的题材也只能看出“小家”气象。其二，作者写作之中具有一种再语境化效果。通过写作，人们更易于将想法从最初形成的面对面情境中抽离，从而能够灵活地将其应用于各种不同的场合和情境之中。科林伍德批评了“任何从其语境中撕裂的东西都会因此被肢解或伪造”的观点，相反，他声称“思想行为”可以“通过改变语境来维持自己，并在不同的语境中复活”。[4] 写作并不限于将主体生命情境带入作品中，还可以将观念、想法和感受脱离其语境，创造性地用于一个新的审美目的。

---

① Roland Barthes, *The Rustle of Language*, trans. Richard Howard. (New York: Farrar Straus and Giroux, 1986), pp. 49-53.

② [清]王夫之著，戴鸿森笺注：《姜斋诗话笺注》，上海：上海古籍出版社，2012年，第66页。

③ [清]叶燮著，蒋寅笺注：《原诗笺注》，上海：上海古籍出版社，2014年，第299页。

④ R. G. Collingwood, *The Idea of History*. (New York: Oxford University Press, 2005), pp. 297-298.

第三，读者直接面对作品，并在不同精神情状和生命境况中赋予作品以不同的意义和内涵，故而读者构成文学的情境语境。对于文学作品来说，读者语境包含两种含义：一是指接受理论中谈及的作品“空白”所内嵌的读者；二是指读者在有意识地反思自己身处的社会时代背景和个人生命境遇的基础上，自觉建立的“文本与自身语境”之间的价值性关系，即“读者语境关联性原则”。[①] 这里的读者可以是个人，还可以是历史长河中的读者群。作品的生命并非来自其自身的存在，我们需要将“作品与作品的关系放进作品和人的相互作用之中，把作品自身中含有的历史连续性放在生产与接受的相互关系中来看”。[②] 艺术既表现着现实，又构成着现实；现实不在作品之外，而在作品之中。文学之于文学史并不具有事件之于历史的客观性，文学并非“纪念碑”，它无法超越时代语境，无法独立地向各个时代语境中的每一个读者提供相同的观点。它是“乐谱”在演奏中得到读者“新的反响”。由于读者语境的存在，“本文从词的物质形态中解放出来，成为一种当代的存在。‘词，在它讲出来的同时，必然创造一个能够理解它们的对话者’”。[③] 读者语境与作品之间是一种“视域融合”的关系：作品有可能扭转或叠加读者的语境假设，最终生成新的意义语境。与此同时，单个读者的语境会随着文学阅读历史而融合为接受史语境。同时，读者语境提出的意义还在于让我们意识到语境诗学包含着某种意义上的建构性。这种语境建构性认为语境并非被发现的，而是被精心选择的，甚至是被主动构建的。这一过程有时是有意识的，通过从复杂的情境中抽象出特定元素，并将某些现象隔离出来，以便我们能更深入地理解它们。至于何种因素被视为语境，完全取决于我们希望解释的对象或现象。[④] 正如阿兰·布罗(Alain Boureau)所说：“语境往往是隐晦地或无意识地构建的，从而为文本提供的解释的功能。”[⑤]这种有意识或无意识的语境建构性在人类学家博

---

① 彭启福：《理解、解释与文化——诠释学方法论及其应用研究》，北京：人民出版社，2017年，第170～173页。

② [德]H.R.姚斯，[美]R.C.霍拉勃著，周宁、金元浦译：《接受美学与接受理论》，沈阳：辽宁人民出版社，1987年，第19页。

③ [德]H.R.姚斯，[美]R.C.霍拉勃著，周宁、金元浦译：《接受美学与接受理论》，沈阳：辽宁人民出版社，1987年，第26页。

④ Robert D. Hume, *Reconstructing Contexts: The Aims and Principles of Archaeo-Historicism*. (New York: Oxford University Press, 1999), pp. 137-141.

⑤ Alain Boureau, "Richard Southern: A landscape for a portrait," *Past and Present* 165.1 (1999): 218-229.

厄斯那里就明显存在并且被批评。在田野调查中,其理论“允许他从正常的语境中删除一些行为,以便进行记录和分析”,如将室内仪式置于室外进行拍摄。[①] 马林诺夫斯基也因过分聚焦于当地背景而遭到批评,这种倾向导致他忽视了种族群体间的贸易活动,以及从传教士到游客等外国人在“语境场”中的显著存在和影响。[②] 因此,读者之于文学语境的建构性,让我们改变语境的先在性、固定性和无意识性的既有观念。

(三)“世界语境”指对文学作品价值产生作用的、与作品距离较远的非语言性因素,如周遭语境、社会文化语境(尤其是伦理语境)和物理语境(时空语境)等。之所以取用“世界语境”而非一般常用的“社会文化语境”,是因为“世界”的涵盖面更广,甚至可以将抽象的时间语境和空间语境囊括进去。这里所说的“世界”并非科学态度中与人无关的宇宙,而是古往今来万事万物的总和,主要是指“人世”“生活世界”。[③] 换句话说,“世界”就是“生活世界”。“人所栖居的‘世界’因人的生活而向人展开了其意义,‘世界’因人的‘筹划(生活)’而获得意义”。[④] 生活世界本身是一种终极性的语境,正如哈贝马斯所说,“生活世界的要素,诸如文化、社会以及个性结构等,构成了相互联系的复杂的意义语境,尽管它们的表现形态各不相同”。[⑤] 因此,我们以“世界语境”作为语境诗学的重要维度可以为理论体系提供包容性和本体性的学理支撑。同时,这里所说的“较远”是一种抽象的空间概念,而非时间概念。当对文学进行语境批评时,文内语境、情境语境、世界语境和间性语境通过意义的方式同时在场。正如高楠所说:“语境批评是一种文化批评,但这又不是文化背景或文化因由的静态批评,它使文化的时代形态成为创作与接受的现实到场,或者说,它是表述了文化的时代形态现实到场这一事实,并且揭示或表述了发生其中的创作与接受的互动关系。”[⑥]

阿尔弗雷德·舒茨(Alfred Schutz)将社会世界的结构分为“社会的周

---

① Jay Ruby, *Picturing Culture: Explorations of Film and Anthropology*. (Chicago and London: University of Chicago Press, 2000), p. 58.

② Peter Burke, “Context in context,” *Common Knowledge* 28. 1 (2022): 11-40.

③ 彭富春主编:《美学》,武汉:武汉大学出版社,2005 年,第 64 页。

④ 夏宏:《生活、世界与生活世界》,载《中山大学学报(社会科学版)》,2013 年第 5 期,第 115 页。

⑤ [德]于尔根·哈贝马斯著,曹卫东、付德根译:《后形而上学思想》,南京:译林出版社,2012 年,第 84 页。

⑥ 高楠:《语境与心态:论孟繁华的文学批评》,载《南方文坛》,2002 年第 5 期,第 55 页。

遭世界”与“社会的共同世界”。“在‘周遭的世界’中，他人以具有明证性的方式自我呈现，他与我共享同一个空间时间，他人的表情、语言和沟通意向都直接展现在我的眼前，反之亦然。在‘共同世界’之中，他人只是以类型化的方式出现，我只是根据我在周遭世界中对他人的经验来推断‘共同世界’中的他人之可能经验”。[①] 我们将作家以个体生命在整个社会时代大背景中的切身生命体验视为文学的“周遭语境”，而整个时代精神状况和总体性的存在状态则是“社会文化语境”。文学形象在创作论意义上与作家共处“周遭的世界”中。在作家笔下不会是一种随意的行为，而是一种人物生存境遇抽象思考的感性表达。这种表达集中地体现着作家对人生与社会的感知、追求、期望和理解。因而，这样典型的文学人物具有鲜明的个性特点，并且在人物符号上可以呈现出深刻的思想性和高度的概括性。“社会文化语境”的存在更多的是接受者或阐释者将文学从周遭语境中抽离出来，并以反思和研究的姿态对文学进行再赋义而形成的。

“社会文化语境”中的“伦理语境”是较为重要的语境。正如贝里斯·高特(Berys Gaut)所倡导的“艺术伦理批评”理论认为对艺术作品所呈现的态度进行伦理评价，是审美评价过程中一个合法且必要的环节。因此，当一件作品流露出道德上应受谴责的立场时，它在审美层面必然存在某种程度的缺陷；相反，若作品展现出道德上值得颂扬的态度，那么它在审美上亦会相应地获得赞誉。[②] 乔治·迪基(George Dickie)也认为艺术作品的道德观(moral vision)是该作品的(基本)部分；任何关于艺术作品(基本)部分的陈述都是关于该作品的美学陈述；因此，关于艺术作品道德观的陈述就是关于艺术作品的美学陈述。[③] 可见，从社会文化语境对文学进行批评时，伦理语境内置于文本之中。

在一般的“社会文化语境”之外，我们认为“物理语境”对于文学的塑造也有着重要意义。物理语境包括时间语境和空间语境。这里的时间语境包括一般意义上的历史语境和本体意义上的生命有限性。空间语境指由

---

① [奥]阿尔弗雷德·舒茨著，游淙祺译：《社会世界的意义构成》，北京：商务印书馆，2012年，译者导论第XXVI页。

② Berys Gaut and Jerrold Levinson, “The Ethical Criticism of Art ,” in *Aesthetics and Ethics: Essays at the Intersection*, ed. Jerrold Levinson. (New York: Cambridge University Press, 1998), p. 182.

③ George Dickie, *Evaluating Art*. (Philadelphia: Temple University Press, 1988), pp. 112-113.

“现成物”及其相关作用所形成的真实的环境空间。环境空间既限制了生命的自由性,又滋生了生命的独特性。在时间语境维度,人类由于生命的有限性,试图通过艺术实现时间的永恒;在空间语境维度,人由于肉身的物理限制无法突破空间限制与更多人实现交往,艺术成为人超越空间有限性的媒介。空间的限制还在于人只能处于空间的一点来观察对象和世界,故而,每个人处于不同空间角度所感受到的世界必然是不同的,这从本体意义上说,人的艺术经验一定是千差万别的。每个艺术家迥异的生命感受、人生体验、世界经验和存在的周遭环境都赋予艺术不同的独特性。[①] 人天生背负的时间和空间限制反而成为艺术创作的动力和基础。门罗将物理语境视为艺术主体与艺术客体相互作用时所处的“环境”,包括对象被看、被听时的直接物理场景(setting);在场的人和其他可感知的刺激物;还有一般的物质和文化环境。当前风格和品位的趋势是环境之一。环境的运作,部分是通过影响主体或感知者的暂时性。主体所在的自然和文化环境让主体形成了稳定的个性、品位和能力,而其所处的直接环境则只会影响他的情绪和态度,如在教堂还是在音乐厅听音乐,或者在博物馆还是在赤道穿过的非洲周围都是跳舞的战士的村庄看原始雕塑。[②] 因此,物理语境是文学语境之中不可缺少的重要部分。

(四)“间性语境”指文本间性、主体/身体间性、媒介间性和世界间性等形成的关联性语境。吴昊将“文本间性语境”和“符号间性语境”[③]作为其文学语境理论的主要两种类型。遗憾的是,她并未将“间性语境”视为范围更为广阔、定位更为本质的语境类型。我们基于“间性论”将“间性语境”视为单独的语境类型,因为语境诗学各个维度之间本身就是有机关联的和动态生成的。“间性理论”可以让我们超越静态的维度分析,并寻找到作为“关系”而非“实体”的语境。商戈令首创了“间性”(interality)概念和“间性论”(interology)理论。他说,“间性”指的是“非实体性质或因素的总称”,即“存在、实体、语词及概念组成之内、之外和之间的时空、变化(过程)、关系等非实体因素、性质和作用的总和”。[④] 商戈令汲取中国古典哲学的观

---

① 刘润坤:《人工智能取代艺术家?——从本体论视角看人工智能艺术创作》,载《民族艺术研究》,2017年第2期,第71~76页。

② Thomas Munro, *Toward Science in Aesthetics: Selected Essays*. (New York: The Liberal Arts Press, 1956), p. 285.

③ 吴昊:《文学语境意义生成机制研究》,北京:中国社会科学出版社,2021年,第68页。

④ 商戈令:《间性论撮要》,载《哲学分析》,2015年第6期,第56页。

念提出了“间性论”，其关注的重心是“在天地之间看诸点的位置，关系及其变化的可能性”；万物之间“相关相戚、相生相死”的关联性及万物生成发展的生命进程。具体来说，“间性论”中的“间性”表现为“组成性”“变化性”和“关系性”等。世界、现实和时间包括两部分：事物和组成事物的“组成”（即“间性”），组成不是事物；变化过程中事物处于“非是非在”的不定状态，这就是一种“间”的性质；关系决定着进入关系的对象的性质，不存在离开关系的自我和个体。“组成性”“变化性”和“关系性”又显示出“间性论”的整体观和通性（throughness）。[①] 作为语境诗学维度分析中的间性语境是超越具体维度之上的关联语境，从单一作者到复数作者（合作者、作家群），从单一读者到复数读者，从单一媒介到多媒介，从单一文化到多种文化，等等，这些语境之间的语境群维度影响着文学活动。

## 三、文学语境维度间的绾合方式与理论基础

语境诗学的维度划分本质上是将语境视为可分解的静态之物，然而在文学作品的意义阐释上，不同语境维度之间是共时共在的、动态流动的和互相渗透的。那么这些语境维度是如何绾合的？何以能绾合为有机整体？

从现象描述层面来看，文学作品与“情境语境”“世界语境”和“间性语境”并非断裂、对立的关系，而是一种相互关联的关系。如王建华、周明强和盛爱萍在谈及“言内语境”“言伴语境”和“言外语境”三个层次的关系时说道，“言内语境”具有相当的“稳定性和共同性”，对语言交际具有明显“制约性”；“言伴语境”是言内语境和言外语境的“过渡地带”[②]；“言外语境”对于语言交际来说是动态性的、内隐式的依靠和归宿。[③] 孙晓霞认为艺术作品的语境是生产语境和社会语境的“牵制和中心”，艺术生产语境是连接作品语境和社会语境的中间层，艺术社会语境是作品语境和生成语境的“理论终端和资源依托”。[④] 吴昊认为“文本内语境”是最基本的语境，“其他语境对文本意义的作用都要通过它的关联性才能发挥作用”；“社会文化语境”是“整个文学生存、发展乃至消亡的母体语境”；“文本间性语境”和“符

---

① 商戈令：《间性论撮要》，载《哲学分析》，2015 年第 6 期，第 54～65 页。

② 王建华、周明强、盛爱萍：《现代汉语语境研究》，杭州：浙江大学出版社，2002 年，第 78～79 页。

③ 王建华、周明强、盛爱萍：《现代汉语语境研究》，杭州：浙江大学出版社，2002 年，第 349 页。

④ 孙晓霞：《艺术语境研究》，北京：中国社会科学出版社，2013 年，第 95～96 页。

号间性语境”之中都“渗透社会文化语境的信息”。[①] 这种对语境内部关系的探讨最早可以追溯到系统功能语言学家韩礼德(Halliday),他用语境的三因素话语范围、话语基调和话语方式意义对应了语言的概念意义、人际意义和语篇意义,又进一步对应及物性系统、语气系统和主位系统。不过,他将语境三因素、三功能和三大语言结构一一对应不符合复杂的语言现实。[②] 总的来说,学者们都将语境不同层面的关系视为同心圆关系,即为米切尔所说的“嵌套语境”(nested contexts)结构:从面对面的情境,其社会环境以及更广泛的社会制度。较窄的语境置于一个越来越宽的语境中,该语境可以表示为一系列同心圆,从理论上说,语境的同心圆可以无限地展开。[③] 就像语境神学家伯纳德·洛尼根(Bernard Lonergan)所说,词的语境就是句子。句子的语境是段落。段落的语境是章节。章节的语境是图书。图书的语境是作者的生活状况和时代状况,读者的范围和阅读目的等。[④]

这种“嵌套语境”结构在逻辑上具有一定的合理性,但是无法解释文本意义的跨语境层解释的问题。如像行为艺术和观念艺术这样的文本,其语境批评并不像洛尼根所说的是用逐层追溯的方式展开。同时,已有的语境结构理论以逻辑的、分析的和静态的思维来处置有机的、整体的和动态的“语境”范畴,理论和对象形成了“错位”。虽然他们明确描述了语境各个维度之间存在关联性,然而采用的是以“中间语境”“衔接”内部语境和外部语境。

我们认为不同语境维度的关系并非“关节式”的“衔接”关系,而是“流水式”的“相通”关系。另辟蹊径对于语境理论的研究来说可能是更好的选择。操奇在探讨生命伦理时,用拓扑数学中被改造后的波罗米恩环(Borromean Rings)来呈现生命向度的三位一体间性结构。任何一个环被剪断,三个环整体都会脱落,换句话说,波罗米恩环表示“既是一又是三”的

---

① 吴昊:《文学语境意义生成机制研究》,北京:中国社会科学出版社,2021 年,第 68～69 页。

② 汪徽、辛斌:《系统功能语言学语境理论:质疑与反思》,载《外语研究》,2017 年第 1 期,第 27～31 页。

③ Peter Burke,“Context in context,” *Common Knowledge* 28.1 (2022): 11-40.

④ Bernard Lonergan, *Method in theology*. (Toronto: University of Toronto Press, 1972), p. 163.

关系。① 语境诗学所有要素和维度之间也是类似“既是一又是三”的关系，它们互相关联。因而，我们采用波罗米恩环结构来表示“文内语境”“情境语境”“世界语境”和“间性语境”之间的关系，如下图：

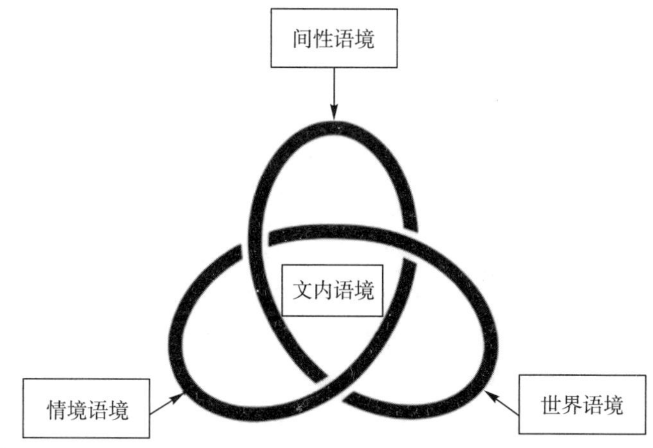


要建构语境诗学，用波罗米恩环描述语境的动态相通关系仍然是不够的。再精微细致的现象陈述并不能解释语境的整体性，更不能找到语境有机性背后的理论依据。因此，关于语境诗学不同维度何以能统合为内在关联的整体，我们需要找到更深层次的理论支撑。在这一点上，强调整体性、生命性和直觉性的中国古典诗学为语境诗学体系的构建提供了有效的本体论支持。

中国古代文论家常常采取一种贯通整合的视角来探讨文学作品、作家、社会、时代及宇宙之间的内在联系。在这种思想脉络中，“文气论”尤为突出，它深刻体现了中国古代文人对文学与其所处各个层面语境质素之间复杂关系的统观思考。“文气论”与语境论本质上属于两种不同的话语范式：一个秉持的是中国传统以气论文的传统，一个遵循的是西方反本质主义传统。在文学语境的探讨中，尽管条分缕析地划分其不同层面和维度有助于我们更清晰地理解其内在机制，但是这种过于科学化和逻辑化的分析方法，依赖于指标、数据和坐标来解构事物和客体，却往往难以完全契合“文学语境”的复杂性、动态性和生命性。事实上，对文学语境进行过于逻辑化和静态化的分析，可能在一定程度上导致对其本质特征的偏离和变形。就像莫里斯·梅洛-庞蒂（Maurice Merleau-Ponty）在《眼与心》里所

① 操奇：《底线生命伦理证成的可能性：生命间性论》，载《自然辩证法研究》，2014年第4期，第67～73页。

说，肉身内居于世界，而科学试图操纵世界而非栖居于其中。“科学的思想——俯瞰的思想、关于一般客体的思想——应该被重新放置到某种预先的‘有’(ilya)当中，重新放回到场景中，即让它贴近于感性的世界(monde sensible)和加工过的世界(monde ouvré)的土壤。在我们的生活中，感性的世界和加工过的世界是为我们身体的，不是可以被视为一种信息机(machine *à* information)的可能的身体(corps possible)”。[①] 莫里斯·梅洛-庞蒂从身体现象学的视角，对科学话语模式提出了有力的挑战。这一观点让我们反思并转变文学语境中的话语方式，即从过度依赖科学思维的框架转向更加关注身体现象学的维度。科学范式有时会使我们过于理性地肢解文学语境，忽略了其内在的统一性、有机性和关联性。中国传统哲学中的“气论”，特别是“文气论”，为文学语境诗学提供了别具一格的思维视角，这是科学话语模式所难以触及的。“气”一元论思想在先秦往往被视为身体生命的基础。比如《管子·枢言》：“有气则生，无气则死，生者以其气。”《孟子·公孙丑上》：“气，体之充也。”《庄子·知北游》：“人之生，气之聚也。聚则为生，散则为死。”《黄帝内经·素问·宝命全形论》：“人以天地之气生。”方英敏在古人“气论”的基础上认为，“既然通天下乃‘一气’，气为生命的根基，那么宇宙万物就如同人一样皆为有生命之物，同时人身与我身、人身与宇宙万物之间，借助‘一气’的周流、遍行，必然可以互通气脉，息息相通”。[②] 中国传统的“气论”或“文气论”都将充塞于天地之间的气与人身体之气，以及人创作出的艺术作品之气以一贯通。故而，引入“文气论”至语境诗学中，不仅有助于我们摆脱过度依赖西方二元论的话语体系，还能融入东方哲学中身心合一、“天人合一”的深邃思想，使文学语境的研究更具深度与广度。

“文气论”为语境诗学的内在统合性提供了元理论基础，因为它不仅揭示着作家的个性气质与作品风格之间的紧密联系，还探讨了文学作品如何反映社会风貌、时代精神，乃至与宇宙间气韵的相通之处。“在中国古人的思想世界里，气是天、地、人三界保持一致性的缘由，也是古代整体性的天文、地理、人道世界形成的依据”。[③] 黄宗羲曾说过，“人与天虽有形色之

---

① [法]梅洛-庞蒂著，杨大春译：《眼与心》，北京：商务印书馆2007年，第32页。

② 方英敏：《修心而正形：先秦身体美学考论》，北京：人民出版社，2017年，第230～231页。

③ 夏静：《文气话语形态研究》，北京：商务印书馆，2014年，第348页。

隔，而气未尝不相通。知性知天，同一理也”。[①] 上至孟子的“养气说”，下至刘大櫆的“因声求气说”，我们发现文论中的“气”涉及文学语境的各个层面：时代之气、天地之气、身体之气、作者之气、文章之气等，而围绕文学的所有“气”都是整体一致和贯通的。首先，作品内部之气是连贯统合的。古代文人将诗文内在气的流畅性视为诗歌优劣的标准之一，如俞陛云的“一气贯注”、李渔的“一气如话”、沈宗骞的“一气相通”、沈德潜的“一气蝉联”“一气直下”“一气连属”、张乔的“一气直书”[②]、纪昀的“一气相生”“一气化生”“一气萦拂”、张谦宜的“一气赶下”和冒春荣的“一气直下”等。[③] 其次，作家之气“生气灌注”于作品之气中。从刘勰的“文辞气力”到韩愈的“气盛言宜”，从魏了翁的“辞根于气”到方孝孺的“气畅辞达”都包含了主体之气对文章的气势的灌注作用。[④] 清人刘大櫆更为直接地说：“文章者，人之心气也。天偶以是气界之其人以为心，则其为文也，必有辉然之光。”[⑤]作家心中之气是文中之气的原初来源。再次，文章之气、作家之气与天地之气具有“一贯性”。刘大櫆有一段精彩的论述，“天地之气，默运于空虚莽渺之中……气之精者，托于人以为言，而言有清浊、刚柔、短长、高下、进退、疾徐之节，于是诗成而乐作焉”。[⑥] 天地之气内化于主体之气中，主体又将“气”呈现于“言”之中。顾明栋用现代语言谈及了气的统一完整性，“从作者、文本和世界的广义上说，文气论主要讨论的是人类社会的宏观世界、作家的微观世界和作品的微观世界这三个相互交织的空间内的创作活动及其美学原理。宏观世界的元气赋予作家以人气，是其先天才华、个性气质、身份主题和后天学养的精神综合。人气注入作家的写作中，使其文学作品具有特别的结构、统一完整的形态、个性鲜明的风格，所有这些因素的有机结合构成了文气”。[⑦] 在文论史中，气呈现在各个层面中，如“作者之气”“文本之气”和“文章气象”等，同时与文学相关的“气”又与天地之气贯通。“天地自然之气与人体之气比附相通，从大处看，由天地自然之气到人体之气再

---

① 黄宗羲著，吴光主编：《黄宗羲全集(第一册)》，杭州：浙江古籍出版社，1985 年，第 148 页。

② 夏静：《文气话语形态研究》，北京：商务印书馆，2014 年，第 439 页。

③ 赵树功：《气与中国文学理论体系构建》，北京：人民出版社，2012 年，第 188 页。

④ 夏静：《文气话语形态研究》，北京：商务印书馆，2014 年，第 270～271 页。

⑤ [清]刘大櫆著，吴孟复标点：《刘大櫆集》，上海：上海古籍出版社，1990 年，第 59 页。

⑥ [清]刘大櫆著，吴孟复标点：《刘大櫆集》，上海：上海古籍出版社，1990 年，第 88 页。

⑦ 顾明栋：《文气论的现代诠释与美学重构》，载《清华大学学报(哲学社会科学版)》，2014 年第 1 期，第 74 页。

化生为文章之气，由人体之气的变化影响心灵心理活动进而精神气质和人格气象乃至生命状态”。[①] 可以说，“文气论”集中折射了中国文论传统中的“天人合一”的思想观念，而这种思想观念在西方文论无法着力之处发挥着重要的理论作用。正如蒋述卓和刘绍瑾所说：“文气来自人身之气，人身之气又与社会、天地宇宙之气相接通。因此，艺术的生命就不仅仅只来自艺术作品和其创造者，而且还来自艺术家对时代之气的感受，来自社会之气的熏陶、地理之气的习染和天地日月山川之气的孕育。”[②]因此，将“心物合一”的文气论思维作为语境诗学的内部运行机制的理论基石，不仅能够有效分析文气论思维在语境诗学中引发的种种问题，还能够为这一领域注入深厚的中国思想精髓，赋予其独特的精神品格。这一做法不仅提升了语境诗学的理论深度，还为其发展注入了新的活力与灵魂。“古代文论中的‘心物合一’观，强调世界、作家与作品文本三者之间的主客融合，这种主客体之间的‘对话’‘交流’理论应当被视为今日文论的智慧源泉”。[③]

中国古代文论秉持中国思想中的“浑圆整规”的宇宙意识和生命精神[④]，偏重于整体直觉思维，以类推方法打破文学与非文学的区隔，以体悟的方式泯去读者与作者的界限，最终将人、文学、社会和整个自然视为有机整体。[⑤] 这本质上是“天人合一”思想在文论中的体现，“因为人与天地万物为一体，在本质上是一致的，共同组成了一有机整体，故人可以直观天地自然，体悟其大道；同时也能够将宇宙的一切，包括人生、文学统一地进行观照，综合各方面因素来思考”。[⑥] 中国文论及其思想基础都呈现出场域性、关联性、整体性、动态性的语境思想。“天人合一”的哲学思想和“文气”观念解决了语境诗学体系中文内语境与情境语境、世界语境之间的割裂甚至对立的问题。可以说，语境诗学的建构离不开分析型的西方哲学思维，更离不开圆融整一的东方哲学思想。

---

① 夏静：《文气话语形态研究》，北京：商务印书馆，2014 年，第 253 页。

② 蒋述卓、刘绍瑾：《古今对话中的中国古典文艺美学》，广州：暨南大学出版社，2012 年，第 248 页。

③ 蒋述卓、刘绍瑾：《古今对话中的中国古典文艺美学》，广州：暨南大学出版社，2012 年，第 9 页。

④ 袁文丽：《中国古代文论的生命化批评》，广州：暨南大学出版社，2016 年，第 131 页。

⑤ 刘明今：《中国古代文学理论体系：方法论》，上海：复旦大学出版社，2000 年，第 254～255 页。

⑥ 刘明今：《中国古代文学理论体系：方法论》，上海：复旦大学出版社，2000 年，第 307～308 页。

## 第二节　“语境诗学”的范式构建

托马斯·库恩(Thomas kuhn)在《科学革命的结构》中提出“范式”这一术语,他认为“范式”是建立在“一种或多种过去科学成就基础上的”、科学共同体“在一段时期内公认”的、可以为实践提供基础的范例性成就。如在物理学中,“光”在18世纪被理解为“物质微粒”,在19世纪则被理解为“横波运动”。这就是一种光学范式的转变。① 范式的转变直接影响对研究对象的观察、理解和解释。语境诗学便试图提出异于传统文论的、与“语境”相关的一系列新范式,期望在一段时间内被学界认可并形成共同信念,同时对文艺批评产生实践指导作用。可以说,语境诗学的范式构建是理论构建的重要部分。语境诗学的范式构建的第一步也是最为重要的一步,是将“语境”建构为文艺理论的“元范畴”。之后我们从学理角度建构“活态”“多模态”“事件”“演述”“关系”和“间性”等语境范式,继而为语境诗学的当代价值研究提供理论依据。

### 一、“语境”:作为文艺理论的“元范畴”

随着知识范式的变化,语境理论已然成为人文学科甚至人类知识的“元语言”和“元理论”,即基础话语和范畴。从民俗学家鲍曼的“演述情境说”到艺术人类学家范丹姆的“审美语境主义”,从怀特的历史“情境主义”到斯金纳的“历史语境主义”,从格尔茨文化人类学中的“地方性知识”到科恩科学哲学中的“语境论”等,整个人文社会科学甚至自然科学都出现了“语境论”范式的转向。

从本体意义上来看,语境是人认识世界和言说世界的先验内在结构。语境最早是被作为语言的一种属性来看待的,但是随着思考的深入和实践的默会化程度加深,语境“从关于人们在语境中的所言、所作和所思,转变为了以语境为框架,对这些所言、所作和所思进行解释”。② 语境成为人类思考知识何以存在、真理何以成立等此种终极问题的根本依据。“在语言

---

① [美]托马斯·库恩著,金吾伦、胡新和译:《科学革命的结构》,北京:北京大学出版社,2012年,第8～10页。

② Roy Dilley, *The Problem of Context*. (New York and Oxford: Berghahn Books,1999), p. 4.

世界中,一切都是语境化的。语言的界限就是我们的认识的界限。就认识而言,一切知识都是语境化的。因为认识是不能脱离语境的,我们生活的世界是基于语境的世界的。语境分析的过程也就是语境寻求的过程,只有找到文本、事件或行动的语境,才能更好理解和把握它们的意义。因此,语境寻求的过程也就是意义展现的过程,人的世界就是意义的世界"。① 同样地,科林伍德也说过,"思考不是在真空中进行的;它总是由一个确定的人在确定的情境下完成;每一个历史情境中的每一个历史人物的思考和行为,都是在该情境中的该人物所能思考和行为的合理范围内进行的,没有人能做得更多"。② 斯蒂芬·培帕(Stephen Pepper)将"语境论"与"形式论""机械论""机体论"并列视为人类构想和认识世界的四种"根隐喻"。形式论处理语言和事件的对应关系;机械论处理主观和客观的关系;有机论处理作为表述对象的世界内部的有机关系;而语境论处理主体与事件之间的意义关系。以此为基础,郭贵春从哲学角度,将"语境"作为一种"根隐喻",使其成为人类概念体系的核心概念。③ 怀特在《元史学:19世纪欧洲的历史想象》中也发现历史学家解释历史的四种模式:形式论、有机论、机械论和情境论(语境论)。作为一种真理和解释理论,情境论认为"将事件置于其发生的'情境'中,它就能得到解释。这些事件为什么如此发生,通过揭示它们与其他同在一种历史情境下发生的事件之间的特殊关系就能解释"。④ 对于历史来说,没有所谓的过去发生的语境,当下语境就是历史的语境。"语境"消解了历史文本自身的实在性,决定了历史文本的阐释和建构属性。我们将人类"在语境中"进行言说表达,转换为以"语境"来言说、行动和思考。"语境"的行动,从人类知识最底层被意识到和被揭示出来的,而"人们自觉或不自觉地按照这种概念或模式进行思维或行动"。⑤ 从按照语境的思维思考和认识世界,到以"行动"的方式对世界进行主动的阐释和分析。甚而,在事物本质的思考上,也带有了"语境性"的思维,不再

---

① 魏屹东:《语境论与科学哲学的重建》,北京:北京师范大学出版社,2012年,第2页。

② R. G. Collingwood. *The Idea of History*. (New York: Oxford University Press, 2005), p. 116.

③ 郭贵春:《走向语境论的世界观:当代科学哲学研究范式的反思与重构》,北京:北京师范大学出版社,2012年,第354页。

④ [美]海登·怀特著,陈新译:《元史学:19世纪欧洲的历史想象》,南京:译林出版社,2004年,第22页。

⑤ 郭贵春:《走向语境论的世界观:当代科学哲学研究范式的反思与重构》,北京:北京师范大学出版社,2012年,第356页。

受限于固定的、先在的和静止的终极“存在”。这种理论将对象的本质视为随语境变化而变化的思考模式。

语境是作为一种本性的实在而存在的(郭贵春语),因而,它在人类活动中具有普遍性。在“语境”成为一种逻辑的和理性的哲学思考方式之前,语境性的思维早在古希腊时期就存在着。亚里士多德认为名词的意义是与和名词相关的其他部分关联的,“名词是指由于约定而拥有某种意义的语音,它们不涉及时间,而且名词中的任一部分单独看来都没有任何意义”。[①] 中世纪,人们就开始将关注点从语言转移到了语境之上,“语词不再作为与它们的语言语境(linguistic context )完全相独立的单位来研究。吸引着人们还不如说是语境本身”。[②] 到后期维特根斯坦的语言观念,强调语言的意义是在日常生活中的使用。在使用中,语言必然是指向语言代表的世界的,而不是将语言视为与世界区隔和无涉的一套符号系统。阐释学更是积极地运用语境(准确地说是语境之中的情境)来理解世界。传统的哲学观念认为知识是主体对终极“理念”的“镜式”反映,在知识产生的过程中,人仅仅处于被动的角色中。阐释学则认为知识一定要有主体的参与才能产生,没有对世界的主观性理解行为,世界是不可知的。在这个意义上,知识内置着主体的建构;知识也被视为一种语境性的产物。即便是以绝对客观、普遍和有效为特征的科学知识,也在逐渐走向一种实践性的、地方性的语境主义知识状态。科学知识的本质可视为一种具有地域特色的知识,它深深植根于具体的实践中。然而,这些实践不能因为追求应用而被过度抽象为理论,从而脱离其原有的语境和具体条件,变成僵化的条条框框。[③]

当哲学走到“语境论”或者“语境主义”时,语境更是被置于前所未有的地位来审视和对待。在“语境主义”看来,没有绝对正确和唯一的知识,“一种明确且有所归属的知识,可以在不同的语境中呈现出多种不同的命题,

---

① [古希腊]亚里士多德著,刘叶涛等译:《工具论》,上海:上海人民出版社,2018 年,第 35 页。

② Norman Kretzmann, Anthony Kenny and Jan Pinborg, et al, eds. *The Cambridge History of Later Medieval Philosophy*: *From the Rediscovery of Aristotle to the Disintegration of Scholasticism*, 1100—1600. (Cambridge : Cambridge University Press, 1997), p. 161.

③ Joseph Rouse. *Knowledge and Power*: *Toward a Political Philosophy of Science*. (Ithaca and London: Cornell University Press, 1987), p. 72.

这表明存在着多种多样的知识关系，而并非仅限于单一的一种”。[1] 知识本身就是在语境中形成和存在着的。按照劳斯的说法，普遍规律的知识应该转向一种地方性的、情境性的知识。传统的知识建构是将普遍、有效和正义的知识覆盖于地方具体情境之中；新经验主义并不否认知识的转移，但是认为这种“转移”应该是一种语境化的“转译”或者“改造”，是“一种地方性知识走向另一种地方性知识”。[2] 我们不能不说，人类的知识观已然渗透了“语境论”的思想。

既然“语境”是人类知识的“元话语”，而文学知识亦是人类知识中的一种，那么文学理论必然离不开“语境论”的反思。其一，“语境”概念本身往往和文学是关联在一起的。在公元4世纪，与“语境”相关的名词contextio开始被使用，它被用来描述给定段落周围的文本，以期望对其进行解释。如奥古斯丁在讨论《圣经》的解释时，多次使用contextio sermonis或contextio scripturae等词语。但是在中世纪时，contextio的意思转变为“文学写作”(literary composition)。[3] 彼得·伯克(Peter Burke)对“语境”的古典学考证证明与“语境”相关的术语在使用过程中有时会滑向文学。其二，“语境”不是作为一种“背景”作用于文学的，它是以一种先验式的思维方式，默会性地作用于文学产生、文学活动、文学理解和文学意义等一切文学行为和文学存在中的。因而，我们的语境诗学试图这样理解文学：从文学意识、文学体验到文学经验、文学观念，乃至文学理论、文学知识的形成，不仅仅是语言作品带来的，还是一种“情境”“气氛”“生活世界”和时代的媒介外化和符号客观化。作品只是一个符号框架，与文学毫无关系，“语境”才是真正填充和构成文学的东西。

艺术的本质不是对存在者的摹写，而是作为存在者来澄明和遮蔽的“真理的生成和发生”。[4] 艺术作品是对对象勾连的生存世界的揭示。这就是“生存世界”，就是语境诗学中的“语境”。“作品存在就是建立一个世界”，“世界绝不是立身于我们面前、能够让我们细细打量的对象。只要诞生与死亡、祝福与诅咒的轨道不断地使我们进入存在，世界就始终是非对

---

① Gerhanrd Preyer and Georg. Peter,(eds), *Contextualism in Philosophy: Knowledge, Meaning, and Truth*. (Oxford: Clarendon Press, 2005), p. 2.

② Joseph Rouse. *Knowledge and Power: Toward a Political Philosophy of Science*. (Ithaca: Cornell University Press, 1987), p. 72.

③ Peter Burke. “Context in context,” *Common Knowledge* 28.1 (2022): 11-40.

④ [德]马丁·海德格尔著，孙周兴译:《林中路》，上海:上海译文出版社，2014年，第55页。

象性的东西,而我们人始终隶属于它”。[①] 艺术并非对对象世界的摹写,而是对人的生存世界的敞开。生活世界并非外在于我们,与我们相对而处;我们在生活世界中,隶属于一个世界。在马致远的《天净沙·秋思》中,“枯藤”“老树”“昏鸦”“古道”“西风”和“瘦马”一系列意象的重心,不在生物学意义上的外部自然物或外部景物,即“藤”“树”“鸦”“道”“风”“马”建立的外部物理世界,而在“枯”“老”“昏”“古”“西”和“瘦”所生成的天涯游子归属的生活世界。[②] 这个生活世界也是海德格尔所描述的凡·高的《农鞋》所凝聚的生存世界。文学家的目的并非通过语词生动刻画事物,而是通过语言让“语境本身”呈现出来。“语境乃是文学家们呕心沥血地想要表现的东西”,但是由于我们都共同处于此生存场中,日常的言说方式无法表达出语境本身。“我们只能写诗,或写其他样式的文学,以便呈现那个语境(或‘生存场’)。语词的艺术用法根源于这个目的”。[③] 阅读小说,我们不是在辨识某个人物的肖像画,而是在体验人物背后所勾连的历史、命运和苦难。

语境作为一种“元范畴”对语言具有审美性的“赋形”。“语境”为语言赋予了语言自身之外的意义,同时创造了语言的新义。这种语义的生成过程具有审美化倾向。沃尔夫冈·韦尔施(Wolfgang Welsch)在《重构美学》中认为人的认识基础或者经验对象的条件是“时空直觉形式”,“这就是说,现实之能够成为我们的认知对象,已包含了基本的审美成分,因为植入时空感就是一种审美建构”。[④] 认识论被赋予了一种美学的品质。因此,一切现实都不再是“现实的”,而是“审美的”。“自此以还,谈论知识、真理和科学,鲜有不将审美成分考虑在内的。传统形而上学的根本错误,恰恰在于没有认识到我们的认知对于审美的依赖性。从此以下这条规律流行不衰:认知的话语若不意识到它的审美基础成分,无一能够成功;对美学与认知的能力的掌握一起得到扩展;没有美学,就没有认知”。[⑤] 语境是否与时间-空间一样作为先天范畴而存在呢?这种先天范畴既不是抽象客观的,又不是纯粹主观的,而是先验的主体内在结构,理解世界的结构。但是,我们必须清醒地意识到,康德的这种思考属于认识论,而语境论的基础表层

---

① [德]马丁·海德格尔著,孙周兴译:《林中路》,上海:上海译文出版社,2014年,第28页。

② 王德峰:《艺术哲学》,上海:复旦大学出版社,2015年,第43页。

③ 王德峰:《艺术哲学》,上海:复旦大学出版社,2015年,第90页。

④ 陶东风:《文学理论与公共言说》,北京:中国社会科学出版社,2012年,第168页。

⑤ [德]沃尔夫冈·韦尔施著,陆扬、张岩冰译:《重构美学》,上海:上海译文出版社,2002年,第57页。

是语言论。语境的审美问题不是认识论的问题，而是语言论的问题，更是存在论的问题。但是，韦尔施对康德先验哲学所作的"审美置换"，足以启发我们在语言论中对语境感性维度、直觉维度或审美维度进行思考。

在语言论阶段，语境的审美化是怎样呈现的呢？人类使用语言来处理人与人、人与世界的关系。语言和语境是什么样的关系呢？张春辉通过亚里士多德的"四因说"来思考语言和语境，提出话语属于物质因，语境属于形式因。[①] 在这里，"形式"是语境赋予语言的结构，但是，我们从李章印对亚里士多德的"形式因"的研究中发现，汉语翻译过来的"形式"只是像"形状"一样的静态名词。"形式"对于亚里士多德来说是一个动态的过程，还有"聚集、置入、动变、到场、形成等意思"。[②] 那么，我们可以这样来表述"语境"：语境是对于作为质料的语言进行赋形的过程。与此同时，"赋形"在贝奈戴托·克罗齐（Benedetto Croce）哲学体系里具有审美意义。克罗齐认为直觉指心灵赋形式于杂乱无章的物质世界的活动；直觉是赋形。直觉处于整个精神活动的基础地位，因而作为直觉的艺术是所有科学的基础。语言同直觉一样也是赋形、表现和心灵创造，难怪拉康认为，语境的本质即为无意识存在的"情境"（condition）。[③] 因此，语言学就是美学。在语境思维中，意义是语境赋予语言的产物，非语言本身自带的。语言本身就是一种"直觉性"的符号，由符号与符号、符号与主体之间内在隐秘的关系所形成的"语境"必然是"美学的"。同时，维柯认为语言的原初状态就是诗性的，理性语言是诗性语言演变而来的。语言的原初状态即是语言符号自身与周遭语境的"想象"性的互渗和混溶状态。在先决条件上，使得通过语言建构的语境具有审美性。在语言存在中，语言的诗性表现为"超越在场的东西，通达于不在场的东西"，超越"世界"返回"大地"。[④] 故而，在"说出"和"未说"之间必然形成一种"类空间"性的情景语境，这种情景语境反过来规约"说出"的语言形式。

从诗性语言到语境，语境因为自身天生的"赋形"性而具有审美属性。马大康将人、语言、世界的关系分为四种："人-语言-世界"的指陈工具关

---

① 张春辉：《语境生成——兼评语境推导模式》，载《外国语文》，2010 年第 5 期，第 58～62 页。

② 李章印：《对亚里士多德四因说的重新解读》，载《哲学研究》，2014 年第 6 期，第 69 页。

③ Anika Lemaire, *Jacques Lacan*, trans. D. Macey. (London: Routledge & Kegan Paul, 1977), p. viii.

④ 张世英：《美在自由——中欧美学思想比较研究》，北京：人民出版社，2012 年，第 124 页。

系，“人-语言-人”的交流工具关系，“人-语言-神”的宗教关系和“人-语言”的诗性语言关系。在诗性语言关系中，语言不再是工具，而是“自为”的存在“主体”。“最充分地展示出自己的感性丰富性，并展化成一个诗意氤氲的精神空间，召唤人与世界共同进入这一空间。于是，人也就进入物我相得、物我两忘的诗意境界，回到人最充盈的存在状态，回到自我的精神家园”。[①] 诗性语言所带来的语言新思考，改变了我们对文学语言的言说方式：文学语言不是表达我们感受的工具，而是召唤主体与世界的语境。

文艺理论的作品、作者、读者和世界维度都在“语境”中生成。四个维度间的内在的、动态的、整体的、隐秘的关联只能通过上位的、更具概括力的术语进行表征，而“语境”正是文学和艺术领域的上层范畴。因此，“语境”作为文艺理论的本体范畴或“元范畴”，无论是对于书面文化分割型的诗学话语，还是对于“跨媒介”时代的文学状况都有着全新的理论意义。

## 二、作为“活态”与“多模态”的语境范式

20 世纪西方文艺理论的研究总在外部和内部之间摆动，而“钟摆”效应其根源在于，文艺理论家们认为文学是一种与语境相分离的先在性、固定性、线性性和视觉性文本。这种文本观念是以默认文学为文本和印刷文化为前提的，正如沃尔特·翁（Walter Ong）借用 E. D. 赫施（E. D. Hirsch）的话所说的那样，“文字确立了所谓‘脱离语境的’（context-free）语言；或所谓‘独立的’（autonomous）话语”。[②] 可以说，文学理论建构的基点并非文学的全貌，而只是书面媒介意识形态下的文学文本，比如勒内·韦勒克和奥斯汀·沃伦仅将“印刷品”视为“文学”，从而排除了口头文本。[③] 文本的独立性、创造性和纯粹性便成为印刷媒介转换所滋生的文学特征。然而文艺理论家们忘记了一个文学事实：在整个人类历史存在过的数万种语言中，大约只有 106 种语言产生了文字或文学；而现存的 3000 种语言中，只有 78 种有文字。[④] 可以说，在漫长的历史长河中，口头文学才是文

---

① 马大康：《诗性语言研究》，北京：中国社会科学出版社，2005 年，第 20 页。

② [美]沃尔特·翁著，何道宽译：《口语文化与书面文化：语词的技术化》，北京：北京大学出版社，2008 年，第 59 页。

③ [美]勒内·韦勒克、奥斯汀·沃伦著，刘象愚等译：《文学理论》，南京：江苏教育出版社，2005 年，第 11 页。

④ [美]沃尔特·翁著，何道宽译：《口语文化与书面文化：语词的技术化》，北京：北京大学出版社，2008 年，第 3 页。

学的主要存在状态。

当书面媒介成为文学的一种意识性形态时，书面文学话语便进入口头文学的研究之中。以《荷马史诗》的研究为例，当我们以书面文学的思维来审视和解读它时，就从根本上忘记了它作为口头诗歌的特殊本性。用所谓的“普遍性的艺术语言”（即书面文学话语）来解读口头文本，人们无法真正理解《荷马史诗》的伟大。[①] 同样地，以书面文学的思维来审视《江南曲·江南可采莲》，读者会质疑其文字重复过多而影响诗歌语言的精练性。然而，如果以口头文学的情景性来感受这首诗，我们看到的就不是置身事外的诗人对采莲场景的“无声”描述，而应该听到的是水中处于不同位置的采莲女孩们发出的惊呼声。采莲女孩们在莲叶下不经意间发现到处是鱼的惊喜和情不自禁地欢呼，为整首诗共同营造了欢快、热闹的氛围，而这本来就是作为民间歌谣的汉乐府诗的原初情境。

偏狭地视书面文本为文学的全部对象，这导致文学理论忽视了文学的多种存在形态，如口头文学、网络文学和跨媒介文学等。张进认为，“从传播媒介史的角度看，口传身授时代、文字印刷时代和电子网络时代分别对应着三种文化范式，即‘活态化’‘去活态化’和‘再活态化’”。[②] 文艺学的知识体系是建立在“去活态化”范式的基础之上的，体现在文学研究的内容和范围上便是将像口头文学这样的活态文学排除出去。[③] “口头诗学”和“新媒介诗学”可以分别作为活态化与再活态化的典型代表。“口头诗学”为文学理论贡献了新的文学话语：“活态性。”新媒介文论为诗学引入了新的范畴：“多模态性。”“活态性”展现着物理时空中的语境当下性和在场性，“多模态性”则呈现着对语境当下性和在场性的数字模拟。

口头文学关注的是事件和行为，依赖的是听觉；书面文学重视文字和文本，依赖的是视觉。从口头文学到书面文学的转换是听觉向视觉的转换。听觉使得主体沉浸在文学之中，成为感知和存在的中心；而视觉使得人与文学对象保持距离并将观察集中到一处。视觉思维将视觉文本像地图一样“平摊”在“我”面前，听觉思维则以“我”为中心，围绕“我”展开。[④]

---

① ［美］阿尔伯特·贝茨·洛德著，尹虎彬译：《故事的歌手》，北京：中华书局，2004年，第212页。

② 张进：《活态文化与物性的诗学》，北京：人民出版社，2014年，第18页。

③ 张进：《活态文化与物性的诗学》，北京：人民出版社，2014年，第83页。

④ ［美］沃尔特·翁著，何道宽译：《口语文化与书面文化：语词的技术化》，北京：北京大学出版社，2008年，第54～55页。

口头文学的声音媒介天生具有结合性，拥有将主体和对象融合为一体的力量。声音更能将“我”与世界聚合为一个整体，从而构成了主体的参与性和语境的整体性。口语里的语调或语气构成着说话者“可验证的语境”，书面文本只能通过标点符号最低限度地表现语调。书面文学由于文字技术和印刷技术的发展形成了一种去语境的趋势。文字和书的完美配合，将源自主体的文化固化为类客体：它无法改变，不接受对话。文字创造了一种静默的、孤独的文化，甚至使用文字书写的人也必须采用封闭的和孤独的状态来进行创作。在印刷文化中，书面文学的“文本”是封闭的、内在的、与其他文本隔绝的“文本”。这种媒介特征滋生了凸显“创造性”的浪漫主义文学话语。这种孤立主义的理论话语也切断了文学文本与语境的关联。①

口头文学、书面文学、新媒介文学、跨媒介文学等并存的文学状况，宣告着文学正式进入了“泛文学”的阶段。当下阶段的文学存在于“多模态”②中：演述性文学中的“声音、姿态、服饰、身体特征(如性别、族裔)、舞台效果、多媒体效果、现场气氛等”；多模态印刷文学中的“触觉小说”和“拼贴小说”；数字文学中的早期超文本小说、20 世纪末的互动小说、21 世纪初的以虚拟现实(VR)技术等为基础的“文字、图片、声音甚至触觉”文学和“社交媒介文学”；跨媒介和跨艺术的作品杂合，IP 文学的“纸质小说、网络小说、有声小说、影视作品、漫画作品甚至游戏、表情包、卡牌、玩具、主题园

---

① [美]沃尔特·翁著，何道宽译：《口语文化与书面文化：语词的技术化》，北京：北京大学出版社，2008 年，第 102 页。

② 术语“多模态”(multimodality)最早出现在 20 世纪 90 年代中后期，比如查尔斯·古德温(Charles Goodwin)在《人际交往中的行动与具身》中开创性地使用了“多模态”[Charles Goodwin, “Action and embodiment within situated human interaction,” *Journal of Pragmatics* 32. 10 (2000): 1489-1522.]；冈瑟·克雷斯(Gunther Kress)和西奥·范·列文(Theo van Leeuwen)的《多模态话语：当代传播的模式和媒体》也明确提到“多模态”。[Gunther Kress and Theo van Leeuwen, *Multimodal Discourse: The Modes and Media of Contemporary Communication*. (London: Arnold, 2001), p. 142.]“多模态”对传统上严格区分意义的学科“分工”提出了疑问。其核心理由在于，在我们所探寻和解释的世界中，不同的意义创造方式并非孤立存在，而是几乎总是相互交织、共同呈现：图像与文字交相辉映，语音与手势相互呼应，数学符号与文字叙述相辅相成。学者们在引入“多模态”这一概念时，正是为了强调需要研究不同类型意义建构如何融合成一个综合的、多模态的整体。这一视角超越了现有学科的界限，致力于探讨我们如何通过手势、铭文、言语和其他多种手段的结合，创造出任何单一学科都无法单独解释的丰富意义。“多模态”理论认为意义的形成是多元化的，它由不同的符号学资源共同构筑，每一种资源都蕴藏着独特的潜力和特定的局限性；意义的建构是一个复杂的过程，它涉及多种模态的相互交织与融合，共同构成了一个多维度的整体；若我们欲深入探究意义的本质，必须全面关注并整合所有的符号学资源，以确保我们能够获得一个全面而完整的理解。[Carey Jewitt, Jeff Bezemer, and Kay O'Halloran. *Introducing Multimodality*. (London and New York: Routledge, 2016), pp. 2-3.]

区等衍生形态”。[①] 这种“多模态”文学的定义涵盖了口头文学和多媒体文学,即“活态文学”和“再活态文学”。多模态文学在某种程度上就是多媒介文学和多感官文学的集合。

保罗·莱文森(Paul Levinson)的“媒介进化论”认为媒介发展的最终方向是重返“前技术时代环境”,即口头文化环境。口头媒介之后的文字和印刷媒介都是以感知比率失调(马歇尔·麦克卢汉)和时空钟摆失衡(哈罗德·英尼斯)作为代价。新的媒介技术必然是朝着“面对面的”、“人性化趋势”(anthropotropic)发展的。[②] 口头文学本身携带的手势、声音和表情等和主体感官所感知的现场感就是多模态文学的最初样态,这也成为之后的文学(无论是印刷文学、电子文学,还是数字文学)试图回到的原初“伊甸园”。在审美感官上,新媒介文学就以数字技术的方式再现着口头文学的现场性和全息感。杰伊·博尔特(Jay Bolter)和理查德·格鲁辛(Richard Grusin)也提出近似的“再媒介化”理论:媒介为了纠正自己的缺陷总是对其他媒介进行复制、挪用、取代,任何媒介都是对其他媒介的再媒介化,无限递归至“现实”。[③] “再媒介化”的起点是现实,口头语言是对现实的第一次媒介化。对人类文化来说,这是一次从 0 到 1 的质变,它创造了媒介多感官化、在场性和互动性等“语境底层代码”,以至于后来的媒介都试图最大限度地重建此种全息媒介状态。媒介不断自我迭代,却一直走在回归原初面对面交流的路上。

网络新媒介其实早已经实现了“互动性”和“多渠道性”。唯一值得讨论的是“面对面”的问题:通过手机看着对方并非彻底意义上的“面对面”,只是图像化的“面对面”。甚至这种“面对面”在韩炳哲看来是以他者的缺失为前提的。如在视频通话中,通话者眼光是错位的,无法直视。虽然这是手机摄像头设置的光学原因,但是这更是意味着“目光的普遍缺失”和“他者的缺席”,因此数字交流是目光缺失的交流。[④] 口头文化中的“面对面”是身体的到场,网络媒介的“面对面”恰好是身体的缺席。同一场景下

---

① 张昊臣:《多模态》,载《外国文学》,2020 年第 3 期,第 113~115 页。

② [美]保罗·莱文森著,邬建中译:《人类历程回放:媒介进化论》,重庆:西南师范大学出版社,2017 年,第 5 页。

③ Jay David Bolter and Richard Grusin, *Remediation: Understanding New Media*. (Cambridge: The MIT Press, 2000), pp. 55-56.

④ [德]韩炳哲著,程巍译:《在群中:数字媒体时代的大众心理学》,北京:中信出版社,2021 年,第 37 页。

的“身体”之间会互相传递一些无法言说的隐秘信息。手势、眼神、表情、情绪等都会“高保真”地让另一主体感受到超出语言之外的信息，甚至被人称为“第六感”交流。网络媒介、5G、人工智能、区块链技术和虚拟现实技术等协同下的元宇宙，便是在“化身”(avatar)层面努力恢复现场性“语境”。网络小说的浅白性表明网络媒介弱化着语言文字的精细使用，与之相反的是网络文学的表情符号、声音传播、高清图片及视频动态都在不同层面恢复着语境的真实感，虚拟现实更是在多维空间上凸显二维图片无法达到的沉浸感。“语境”作为最终的回归必然朝向嗅觉、触觉和重力感等媒介方面前进。故而，文学的多媒介选择是为了恢复多感官的主体体验状态，即在场的、全息的沉浸式体验。其本质就是在恢复前文字时代的文学语境。如果说媒介的“前沿”是客观现实(“原宇宙”)的话，迄今为止的“后沿”则是“虚拟现实”(“元宇宙”)。在自然现实和数字现实之间，媒介去除的是时间、空间和身体。

总而言之，语境范式使得文艺理论将关注点从静态的书面文本转移到动态的现场演述，从传统的单媒介文学转移到多媒介文学现状。如果说书面文学呈现的是静态的、封闭的和视觉的话语形态，那么口头文学和多模态文学则是身体性的、沉浸性的、全息性的存在状态。如果说书面文学强调文本语境和社会文化语境的话，口头文学和多模态文学则偏重于情境语境。当然口头文学并没有将自己束缚于情境语境中，而是以“事件”的形式介入社会文化语境。可以说，“语境”之于文学并非客观先在的静态背景，而是与文学共生共在的存在论范畴。从媒介角度上看，“语境”是艺术的本真状态，也是研究文艺理论应秉持的“元范畴”。

## 三、作为“事件”与“演述”的语境范式

从言语行为理论到演述理论再到文学事件理论，文艺研究正在经历“事件转向”。那么究竟何谓“事件”？文学何以作为“事件”？文学作为一种“事件”又意味着什么？文学事件何以成为语境范式？

“事件”的内义在不同理论家那里不尽相同。凯斯·罗宾逊(Keith Robinson)认为在阿尔弗莱德·怀特海(Alfred Whitehead)眼中的事件是连续生成并彼此关联、扩延的；在德勒兹眼中的事件是“非实体性的”；在阿兰·巴迪欧(Alain Badiou)眼中的事件是异质性的和断裂性的。“在事件本体论之中，事件才是根本的；而事物或实体要么是被视为‘效果’‘产物’，

要么是被视为临时性的事件'结构',无非是事件中可被辨识的属性集合或形态而已"。[①] 唐纳德·戴维森(Donald Davidson)认为"事件"并非实体或物质对象,而是行动、阐释、因果关联或者精神和物质的关系。[②] 斯拉沃热·齐泽克(Slavoj Zizek)将事件视为文学介入世界的方式,且事件意味着不连续性。"在最基础的意义上,并非任何在这个世界发生的事都能算是事件,相反,事件涉及的是我们借以看待并介入世界的架构的变化"。[③] 比如在简·奥斯汀(Jane Austen)的小说《曼斯菲尔德庄园》中暗中相恋的范妮和埃德蒙可以公开在排演中调情,这种"视角的转换"便涉及艺术与真实世界之间的断裂性和介入性,并形成事件性。弗朗斯瓦斯·达斯杜尔认为"事件"意味着以惊诧的方式"不可预料性"地发生在我们身上的事情。事件生成过去和未来的差异和分裂。"事件并不是发生在世界中,相反,通过事件的发生打开了一个全新的世界"。[④] 约翰·D. 卡普托(John D. Caputo)认为"事件是每次我们抗议按照规则所做的事情时所指的东西——'但这次不同'。差异、特质、不可程式性就是事件"。[⑤] 伊格尔顿认为文学理论审视文学作品有两种方式,一种将作品视为"客体对象",一种将其视为"事件"。前者以新批评派为代表视文学作品为封闭的符号系统;后者将文学作品不视为固化结构,而是一组无法简化的事件或符号行为,正如表演行为不能简化为语言构造物一样。[⑥]

(一)文学何以作为一种事件?第一,文学是一种言语行为,具有施为性。将文学视为一种言语行为彻底转变了传统的文学语言观,恢复了文学的世界语境。作为语言艺术的文学,不再是对世界的一种复制和描述,而是世界中的一种"事件",丰富和改变着世界。"述行语把曾经被认为是微不足道的一种语言用途——语言活跃的、可以创造世界的用途,这一点与

---

① [美]凯斯·罗宾逊著,蒋洪生译:《在个体、相关者和空之间——怀特海、德勒兹和巴迪欧的事件思维》,见汪民安、郭晓彦主编:《事件哲学》,南京:江苏人民出版社,2017年,第81页。

② Donald Davidson. *Essays on Actions and Events*. (New York: Oxford University Press, 2001), p. 165.

③ [斯洛文尼亚]斯拉沃热·齐泽克著,王师译:《事件》,上海:上海文艺出版社,2016年,第13页。

④ [美]弗朗斯瓦斯·达斯杜尔著,孙鹏鹏、田瑞译:《事件现象学——等待与惊诧》,见汪民安、郭晓彦主编:《事件哲学》,南京:江苏人民出版社,2017年,第109页。

⑤ [美]约翰·D. 卡普托著,贝小戎译:《真理》,上海:上海文艺出版社,2016年,第196页。

⑥ [英]特里·伊格尔顿著,阴志科译:《文学事件》,郑州:河南大学出版社,2015年,第213~216页。

文学语言非常相似——引上了中心舞台。述行语还帮助我们把文学想象为行为或事件。把文学作为述行语的看法为文学提供了一种辩护:文学不是无关紧要的、虚假的描述,在语言改变世界,及使其列举的事物得以存在的活动中,文学占据自己的一席之地”。[①] 文学言语行为将文学理论从文学文本内部带到文学外部的社会文化语境之中。文学不再是对世界的模仿,不仅仅是文学主体情感的投射,还是重塑现实的重要力量,是真实世界的组成部分。文学与世界之间不是认知关系,而是实践(praxis)或行动关系。[②] “每一个事件,只要这个事件是人类思想的表达,都是对一种情境的有意识的反应,而不是一种原因的结果。这种反应反过来又产生了一种新的情境,随之而来的是一种新的反应”。[③] 文学语言成为一种动作和事件后,文学将不断地把自己的触角延伸到文本之外。文学不再像以前那样通过理论家的阐释被带到语境中去,文学事件让文学天然和本然就具有语境性,即一种“主动语境性”的存在。

第二,文艺作品内置着一种“表演性”(或“演述性”“操演性”)。肯尼斯·伯克(Kenneth Burke)提出“戏剧主义”(dramatism),认为我们应该从“仪式”“戏剧”“修辞”“表演”和“象征行为”角度看待文学作品和文学语言。[④] 德里克·阿特里奇(Derek Attridge)也认为,“艺术作品是作为一种特殊的事件而发生的,我称其为‘表演’”。[⑤] 他认为文学阅读就具有“表演性”。阅读一首能够激发人崇敬、敬畏、失望、愉快或胜利等品质的诗,这“就是诗歌的表演。无论是自己大声地朗诵出来、聆听别人的朗诵、在书页上静静地阅读,还是在记忆中背诵出来,正是在这种表演中,它每次作为一首诗歌而形成”。[⑥] “表演”一词并不仅仅是表演学的术语,而是遍历民俗学、社会学、美学和文化学的重要概念。“表演”被朱迪斯·巴特勒(Judith

---

① [美]乔纳森·卡勒著,李平译:《文学理论入门》,南京:译林出版社,2013年,第101～102页。

② 阴志科:《回归古典:新世纪伊格尔顿文论研究》,北京:中国社会科学出版社,2019年,第147页。

③ R. G. Collingwood, *The Idea of History*. (New York:Oxford University Press, 2005), p. 475

④ [英]特里·伊格尔顿著,阴志科译:《文学事件》,郑州:河南大学出版社,2015年,第191页。

⑤ [英]德里克·阿特里奇著,张进、董国俊、张丹旸译:《文学的独特性》,北京:知识产权出版社,2019年,第5页。

⑥ [英]德里克·阿特里奇著,张进、董国俊、张丹旸译:《文学的独特性》,北京:知识产权出版社,2019年,第147页。

Butler)应用到对性别的思考之上:"作为女人是一种'自然事实',还是一种'文化表演'?"[①]她认为性别并非染色体和荷尔蒙带来的自然属性,而是通过身体和话语的反复"操演"建构起来的。"性别化的身体是操演性的,这表示除了构成它的真实的那些各种不同的行动以外,它没有什么本体论的身份"。[②] 巴特勒的性别"操演"理论本质上是通过"语境论"的社会性别替代实在论意义上人的本质属性。在语境论看来,"人'是'什么,社会性别'是'什么,总是与决定它的那些建构的关系有关。社会性别作为一种不断改变、受语境限定的现象,它不指向一个实体的存有,而是指向一些具有文化与历史特殊性的关系整体里的某个相关的交集点"。[③]

托马斯·考夫曼(Thomas Kaufmann)在其著作《宫廷、修道院和城市》(*Court, Cloister and City*)中谈到了艺术作为社会语境的演述问题。他敏锐地观察到,如维特·斯托斯(Veit Stoss)和蒂尔曼·里门施奈德(Tilman Riemenschneider)等杰出艺术家的风格,会根据赞助人的具体要求和作品所属流派而发生显著变化。这一发现,实际上是对传统观念的一种颠覆。过去,人们往往将艺术家的风格视为其个性表达的一种独特方式。然而,考夫曼却指出,在特定时期和情境下,这种风格更多地被解读为一种演述,一种社会角色的表达。以匈牙利国王马蒂亚斯(Matthias)为例,他根据不同的场合和需求,委托创作了风格迥异的作品——既有哥特式的庄重与神秘,又有文艺复兴时期的创新性与多元性。[④] 这一现象充分说明,艺术家的创作并非完全独立于外界环境,而是在与赞助人、流派和时代的互动中不断演变和完善的。

美学家阿诺德·柏林特(Arnold Berleant)认为文学的表演性被文本性所遮蔽,其根源在于当我们将文学视为语言时,语言词语被局限在"符号"(symbol)功能上,从而忽视了其"征象"(sign)功能。符号与所指是一种任意性关系,而征象与所象征之物是直接的、物理的联系,如马路上汽车

---

① [美]朱迪斯·巴特勒著,宋素凤译:《性别麻烦:女性主义与身份的颠覆》,上海:上海三联书店,2009年,序(1990)第2页。

② [美]朱迪斯·巴特勒著,宋素凤译:《性别麻烦:女性主义与身份的颠覆》,上海:上海三联书店,2009年,第178页。

③ [美]朱迪斯·巴特勒著,宋素凤译:《性别麻烦:女性主义与身份的颠覆》,上海:上海三联书店,2009年,第14~15页。

④ Thomas Kaufmann, *Court, Cloister, and City: The Art and Culture of Central Europe, 1450—1800*. (Illinois: University of Chicago Press, 1995), pp. 92-95.

声音越来越近便是某个人到来的“征象”。符号和征象的关系对应于文学便是文学语言与文学言语的关系。作为符号时，文学便被视为一种与世界分裂的、对物理现实进行结构和秩序赋予的形象。作为征象时，文学将人与世界统一在一起。“当语言仍然保留自己作为征象的身份时，世界就不是在从存在的真实到意义的真实的转换这种意义上与我们相联系；这时候，世界由于我们的理解而被共享。语言作为征象发挥作用的主要途径存在于言语中，因为，通过把语言现实化，言语清楚地说出了语言的意义。通过参加到世界中，言语成其所是，而不再只是一种唤起，实际上，也不只是符咒。言语是咒语，而作为歌唱，言语实现了对象的出场”。[①] 从柏林特的论述中，我们可以看到“演述”理论的内核。“言语不仅仅是口头的表达，也属于言说者的行为；因为，言语是口头和体态的，是奉献，是断言，是怀疑，是告知，是任命，是执行一系列同样明显的行动。因此，所有的言语都是广义的表演，而不仅仅是口头上的清晰发音”。[②] 文学言语作为一种征象，不是与世界割裂的符号，它介入世界中。其介入的方式就是文学表演中的“气息”“运动”和“直觉”。词语通过身体气息被表演出来，从而与整个身体的组织形成有机关联。于是，柏林特提出一种“语境美学”，“在一种语境性的理论中，没有单一的或支配性的特征能够确立审美情境：它没有本质。相反，许多要素结合起来使其与众不同，一种语境性的理论与这些特征结合形成一个包容一切的情境”。[③] 语境中的审美要素相互作用、重叠和交融。语境美学追求一种多样性：审美体验并不限定于某些对象和空间，同时审美价值并非集中于艺术对象之上，而是弥漫在整个情境语境中。

第三，事件关涉着文学作者和文学读者维度。“事件”本身就是一种人为的活动，这就必然包含着人的价值维度。“文学事件”必然包含着“事件”的参与主体，以及主体建构世界的终极意义和价值，而这些都不是作为“客体”的文学作品观念能实现的。可以说，“事件”本身就意味着三个维度：产生“事件”的主体，“事件”行为本身，作为结果的“事件”。伊格尔顿发现文学作品存在悖论：一方面它是不可改变的“结构”，另一方面又是只能在阅

---

① ［美］阿诺德·柏林特著，肖双荣译：《美学再思考——激进的美学与艺术学论文》，武汉：武汉大学出版社，2010年，第212～213页。

② ［美］阿诺德·柏林特著，肖双荣译：《美学再思考——激进的美学与艺术学论文》，武汉：武汉大学出版社，2010年，第213页。

③ ［美］阿诺德·柏林特著，程相占、宋艳霞译：《美学与环境——一个主题的多重变奏》，郑州：河南大学出版社，2013年，第176页。

读行为中实现自己的“事件”。[①] 阿特里奇也说过:“文学作品就‘是’:一次阅读行动和一次阅读事件,它从来不会与写作的一次‘行动-事件’(act-event)(或者多次‘行动-事件’)完全分离,写作使行动-事件作为一个潜在的可读文本而形成,它从来不会与历史的偶然性完全无关,因为它诞生于那种历史并被阅读。”[②]可以说,阿特里奇的“文学事件论”是建立在作者对规范的偏离和读者将偏离视为事件进入之上的。[③] 在阿特里奇看来,文学的本质就是一种行为、事件或阅读。文学语言创新性是以作为语言偏离的事件方式存在的,读者必然以“事件”的方式经历。在文学成为阅读的事件中,因为每次被不同的读者阅读伴随着,作品本质上就是以同一文本为基础展开着不同的语境。与此同时,文学语言对日常语言的偏离、重塑并不一定意味着文学创新,如计算机语言。“只有当这种重塑事件被读者(这个读者首先是作者意义上的阅读,或者能够清晰地解释词语出现时的意义)作为一个事件而体验、并且这个事件开启了意义和情感的新可能性(此时,事件具有动词意义)的时候,或者更确切地说,这种开启具有事件性的时候,我们才能够解释文学”。[④] 也就是说,文学只能被视为“事件”时,其文学才能因为独特性而成其为文学。

(二)文学事件与语境又存在着怎样的关联呢?第一,事件必然发生于“情境”中。巴迪欧在“情境理论”的基础上提出了“事件位”和“事件理论”。他认为“不存在任何脱离情势的东西”。[⑤] 何谓“情势”(situation)?“情势”也可以翻译为“情境”,“情势”是指所有展现出来的多元(multiplicité)。假如呈现有一定影响,一个情势就是其发生的场所,无论与此相关的多元的诸项(lestermes)是什么。[⑥] 也就是说,“情境”意味着某种场景性。巴迪欧又说,“事件触及了那个场所、那个点,即在那一点上,情势的历史性得到了集中体现。所有的事件都有一个可以在历史性情势中独特化的位”。[⑦] 换

---

① [英]特里·伊格尔顿著,阴志科译:《文学事件》,郑州:河南大学出版社,2015年,第226～227页。

② [英]德里克·阿特里奇著,张进、董国俊、张丹旸译:《文学的独特性》,北京:知识产权出版社,2019年,第91页。

③ 刘阳:《事件思想史》,上海:华东师范大学出版社,2021年,第249页。

④ [英]德里克·阿特里奇著,张进、董国俊、张丹旸译:《文学的独特性》,北京:知识产权出版社,2019年,第90页。

⑤ [法]阿兰·巴迪欧著,蓝江译:《存在与事件》,南京:南京大学出版社,2018年,第37页。

⑥ [法]阿兰·巴迪欧著,蓝江译:《存在与事件》,南京:南京大学出版社,2018年,第35页。

⑦ [法]阿兰·巴迪欧著,蓝江译:《存在与事件》,南京:南京大学出版社,2018年,第223页。

句话说,“事件”只是“情境”在某种具体时空的呈现而已。“事件或行动与其语境不可分,语境制约事件或行动……语境是事件或行动的复合体,而非本体意义上的实体”。[①] 当文学不再被视为事实、结构、对象,而是行动、实践和事件时,“周围环境并非单纯外在于作品,而是以一种潜文本的形式内置于作品中”。[②] 将文学视为“结构或实体”与“行为或事件”差别就在于:作为“实体”的文学主张文学是一种静态的和被动的实在;作为“事件”的文学将文学视为动态的和历史的语境性存在。文学作为语言、文本,与文学作为事件、行动,滋生出两种截然不同的文学观念。“作为文学文本,它是既成的、历史的;而作为事件的文学作品则只能是当代的,它不断变化生成着,是发生在当下的文学生产事件”。[③] 因此,“文学事件”要求我们抛弃静态的和独立的文学观念,以动态性的和语境性的视角来看待文学。正如张进所说,“‘事件’并不是一个可以脱离其语境而独立存在的实体,它是一个与语境相互构成的过程性存在”。[④] 通过“文学事件”理论,我们看到文学对社会文化的构成和塑造。

第二,文学以事件的方式出场是离不开具体语境的。现实中并不存在抽象的文学存在,只有一部具体文学作品的产生。每一部文学作品的出场一定是存在于具体文化语境中的。文学本质是以事件的方式出场的。如2014年年底的农民诗人余秀华通过纸媒期刊、微信公众号和博客等新媒介成为有名的诗人。她的出场与其说是诗作的影响力,还不如说是来自文化团体的包装和网络媒介的炒作。“脑瘫诗人”“穿过大半个中国去睡你”等极具媒介效应的标签成就了这场文学事件。“文学的出场离不开具体语境”,社会文化语境对文学的出场有着不同程度的决定作用,如“文化大革命”之后的“伤痕文学”和“寻根文学”等;同时“文学自身的语境”在某种程度上决定“哪一种文学或文学观念出场”。[⑤] “文学奖”作为文学事件也可以看到外部语境内置于文学之中。从中国本土的茅盾文学奖、老舍文学奖、鲁迅文学奖等到国际上的“都柏林文学奖”“布克奖”“龚古尔奖”“塞万

---

① 魏屹东:《语境论与科学哲学的重建》,北京:北京师范大学出版社,2012年,第164～165页。

② [英]特里·伊格尔顿著,阴志科译:《文学事件》,郑州:河南大学出版社,2015年,第237页。

③ 马大康:《文学活动论》,杭州:浙江大学出版社,2012年,第51页。

④ 张进:《文学理论通论》,北京:人民出版社,2014年,第251页。

⑤ 马汉广:《作为事件出场的文学及其当下形态》,载《文艺研究》,2017年第4期,第11页。

提斯奖”和“诺贝尔文学奖”等，“文学奖”作为事件对社会的影响从某种程度上超过获奖作家作品的影响。大众可能知道谁获得了什么文学奖，对其作品却不甚了解。就拿一年一度的诺贝尔文学奖来说，在十月初正式颁奖之前媒体对“热门人选”的猜测、分析和报道，到诺贝尔文学奖颁布当天网络、电视和报纸杂志等将此事件作为新闻炒作热点，然后到颁奖晚会的仪式性、庄重性，获奖者发表获奖感言，最后是文学界对文学奖的评选、获奖作家作品的讨论，影视界对获奖作品的改编，出版商对获奖作品的商业性炒作，等等，这些都让诺贝尔文学奖转换为将本身“可供消遣和消费的文学事件”。[①] 也就说像“文学奖”这样的“文学事件”让我们从关注文学作品走向关注文学的外部语境。

第三，事件以其介入性作用于文化语境中，从而走向文学伦理批评。巴迪欧认为事件就是介入本身。[②] 作品不再被视为对外部历史的反映，而是将自身置入现实的方式。“文学作品或文化对象仿佛前所未有地开创了某个情境，同时又是对此情境的反应”。[③] 事件介入性的前提是事件同时存在两种独特性质：“事件一方面是意指分化出来的复本，另一方面是事物的状态……事件密不可分地是句子的意义和世界的生成；它是从世界任凭自身卷入言语活动的东西，并容许言语活动发挥作用。”[④]事件就像言语中区分出的“命题”一样，既属于世界，又独立于世界。埃米尔·本维尼斯特(Emile Benveniste)认为话语是一种事件，“语言再生产(re-produit)着现实。这需要从最直接的意义上去理解：通过语言，现实被重新生产出来。说话的人通过他的话语使事件以及他对事件的体验重生，听他说的人首先把握到话语，并且通过话语，把握到被重新生产的事件”。[⑤] 文学作为文化门类的一种，它存在的特殊性在于对文化符号的常规性关联的违背，通过文字建立新鲜生命体验的联结。“文学话语并未剥离出这个世界；文学话

---

① 王晓路、潘纯琳、肖庆华、蒋欣欣：《作为一个文学事件的诺贝尔文学奖——诺贝尔文学奖四人谈》，载《西南民族大学学报(人文社科版)》，2008 年第 3 期，第 130 页。

② [法]阿兰·巴迪欧著，蓝江译：《存在与事件》，南京：南京大学出版社，2018 年，第 262 页。

③ [英]特里·伊格尔顿著，阴志科译：《文学事件》，郑州：河南大学出版社，2015 年，第 193 页。

④ [法]弗朗索瓦·祖拉比什维利著，董树宝译：《事件》，见汪民安、郭晓彦主编：《事件哲学》，南京：江苏人民出版社，2017 年，第 144 页。

⑤ [法]埃米尔·本维尼斯特著，王东亮等译：《普通语言学问题(选译本)》，北京：生活·读书·新知三联书店，2008 年，第 11～12 页。

语的价值在于，阻断常识对于世界的例行解释，赋予众多事物别一种意义”。① 因此，文学话语事件强调语言在世界中的语境性，从根本上说是对形式语言论的反驳。于是，文学作为事件必然将审美系统延伸到道德实践，“文学作品通过揭露我们赖以生存的符号代码、规范、传统习俗、意识形态、文化形式的任意性本质来完成它们的道德工作”。②

艺术不仅仅是作为客观的物而存在，它还关涉无数的经历，这些经历会赋予和改变艺术品的意义。艺术就像人，其价值不单是呈现在我们面前的样貌，而是背后的关联和际遇。当我们理解艺术时，犹如我们去理解一个人。我们并非将其视为静止不变的物品，而是视为一个充满动态与变化的事件。所有与之相关的元素，都将融入这一事件中，共同构成其丰富的内涵。因此，我们不再将艺术简单地视作一件物品，而是将其视为一个充满生命力和活力的事件。③

无论是作为“行为”“事件”，还是“演述”的文学，都为我们提供了文学语境的一个面向，形成了“语境诗学”的一种范式。在这种范式下，我们对文学的探讨更为关注文学存在的现场性、场景性，周遭的事件性，以及文学读者的参与性和文学对伦理的介入性。

## 四、作为“关系”与“间性”的语境范式

以“关系”而非“实体”来看待世界其实就是一种语境思想。我们先探讨广松涉(Hiromatsu Wataru)、理查德·罗蒂(Richard Rorty)和尼古拉斯·伯瑞奥德(Nicolas Bourriaud)所探讨的“关系”理论，而后将其融入商戈令更具有包纳性的、中国哲学传统的“间性论”中。马克思有一句著名的话：“人的本质不是单个人所固有的抽象物，在其现实性上，它是一切社会关系的总和。”④何谓人的本质？马克思抛弃了为人设定深层本质的方法，将人置于一种多重和多维的关系网中来看待。这是关系主义的较早的明确表达，并直接影响了后来日本哲学家广松涉的“关系主义”和法国美学家

① 南帆：《无名的能量》，福州：福建教育出版社，2019年，第108页。

② [英]特里·伊格尔顿著，阴志科译：《文学事件》，郑州：河南大学出版社，2015年，第116页。

③ 卢文超：《从物性到事性——论作为事件的艺术》，载《澳门理工学报》，2016年第3期，第154页。

④ 中共中央马克思恩格斯列宁斯大林著作编译局编译：《马克思恩格斯文集(第1卷)》，北京：人民出版社，2009年，第505页。

伯瑞奥德的“关系美学”。

我们将“关系”确立为语境诗学一种核心范式，就必然需要从学理上对以下几个关键问题进行深入探究：我们要明确“关系”的本质含义是什么？“关系”与“语境”这两大概念之间，究竟存在着怎样的内在联系和互动机制？它们是如何相互影响、相互塑造的？为何“关系”能够成为语境诗学研究的重要范式？

第一，何为“关系”？在关系主义看来，“关系”与“实体”相对，主要指自然物、人，以及人创造的事物等之间的相互作用的状态。存在（being，即所有存在的东西）都是关系性的。关系性抑或相关性是现实的特征。关系主义是我们寻找解释世界统一性和多样性的本体论原则。一个实体的身份是由其关系来定义的。这些关系包括实体的内部关系（其本构元素之间的关系）和相互关系（与其他实体的关系）。[①] 从关系主义出发审视物，日本哲学家广松涉认为不存在本质论所谓的“物”和“性质”，“所谓的‘物’，是性质的凝结，不，不过是关系的结节……所谓‘实体’，实际上不过是他为的关系规定性实体化的反映”。[②] 同样也不存在物自体的现象界，“‘关系’的世界被看作自存的场合”，于是“关系界”被实体化。[③] 本质主义相信万物都具有自在存在的本质。罗蒂认为用数字来类比事物可以轻易消解我们相信的“内在性质的东西”。如何谓数字17的本质？我们的陈述是“小于22，大于8”，“6与11之和”等。在所有的描述中，“没有一个描述比任何另一个描述更接近于数字17本身”。也就是说这些外在的描述，其实就是数字的本质，因为数字就存在于相对关系的意义上的。任何事物都可能有内在性质，但是数字是没有的。罗蒂更进一步说，其实所有的客体都是数字的相似物，“除了一个极其庞大的、永远可以扩张的相对于其他客体的关系网络以外，不存在关于它们的任何东西有待于被我们所认识。能够作为一条关系发生作用的每一个事物都能够被融入于另一组关系之中，以至于永远。所以，可以这样说，存在着各种各样错综复杂的关系，它们或左或右，或上或下，向着所有的方向开放：你永远抵达不了没有处于彼此交叉关系

---

① Joseph Kaipayil, *Relationalism: A Theory of Being*. (Bangalore: JIP Publications, 2009), pp. 9-10.

② [日]广松涉著，邓习议译：《唯物史观的原像》，南京：南京大学出版社，2009年，第256页。

③ [日]广松涉著，邓习议译：《唯物史观的原像》，南京：南京大学出版社，2009年，第259页。

之中的某个事物”。[①] 事物的本质也是从关系主义中形成的。关系主义认为物体的特性是由它们与世界其他事物的全部关系构成的。对象的本质，也即非关系属性是从关系属性中选择出来的。正如罗伯特·博伊尔(Robert Boyle)所说“事物的本质必须从其感性属性中选择”。[②] 早期的海德格尔是罗蒂的泛关系论（pan-relationalism)的支持者。海德格尔区分了“器具”(ein zeug)的“上手状态”(zuhandenheit) 和“现成在手状态”(vorhandenheit)。正常使用锤子时，锤子与周遭相关的一切发生关联；锤子坏掉时，我们收回目光打量锤子本身。器具不仅仅是一个孤立的物体，还总是属于一个更大的整体。它的本质在很大程度上取决于它与其他器具的关系，如钢笔总是与墨水瓶、墨水、纸张、吸墨垫等关联的。“上手状态”是一个强调实体存在与周遭环境之间的互动性的关系概念，而“现成在手状态”是一个以实体自给自足的理念为中心的非关系性概念。可以说，海德格尔不仅赞同关系论，还认为关系性问题是本体论的核心。[③] 值得一提的是，关系主义虽然反对以实体的方式审视存在，但它并不是反实体主义的(anti-substantivism)。从反实体主义的观点来看，事物本身并不是对象，而只是依赖于其他事件存在的事件。虽然我们承认关系在本体论上比实体本身更为基本，但如果缺少持久实体性的实体，关系本身是如何存在的？关系是指两个或两个以上事物之间的“互相拥有”(holding)。如果实体消失了，关系也会消失。[④]

第二，“语境”仅仅是焦点对象的关系性语境，因此相关性或者关系性是语境生成的前提。换言之，语境概念囊括了“关系”范式。语境是事物存在和事件发生的时空、主体、背景、情境等语言和非语言因素的总体。总体既包括物本身，又包括物和物之间的关系网络、物的意义生成系统，还包括主体对关系的选择和建构。丹·斯珀伯(Dan Sperber)、迪尔德丽·威尔逊(Deirdre Wilson)和范戴克(Teun van Dijk)都将关系视为语境的基础。语境并不代表完整的社会或交际情境，而只表示那些持续相关的、对交际

---

① [美]理查德·罗蒂著，张国清译：《后形而上学希望》，上海：上海译文出版社，2009 年，第 31～32 页。

② Mark Young, “Relevance and relationalism,” *Metaphysica* 2011 (12): 19-30.

③ David Weberman, “Heidegger's relationalism,” *British Journal for the History of Philosophy* 9.1 (2001): 109-122.

④ Joseph Kaipayil, *Relationalism: A Theory of Being*. (Bangalore: JIP Publications, 2009), p. 8.

行为产生直接影响的属性。换言之,语境指的是参与者个人与情境之间的交互性关系。[①] 最佳的“关系”无疑能够催生最佳的“语境效果”,这一效应在交流与互动中发挥着举足轻重的作用。语境效果,作为衡量关系质量的重要指标,是构成任何关系所不可或缺的必要条件。在其他条件保持一致的情况下,语境效果愈显著,关系性便愈深厚。我们对关系有一种直觉,即我们可以持续地将关系性的信息从非关系性信息中区分出来,或者能区别关系性更强的和较弱的信息。语境是否会产生关系性取决于在此语境中是否会产生语境效果。[②] 可以说,关系是语境成立的必要条件,关系内置于语境之中。语境将焦点对象视为统一的和多元的世界中的对象,因为语境主义将对象视为语境中的对象,将对象意义视为语境性意义。在这一点上,语境主义与关系主义是一致的。关系主义认为物理现实具有统一和多元的关系性。如果世界仅仅是由单一的物质构成,那么它便无法体现关系的存在,因为关系的本质在于至少两件事物或两种物质之间的相互联系。若自然界缺乏内在的统一性,这个世界同样无法形成相互关系的网络,因为孤立的事物无法彼此建立联系。唯有在两者之间存在某种共通之处,它们才能够相互连接。正是因为世界上的事物拥有诸多共同的特性,如质量、能量、电荷、时空性等,它们才能够相互关联,共同构建我们所处的世界。这种共通性是事物间建立关系的桥梁,使得世界成为一个整体。[③] 同时,在认识论层面,关系主义承认现实是复杂的,它比我们描述的更多;我们的每一个描述或看法确实是对所思考对象的一种解释,因此是对该对象的有限表征;一个物体的真相可以是多方面的。[④] 因此,在此意义上,语境和关系具有同构性。同时,语境又限制了可能存在的关系的种类和范围,因为语境的变化必然导致关系性的变化。

第三,文学本质是一种关系性的存在,这决定了“关系”成为语境诗学的范式之一。从这个角度来说,文学并非实体,而是各种关系的汇聚和凝

---

① Teun A. van Dijk, *Discourse and Context: A Sociocognitive Approach*. (New York: Cambridge University Press 2008), p. 19.

② Dan Sperber and Deirdre Wilson, *Relevance: Communication and Cognition*. (Cambridge: Harvard University Press, 1986), pp. 119-122.

③ Joseph Kaipayil, *Relationalism: A Theory of Being*. (Bangalore: JIP Publications, 2009), pp. 42-43.

④ Joseph Kaipayil, *Relationalism: A Theory of Being*. (Bangalore: JIP Publications, 2009), pp. 43-45.

结。从文学本身来说,作品并不存在永恒不变的内在本质,它是在与他物的多重关系中确认自我的存在的。英美新批评派的“文本细读”(close reading)既是贴近细读,又是一种排除作品语言外所有关系的封闭性阅读。作品及其意义被理论家们视为固定的和静止的。关系主义则认为作品的意义产生于作品与作者、读者、世界、媒介等之间的相互作用中。同时,文艺作品呈现着一种主体间的关系。我们借文学作品互相交流、对话,而不是将文学视为个人体验或私人阐释。文学意义的解释来自斯坦利·费什(Stanley Fish)“解释团体”;艺术之为艺术的确证也往往来自主体间性所塑造的“艺术世界”。① 在关系主义看来,“每一件艺术品都是在线的一点”。艺术获得其实体是在启动人类互动的关系(形式)中实现的,“艺术实践的本质坐落在主体间关系的发明上;每一件特殊的艺术品都是住居到一个共同世界的提议,而每个艺术家的创作,就是与这世界的关系飞梭,而且会如此这般无止境地衍生出其他关系”。② 中世纪艺术建立的是人性与神性的关系,文艺复兴之后逐渐建立的是人与物、人与世界的关系,而到20世纪90年代艺术则聚焦于人与人之间的关系,如行为艺术。在人际关系的美学场域之下,“艺术品不再置身于‘纪念’时代性的框架中、开放给所有大众进行消费,而是为了艺术所召唤的观众而在事件时间中展开。总的来说,作品诱发了会见并给出约会,以保存其特有的时间性”。③ 关系艺术关注的是以艺术为场域所展开的人类关系世界,换句话说,艺术作品展开的空间完全是一种“互动空间”。对艺术品的购买不再是对物的占有,也不是对审美的独享,而是通过艺术品逆转着与之相关的各种关系。收藏家购买的是“一个变化中历史的指标”,他成为“历史情境的征服者”。④

商戈令提出的“间性论”比“关系论”理论涵盖面更广,关涉的思想更偏中国本土化。同关系论一样,间性论反对实体论和本质论。他将“关系”视为“间性”的“至关重要的一部分”,而非全部。“事物自身、个体自己,都是

---

① 郭勇健:《关系主义的艺术作品本体论》,载《浙江大学学报(人文社会科学版)》,2021年第6期,第109～113页。

② [法]尼古拉斯·伯瑞奥德著,黄建宏译:《关系美学》,北京:金城出版社,2013年,第17页。

③ [法]尼古拉斯·伯瑞奥德著,黄建宏译:《关系美学》,北京:金城出版社,2013年,第28页。

④ [法]尼古拉斯·伯瑞奥德著,黄建宏译:《关系美学》,北京:金城出版社,2013年,第57页。

由自我关系、自他关系、内在外在关系所组成。间性就是所有关系(包括没有关系之关系)的总和和概括,关系是间性中至关重要的组成部分”。[①] 然而,间性论在“关系”之外还包含“天人合一”的“整体观”和“从心所欲”的“通的境界”。滋生于中国传统哲学的间性论从一开始就走在与西方存在论和实体论不同的道路上,故而我们更强调实体之外的时空、过程、关系、网络和环境等非实体因素。如果本体论属于柏拉图式的逻各斯和逻各斯中心主义,那么间性论就更多地与带有公共性的人品诉求(ethos),具有同情力的情感诉求(pathos)、携带亲和力的爱欲(eros)和秉持游牧性的习俗(nomos)。[②] 间性论所呈现的整体观、通达性、动态性和价值性等,使其与“语境论”具有共通的理论内义。更准确地说,“间性”成就着“语境”的存在和语境中文本的意义的生成。我们分别从“文本间性”“主体/身体间性”“媒介间性”和“世界间性”的角度来阐释“间性语境”。

“文本间性语境”是作品之间相互对抗或接纳的张力关系。我们在间性语境中使用的“文本间性”是巴赫金和哈罗德·布鲁姆(Harold Bloom)意义上的“文本间性”,并非巴特和克里斯蒂娃的“文本间性”。后者秉持后结构主义突破了上下文语境,却驱赶了主体维度,如克里斯蒂娃将文本对其他文本之间的交汇、吸收和改变的关系称为“文本间性”,并认为“文本间性”的概念应该取代“主体间性”。我们认为克里斯蒂娃的“互文性”(也译为“文本间性”)秉持的是文本之间互相转换和吸收的关系,本质上已经消解了其理论来源“对话理论”中的主体维度。[③] 正如辛斌所说,文本间性的意义来源于“语言本身”而非作者,对话理论则认为语言意义来自“使用者的意识形态、世界观、各种观点和阐释相互之间的生生不息的对话性冲突”。[④] 巴赫金认为所有的言语并非纯粹的符号文本,而是主体之间的对话。“每一表述都以言语交际领域的共同点而与其他表述相联系,并充满他人话语的回声和余音”。[⑤] 布鲁姆的“影响”理论更多强调的也是诗人之

---

① 商戈令:《间性论撮要》,载《哲学分析》,2015年第6期,第63页。

② Peter Zhang,“Interology,” *Philosophy Today*, 2019(04):959-969.

③ 参见徐杰:《超越建构与解构——“文学语境批评”中的辩证主体》,载《学术论坛》,2016年第4期,第97～102页。

④ 辛斌:《互文性:非稳定意义和稳定意义》,载《南京师大学报(社会科学版)》,2006年第3期,第118页。

⑤ [俄]米哈伊尔·巴赫金著,白春仁等译:《巴赫金全集》第四卷《文本 对话与人文》,石家庄:河北教育出版社,1998年,第177页。

间的互相暗自较量的主体间性关系。“诗的影响并非一定会影响诗人的独创力;相反,诗的影响往往使诗人更加富有独创精神”。[①] 在发现文本间性清除了主体间性之后,刘悦笛提出在“文本间性”和“主体间性”之间建立具有兼容性和超越性的“复合间性”。“复合间性”囊括了“文本间性”、作者维度的“主体间性”、读者维度的“主体间性”、“文化间性”和“生活世界”等之间的“间性关系”。[②] “文本间性”本质上应该是“作品间性”。“作品间性”一方面将文学带向“主体间性”,另一方面将文学带入“文学史”语境中。托·斯·艾略特认为文学作品的语境并不能局限在作品内部,而应该走向一种“文学传统”的文学史式的整体“语境”,只有在这种作品之间“影响式”的或者“互文式”的语境中,作品自身的审美品质才能得以呈现。[③] “文本间性语境”使得作品之间形成有机关联的关系,而非对立、排斥的关系。

“主体/身体间性语境”强调是作家与作家之间、作家与读者之间、读者与读者之间的互动关联,同时还囊括身体在场的表演性文学所涉及的“身体间性语境”。杨春时较早提出“主体间性”,其意在于将其置于比“主体性”更为根本的位置。他认为在本真世界中,自我与世界并非主客关系,而是自我与另一个自我的关系,一种对话的间性关系。于是,文学理论中的文学不再是世界的反映、情感的投射,抑或是主体实践的对象。文学对象并非死物,而是“活的文学形象”,“不是客体,而是另一个我”。因而,“文学形象不再是与我无关的客体,而成为与我息息相通的另一个自我;并且没有自我与对象之分,最终与我合为一体”。[④] 于是,文学中的主客体关系变为了主体与主体的间性关系。同时,文学并非个体活动,而是通过文学经验沟通自我与他人的社会性沟通。在主体间性理论之下,文学主体与文学作品、作者与作者、接受者与作者、文学主体与外在世界等之间都成为互相共情、彼此理解的一体。费什的“解释团体”观背后隐藏着主体间的语境关系。他曾经谈到过一个有名的文学案例:作为大学教师的费什在同一教室先后讲授两门课——文体学和17世纪英国宗教诗歌。费什将文体学涉及

---

① [美]哈罗德·布鲁姆著,徐文博译:《影响的焦虑》,北京:生活·读书·新知三联书店,1989年,第6页。

② 刘悦笛:《生活美学与艺术经验——审美即生活,艺术即经验》,南京:南京出版社,2007年,第304～305页。

③ [英]托·斯·艾略特著,李赋宁译注:《艾略特文学论文集》,南昌:百花洲文艺出版社,1994年,第64页。

④ 杨春时:《走向后实践美学》,合肥:安徽教育出版社,2008年,第266～267页。

的几位理论家写在黑板上：

Jacobs-Rosenbaum

Levin

Thorne

Hayes

Ohman(?)

当上17世纪英国宗教诗歌课的学生进入教室时，他随机将这些语言学家名字框起来，并标注上43页。结果这门课的学生将两位语言学家Jacobs-Rosenbaum(Roderic Jacobs 和 Peter Rosenbaum)解释为《圣经》中的"Jacobs Ladder"，Rosenbaum 被视为圣母玛利亚。另外一位语言学家Levin 被解释为《圣经》里提到的利未人；文学批评家 Ohman 被阐释为三种互补的含义：omen 预兆；oh man 哦，人类；amen 阿门。针对这个有趣的案例，费什并非追问这是不是一首诗，而是转向一种话语功能语境的思考：我们在什么情况下会将其"识别"为一首诗？"一旦我的学生意识到，他们所阅读(看到)的是诗，他们就会用理解——观察诗歌目光，也就是说，以他们所知道的与诗歌所具有一切特点相关的那种眼光去对待它"。[①] 诗歌并非以符号独立超然地塑造了"诗歌"的属性，而是读者团体共同地以诗歌的方式去看待它，它才具有了诗歌所有的特质。

与此同时，人并非处于自在、自为中，而是在与他人形成身体基础上的意义交互关系。现实社会中我们既在依赖身体表达自身，又在通过他人身体的回应互动性地展开下一步行为，正如"双人舞蹈"之间所形成的耦合关系。[②] 因而，主体/身体间性语境对于纸媒诗学和口头诗学来说都可以形成意义阐释的关涉性场域。由于主体/身体间性语境，文学活动不再是孤立的、封闭的艺术行为，而是各个要素之间显性意义或隐形意义的交往。

"媒介间性语境"关注不同媒介之间相互关联所形成的全新文艺语境。"媒介间性"(intermediality)最早是由激浪派艺术家迪克·希金斯(Dick Higgins)提出的，而今此概念已成为文艺理论和媒体理论中的流行语。它囊括了传统跨艺术、改编研究、文本和图像研究等具体对象研究。通过媒

---

① [美]斯坦利·费什著，文楚安译：《读者反应批评：理论与实践》，北京：中国社会科学出版社，1998年，第46～50页。

② 何静：《生成的主体间性：一种参与式的意义建构进路》，载《哲学动态》，2017年第2期，第89～90页。

介间性我们可以意识到文学与音乐的关系、无数为了表演而存在的文学文本、剧院舞台表演的多模态性与新媒介平台上表演的多模态性之间的差异等。[①] 克劳斯·克吕弗(Claus Clüver)从广义上谈到媒介间性所包括的三种内义:媒体之间的一般关系;从一种媒介到另一种媒介的转换;介质的组合(融合)。媒介间性必须被视为一种综合现象,包括传统跨艺术研究中的所有关系、主题和问题。“它涉及诸如叙述性、戏仿性和隐含的读者/听众/观众等跨媒介现象,以及个别文本固有的文本间性——以及每种媒介不可避免的媒介间性”。[②] 沃尔夫认为文学本身是一种媒介,它与其他媒介共享可比较性的跨媒介(transmedial)特征;与其他媒介之间形成材料互相借用(transposition)关系;与其他媒介形成多媒介(plurimedial)组合并共在于同一作品或艺术品中;以各种方式指涉(refer)其他媒介。他认为如果从窄化的意义上说,媒介间性并非像多媒介性那样形成无数能指的媒介混杂状态(hybridity),也不追求符号系统的异质性(heterogeneity),而是强调媒介的同质性(homogeneity)。[③] 不过,从广义上说的“媒介间性”包括了“多媒介性”(multimediality)、“跨媒介性”(transmediality)和“媒介间性”。“媒介间性”语境采用是的广义上的定义。具体来说,“多媒介性”指在同一对象或物体中存在许多媒体的情况,即强调共在性(co-existence);“跨媒介性”是指从一种媒介到另一种媒介的转移,承载的媒介发生了变化,即强调转译性(translation);“媒介间性”指媒介将互相影响意义上的媒介关联性(co-relation),即强调“互间性”(in-between)。这些相互关系又会重新定义媒体,从而带来一种全新的感知和体验维度。[④]当下数字媒介与传统媒介之间的互动混杂,形成的“后数字美学”其实就是一种媒介间性美学。

“世界间性语境”的存在来自不同语境维度的共同作用。我们在梅洛-庞蒂的《可见的与不可见的》中可以看到“世界间性”的提法。这本书提到手稿中第一部分的“存在与世界”未完成的第四章是“前客观存在:世界间

---

① Jørgen Bruhn and Beate Schirrmacher (eds.), *Intermedial Studies: An Introduction to Meaning Across Media*. (London: Routledge, 2022), pp. 5-6.

② Jens Arvidson, et al, *Changing Borders: Contemporary Positions in Intermediality*. (Lund: Intermedia Studies Press, 2007), p. 32.

③ Walter Bernhart (eds.), *Selected Essays on Intermediality by Werner Wolf (1992—2014)*. (Leiden and Boston: Brill, 2018), pp. 139-141.

④ Kattenbelt Chiel, "Intermediality in Theatre and Performance: Definitions, Perceptions and Medial Relationships," *Culture, Language and Representation* 6(2008): 19-29.

性(l'intermonde)"。[①] 后来李三虎在谈到技术间性时,将媒介间性展示的对视确定为"世界间性"关系。[②] 黎杨全和梁靖羚将艾布拉姆斯"四要素"扩充为"五要素",并提出了"世界间性""主体间性""文本间性"与"媒体间性",这与我们的"间性语境"思考不谋而合。他们认为"世界本是以间性的方式存在,即在人与人、人与自然的关系中生成",而在虚拟现实时代到来后,真实世界与虚拟世界之间形成了互渗和交互的"间性"关系。[③] 我们的"世界间性语境"主要是指不同的社会语境、文化语境和物理语境之间因为互相沟通和交流而创生的关联性场域,它反过来制约着不同的世界语境。

## 第三节 "语境诗学"的哲学确证

在完成"语境诗学"的维度构建和范式构建之后,我们试图从本体论上为"语境诗学"寻找到理论基础。强调"情境"和"氛围"的新现象学为其赋予西方哲学的基础。新现象学关注超越主客二分的"原初生活经验",聚焦于非语言性的、混沌性的、整体性的和入身性的"气氛"与"情境"。可以说,新现象学美学将西方"在场"式的美学言说方式带向东方"不在场"式的话语场域。中国古典美学进一步将语境范式引向"不在场性""源初自明性"和"不可言说性"的理论内涵。

### 一、"情境"作为"在场性"语境:新现象学的贡献

语境理论表面上是基于语言学转向而来的思想,然而语境真正发挥其效力往往是在"前语言"中。文学语境不完全是语言语境层面上的问题,还是审美感知上的问题。文学是语言,同样也是艺术。语言为语境所赋义,艺术则伴随着模糊的"气氛"。现在的美学研究重视"判断"而忽略"经验",重视理性思辨,轻视感性体会;美学研究重视"可传达性"而使得语言学和符号学成为美学的主力军。[④] 但是,文学和艺术中存在大量无法用语言表

---

① [法]莫里斯·梅洛-庞蒂著,罗国祥译:《可见的与不可见的》,北京:商务印书馆,2016年,第3页。

② 李三虎:《技术间性论》,广州:广州出版社,2017年,第116页。

③ 黎杨全、梁靖羚:《从实体论到间性论:网络时代文学活动范式的转型》,载《中州学刊》,2020年第3期,第147页。

④ [德]格诺特·波默著,贾红雨译:《气氛美学》,北京:中国社会科学出版社,2018年,第11页。

达的东西，一种模糊的、气氛性的、情境性的感知。语境不纯粹是一种由语言展开才生成的主观存在，也不仅仅是一种在空间意义上对言语行为起决定作用的“环境”，因为这两种对语境进行定性的方式是一种语言论和认识论的思维。如果我们不按照主客体二分法来面对语境，我们又该如何审视语境呢？在当代哲学中是否存在对对象“语境”进行思考的理论呢？

语言本身就是一种“类客体”。所谓“类客体”，既不是主体范畴，又不是客体范畴，而是超越主客体二分思路的、现象学意义上的“类客体”。面对大千世界的流动变化，早期人类主体大脑是混沌一片的。之所以人能够开始思考一些简单现象，主要是因为对世界万物的命名，将万物放入不同的格子和范畴中。就像面对满天繁星，人类将它们连线为“大熊座”“小熊座”“猎犬座”和“仙女座”，等等。组成星座的星星之间未必有关联，而我们将它们放入一个名称的框之中，并在这基础上赋予其特殊的预示和内涵。即便我们知道星座是人类内心在宇宙中的投射，我们依然将其客观化，如星相学，用客观化的星座来反作用于人的行为和社会趋向。同样地，我们都有过一种写作感觉：尚未下笔之前，感觉自己已经把此问题思考得无比透彻了。但是，一旦形诸笔端，整个思路彻底改变，有时甚至写出自己都觉得不可思议的言语来。语言本身是将人的思维和认知客观化的过程。意识产生于主体，但是一旦脱离主体，找到语音或文字作为自己的载体后，便具有了一种“类客体”的属性，并能幻化为另一个主体与第一主体平等地对话。这个过程就像将“盲棋”物质化为“棋盘”的过程，显然，“盲棋”极大地挑战了所有人思维的清晰度，而“棋盘”则把清晰度诉诸可见可触摸的对象上。因而，弗朗西斯·培根（Francis Bacon）说，“思想的最好方法就是写作”。写作将思维转化为文字，而文字以一种客观的状态呈现在主体面前，与主体进行对话、交流。人类使用时间最久、最熟练、对人影响最为深远的工具——语言，它具有“类客体”的属性。这带来人类历史的一种倾向：由主体精神外化的对象反过来与主体进行对话、争辩，甚至竞争，从而决定主体的发展，比如数及数之间的关系、互联网、大数据、人工智能、语境，等等。

“语境”又怎样在现象学意义上被理解的呢？我们先举一个现象学的例子，如下面的陈述：杯子是蓝色的。这一描述在我们看来蓝色是杯子的属性，局限于、依附于杯子，杯子因为蓝色的规定性而区别于他物。但是，从现象学来看：“杯子是在空间中在场的，蓝色之在使杯子的在场成了可察觉的。"[①]蓝色就从一种认识论意义上的性质成为一种现象学意义上的存在。"杯子的实在已然被一起包含在有关蓝色属性的这种理解中,因为蓝色之在是杯子在此存在的方式,是对其在场的表达,是其在场的方式。物因而不再是通过它与其他物的区别、不再是通过其界限和统一性来理解的,而是根据它走出自身、登台亮相的方式来理解的"。[②] 笛卡尔将客体分为第一性和第二性:广延属于第一性,颜色、声音等属于第二性,即非物本身具有的,而是在主体与客体的关系中赋予的。一个哲学老问题:无人在的森林之中,轰然倒下的大树有声音吗?没有。声音的本质不是主体听到的,从物理学意义上是一种"震动",这种震动只有通过耳膜刺激人的听觉神经才可以产生"声音"。这就是认识论中所说的"第二性"。现象学扭转认识论所说的"第二性"的地位,将"第二性"视为呈现"第一性"的根本。

循此,我们来看语境。传统语境论认为语境要么是一种主体赋予语言意义的"第二性";要么认为是投影在语言中的物理"环境"。我们认为语境既不是一种主观的心理状态的规定性,即便语境的存在需要通过主体来完成;又不是客观的类似物属性的东西,即使对象需要通过语境来表达其在场。语境是一种"类客体":即使在相同的物理环境中,不同的主体在潜意识中的语境是千差万别的;同一主体随着环境的变化,其生成的语境一定是流动的。语境理论的提出者马林诺夫斯基便使用"环境"(environment)、"氛围"(atmosphere)作为"语境"(context)的替换性词语。[③] "新现象学"的提出者赫尔曼·施密茨(Hermann Schmitz)便认为氛围是一种"客观情感",我们常以"入身"的方式将对象把握为审美构成物。为了理解这一点,施密茨将艺术作品比作男性眼中的女性。"对一位具有正常性意识的男性来说,具有诱惑力的女性形象并非某种孤立的事物,而是处于某种情境之晕圈中,即处于一种由事态、问题和程序结合而成的混沌多样的整体之中;一切因社会-文化积淀而被这一女性形象唤醒的习惯

---

① [德]格诺特·波默著,贾红雨译:《气氛美学》,北京:中国社会科学出版社,2018 年,第 21 页。

② [德]格诺特·波默著,贾红雨译:《气氛美学》,北京:中国社会科学出版社,2018 年,第 21 页。

③ 吕微:《民俗学:一门伟大的学科——从学术反思到实践科学的历史与逻辑研究》,北京:中国社会科学出版社,2015 年,第 386～387 页。

性期待，都会与这位女性一起并围绕着她直观而模糊地显现出来”。① 这种观念在格诺特·波默(Gernot Böhme)这里也可以明确地看到，“气氛也不是某种主观的东西，比如某种心理状态的诸规定性，但气氛是拟主体的(subjekthaft)东西，属于主体，就气氛在其身体性的在场中是通过人来觉察的而言，就这个觉察同时也是主体在空间中的身体性的处境感受而言……气氛是知觉和被知觉者共有的现实性，它是被知觉者的现实性，即作为其在场的领地；它也是知觉者的现实性，就觉察着气氛的知觉者以一定的方式身体性地在场而言”。② “语境”或(“气氛”)在传统哲学(美学)那里被视为一种外围的、附加的、主观的和低等的美学要素，施密茨和波默等哲学家从现象学出发，为其寻找到本体论的地位。

波默的“气氛美学”源于重视“情境”和“气氛”的“新现象学”。施密茨在20世纪80年代末完成了新现象学体系的建构。他认为孔德的实证哲学所言说的事实是客观的，任何人具备足够的知识和语言能力都可以表述它。如任何人通过数据和资料搜集都可以言说施密茨本人，但是这些客观事实与对本人的直接体验是完全不同的。与此同时，到了胡塞尔、海德格尔和萨特的现象学中，人处于哲学的中心，但依然是“纯粹思维和抽象思维”的主体，作为主体的人始终是处于“被预制、被抽象为某种本质性的存在”。③ 新现象学强调的是身处“原初生活状态”的语境性主体。施密茨认为传统哲学中的还原主义和内摄法存在诸多问题：还原主义将本然的、密不可分的、浑然一体的对象抽象为形式或者分割为碎片，如包裹主体，弥漫的气氛或氛围在还原主义看来不过是“分子的混合体”；内摄法将世界的本真状态视为心里的感受，“心理主义打破了感觉对象上的正常联合，只剩下简单的或有限制的刺激，感觉或感觉的复合必须与心灵相适应”。④ 无论是抽象的理性思维，还是心理倾向的主客二元思维都遮蔽了“原初生活经验”。所谓“原初生活经验”，指的是“未经意识加工过的、前意识的、自然而

---

① [德]赫尔曼·施密茨著，庞学铨、冯芳等译：《无穷尽的对象：哲学的基本特征》，上海：上海人民出版社，2020年，第463页。

② [德]格诺特·波默著，贾红雨译：《气氛美学》，北京：中国社会科学出版社，2018年，第22页。

③ [德]赫尔曼·施密茨著，庞学铨、冯芳等译：《无穷尽的对象：哲学的基本特征》，上海：上海人民出版社，2020年，代译者序第8页。

④ [德]赫尔曼·施密茨著，庞学铨、冯芳等译：《无穷尽的对象：哲学的基本特征》，上海：上海人民出版社，2020年，第20页。

然的生活经验，而不是传统所谓唯物论的或唯心论的经验，其特征是内容的整体性和意义的模糊性”。[①] 换句话说，主客二分的哲学理路是新现象学批评的对象。新现象学强调原初经验状态，这种状态才是人的处境的真实状态。

“情境”是新现象学研究对象“原初生活经验”的根本组成。何谓“情境”？“情境是由各种事态、程序、问题和其他要素构成的多样性混沌统一的意义之‘晕圈’”。[②] 作为被期待的“事态”（没有逻辑矛盾的东西），“前摄性”指引着我们在社会关系中的定向与行为，如进入小商店，我们不可能随身携带“个人行为如何符合习俗”这样的书，因为一个具备沟通能力的人会根据临场事态处置和采取具体行为。“事态并不是依赖言语才得以进入世间或仅仅为人所知，在人能够言说之前，事态便已浮现于人眼前，为人的言说能力所远远不及”。[③] 事态有时不需要通过语言表述，如他人的疼痛，医生无需他人自己言说，通过检查身体便知，而我们是通过看到或听到其声响。“不过，知觉到的东西总要比声响多出点什么，即是说，我们所知觉到的其实是当时的情境”。[④] “情境”具有混沌性、多样性和整体性，因为主体对对象的知觉，并非古希腊哲人所认为的“感觉材料、问题和程序散乱地分布于空间之中，为我们分别知觉到”，知觉并非用对象或感觉材料进行记录，主体与客体之间本质上是一种“入身”（einleibung）关系。何谓“入身”？他用“司机险情”的例子来进行说明，他认为在司机灵活地避开交通事故时，司机觉知到的是作为整体的情境，“在这样的整体情境中，司机看到的客体仅仅如同交响乐队中的一种乐器，而我们知觉着的身体是另一种乐器，两者皆融于情境之中，所谓知觉，就是对这种情境的意识”。[⑤] 情境具有混沌性，但是混沌并非昏昏欲睡的状态，也非“无所事事”的闲逛的状态，这种状态是一种空洞无物的无情境的混沌多样。故而，混沌性和整体性共

---

① [德]赫尔曼·施密茨著，庞学铨、冯芳等译：《无穷尽的对象：哲学的基本特征》，上海：上海人民出版社，2020年，代译者序第12页。

② [德]赫尔曼·施密茨著，庞学铨、冯芳等译：《无穷尽的对象：哲学的基本特征》，上海：上海人民出版社，2020年，代译者序第15页。

③ [德]赫尔曼·施密茨著，庞学铨、冯芳等译：《无穷尽的对象：哲学的基本特征》，上海：上海人民出版社，2020年，第55页。

④ [德]赫尔曼·施密茨著，庞学铨、冯芳等译：《无穷尽的对象：哲学的基本特征》，上海：上海人民出版社，2020年，第54～55页。

⑤ [德]赫尔曼·施密茨著，庞学铨、冯芳等译：《无穷尽的对象：哲学的基本特征》，上海：上海人民出版社，2020年，第63页。

同构成着"情境"。

施密茨的新现象学理论也重点谈及文学和艺术的本体"情境"。"情境"或"氛围"作为其新现象学美学的核心,这与传统美学将艺术品创作者和接受者作为中心的理论思维有着本质的不同。施密茨认为,"被各种印象和氛围触动的人,需要某种对象化的应答来认清自己的处境,为触动人的东西确立一种或多或少稳定的、至少并非完全不牢靠的关系。概念和理论构造就是这样一种对象化的方式,诗是另一种对象化方式,艺术则是与诗相交叉的第三种对象化方式"。[①] "情境"不再是以"作品"为中心营造的某种氛围或"晕圈",反过来,艺术作品是对"情境"的客观化或符号化的实现。当然对"氛围"的呈现有理论、艺术和诗三种方式,施密茨认为诗歌享有开发和管理情境和氛围的权力。

较之于理论性散文对概念性言说的遵循,诗歌语言则让整体情境间接地显现出来。"诗是对情境的小心谨慎的分解。诗意的言说通过分解由事态、程序和问题组成的结构而使贯穿于其中的情境显现出来,使本来沉潜于生活中因瞬间的刺激而凸显出来的印象转化为一种可提供安静沉思和支配使用并成为结晶核的对象,借助对象我们积累的经验和欲求表现为某种形态。通过这种方式,诗使人成熟,使人恰当地发现自己。不过,诗所能传达的终究不超出通过分解事态、程序和问题而显现出贯穿于其中的混沌多样的整体情境"。[②] 施密茨从诗歌语言中的隐喻、韵律等方面来分析。隐喻作为诗歌的重要手段,它通过非同一之物的同一化过程的张力,以含混的方式将原初情境融汇为新的情境。"诗意隐喻更像一根火柴,诗人用它'点燃'情境,使情境整体地在诗中燃烧与照耀着"。[③] 诗歌的韵律是一种格式塔进程,这种进程与身上的联觉之间相通。从某种意义上来说,我们对诗歌的感受并非在其自身,而是在它通过"入身"呈现的"氛围"。"事实上,韵律之本质并不在于连续环节符合格律。韵律并非这些连续环节本身,而是通过这些环节的勾连获得清晰传达的活动暗示。在具有身体亲缘性的活动暗示意义的韵律中,读者和听众的处身状况与诗的言说所传达的

---

① [德]赫尔曼·施密茨著,庞学铨、冯芳等译:《无穷尽的对象:哲学的基本特征》,上海:上海人民出版社,2020年,第435页。

② [德]赫尔曼·施密茨著,庞学铨、冯芳等译:《无穷尽的对象:哲学的基本特征》,上海:上海人民出版社,2020年,第450页。

③ [德]赫尔曼·施密茨著,庞学铨、冯芳等译:《无穷尽的对象:哲学的基本特征》,上海:上海人民出版社,2020年,第440～441页。

事件产生共鸣……整体情境在身体的处身状况受到刺激时得到强化，只要这种强化有利于整体情境对活动暗示的传递，诗之为诗，便得益于这种整体情境”。[①] 在诗歌的言语阐释中，情境被整体地、完整地显露出来。

特别值得阐释的一点是，新现象学强调“情境”与“身体”的必然关系。施密茨认为人天生具有一种对“情境”的感受和协调的能力，自我对身体的感知并非从外在空间审视自己或打量世界，而是通过自己的四肢去探寻方向。我们在炎热潮湿天气中感受到的难受并不仅仅是局限于个体内心的感受，而是“包含着基本的、不能分割的、作为天气而感受到的宽度。这样，我们便亲身感受到某种不属于单个身体的东西，它不确定地、广泛地涌泻而出，没有部分，而单个身体则被包围埋置于其中”。[②] “情境”与“身体”的深层关系主要体现在沉浸性中，这种关系恰好是艺术作品直击主体内心的关键点。“艺术作品是蕴含丰富的印象，承载着从身体上把捉人的氛围；如同可以被目光和声音带着出场的氛围一样，这样的氛围可以被艺术作品直接带着出场……身体倾向所承载的氛围以特有的方式充满我们在其中听和感觉着的空间，仿佛如天气那样的氛围弥漫于我们在这空间中的处身状况，使我们感到身体上有某种东西在‘收紧’或‘关闭’，或者感到心情轻松，或者以别的方式受到特别触动，如身体上感到承受着重压”。[③] 换句话说，艺术打动人的可以是其作品意义和思想，但更多的是围绕作品的“氛围”和“情境”。这种“情境”的前提是“身体”先验地具有对空间和氛围的感知性和整一性。人与空间并非主客体对立关系，而是一种“入身性”关系。在“入身性”之中，我们与“个人情境”并非外在的认识关系，而是内置的、“在之中”的连续性关系。在这里，隐约可以看到施密茨与梅洛-庞蒂的身体现象学的关系。梅洛-庞蒂认为“身体的空间性不是如同外部物体的空间性或‘空间感觉’的空间性那样的一种位置的空间性，而是一种处境的空间性”。[④] 故而，施密茨认为在“情境”中，主客体并没有所谓的截然区分，而

---

① [德]赫尔曼·施密茨著，庞学铨、冯芳等译：《无穷尽的对象：哲学的基本特征》，上海：上海人民出版社，2020年，第441页。

② [德]赫尔曼·施密茨著，庞学铨、李张林译：《新现象学》，上海：上海译文出版社，1997年，第23页。

③ [德]赫尔曼·施密茨著，庞学铨、冯芳等译：《无穷尽的对象：哲学的基本特征》，上海：上海人民出版社，2020年，第452页。

④ [法]莫里斯·梅洛-庞蒂著，姜志辉译：《知觉现象学》，北京：商务印书馆，2001年，第137～138页。

是处于混沌多样的事态之中，人与周围环境是贯通的。

可以说，施密茨的新现象学对“氛围”和“情境”的强调，重新反思了传统哲学的种种问题，建构了一套以原初生活经验为基础的“情境”哲学。这套哲学理论与中国传统哲学和美学把握世界的方式接近。“语境诗学”的哲学基础便是建立在“新现象学”之上的。

## 二、“虚在”作为“不在场”语境：中国古典美学的贡献

新现象学的“气氛”将艺术理论的重心从作品本体论转向语境本体论。新现象学为“语境诗学”奠定了西方哲学基础，中国古典美学（特别是道家美学）则为“语境诗学”输入东方文化的超越性思想。西方诗学中语境结构是“实-实”，中国古典诗学中语境框架是“实-虚”。西方文化一直将语境视为“实在”的存在，后来受到现象学的影响逐渐走向“虚化”，如上面所说的“气氛”偏向东方式的虚在。海德格尔的现象学受到道家思想的启示，将“无”视为存在的基础，“没有‘无’所启示出来的原始境界，就没有自我存在，就没有自由”。[①] 中国古典美学一直将语境视为“虚在”，并将语境感提升超越为对时间和空间的本体性审美感受。

新现象学的“气氛”是主客体从自我溢出而形成的中间地带和共同实在。由于“气氛”具有不确定性、渗透性和弥漫性，它与中国古典诗学中的“意境”形成了跨文化的对位关系。[②] “意境”说可以追溯至《易经》的“言不尽意”和《道德经》的“有无相生”思想，到唐朝凸显为诗学范式，从王昌龄的“三境说”到皎然的“诗情缘境发”，经由刘禹锡的“境生象外”，到司空图较为成熟的“意境说”。司空图认为诗歌的意境不能通过文字表达，只能以道家方式体悟其“非实体性”，即“韵外之致”“味外之味”“象外之象”和“景外之景”。他的诗学观念源自道家在场与不在场意义互生关系的思想。道家认为“有”“实”和“显”是事物现存的状态，这是规定的、有限的；而“无”“虚”“隐”则是超越事物的无规定和无限性的维度。[③] “‘象’与‘境’（‘象外之象’）的区别，在于‘象’是某种孤立的、有限的物象，而‘境’则是大自然或人生的整幅图景。‘境’不仅包括‘象’，而且包括‘象’外的虚空。‘境’不是一

---

① 孙周兴选编：《海德格尔选集》，上海：生活·读书·新知三联书店，1996 年，第 146 页。

② 彭锋：《意境与气氛——关于艺术本体论的跨文化研究》，载《北京大学学报（哲学社会科学版）》，2014 年第 4 期，第 24～31 页。

③ 汤凌云：《中国美学通史》第四卷《隋唐五代卷》，南京：江苏人民出版社，2021 年，第 210～211 页。

草一木一花一果，而是元气流动的造化自然”。[①] 诗歌的在场与不在场之间形成一种类似作品与语境的关系，而作为“语境”的体验性表述，“意境”在中国诗学之中又是被作为一种“至大无外”的整体对象来把握的。“从审美活动（审美感兴）的角度看，所谓‘意境’，就是超越具体的有限的物象、事件、场景，进入无限的时间和空间，即所谓‘胸罗宇宙，思接千古’，从而对整个人生、历史、宇宙获得一种哲理性的感受和领悟”。[②] 意境说赋予了语境理论一种超越可见之文本，审视、打量和玩味“语境”本身的时间感和空间感。也就是说，“语境”不再是一种赋予作品意义的“背景”，而在现象学“前景”中被把握为“气氛”“时空感”“气象”等审美效果。在西方文论中，“语境”作为背景是一种在主客体对立的思维下的言说，分离意味着需要寻找中介或理论对二者进行弥合。故而才会出现对象与语境是“在之中”的关系。中国古典诗学认为语境是对象生成的，并且“语境”等同于天地万物的混溶状态（包括政治伦理、个人情形和天地万物），文章灵性，自我生命与天地化合。

道家“有无相生”是“意境说”的思想原型，并为“语境诗学”提供了中国文化天人合一内在性和超越性维度。“有无相生，难易相成，长短相形，高下相盈。音声相和，前后相随”。[③] “无”和“有”是意义生成的模式，“在万物的广泛联系中，任何一个‘有’都不独立存在，都要在与其内外环境的互动过程当中获得其规定性。一切不在场的事物都默默地成就着当前在场的独立个体的意义；任何一个进入思考视野的‘在场’的确定意义都不孤立成立，都要联系到其背后的动态的意义网络。‘在场’是‘有’，是‘实’；‘不在场’是‘无’，是‘虚’”。[④] 在场和缺席之间正如台前和幕后的关系，二者是互相成就和支持的关系。“有无相生”形成后来中国美学的“虚实相生”的思想。就像宗白华先生所说：“在宋、元人的山水花鸟画里，我们具体地欣赏到‘追光蹑影之笔，写通天尽人之怀’。画家所写的自然生命，集中在一片无边的虚白上。空中荡漾着‘视之不见、听之不闻、搏之不得’的‘道’，老子名之为‘夷’‘希’‘微’。在这一片虚白上幻现的一花一鸟、一树一石、一山一水，都负荷着无限的深意、无边的深情。”[⑤]道家的“有无相生”思想

① 叶朗：《中国美学史大纲》，上海：上海人民出版社，2006 年，第 270 页。
② 叶朗：《意象照亮人生——叶朗自选集》，北京：首都师范大学出版社，2011 年，第 87 页。
③ [魏]王弼注，楼宇烈校释：《老子道德经注校释》，北京：中华书局，2008 年，第 6 页。
④ 孙焘：《中国美学通史》第一卷《先秦卷》，南京：江苏人民出版社，2021 年，第 95 页。
⑤ 宗白华：《美学散步》，上海：上海人民出版社，2015 年，第 95 页。

之于艺术理论来说偏重于“无”“虚”的维度。“三十辐共一毂，当其无，有车之用。埏埴以为器，当其无，有器之用。凿户牖以为室，当其无，有室之用”。[①] 我们使用的不是材质的“有”，而是由质料构成的“无”。当然道家哲学中的“无”并非“虚无”和“空无”，它与“有”之间又形成活泼灵动的意义生成状态。就像宗白华先生所说：“中国画中的虚空不是死的物理的空间间架，俾物质能在里面移动，反而是最活泼的生命源泉。一切物象的纷纭节奏从他里面流出来！我们回想到前面引过的唐诗人韦应物的诗：‘万物自生听，太空恒寂寥。’王维也有诗云：‘徒然万象多，澹尔太虚缅。’都能表明我所说的中国人特殊的空间意识。”[②]中国画中的“虚空”与“物质”只是在美学上的表征而已。意境存在于虚与实、有和无的互动生成和统一关系中。不过从内涵的规定性来说，意境是对有限的象的超越，进入无限的境。意境在艺术和生活中往往呈现为由一山一石、一草一树、一花一叶瞬间体悟无限的宇宙和永恒的时空。[③]

其实，在场与不在场的思想体现在整个古典美学的话语体系中。张法认为中国古典美学遵循的是一种“非学科-关联型美学”：真善美的统一性，并非古希腊美学如柏拉图所采用的对美的本质的追求。“非学科-关联型美学”其实就是将审美置于一种整体的文化语境中，具体表征为对美整体性的言说：艺术与非艺术的同一和互通，事物与事物，以及宇宙整体是关联的而非孤立的。中国古典诗学语境性的思维方式可以在话语方式的表达上看到，即“者……也”句式。他认为“‘者’肯定物作为一个整体确确实实地存在，‘也’则因时因地因情因境，只指出此物与之最为相关的某一层次、方面、特点”。[④] 中国古典美学并非西方美学所追求的对从实到实的独立性思维，而是一种个体与整体的关联性思维。

孙焘认为，《易经》的言说方式也奠定和影响了中国传统文化的情境化思维和动态性思维。“卦象”和“卦辞”作为一种普遍性的情境标识，其表面都是自然物象或人世现象，一种会溢出具体物件本身的虚化符号。《易经》的情境化思维主要呈现在“卦象”对阴爻和阳爻的体现，天地万物运转之势皆可通过阴爻和阳爻得以表达。田辰山将阴阳的“互系偶对”关系视为一

---

① [魏]王弼注，楼宇烈校释：《老子道德经注校释》，北京：中华书局，2008年，第26页。

② 宗白华：《美学散步》，上海：上海人民出版社，2015年，第133页。

③ 王德岩：《意境的诞生——以体验方式为中心的美学考察》，北京：中国传媒大学出版社，2017年，第217～218页。

④ 张法：《中国美学史》，成都：四川人民出版社，2021年，第5～6页。

种"域境化"(contextualization)。[①] 动态性表征在《易经》意义生发的有机性、整体性之中,所有卦和爻彼此之间都是相关的。"要理解《易经》的一个卦象、爻位的意义,不仅要看其自身的情况(比如是阴还是阳),而且一定要考虑其状况与语境是否协调,是否'当位''应时'"。故而,《易经》对对象的审视,不仅是其自身,还要将其放置于空间环境和时间变化中,这与古希腊追求几何学、逻辑学、数学等"超时间"的理想范本完全不同。[②]

任何对象都处于宇宙整体中,因语境的差异而表征不同。言说与未言说之间形成"实"和"虚","显"与"隐"的意义互相赋予关系。"无"在美学中的位置可以被理解为丹尼尔·奥尔布赖特(Daniel Albright)的"积极的缺席感","每件艺术品是在它赖以生成的未变化的表面(空白的书页、空白的画布、寂静的田野或背景噪音)上成形的,因此,文学、绘画和音乐就有很强的共通之处,即艺术作品在成形之前普遍存在的一种积极的缺席感。而且,艺术作品藏于其中的并不只有自身的来源,还有借助媒介的整个作品实体的深层本源,以及更深的世界本源……同样,每一件艺术品都预设了自身的毁灭和宇宙的不可言说。就此而言,每一件艺术品都是悲剧性的。艺术品的感染力来源于这样一个事实:它此刻的美与它逝去的美是完全相同的"。[③] "有-无"观念带来的"虚实"诗学观念将"语境"从"实在"带向一种"虚在","语境"被中国古典诗学赋予与"真实"对应的"虚构"(小说与戏曲学)、与"景物"对应的"情思"、与"质实"对应的"空灵"、与"形象"对应的"想象",以及与"实有"对应的"虚无"等丰富的内义。[④]

新现象学的"情境"是主体对周围空间的整体性和混沌性的把握,在这一点上,《易经》的"观"与新现象学的"情境"接近。"古者包牺氏之王天下也,仰则观象于天,俯则观法于地,观鸟兽之文与地之宜,近取诸身,远取诸物,于是始作八卦,以通神明之德,以类万物之情"。[⑤] 成中英认为《易经》的"观"是一种整体性的俯瞰、一种动态性和过程性的观察、一种在关系网络中的有机观察、一种将事物置之于时间的特殊关系中的观察、一种对事

---

① [美]田辰山著,萧延中译:《中国辩证法:从〈易经〉到马克思主义》,北京:中国人民大学出版社,2016年,第35页。

② 孙焘:《中国美学通史》第一卷《先秦卷》,南京:江苏人民出版社,2021年,第41～46页。

③ [美]丹尼尔·奥尔布赖特著,徐长生等译:《缪斯之艺:泛美学研究》,南京:南京大学出版社,2021年,第7页。

④ 张方:《虚实掩映之间》,南昌:百花洲文艺出版社,2017年,第259页。

⑤ 黄寿祺、张善文译注:《周易译注》,上海:上海古籍出版社,2007年,第402页。

物之间或内部冲突与和谐的互动性观察。① 这种整体性和流动性的感受在中国传统医家的“身体”观念中有着实践性的表达。中医思想的“身体”分为“场域性的身体”和“流动性的身体”两种语境性观念。“场域性的身体”将身体要素的空间关系与社会政治制度内在地关联;“流动性的身体”以“水系模型”彰显着人与自然环境之间的动态关联。中西医学对身体秉持着不同的观念,“古希腊医生关注脉搏的正常,以及肌肉、形态和力量,强调用运动来锻炼身体。而中医医生更注重的是脉象的调和与否,注重气血与环境、气候、饮食、疾病等的关系,以达到调理、养生的目的”。② 换句话说,中国传统文化将身体置于包含身体的整体环境中。故而,当“身体”话语被注入诗学后,“自然地理-身体-文学艺术”的模型便携带了语境的有机性、整体性和动态性。如北宋的郭熙在艺术论中以身体言说空间,“山以水为血脉,以草木为毛发,以烟云为神采。故山得水而活,得草木而华,得烟云而秀媚。水以山为面,以亭榭为眉目,以渔钓为精神。故水得山而媚,得亭榭而明快,得渔钓而旷落。此山水之布置也”。③ 在中国古代思想中,宇宙时空和周遭世界的存在依赖于身体这一“源发性存在”。如类似“大”“太”“天”这样的终极概念,在字形上都与直立的人的身体相关;《淮南子·精神训》中提出“天圆地方”的宇宙基本模式来自“头之圆”与“足之方”;对世间万物的度量都以“五指”的“五”为基点,比如“五行”“五味”“五色”“五音”等。④

除了作为隐喻的方式进入美学话语,“身体”还营造和建构着文艺语境和氛围。《毛诗序》中就谈及语言的局限性和身体通过非语言所构成的艺术语境。“情动于中而行于言,言之不足,故嗟叹之,嗟叹之不足,故咏歌之,咏歌之不足,不知手之舞之,足之蹈之也”。⑤ 情感作为无法名状的生命状态,“不足”其实表达的是文学语言本身并不能完全地将“情”(或者感性、感受、审美等)表达出来,还需要嗟叹、咏歌和舞蹈等各个维度的参与,从而将“情”呈现出来。特别是“手舞足蹈”其实是“身体”维度的参与,身体处于现场情境中,主体之间才能最大限度地通过艺术方式感受对方。“身

---

① 成中英:《易学本体论》,北京:北京大学出版社,2006年,第81页。

② 和少英、姚伟:《中医人类学视野下的具身性与多重世界》,载《思想战线》,2020年第2期,第3页。

③ [北宋]郭熙著,鲁博林编著:《林泉高致》,南京:江苏凤凰文艺出版社,2015年,第74页。

④ 张再林:《中国古代身道研究》,北京:生活·读书·新知三联书店,2015年,第131页。

⑤ 孔颖达等正义:《毛诗正义》,上海:上海古籍出版社,1990年,第15页。

体-空间”的结构转移到“艺术-空间”的关系之中就形成了更为广阔的语境关联性关系。“在《礼记・乐记》中,世界被设想为充满乐感的和谐律动的宇宙;与此大宇宙相对应,又存在着内在于每一个体的小宇宙。在流行不息的变化发展中,和谐感的体现成为其鲜明的特色:在与宇宙模式的结合中,‘乐’不再局限于声、音、乐等音乐元素之间的格局,也不再仅仅是儒家君子安顿自我、整合社会的工具,而是成为弥盈六合、周流上下的天地的交响。它打通了我与非我的界限,并且将政治教化的功利因素消融于无形的宇宙秩序之中”。[①] 在中国美学中,艺术绝不是可以与外部语境割裂开的。艺术-政治教化-宇宙万物之间是一种“道通为一”的关系,正如庄子在《齐物论》中对“人籁”“地籁”“天籁”关系的阐释。可以说,中国古典诗学中天文、地理和人文是被整体地、动态地置于宇宙整体中的,这种观念源自于中国传统哲学的“天人合一”思想。

在西方哲学中,人与世界是一种“外在性”关系,人通过认识切入世界;在中国哲学中,人与世界则是“内在性”关系,人通过体验相融相通于其生活的世界。“外在性”带来西方文论的诗人对自然或社会的“模仿”,抑或是神灵附体式的创作;“内在性”为中国诗学排除了此两种观念,使得主体在主客混溶中感受“道”的无限性与超越性。西方哲学经过“主客二分”,发展到海德格尔的“此在-世界”的结构,人逐渐融身于、依寓于世界,这与中国传统哲学“天人合一”思想近似,如庄子的“汝身非汝有”,乃“天地之委形也”。[②] “主客二分”的哲学思考事物是“什么”,“天人合一”的哲学追问事物“怎样”。“‘什么’乃是把同类事物中的不同性——差异性、特殊性抽象掉而获得的一种普遍性,‘怎样’则是把在场的东西和与之不同的、包括不同类的不在场的东西综合为一,它不是在在场与不在场之间找共同性……而是从哲学存在论的意义上显示出当前在场事物之背后的各种关联”。[③] 显现与遮蔽之间是同时发生且不可分离的。“在场与不在场、显现与隐蔽相互构成的境域是万物之本源,也就是说,不在场的、隐蔽的东西是显现于在场的东西的本源”。[④] 这本质上就是一种语境哲学,按此思路,对在场者本源的追溯不是通过抽象概念完成的,而是在“不在场者”(语境)中去寻

---

① 任鹏:《中国美学通史》第二卷《汉代卷》,南京:江苏人民出版社,2021年,第33页。
② 张世英:《美在自由——中欧美学思想比较研究》,北京:人民出版社,2012年,第8～9页。
③ 张世英:《美在自由——中欧美学思想比较研究》,北京:人民出版社,2012年,第38页。
④ 张世英:《美在自由——中欧美学思想比较研究》,北京:人民出版社,2012年,第40页。

找。张世英认为按照“在场”哲学观念必然走向对“典型说”的追求,以“不在场”为中心的哲学则导向“隐秀说”。艺术的美根源于它能超越有限性达到无限的“万物一体”的境界,而艺术的超越性又来自“语境”,语境使得艺术品绽放出一种无限性关联。历史事件重述会带来厌烦,而艺术作品恰好在重复大量中实现意义增殖,因为“艺术品所显现的无限关联,一方面,是人人共同生活于其中的唯一的世界,因此,艺术品能为不同的观赏者包括不同时代的人所喜爱;另一方面,艺术品本身的内涵(艺术品所显现的无限关联)在不同条件下,不同境遇中(包括不同的观赏者和不同的时代)又以不同的形式而崭露自身”。[①] 西方诗学中的“典型说”也可以通过有限物写出具有普遍性的无限物,一种恒常的在场;而中国诗学“隐秀说”则是通过“在场”通达的“不在场”并非一种抽象概念,而是“具体的现实世界”。故而,“语境诗学”并非完全从西方文论抽绎出的范畴,必然融入中国诗学的内质。换句话说,我们认为“语境”可以分为“在场的语境”与“不在场的语境”。西方诗学中的“关系论”“有机论”“社会历史”和“自然环境”等都是一种“出场”的语境,与对象构成“实-实”的意义关系。中国诗学中的“虚实”“显隐”“有无”等范畴都是一种“实-虚”关系,“不在场”的无限性赋予艺术以超越性的本质。

## 第四节 “语境诗学”的理论定位

“语境诗学”的理论定位是将其置于整个人文社会学科的知识体系中,反观和审视自身的理论性质、优势和局限。“语境诗学”是一种“反思型”文学理论,既重视主观概念和理论对经验事实的整合和同化,又对文学的经验事实动态性地开放。“语境诗学”也是一种“默会性”的理论话语,它关注文学的言说和未言说、“焦点觉知”和“附带觉知”之间的意义互动关系。文学语境带有“原初自明性”的默会性,即“内居”于世界之中,而非超然世界之外地思考世界。在“后理论”思潮中,文学理论开始拒斥“大理论”或“宏大叙事”,强调以小理论化或者“语境化”的理论进路面对文学现象。“语境诗学”关注文学事实或文学作品的“具体性”,以及文学自身的“唯一性”和“独特性”价值。

---

① 张世英:《美在自由——中欧美学思想比较研究》,北京:人民出版社,2012年,第53页。

## 一、"语境诗学"之于批判哲学的"反思性"

文学理论的呈现方式，按照王元骧先生的归纳主要有三种：第一种是通过文学知识和文学命题之间的逻辑推演而形成的文学理论体系，以此为基点规范文学批评和实践，如亚里士多德的《诗学》。此种文学理论研究路数的背后是古希腊的本体论哲学：重"理性"和永恒不变的真理，轻感性经验。这一种源自古希腊时代的思辨形而上学，"他们把世界的现象与本质二分，认为现象的东西不断变化，是不真实的，唯有事物的本质才能说明真理，因而认为要认识世界就应该从把握本质开始，从本质出发去进行演绎推理"，他们认为理论和经验是分离甚至对立的。① 思辨形而上学在后来的发展中逐渐走向其反面。经验主义强调具体个人的经验和感官体验，认为理论必须是通过具体个人感官体验和经验归纳产生。这便滋生出第二种文学理论形态。在稳定的经验材料基础上，以实证方式抽象和概括出的经验性文学理论，如瑞恰兹的《文学批评原理》。其哲学基础根源于霍布斯、洛克等为代表的经验主义，以及后来的实证主义和实用主义。他们认为人类知识只来自感觉经验的归纳，而不必依赖"永恒真理"。这种哲学思维特别贴近文艺理论，因为文艺理论的对象必须是感性的和体验的。但是问题出现了，文学经验太过繁复和混杂，对文学的感觉经验又都具有个人性和偶然性。以这样的文学经验作为起点并不能建立作为普遍性的文学知识。那么怎样可以规避以上两种文学理论的弊端，结合它们的长处呢？这种思考产生了第三种文学理论形态。以文学理论发展过程中出现的问题作为出发点的"反思型"文学理论，即对理论的理论。一方面，反思型文学理论具有第一种文学理论本体论方式的特点，即重视主观概念和理论对经验事实的整合和同化；另一方面不是将文学理论作为"僵硬的规则"而盲从，而是具有阐释学品格的"前见"性质，同时它有对文学的经验事实动态性地开放。② 这种文学理论根源于王元骧先生对康德批判哲学的审视。他认为康德批判哲学对经验派和理性派的统一，这种独特的思考方式可以作为我们思考文学理论品性的基础。康德提出的先验论解决了唯经验主义和唯理性主义各自的理论盲区：经验必须经由先验的知性形式的"规约"和整合。也就是不存在离开知性的感性，也不存在离开感性的知性。康德

① 王元骧：《读张江〈理论中心论〉所想到的》，载《文学评论》，2017年第6期，第81页。

② 王元骧：《审美：向人回归》，杭州：浙江大学出版社，2015年，第122～125页。

的批判哲学对思考文学理论的理论属性有深刻的启发意义。

“语境诗学”属于“反思型”文学理论。“语境诗学”的提出，宗旨并非仅仅对于文学批评实践进行指导，其理论品性不局限于对文艺作品和文艺现象进行解释的“工具性”；在于对文学理论本身的认识和反思（亚里士多德所说的“对思想的思想”），它思考文学理论体系中并未被前人所关注的“语境”的维度。透过“语境”范畴，我们到底能在文学理论中发现什么新的现象，这又对文学理论的建构提供哪些新的思考？当“语境诗学”提出后，它带来了什么样的文学观念，又改变了哪些文学观念？“语境诗学”对当下文艺理论建设有着怎样的意义和价值？

“语境诗学”作为一种理论归纳和抽象，必不可少地带有一种宏大性、体系性、抽象性和逻辑性。在文学理论研究中，终结文学理论的呼声近年较高，其重要的依据是文学理论是以取消文学为前提的理论，文学理论无法指导文学批评。然而，我们必须看到文学批评主要强调的是文学理论的工具性，而文学理论主张的是文学理论的反思性。文学批评指的是“一种品评文学作品的话语，它强调阅读体验，描写、解读、分析某一作品对（具有较好文学素养的）读者——不必非得是学者或专家——所产生的意义和效果。批评就是赏析，就是评价，它始于对作品的好感（或反感）、认同和投射”。[①] 对文学的反思，其根本目的不在于具体的文学经验和现象，而是现象背后的本质规律。也就是说，文学理论对文学批评实践“进行分析、描写，阐明它们的预设……就是‘批评之批评’或‘元批评’（如对一门语言进行描述，我们需要一门元语言，对一门语言的功能进行描述，我们需要一个语法）。它体现了一种批评意识（对文学意识形态的批评），一种对文学的反思（反观批评，自我意识或自涉）”。[②] 同时，我们还可以看到理论从词源学上本身就与文学实践有着距离。

“理论”源自古希腊语“theoria”，指一种高层次的观察模式。它可以直观到表明变化背后的稳定真相。因此，“理论”与“存在”（being）凌驾于“生成”（becoming）之上的特权有关。[③] 同样地，哈贝马斯在《后形而上学思

---

① [法]安托万·孔帕尼翁著，吴泓缈、汪捷宇译：《理论的幽灵：文学与常识》，南京：南京大学出版社，2017 年，第 13 页。

② [法]安托万·孔帕尼翁著，吴泓缈、汪捷宇译：《理论的幽灵：文学与常识》，南京：南京大学出版社，2017 年，第 12～13 页。

③ Julian Wolfreys, *Introducing Criticism in the 21st Century*. (Edinburgh: Edinburgh University Press, 2002), p. 219.

想》中也表达过类似的观点:“理论生活方式居于古代生活方式之首，高于政治家、教育家和医生的实践生活方式……理论要求放弃自然的世界观，并希望与超验事物(Ausseralltaegliche)建立起联系。”①

“语境诗学”是作为批判哲学的反思性而存在的。古希腊时代,柏拉图就认为本质并非从感觉经验中得来的,因为他坚信一切事物从一个本原生成,但是“本原”本身不是生成的。② 正如神学中的思辨逻辑一样,世界的万事万物都是神造的,神不可能是由他者创造,它是自为的存在的。柏拉图眼中的“本原”或者理式也是自为地存在的,永恒存在的。面对这样的将本质抽象化和静态性的思辨倾向,康德提出先验哲学予以反驳。他认为主体先验地具有一系列“先天的知性概念”,经验必须经过先验范畴这些“有色眼镜”过滤、分解和组合,从而才能得到我们对事物的认识。可见康德的“先天的知性概念”,不是“僵化、凝固、绝对不变的供推论的现成的结论,而只不过是供反思的原则;目的在于引导人们去探寻真理,发现真理”。③ 因而,文学理论除了工具性的维度,还有“批判哲学”式的反思前提或者“反思的判断”。

因而,“语境诗学”并非首要地去印证理论自身具有多大的阐释力,能够对文学作品有多大的解剖力。相反,它为文学提供一种完全不同的认识方式:是一种让认识“可能进行的手段”。文学语境也不是文学理论建构的目的,它只是文学理论的“一个可能的出发点”。“一个理论不是认识,它只是使认识可能进行的手段;一个理论不是目的地,它只是一个可能的出发点;一个理论不是一个解决方法,它只是提供了处理问题的可能性”。④ 所以说,“语境诗学”最重要的是提供了一个文学理论反思的理论支点和理论前提,让我们意识到“语境”在所有文学活动中存在却被忽视的状态。同时,“语境”在无意识中参与着文学意义的生成,甚至整个文学理论的建构。因而,“语境诗学”是作为一种“反思型”的理论而存在的。“反思型”的理论是怎样的理论呢?“反思型”的理论“假借人文社会科学的知识框架对现实

---

① [德]于尔根·哈贝马斯著,曹卫东、付德根译:《后形而上学思想》,南京:南京泽林出版社,2012年,第31～32页。

② 王元骧:《文学的真谛——王元骧文艺学文选》,济南:山东文艺出版社,2021年,第1～2页。

③ 王元骧:《文学的真谛——王元骧文艺学文选》,济南:山东文艺出版社,2021年,第17页。

④ [法]埃德加·莫兰著,陈一壮译:《复杂思想:自觉的科学》,北京:北京大学出版社,2001年,第271页。

的较具公共意义的文学/文化现象/事件/问题进行阐释，力求分析得较为具体化、语境化和效用化……反思文学理论知识生产史，不是简单地进行学术史编年写作，而是要将已有的文学理论知识问题化，追问某一知识是在何种语境下，在何种场域格局中，出于什么目的和利益生产出来的，其内在的知识逻辑又是怎样生成的，它解决了什么问题又引发了怎样的学术效果，等等”。[①] “语境诗学”建构的重要价值维度就在于，为文学理论提供新的眼光，带来新的评判尺度的标准，让我们有了看待文学理论体系的新视角和新思维。“语境诗学”作为反思性的理论，也就是具有了伊瑟尔所说的“建构性”的理论框架；它是“加诸作品之上的一组坐标系以对其进行认知”，而非操作性的，不是“为了解释事物的生成过程而构造的一套网络结构”。[②]

## 二、“语境诗学”之于后批判哲学的“默会性”

我们并非生活在自然状态的世界之中，而是处在一种被文化浸润和洗礼之后的“伪自然”世界之中。人类通过语言将物理世界转换为符号意义，再将意义世界建构成自然状态。“意义永远是一种文化现象，一种文化产物。但是，在我们社会中，这种文化现象不断地被自然化，被言语恢复为自然，言语使我们相信物体的一种纯及物的情境。我们以为自己处于一种由物体、功能、物体的完全控制等等现象所共同组成的实用世界中，但在现实里我们也通过物体处于一种由意义、理由、借口所组成的世界中：功能产生了记号，但是这个记号又恢复为一种功能的戏剧化表现。我相信，正是向伪自然的这种转换，定义了我们社会的意识形态”。[③] 我们已经通过符号或者语言将物理的世界转化为“意义”环绕的文化世界，这种“意义世界”反过来把物理世界的非自然化现象逐渐变成自然现象，即巴特的“伪自然”现象。纯粹的物理世界是无所谓“语境”现象的。语境只针对将对象语言化之后的意义生成或生产过程而言的。“伪自然”是意义被语言生产出来之后，反过来赋予对象的结果。在这个过程中，意义是不断增殖和裂变的，而

① 肖明华：《作为学科的文学理论：当代文艺学学科反思问题研究》，北京：北京师范大学出版社，2019 年，第 218～221 页。

② ［德］沃尔夫冈·伊瑟尔著，朱刚、谷婷婷、潘玉莎译：《怎样做理论》，南京：南京大学出版社，2008 年，第 197 页。

③ ［法］罗兰·巴尔特著，李幼蒸译：《符号学历险》，北京：中国人民大学出版社，2008 年，第 198 页。

变化的依托就是参与"伪自然"形成的所有因素的动态活动带来的。这一过程不知不觉就形成了，或者说与意义相伴而生，互相构成了。巴特提及的"伪自然"现象其实就是对象"意义化"之后所形成的语境，它以默会知识的形式存在着。

何谓默会知识？经过长期训练掌握复杂游泳技巧的人却说不清自己是如何飘浮起来的。这种现象存在于普通人骑自行车、医生做手术和品酒师品酒等无数"技能"现象之中。"技能性行为的目标是通过遵循一套规则而实现的，但遵循这套规则的人却并不理解这套规则"。[①] 在现实生活中，大量需要通过技能才能完成的事情，包含着能被言述和传授的内容，但还有大量未能被言述的知识。这些知识即默会知识，它只能通过师徒制的亲授才能完成。关于"默会知识"，迈克尔·波兰尼（Michael Polanyi）有一句简明扼要的表述："我们知道的要比我们能够言说的多。（We can know more than we can tell.）"如我们可以从一百万个人中认出一个人的脸，但是我们无法通过语言说出自己是如何识别这张脸的。[②] 他从"附带觉知"和"焦点觉知"的角度来论证。当我们用锤子钉钉子时，意识可以关注钉子，也可以关注锤子。但是锤击的一瞬间，我们觉知到的不是锤柄震动手掌，更多的是锤头击中钉子。前者就是"附带觉知"，后者是"焦点觉知"。人的"感觉"本身就像"锤子"，常常是作为注意力的工具，我们极少意识到"意识"本身。同样地，我们使用语言，语言通常具有透明性。人们少有意识到"语言"本身的存在，因为我们是以附带方式觉知语言的。在文学阅读中，在获取精彩的故事、鲜明的形象和深刻的思想之后，我们似乎同样会因为"得鱼忘筌"而忽视文学语言本身。但是，文学自身具有凸显语言的冲动，即什克洛夫斯基主张的"让石头显出石头的质感"的陌生化天性。故而，文学独特性就较为明显了：文学语言表达的对象和语言本身都作为"焦点"被交替地觉知着，而文学语境则成为真正意义上的"附带觉知"存在着。"我们可以把这样的行为描述为在逻辑上不可言传，因为我们可以表明，在某种意义上对这些细节所作的详细说明会在逻辑上和该行为或语境所暗

---

① ［英］迈克尔·波兰尼著，徐陶译：《个人知识：朝向后批判哲学》，上海：上海人民出版社，2017年，第58～60页。

② Michael Polanyi, *The Tacit Dimension*. (Chicago: The University of Chicago Press, 2009), p. 4.

含的东西相冲突”。[①] 按照波兰尼的说法,“默会知识”相对于“焦点知识”就是一种“语境”和“对象”的关系。

“语境诗学”关注文学中言说和未言说之间的意义互动关系。文学是以“焦点觉知”的方式存在于文学活动中的,而文学语境则是以“附带觉知”的方式存在的。在以文字作为承载物的印刷文学中,文学语境表征为字里行间的文本语境和历史-文化语境;以语音作为承载主体的口头文学,文学语境更多地呈现为极具现场感的情景语境中。“一组落入我们的附属知觉中的细节如果全部从我们的意识中消失,我们可能会最终把它们全部忘记,并无法回忆”。[②] 所以,文学语境作为附带觉知中的细节具有不可言传性,文学对象和文学语言作为焦点觉知可以被言述和传授。无论是哪种语境,在文学被感知和阅读的过程中都是以隐在的、默会的和非可言说的方式存在着的。波兰尼认为,“语言层面和理性层面的知识需要以非语言、非理性的默会知识或者意会知识作为基础”。[③] 文学知识的重心和基石不是可以言述的东西,而是不可以言述的语境维度的东西。最为突出的是文学作为一种技能,即“写作”的默会性。如果我们视“文学”为动词(“写作”和“技能”)而非名词“文本和作品”,文学非可言述的默会性立马表现出来。文学的“写作”不可教;“大学中文系培养不出作家”等就变为可理解的了。文学写作作为一种“技能”并非可以通过言语和理性传授出来的。如果可以的话,作家的孩子必然很容易成为作家。但是在现实生活中,作家难以将所谓的“秘诀”像传授知识那样传授给自己的孩子,因为我们想象中的“秘诀”是一种默会知识,不可言传。

文学语境的默会性使得我们逐渐将语境意识内化为身体意识的一部分。就像我们通过感觉去感知对象而不会意识到“感觉”自身一样,我们无时无刻不在以语境意识理解着文学却忽视它的存在。就像波兰尼所说,当我们用“工具”行事时,以附带觉知方式隐藏的工具“必然存在于我们这一边,成了我们自己即操作主体的一部分。我们把自己倾注于它们之中,把它们吸收为自身存在的一部分。我们寄居于它们之中从而在存在上接纳

---

① [英]迈克尔·波兰尼著,徐陶译:《个人知识:朝向后批判哲学》,上海:上海人民出版社,2017年,第66页。

② [英]迈克尔·波兰尼著,徐陶译:《个人知识:朝向后批判哲学》,上海:上海人民出版社,2017年,第73页。

③ [英]迈克尔·波兰尼著,徐陶译:《个人知识:朝向后批判哲学》,上海:上海人民出版社,2017年,译者前言第6页。

了它们”。[①] 文学语境思维“内居”主体之中，从而将文学的所有“环境”语境化。文学语境并不是文学世界，而是一种“生活世界”，因而文学语境带有“原初自明性”的默会性。对世界的思考方式有两种：一种将世界作为主体的对象，这种思维方式的前提就是将认识世界的主体与整体世界切割开来，然后才有所谓的一个对象对另一个对象的认识行为，即在世界之外超然地思考世界。但问题来了，“世界”作为一个整体具有“无外性”，即万事万物都是世界的组成部分，包括人都不可以站在世界之外来面对世界，更不用说言说和思考世界。“世界之为世界，最大的特点就是其顽固地拒绝进入人们的意识框定，拒绝被意识对象化，拒绝成为意识的中心。世界总是化各种事物入其内，纳各种事物进其中，但是世界本身恰恰不被任何事物所划入、所纳进。世界收容万物，而不为任一物所容”。[②] 于是引出第二种思考世界的方式：“在之中”（海德格尔），它并非意味着空间上的逻辑先后寓居关系，即先存在一个对象，再包含一个对象；相反是一种“融身在世界之中”的关系。[③] 这种思考方式认为主体不是面对着一个客观的、静止的和超然的“世界”存在。相反，主体就是世界的一部分，主体对世界的一举一动甚至思考，都改变着世界本身，因为主体就是世界的一部分。并不存在一个离开主体而存在的世界，所以这个世界不是逻辑意义上的世界，而是内在于主体的“生活世界”。“生活世界总是作为不成问题的、非对象化的和前理论的整体性，作为每天想当然的领域和常识的领域而让我们大家直觉地感知到”。[④]

文艺理论中同样存在两种看待世界的方式。文学“世界”说认为文学是对世界的模仿，世界是文学的意义之源。它将“世界”理解为一种外在于文学的抽象的自在之物或者客观意义上的“永恒实体”。文学并非试图展示外部物理世界，而是呈现“生存场”。“当我们在共同的生存体验中、处于共同的语境之中时，若要把这个语境本身表达出来，我们会发现平时的言说方式是无效的。于是，我们只能写诗，或写其他样式的文学，以便呈现那

---

① ［英］迈克尔·波兰尼著，徐陶译：《个人知识：朝向后批判哲学》，上海：上海人民出版社，2017年，第67～70页。

② 田义勇：《审美体验的重建——文论体系的观念奠基》，上海：复旦大学出版社，2010年，第46页。

③ 徐为民：《语言之说》，北京：中国社会科学出版社，2007年，第232页。

④ ［德］于尔根·哈贝马斯著，曹卫东、付德根译：《后形而上学思想》，南京：译林出版社，2012年，第37页。

个语境(或‘生存场’)。语词的艺术用法根源于这个目的”。[①] 文学语境是一种“生活世界”的状态,就像迪莱所说,“生活世界”(life world)与语境是比较接近的。[②] “生活世界”以一种“底层性”凸显着语境,“生活世界的背景知识具有不同的表现条件,不能通过意向而表现出来;它是一种深层的非主题知识,是一直都处于表层的视界知识和语境知识的基础”。[③] “生活世界”摆脱了主体外在于世界的观念,摒弃了将世界视为外在对象进行概念化和逻辑化思考的方式。因为文学永远是“在语境之中”,就像“此在是一个在世界中的存在”一样。脱离开生活所理解的“存在”并不存在,生活世界才是人类的根基。这让文学语境成为前科学的、前概念的和前理论的“原初的自明性的领域”。[④] 这种直观性、直觉性、前逻辑性,与后批判哲学所强调的“默会性”有着同样的理论思考点。其一,波兰尼强调一种与海德格尔相似的“内居”(即前面所说的“在之中”),只不过海德格尔强调“在世界之中”,而波兰尼强调“在身体之中”。波兰尼强调的默会知识(隐性知识)的前提是内居于(dwelling)身体之中,我们对世界的理解依赖这些隐性知识。内居让我们从内部出发探究外部事物,观察则将身体内部视作一个物体或机器。当我们学会利用语言、探针或其他工具,使它们成为我们意识的延伸,就如同它们成为我们身体的一部分,我们将其内化,并置身其中。[⑤] 其二,默会性强调人类认知中“未被表达的”默会知识,这种知识不能被“书面文字、图表和数学公式加以表述的”,因而默会知识具有非语言性和逻辑性,这使得知识默会性理论的哲学思考与“生活世界”建立的思维是一致的。因而,文学以“在之中”的方式与文学语境同时存在,这让文学语境成为“生活世界”;又因为“生活世界”理论和后批判哲学都强调“去逻辑化”和非分析性,故而“语境诗学”具有与后批判哲学相近的理论品格。

哲学上对“在之中”的思维模式带给我们对文学和文学语境关系的全新思考。非语境的文学思考,是文学的非真实的存在,是文学的单维度。文学天生就与文学语境是共生、共在的关系。我们从纯文学或者“自主性”

---

① 王德峰:《艺术哲学》,上海:复旦大学出版社,2015年,第90页。

② Roy Dilley, *The Problem of Context*. (New York: Berghahn Books, 1999), p. 20.

③ [德]于尔根·哈贝马斯著,曹卫东、付德根译:《后形而上学思想》,南京:译林出版社,2012年,第77页。

④ 夏宏:《生活、世界与生活世界》,载《中山大学学报(社会科学版)》,2013年第5期,第111页。

⑤ Michael Polanyi, "The logic of tacit inference," *Philosophy* 41.155 (1966): 1-18.

文学中脱身出来，反观真实状态下的文学，即语境中的文学，发现了文学的多维性和关系性。表面上是文学的语境思考恢复了文学的丰富性，其实不能叫“恢复”，只能称为“还原”。因为文学本然如此，只不过长期主客二元的哲学观念使得我们“反认他乡为故乡”。独立的文学与语境中的文学的差别，就像我们具身化看这个世界与通过图片看这个世界一样：一个是以全息的“在世之中”的状态存在于世界之中，感知世界；一个是以“非在之中”的客观角度认知世界。

## 三、“语境诗学”作为“后理论”的一种路径

“后理论”是21世纪以来文艺理论界新近提出并持续阐释和建构的诗学进路。按照赖大仁的考证，虽然有着“理论之后”“反理论”和“新理论”三种完全不同的意思，但是“后理论”转向有“一种‘反理论主义’的冲动，它所直接针对的正是此前包括文化研究在内的‘大理论’，是对‘大理论’所表征的本质主义、基要主义、普遍主义、逻各斯主义的反叛或反拨，去中心化、非同一性、差异合法化是其基本要义”。因而“后理论”一部分是从后现代主义发展过来的。[①] 反观“语境诗学”，它反对“大理论”或“宏大叙事”，同时又带有“具体化”和“小理论”性。因而，“语境诗学”不可避免地具有了“后理论”的倾向。

文学理论作为一种理论话语，其话语权很多是从哲学那里“申请”而获得的，如文学理论中的概念：文学的内容与形式；人物形象的个性与共性；文学现象和文学本质；等等。这些术语其实就是从哲学借用到文学理论的。因而，文学理论作为一种形而上的建构，得到哲学的“恩典”才可能具有知识学或者学科话语的权力。然而，作为独特对象的“文学”，其具体性和感性维度恰好与哲学的抽象性和思辨性是悖逆的。后理论中的“小叙事”成为这种对哲学反叛的标志性口号。[②]

“语境诗学”正好是顺应着这种思潮，对文学作品和文学现象进行更“文学化”的理论思考。这主要体现在“语境诗学”对传统“宏大叙事”的拒斥：面对问题时，这种理论进路的思考方式永远是小理论化或者“语境化”的。按照李春青的话来说，文学理论是在“具体问题”的追问和探究中产生

---

① 赖大仁：《当代文学理论创新发展及其理论反思》，北京：知识产权出版社，2022年，第370页。

② 南帆：《文学理论十讲》，福州：福建教育出版社，2018年，第6页。

的，我们要区别文学理论中的“伪问题”和真问题。“我们可以追问什么是现代派文学的创作特点问题，却不可以追问什么是文学创作的一般规律问题；可以追问什么是现实主义的真实性原则，却不可以追问什么是文学的真实性原则的问题；可以追问文学与其他文化门类的异同问题，却不应该纠缠于什么是文学的本质问题。总之应该尽量将问题具体而不是空泛化”。① 从语境意义上来说，文学理论不是一种抽象的、漂浮于空中楼阁的理论，而应该诞生于具体的文学语境，如宋代文学观念在哪些方面和怎样受到儒学、道学的影响，而不应该去追问哲学与文学的关系，因为脱离具体文学现象和个体情境的文学探讨是一种无意义的思辨。

文学研究的对象，较之于其他学科不同，它强调具体个人的日常生活世界（个人生活经验与细节）。当对象非抽象地呈现时，相对于其他学科的对象的“平均数”状态，文学则最需要情景语境的解释。“如果说，每一个学科话语分别覆盖了社会历史的不同区域或者不同层面，那么，文学理论负责解释文学为什么聚焦个人与日常生活。政治学、社会学、法学乃至史学之中，学科的分析对象通常是社会整体，个人往往以平均数的面目出现，各种个案被视为社会整体的例证，而且，这种平均数通常按照各个学科话语给予命名，例如社会学意义上的某个阶级或者某个阶层，或者经济学之中的‘经济人’；相对地说，文学话语展现了形神各异的个人，他们分别以独一无二的方式演示种种悲欢离合”。② 于是，南帆认为即便是与文学最为接近的历史，其最小的分析单位也是社会，而文学的最小分析单位是个人。

在这种“具体化”和“语境性”的理论研究过程中，文学理论自然需要摆脱科学化倾向。理性化和科学化的文学理论对描述而非阐释文学事实，甚至将其作为“定理、公式、模型”来把握。这导致的结果就是“一切文学都同质化了，一切文学的个性、差异和独创性都消失了，一切文学的价值创造也都变得没有意义了”。③ “语境诗学”特别关注的是对文学事实或文学作品的“具体性”对待和研究，更强调文学自身的“唯一性”和“独特性”价值。这正是伊格尔顿眼中“后理论”所追求的：“局域性的、部门性的（sectoral）、从主体出发的（subjective）、依赖个人经验的（anecdotal）、审美化的

---

① 李春青：《对文学理论学科性的反思》，载《文艺争鸣》，2001年第3期，第44页。

② 南帆：《文学理论十讲》，福州：福建教育出版社，2018年，序言第4页。

③ 赖大仁：《当代文学理论创新发展及其理论反思》，北京：知识产权出版社，2022年，第378～379页。

(aestheticised)、自传性的、而非客观主义的和全知性的。"[①]文学的审美性、价值性并非一种从内到外的文学性表征，更不是一种永恒静止的超然属性，它是语境中的文学所具有的"特殊性"和"具体性"。

同时，反观文学理论本身，其理论的建构不是一种概念和范畴的堆砌，而是从古今中外文学作品、现象和思潮的情境中丰富和建构起来的。"语境诗学"认为文学理论并非永恒静止不变的，面对不同的文学情境时，表述着完全不同的本质、关系和范畴。"语境诗学"持续地、自反地抵抗着自身的抽象性，以期返回到现象和作品的情境中，从而实现所谓的"文学"的研究，而非"文学研究"。正如周宪所说："后理论的特征之一就是告别'大理论'，不再雄心勃勃地创造某种阐释一切的大叙事，转而进入了各种可能的'小理论'探索。这样的'后理论'更强调多元性和地方性，既不同于文学理论的现代范式那样依赖于语言学模式，也有别于后现代理论范式的反科学范式，而是吸取两种范式所长的各式各样的新范式。"[②]文学现象和文学事实的复杂化、多变性，使得文学理论本身走向小理论化或者"语境化"倾向，如网络文学理论、大众文学理论等，也可以有"某种专门文论偏重于对某些特别值得关注的文学现象进行说明和阐释，有助于对此类文学现象的认识和引导，这自有其价值。而作为基础性也理应是主导性的文学理论建构，则无疑更应当面对历代经典化的文学现象和文学作品，以此作为主要阐释对象"。[③] 所以说，"语境诗学"必然属于"大理论"反面的"小理论"话语范畴。按照李西建等人的说法，"小理论""具有反思性且面向文化与文学实践的理论，这些理论更应该被理解为一种行动而不是文本或立场观点；它'提供的不是一套解决方案，而是进一步思索的前景'"。[④] 语境性的"小理论"可以让我们重新思考"文学性"，让文学理论回归到与政治和公共文化的共生共存的状态。

与此同时，"大理论"的宏大叙事言说的是文学"背景"，"小理论"的情

---

① [英]特雷·伊格尔顿著，伍晓明译：《二十世纪西方文学理论》，北京：北京大学出版社，2007年，第227页。

② 周宪：《文学理论：从现代到后现代》，北京：生活·读书·新知三联书店，2023年，第64页。

③ 赖大仁：《当代文学理论创新发展及其理论反思》，北京：知识产权出版社，2022年，第31页。

④ 李西建等：《守持与创造——文学理论的知识生产与创新》，北京：人民出版社，2018年，第29页。

境叙事言说的是文学“语境”。文学“语境”不同于文学“背景”:“语境”遵循特殊性规律,“背景”遵循一般性原则;“语境”遵循差异性原则,“背景”遵循同一性前提。换句话说,“语境”一定是与“具体某个文本”发生直接关联的;“背景”则是可以与“无数文本”发生间接关联或强行被关联。春秋战国时期的文学思想必然会涉及一般性的时代背景:礼崩乐坏或百家争鸣等,但是这种普遍性陈述无法解释为何同时代儒家和道家差异那么大。因此,李春青和史钰认为“要寻找这里的原因就不能不重视特殊的语言环境,即文化语境或历史语境了。这就是‘背景’与‘语境’的差异。这两个不同的概念分别标示着两种完全不同的研究路径,前者往往是建构性的、宏大的叙事,后者则是阐释性的、微观的研究。或者借用前面引述过的提法,前者是‘大理论’,后者是‘小理论’”。①

在“理论”的地方化追求上,“语境诗学”和所谓的“后理论”确实具有同样的品格。但是,当我们把“语境诗学”和“后理论”并举的时候,其实是把“后理论”视为与“语境诗学”同样的具有确定内涵所指和价值取向的理论观念。在此,我们必须认识到,“后理论”代表的是一种思维方式和理论观念的展开方式,并“部分地被中国当代文学理论所接受、阐释和应用,从而导致了中国当代文学理论研究在整体知识生产和知识建构层面上的变革”。② 所以,“后理论”并非一种独立的理论,而是一种理论倾向,就像具有形状的陶罐,它可以包容很多具有思想的理论,但是这些理论在品格上必定是符合陶罐的“形状”的。“语境诗学”是以语境作为自己的本体概念,重新思考文学理论,试图将作为宏大叙事的文学理论,以语境化的思维方式重新建构。“语境诗学”拥有自己的基本概念和范畴体系,具有明确的观念所指、思维路径和理论认知。因此,“语境诗学”不能等同于文学“后理论”,而是一种典型的实践意义上的文学“后理论”。

---

① 李春青、史钰:《徘徊于理论与历史之间——中国当代文学理论研究路径讨论之一》,载《山东师范大学学报(人文社会科学版)》,2012 年第 5 期,第 49 页。

② 段吉方:《审美文化视野与批评重构:中国当代美学的话语转型》,北京:中国社会科学出版社,2016 年,第 38～39 页。

# 第三章 “语境诗学”对文论核心概念的重塑

从第三章到第六章，我们准备探究“语境诗学”的当代价值。具体地说，“语境诗学”重塑了文论中的核心概念，为文学本质论和文学审美价值论提供了全新的理解，并有效地介入21世纪文论的构建中。通过“语境诗学”在文艺批评中的实践，可以检验“语境诗学”的理论阐释力；在重新思考文学本质论和文学审美价值论时，也可以为中国当下文论建设提供全新的思路。无论是从理论来源上说，还是从理论要义上说，“语境诗学”都不是西方理论的中国化。“语境诗学”将大量中国古代文论中的语境思想作为具体的语境维度，它将“天人合一”的思想作为语境维度绾合的理论基础，将道家美学作为“不在场”语境的哲学来源。因此，“语境诗学”理论本身就是中国当代文论话语建构的一部分。同时，我们还将“语境诗学”置于“新媒介文论”的话语构建中，努力实现理论在当代文艺理论建设中的真正价值。

语境的类型复杂，然而化繁为简后，我们发现语境理论内在最为重要的概念便是“文本”和“意义”。亚历山德罗·杜兰提(Alessandro Duranti)认为“语境”中的基本实体就是“焦点事件”(focal event)和事件周遭场域。[①] 斯蒂芬·斯格(Stephan Sigg)也认为“语境”针对的实体可以是“人”“地方”或“物体”。[②] 其实从“语境”的英文单词“context”的词根便可看到“text”是其围绕的中心。然而无数的“text”依何聚集成语境呢？或者说“文本聚集”要达到什么目的？这便涉及“文本”背后的“意义”问题。“意义”是文本和语境联结的关键；取消意义，文本与语境将成为“零散无关的无意义客观实在物”。[③] 因此，在“语境诗学”中，我们将“文学文本”和“文学意义”作为两个基本的概念，并对其进行重新理解与阐释。

---

① Alessandro Duranti and Charles Goodwin, *Rethinking Context: Language as An Interactive Phenomenon*. (Cambridge, U K: Cambridge University Press, 1992), p. 3.

② Stephan Sigg. *Development of a Novel Context Prediction Algorithm and Analysis of Context Prediction Schemes*. (Kassel: Kassel University Press, 2008), p. 31.

③ 孙晓霞：《艺术语境研究》，北京：中国社会科学出版社，2013年，第37页。

## 第一节 “语境诗学”视域下的“文学意义”

当阅读文学作品时,我们获取的与其说是文学的内容,还不如说是文学的意义。那么究竟什么是“意义”?文学作品的意义与文学语言“意义”是相同的意思吗?“文学意义”又意味着什么呢?“文学”作为众学科知识谱系中的一种,在整个社会或者人生中呈现和建构着价值,即南帆所说的,文学具有不同于物质生产维度的“意义生产性”。同时,“文学意义”还起源于另一层面的思考:我们读文学作品,到底读到的是什么?“意义”这个概念,在语言学中是与“语境”作为互相绑定的概念的。从语境论角度来思考文学意义就带来了一系列全新的问题:文学意义是从哪儿来的?文学意义又存在于何处?封存于文本中,还是读者的赋予?是固定的还是流动的?文学语境与文学意义的关系如何?

### 一、从意义到文学意义

在哲学的语言学转向之后,意义作为与语言的关联而成为理论界的核心话语和范畴。“意义”是什么?怎么产生的?这些问题随着不同文论家关注维度的不同,其涵义差异较大。胡塞尔现象学关注主体的意向活动,认为意义存在于主体的意向性之中。树虽可以被烧掉,但是对树知觉的意义不能被烧掉。对象意义产生的过程是主体意向“给定性”(givenness)的过程。[①] 这直接带来文论中的文学“作者论”或“作者意图”论:作品是作者的孩子,作品的意义根源于作者。后来,索绪尔带来的结构主义语言学将“能指”的意义束缚于“能指”与“能指”之间的“关系”中。文学理论随之将关注点转移到文本内部:文学意义产生于语言和作品之中,如新批评派认为意义来自“张力”“复义”和“反讽”等,结构主义认为意义来自底层结构和表层现象的关系。维特根斯坦从语言图像论转向语言游戏论时,文学意义从之前的文学世界的赋予,转而成为世界中的“实践”和“使用”。当哲学“主体间性”理论的兴起后,文学意义又被视为“说话者和听话者的关系”。[②] 难怪奥格登和瑞恰兹在《意义之意义》中对意义的定义,其中主要包括三个维度:将意义视为一种内在属性、词语的内涵和一种本质;将意义

---

① 赵毅衡:《哲学符号学:意义世界的形成》,成都:四川大学出版社,2017年,第55～56页。

② 汪正龙:《文学意义研究》,南京:南京大学出版社,2002年,第26～29页。

看作投射到对象中的一种活动、参与的事件、任何事物激起的感情；将意义作为符号解释者指称的东西。①

在语言学转向中，结构主义语言学对于传统意义的理解进行了批判，它认为意义并非“自然的”“确定的”和“共享的”。结构主义语言学秉持语言与世界之间的割裂关系，其基础来自“能指”与“所指”的任意性，“能指”与“能指”的区别性之中。语境论认为语言意义并非来自能指之间的差异性，也并非来自共时语言在个体语言使用者身上的具体性，也就是说并非像一本本字典分发给每一个人。恰恰相反，语言来自每个个体在具体情境中的反复使用，最后归纳成为一个语言系统。按照洪堡特的说法，语言与人类精神、生命感受之间有着内在的、密切的关联，而非任意性关系。

语言作为一种实践而非作为一种客体而存在。如果遵循结构主义语言学，我说把门关上，这句话的意义独立于我的内心想法和意象，仅仅是语言本身的功能，而不是来自心灵。但是正如伊格尔顿所说，如果我让被绑着的你去关门，或者去关已经关上了的门，你会问“你是什么意思”。这个问题针对的不是这句话本身，而是主体的意向。语言是一种实践而非客体。② 巴赫金认为语词的全部意义并非固定在某个词语符号之上，因而对词语的理解表面上是理解符号的意义，深层是通过符号媒介进行对话的主体之间的意义传输。杜威也认为语言本质不是对既有的对象的表达工具，而是在社会关系中塑造人们思想和意义的力量。语言并非铁板一块地存在，而是各种异质的行为、意识的“对话”和“交往”。奥斯丁的语言行为理论认为，语言并非都是描述事实，也不完全是对内心情感的表达，语言还可以“做事”。语言的“行事性”就是通过语言来完成某个事情，如婚礼仪式中的语言“定事性”：“我特此宣布你们二人结为夫妻。”“对话”与“行为”理论皆是对语言意义实体论的反驳，走向关涉意义主体和社会文化的语境论。

赫施提出“作者意图”理论，为文学作者保留了位置，认为文本的“含义”来自作者。我们知道存在于脑子里，尚未形成作品的“意图”是一种混沌，尚未明晰成形的意向性而已。只有经历语言的“洗礼”，“意图”才能成为“意义”。换句话说，语言对人的想法和感觉具有固化的作用。按照亨

---

① Charles Kay Ogden and Ivor Armstrong Richards, *The meaning of meaning*. (New York: Harcourt Brace Jovanovich, Inc., 1923), pp. 186-187.

② [英]特雷·伊格尔顿著，伍晓明译：《二十世纪西方文学理论》，北京：北京大学出版社，2007年，第111页。

利·柏格森(Henri Bergson)的说法,我们对于外在事物的印象、感受和情绪是混乱的、流变的和不可言状的;我们只能用公共形式(语言)将这种私人意识状态套住,才可将其变为明晰的。在文学创作经历中,无数的作家就描述过这样的创作感受:小说是写出来的,而不是想出来的;只有将模糊的想法落实到笔端形成文字,才会明白脑子里想的内容和笔下的文字有多大的差别。语言文字自身作为主体精神的外化具有客观性,会裹挟和改变作家的创作原初意图。正如康·帕乌斯托夫斯基所说,人物会反抗甚至改变动笔之初的预设提纲,而作家有时毫无办法。[①] 在此,我们便产生一个疑问:文学语言的意义与作者的意图等同吗?答案是否定的。语言就具有“公共性”或“社会性”,即所有的人都遵循的同一套符号规则,且规则相对稳定。因此,作者尚未形成文字的意图或“私人语言”,一旦被公共语言过滤和洗礼,意图已经不再是作者原初意义上的了,而是被融入了整个文化系统的意义网。故而,作品的含义必然不同于作者的意图。所以,伽达默尔干脆提出文学的意义不是来自作者的意图,也不是来自文本自身,而是来自解释者所处的整个历史语境对文本的赋予和投射。

形式主义和结构主义文论倡导文学意义本质上是“文本意义”:文本意义是与作家和读者没有关系的内指性意义。这种文本意义只关注文本作为客体的本质,而不关注文学意义与世界情状的关系。“文本客体说彰显意义阐释方法论上追求客观性和实证性的取向,它反对在阐释中纳入任何主观的、社会的或文化的外在因素”。[②] “形式”和“结构”是他们关注的中心;使文学成为文学的“文学性”是他们寻求的本体,“语词作为语词而被接受,而非仅仅只是所指代客体的代理人或感情的迸发;在于语词及其措置和意义,其外在和内在形式都要求其自身的分量和价值”。[③] 意义不再是语言之外的现实生活的组成,而是语言自身的一部分。就像保罗·德曼(Paul de Man)所说,文学意义变成语法意义和逻辑意义,文学意义中的“意义体验”被排除,如“作品由于投入而与读者的人生感、存在感相通连,

---

① [苏]康·帕乌斯托夫斯基著,张铁夫译:《面向秋野》,长沙:湖南文艺出版社,1992年,第46页。

② 周宪:《文学理论:从现代到后现代》,北京:生活·读书·新知三联书店,2023年,第290～291页。

③ [美]V.厄利希著,张冰译:《俄国形式主义:历史与学说》,北京:商务印书馆,2017年,第274页。

直接融入并构成读者的人生体验、价值观照和精神生命的一部分”。① 让-保尔·萨特(Jean-Paul Sartre)反对将意义封存于文学中,他认为,“从一开始起,意义就没有被包含在字句里面,因为,恰恰相反,正是意义使我们得以理解每个词的含义;而文学客体虽然通过语言才得以实现,它却从来也不是在语言里面被给予的;相反,就其本性而言,它是沉默和对于语言的争议。因此,排列在一本书里的十万个词尽可以逐个被人读过去,而作品的意义却没有从中涌现出来;意义不是字句的总和,它是后者的有机整体”。②

因而,“文学意义”不仅存在于文学语境的“作品语境”层面,还要复归于主体维度的“情景语境”层面,更要滋生于“超主体”的“世界语境”。故而,笔者以为文学意义应该是从文学的作品语境到情景语境,再到世界语境的互动关系性中产生的。

从对意义理论流派的爬梳中,我们发现关于意义思考存在两种极端的想法:第一种,语言孤立论。语言的意义内在于语词自身,即孤零零的一个词语依然可以被人们理解。第二种,语言语境论。语言的意义完全是从语境中获得的:语词是一个空架子,它固有某种意义是一种虚妄;随着历史语境的变化,意义是千差万别的。对于此争辩,我们首先拎出语义学中的“折衷派”思路。“折衷派”清晰地区别了“字面义”(含义)和“使用义”(涵义)。“含义”像字典一样客观固定不变,可作真假对错的判断。“含义”是事物的性质,如“单身汉是未结婚的人”。但是,“涵义”是在语境之下产生并发生变化的,非事物本身属性。故而,没有真假的判定,如“这个离婚男人是个快乐的单身汉”。也就是说,意义中的“价值判断”不能用于“事实判断”,反之亦然。

这种意义“二分论”并不能让逻辑经验主义者信服,威拉德·冯·奥曼·奎因(Willard Van Orman Quine)和维特根斯坦坚决反对有“含义”的存在,甚至认为所谓内在于语词的“含义”(字面义),本身也是在语境中抽象出来的。“客观意义”是作为语境使用和归纳而存在的。奎因认为“meaningful”让人误以为有一个客观的意义的存在,其实语言的意义并非

---

① 吴兴明:《视野分析:建立以文学为本位的意义论》,载《文艺研究》,2015 年第 1 期,第 10 页。

② [法]让-保尔·萨特著,施康强译:《什么是文学?》,北京:人民文学出版社,2018 年,第 40 页。

客观地存在于词典中。如果我们相信“单身汉”的意义即“未婚男子”,是因为词典里如此写着的话,这无异于我们生活的种种情况都必须通过词典来进行意义解释。殊不知,词典编者恰恰是根据生活中的词语使用语境来编写其意义的。[①] 因而,意义不是固定客观存在的,而是在使用中产生一种隐喻式的“同一性”,从而给人以意义是一种实体的错觉。就像巴特认为作为语词的“埃菲尔铁塔”,其意义是空的,但是被不同时代无数的巴黎人加入了“巴黎品质”,因而具有了巴黎的象征意义。[②] 意义的争辩有点类似柏拉图“从理念到事物”和亚里士多德“从事物到本质”的论争,即“共相”和“殊相”之争。到底世界的真实存在是以“共相”为基础,还是以“殊相”为根本。如果意义是客观的,它一定先在地确定了自身所有的使用方式;如果意义是语境性的归纳,它就只存在于使用过程中,并且所有的确定性都是暂时的,意义的“殊相”会不停地流动和变化。这就是后期维特根斯坦的语言“语境论”:意义不可能本质化和心理化,只能存在于反复的使用中。

当然这种思想也遭到了质疑:我们对意义的把握是瞬间完成的,而使用则是遍布整个时间,所以意义不可能慢悠悠地在使用中产生。别人对我说“立方体”,我们直接知道的是意义而非关于它的全部。维特根斯坦反驳说:“语义本质主义者没有任何根据来这样说:在‘立方体’这个词跟世界中的对象联系起来的无限多方式中,某一种方式是正确的。”[③]但语言的使用者可以在无数次的使用训练中正确地运用符号。因而,语词向我们呈现的意义即便是瞬间的事情,但是它已经内在地包含了反复的使用过程。难怪利科认为语词只是一种“潜在意义”[④],语词的意义本身就是来自其语境性的使用,字典的“归纳”和固定依然锁不住语词意义的“增殖”和“流动”,这其实就是意义来自语境的有力证明。所以,语言意义从意义实体论转向了语境论。可以说,意义是一种关系性语境的产生物或者生成品,并非一种内在于语词的客观实体。戴维森的语境主义走得更为极致,他强调符号无所谓本质,符号只有在语境中才有意义,其意义受到语境的影响。[⑤] 意义

---

① 李国山:《语言批判与形而上学》,北京:商务印书馆,2014年,第240～241页。

② 赵毅衡:《形式之谜》,上海:复旦大学出版社,2016年,第77页。

③ [美]J. J. 卡茨著,苏德超、张离海译:《意义的形而上学》,上海:上海译文出版社,2010年,第191页。

④ [法]保罗·利科著,汪堂家译:《活的隐喻》,上海:上海译文出版社,2004年,第177页。

⑤ Reed Way Dasenbrock(ed.),*Literary Theory After Davidson*.(Philadelphia:Penn State Press,1993),pp. 132-133.

从本质论走向语境论，对于文学意义来说又意味着什么呢？

受意义语境论转向的启发，我们以为文学意义并非类似实体一样的对象存在的，而是一种文学语境各要素关系中的生成物。人类所有的语言都有自己的意义，这种语言的意义以一种原初状态成为文学意义的起点。在对一般语言意义上的文学文本理解的基础上，才能在文学语境中获得更高层面的文学意义。难怪赫施将作为一般语言层面或者符号层面表达的东西称为“含义”，它来自所要表达的事物中；“意义则是指含义与某个人、某个系统、某个情境或与某个完全任意的事物之间的关系”。[①] “含义”和“意义”的区别就是在意义内在论和意义语境论之间的划界。

## 二、文学意义生成的两种不同语境

文学语境对于文学意义来说，具有明晰性和多义性的悖论性效果。文学意义产生于限定性的语境，这减少了对文本的误解，增加了意义的明确性和清晰度。同时，文学在不同的文学语境中具有多义性，且这种多义性恰恰不能也不必要祛除。意义的游走性增加了文学的可琢磨性，即意味。笔者认为文学意义的悖谬来自“文学意义”概念使用的模糊性和“文学语境”范畴应用的“非分层性”。从广义上说，文学意义包含两种：文学意义和文学意味。文学意义是具有明晰性和可言说性的存在，它主要取决于文学的情景语境；文学意味具有模糊性和不可言说性，它来自文学世界语境中的“世界语境”（“社会文化语境”）。

文学意义的明晰性和可言说性来自文学主体意识的反思性和情景语境的具体性。其一，从现象学角度来说，文学意义来自主体的意向性与对象自身条件的耦合。如“鸭-兔”图，主体带着什么样的理解和预设，图像就为其呈现什么样的图景。这就好比中国文化中“象”与“像”的区别：“像”是一种自然和客观存在的图景或现象；“象”则是外界的“象”在内心中呈现出来的心像，具有主体对对象的精神性渗透和主观性建构。从这个意义上说，文学意义的客观性和静止性是一种虚妄，它一定来自非文学的主体语境的意向性。当然这种意象性如果仅仅停留在“体验”层面，文学意义依然不能产生。对于“鸭-兔”图，维特根斯坦指出说“我看到这个东西”是一回

---

① ［美］E·D. 赫施著，王才勇译：《解释的有效性》，北京：生活·读书·新知三联书店，1991年，第17页。

事，说“我把这个东西看作……”是另一回事。① 那么，“看到”是一种体验；“看作”是思想和体验的混合体。体验处于一种沉浸状态中，而“看作”从内在沉浸中反身出来，让词语意义和想象的多义之间具有相似关系。故而“看作”就成为一种行为和活动。在这种语言活动中，语词的意义不是来自本身，而是来自主体情景语境。也就是说，对文学的“体验”并不能产生意义，意义生成于“反身而思”中。舒茨从胡塞尔现象学角度来思考“体验”与“意义”。他认为体验是一种意识的体验，而意识又是绵延的。因而，没有所谓的“一项”体验，只有从体验之流中通过反思将某部分截取出来进行关照。人类追求意义的根源来自人天生的意识，意识之流在理性维度只能通过反思才能被把握，故而表述为体验、生成意义；“正在经历”的体验虽然有意向性，但是其处于意识流程中，不能被“理解”“区分”和“凸显出来”，故而并不构成意义，文学意识的反思性成就了文学意义的清晰性和可言说性。

文学情景语境类似舒茨的“社会的周遭世界”，在一种具体性（当下性、共同性和直接性）中与文学文本发生意义关系。在情景语境中，主体根据当下的、具体的与个人化的文学“经验”，在文学文本的写作和阅读中，对所有的文学语言都进行了一种“赋义”行动。这种“赋义”扩充、改变甚至决定着语言曾经和现有的“公共意义”。因而，这种作者的“意图”（非“意义”）和读者的“感受”融为文学意义的情景语境。同时，情景语境是主体共同和相同的享有性。世界是我们共同的世界，非个人的私人世界，共同体验是互主体性世界的前提和保障。② 这种文学主体之间的共同性使得文学意义的维度具有凝合性而非分散性，故而文学意义具有明晰性。“明晰性”在周遭世界的情境中还呈现为我与你的“同步性”。即便我无法真正体验到你的体验，但是当我们共同面对小鸟飞翔时，对我来说“你”的生命流程与我的生命流程同步前进着，正如同对“你”来说我的生命流程与“你”的生命流程同时前进着一般。③ 所以在共同面对文学作品时，“我还能在想象中将一些历史人物的心灵放在和我宛如同步的情境里，经由他们的著作、音乐

---

① [法]保罗·利科著，汪堂家译：《活的隐喻》，上海：上海译文出版社，2004年，第292页。

② [奥]阿尔弗雷德·舒茨著，游淙祺译：《社会世界的意义构成》，北京：商务印书馆，2012年，第237页。

③ [奥]阿尔弗雷德·舒茨著，游淙祺译：《社会世界的意义构成》，北京：商务印书馆，2012年，第228页。

与艺术来理解他们”。[1]

文学意味的模糊性和不可言说性主要是从文学的“世界语境”中生成的。文学和艺术的不可言说性主要是相对于文学意义的可言说性来说的，艺术能被我们感知到是因为它通过语言向我们敞开；而艺术还存在于不可言说的状态中，“每件艺术品，即使是一首诗，也存在于另一个空间中，在那里它没有意义——并且连意义这个概念也没有任何意义了。只要它存在于这个空间，在这个‘非制作的’空谷中，艺术作品就是难以言说的，但这并非异乎寻常。因此，当我说所有的艺术媒介都是语言时，仅仅是因为语言将一切事物都理解为语言”。[2] 奥尔布赖特从媒介角度区分文学与语言之间的差距，并为文学划定出不可言说的领域。这块空域与可言说部分构成意义的赋予关系。一般意义上说，差异性的文学语境必然赋予文学文本不同的意义，这使得文学具有意义的不确定性。但是，文学意义的“不确定性”并非文学意义的“不可言说性”：“不确定性”是从文学意义的动态角度来看的；“不可言说性”是从对文学意义的超越性角度来说的。笔者认为，让语言呈现文学感觉的地方，不是已经说出的文学“意思”，而是尚未说出的文学“意味”。就像海明威的小说，在骨头一样的文字下面回味出比肉还有味的东西。“未言明性”成为文学的“意味”，而非仅仅是赫施的“意义”和“含义”。这种“意味”与中国传统文论中的“意境”“象外之象”“味外之旨”和“韵外之致”具有异曲同工之妙。也与苏珊·朗格文学内涵的“不可言说性”和克莱夫·贝尔“有意味的形式”等在审美意义生成机制上具有相似性。具体来说，“意味”作为文学意义更接近诗歌的“隐”。在《诗的隐与显——关于王静安的〈人间词话〉的几点意见》中，朱光潜先生对唐代温庭筠《望江南·梳洗罢》的评价可以阐释这个问题。“过尽千帆皆不是，斜晖脉脉水悠悠”。一个人在期待心中的有情人归来，从早晨一直到夕阳西下。望着远方的帆船仔细辨认，可是都不是那个“他”。这种词人的深情在“千帆”中，在字里行间里荡漾开来。但是，词人最后一句把这种“未言明”的感觉说破了，“如果把‘肠断白蘋洲’五字删去，意味更觉无穷”。[3]

文学的“世界语境”近似舒茨的“社会的共同世界”。在“社会的共同世

---

① ［奥］阿尔弗雷德·舒茨著，游淙祺译：《社会世界的意义构成》，北京：商务印书馆，2012年，第144页。

② ［美］丹尼尔·奥尔布赖特著，徐长生等译：《缪斯之艺：泛美学研究》，南京：南京大学出版社，2021年，第8～9页。

③ 朱光潜：《我与文学及其他 谈文学》，北京：中华书局，2012年，第30页。

界”中，人并非作为具体化的状态存在，而是以理念型状态产生意义。具体化的人有自己的所思所想和个人特点；理念人只是一个“邮政人员”和“警察”似的、重复相同行为模式的类型化“幻影”，而非活生生的人。我们不能经验到作为个体的人，而只能是“你们”——“类型化”的理念人。其一，文学“世界语境”不是单数的“语境”或者此时此刻的当下语境，而是一种“语境群”的叠加和融合。这种“语境群”并非理论上的无数情景语境的总和，而是情景语境将个人化、具体化和生命化的部分隐匿起来，只剩下“理念型”的语境或者“共同世界”式的语境。所以，“世界语境”对于文学来说并没有时间和空间上的直接性，只有间接性。在这层语境中，我们并不能直接经验到作为个体的文本所面对的情景，因为文学“世界语境”是一种“理念型”的语境，是“文本群”对“语境群”的关系。其二，文学“世界语境”是一种客观确定的、具有模式化内容的、具有公共性的“语境群”。文学“世界语境”不是“你”的语境，而是“你们”的语境。好比“明月”这个文学符号意象，它具有跨地理空间性和跨历史时间性，因而在中国的历史文化语境中必然和思念人和怀念故乡相关。在“世界语境”中，我们互为“理念型”的人。所以，在情景语境中的、具有不同生命意识状态的人是不可能互相融为一起的。但是，在“世界语境”中，“你”不是真实的人，而是类型化的人；我们彼此采取的是“朝向你的态度”，彼此是“他们中的一个”。反过来，我也不被视为具体的、有血有肉的人，而是一种“他们其中之一”。故而，“世界语境”对于主体的情景语境具有最大公约数的性质，这使它自己具有跨越主体之间的体验差异的共同性。其三，文学“世界语境”具有时间纵深感和空间无限感，可以达到“回味绵长”的文学意味之感。关键是这种文学意味并非只有一个人能感受到，通过文本和情景语境的分析，相同文化中的个体都可以以一种“共同体”状态体会到。文学的意义在不同的语境中可以是有连贯性或者断裂性的，这取决于文学语境关联度和语境关联的个人化还是集体化。

文学“世界语境”与文学的非文学语境（历史、文化和社会）之间存在模糊的界线。文学意味的不可言说性或者说“不尽之意”，恰恰来自非文学语境向文学语境的动态生成过程中。这种生成过程是语境内和语境外的意义，以隐喻性或者相似性的方式相关联。文学意味的“言外之意”和“弦外之音”是一种持续性地产生新义的状态。文学意味可以不断被主体回味，并且每一次的琢磨都会有不同的感觉和意义。故而，从逻辑上可以判断，如果是固定的文学语境，其意义只能是同一性的和静止的；如果文学意义要产生“不尽之意”，那么其所处的语境一定是不断流动的。我们知道，从一个点（具体作品）出发的语境是相对确定的，就像静止站立的人所见的视野一定是确定的。不管作品还是语境自身的运动都会产生全新的意义，并且是源源不断的。文学作品作为语言和文字是不会发生变化的，会变的只有文学语境。从此作品出发，相对确定的文学语境被语境外的历史、文化和社会因素介入时，已有的文学语境被扩充，文学意义就变成每一次全新的体会，都有新意味的感觉。

## 三、文学语境与文学意义的共在

传统文学观认为文学通过语言表达思想和精神，即意义的维度。语言学转向，让我们意识到语言不是意义传达的工具，相反语言是决定意义的本体。“精神存在在（in）语言之中而不是用（through）语言传达自身……这意味着它不与语言存在外在的同一。只要精神存在能够传达，它与语言存在就是同一的”。[①] 外在事物并不给予我们以意义，除非通过人的语言。人按照自己的语言给事物命名，这种命名过程将万事万物带入了语言的世界中。“只有通过万物的语言存在，他才可以超越自身，在名称中获得关于万物的知识”。[②] 事物被语言化，同时人存在于语言中，故而人通过万物在语言中传达着人的精神和意义存在。语言的存在与意义的存在是同一的。本雅明的语言存在论让我们明白语言和意义的同一关系或者本体关系。那么语言又是一种怎样的存在呢？后期维特根斯坦认为语言并非世界图景的描摹，而是在一种“使用”情境中产生和存在的。当然，其意义必定是一种语境性存在；不存在抽空的、纯粹的和非可表达的意义。

诺思洛普·弗莱（Northrop Frye）将语言分为“内向型”和“外向型”语言：前者与外部事物是描述性或论断性的对应关系，其意义根据其对外部事物表征的精确性和真实性来判断；后者作为纯粹的内指性语言，只在文本和文本之间产生关系，依靠文学语境完成自我意义的生成。在“向心”的角度上，弗莱认为文学文本是一个自我不断生成的“关联域”（即语境）的存

---

① [德]瓦尔特·本雅明著，李茂增、苏仲乐译：《写作与救赎——本雅明文选》，上海：东方出版中心，2017年，第4页。

② [德]瓦尔特·本雅明著，李茂增、苏仲乐译：《写作与救赎——本雅明文选》，上海：东方出版中心，2017年，第7页。

在，因为文学词语意义是含混的、多义的和可变的。一般来说，诗歌不是理性地对外界事物进行描述和模仿，而是对情绪和感情的描绘和表达。在象征主义诗歌看来，情绪只是走向明晰感情的某个阶段。故而，在谈及文学的“程式化”时，弗莱更多地站在诗歌具有独创性和原始性这种观点的对立面，认为诗歌是语言语境中的产物，而非脱离已有语境的奇思妙想。“新诗，就像新生婴儿一样，诞生于已经存在的词语序列之中，是它所依赖的诗歌结构的典型……诗歌只能产生于其他诗篇；小说产生于其他小说。文学形成自身，不是从外部形成：文学的形式不能存在于文学之外，就像奏鸣曲、赋格曲、回旋曲的形式不能存在于音乐之外一样”。[①] 同时，文学意义的自我语境建构性还表征为一种时空整体性。弗莱在《批评的剖析》中，将文学置于音乐和绘画的交叉点上进行思考。音乐按照时间“节奏”复现；绘画按照空间“布局”展开。但是艺术都同时具有时间和空间的维度，不同的艺术门类其差异在于某方面更为突出。于是弗莱将音乐和绘画各自侧重的维度结合起来，对诗歌文本进行审视。“当诗从头至尾移动的时候，我们在听诗；但是当它一旦作为整体进入我们头脑中时，我们便立即‘看到’它的意思。更准确地说，所反映的不只是整首诗，而是诗中所包含的整体性”。[②] 这与语境论不谋而合。“语境诗学”认为我们是从整体上感知整个作品的，每个文学字符之间的意义是互相渗透的；后面的语言总是覆盖前面的语言的意义，以整体姿态呈现给我们的。无论是在文本间性的维度，还是在文学媒介属性的维度，文学意义的生成都是对语境的证明。

即便语言作为一种本体存在时，文学艺术的意义难道只能束缚于语言内部吗？答案是否定的。文学作为一种语言的理解与将万物作为一种语言来把握，是两个不同层面的思考。弗莱将文学意义确定为“内向型”语言维度，并将文学形式（技术）之间的互鉴性与影响性作为文学的本然。万物作为一种语言的存在，就意味着文学意义还来自文学文本之外的情境中，即便情境中的众多事物都是以语言存在被主体把握的。我们以现代艺术为例，现代艺术特别注重在空间上凸显艺术语境的位置，如实在主义艺术，其艺术情境就是一种空间关系。传统理论认为艺术的意义内在于作品内

---

① ［加］诺思洛普・弗莱著，陈慧、朝宪军、吴伟仁译：《批评的剖析》，天津：百花文艺出版社，1998年，第97页。

② ［加］诺思洛普・弗莱著，陈慧、朝宪军、吴伟仁译：《批评的剖析》，天津：百花文艺出版社，1998年，第69页。

部，而实在主义艺术则将自身价值置于关系情境中。在情境中，空间、光线和参观者都是一种语言存在，但是其语言性与艺术作品符号的语言性是区别性和断裂性的异在关系。情境在艺术中逐渐提升自己的地位，降低了作品的地位。对艺术的审美和感知，逐渐从波兰尼所说的“焦点觉知”逐渐走向“附带觉知”，也从在场之物走向了不在场的存在。情境本身替代作品成为审美对象。对事物的感知必须在整体情境中完成，物是情境的一部分，其物性在情境中确立。① 所以说，文学和艺术的情境语境同样生成和生产着艺术意义。

文学语境生成着文学意义，同时文学意义反过来创造新的文学语境。文学是一种文学实践行为，而不是孤立的文学内部结构。这种实践行为主要体现在霍尔所说的“有意义地表述世界”这个层面。“有意义地表述世界”认为世界并非客观自在的、等待我们被动描述的；世界是等待我们通过文化实践加以塑造和建构的。在这种建构活动中，与其说意义生产活动决定和控制我们的行为方式，还不如说就是我们的行为方式。文学并非以反映论的方式被社会文化机械地决定着，而是以意义生产的方式持续生成着自我的世界语境。南帆认为较之于工科的物质生产，文学做的是意义的生产。“文学没有兴趣复制世界表象，文学从事的是意义生产……文学即是以意义生产的方式介入社会历史——这个结论与‘镜子’的隐喻存在很大的差别”。② 文学通过意义生产，必然将世界改造为文学的世界语境。文学作为一种“文化行动”或者说“社会实践”，一端连结的是“物质性”，一端接连的是“意义性”。“物质性在被人类行为用于指意之前，必然是沉默并外在于文化的。不过，我们说物质性是‘沉默的’并不意味着物质性不存在，也不等于承认物质性没有能力影响或制约自身被用于指意的过程。换言之，文化就是一种让意义和物质性彼此卷入对方的社会实践”。③ 文学是如何将“物质体”转化为“意义体”的呢？“在遭遇人类文化之前，树并不是以 tree 这个单词的形式存在的，而是以一种植物有机体的形式存在的。被文化建构出来的并不是这个‘有机体’，而是‘tree’这个概念——在历史的演进中，艺术家、小说家、植物学家和诗人群体的话语不断深化和丰富着

---

① ［美］迈克尔·弗雷德著，张晓剑、沈语冰译：《艺术与物性——论文与评论集》，南京：江苏美术出版社，2013 年，第 163 页。

② 南帆：《文学理论十讲》，福州：福建教育出版社，2018 年，序言第 3～4 页。

③ ［英］约翰·斯道雷著，常江译：《文化理论与大众文化导论》，北京：北京大学出版社，2019 年，第 271 页。

这一概念。因此，文化建构并不是一个无中生有‘创造’物质体的过程，而是一个使物质体变得有意义从而可以被人们理解的过程”。[①] 约翰·斯道雷(John Storey)的例子生动地说明了文学并非对世界的复制或反映，而是以文化实践的方式切入并改变世界的意义行动。

生活世界离不开意义，文学通过意义生产加入意义整合和搏斗的交织之中。[②] 一旦文学内置在生活世界中，与之产生意义关联，生活世界就成为文学的语境：文学意义从之而生，为之而动，成之一体。文学意义除了存在于文本符号形式层面和作品周遭的物性情境中，还生成于与人所内居的生活世界勾连的公共语境中。文学作品通过公共语境生产着意义，而不仅仅接受着公共语境的意义“填充”。文学作品对公共空间具有介入性，使得文学的意义在公共语境中得到增殖。绘画、雕塑、音乐等艺术的公共性主要发生在物理的公共空间中，如广场、公园、街道、综合商场等中。这些艺术门类所依赖的媒介载体，以固定化或物质化的方式将其自身呈现出来。在传统意义上，文学的介质是语言和文字，通过印刷术而被规约到纸本书中。书籍少有将广场和公园这种物理空间作为展示自己的主要舞台，但是，它可以存在于所有人类能存在的空间中。原初人类洞穴中所讲的神话，古希腊雅典广场上高声吟诵的诗歌，17、18世纪法国贵族的阅读沙龙，手捧着另一种语言翻译过来的文学，现代地铁上上班族通过声音聆听的网络小说，莫言作品获得诺贝尔文学奖，学术团体的文学批评，等等。所有这些情状形成一种“气氛”，文学在物理空间、文化空间甚至心灵空间里无处不在。由于语言较之于颜料、石材和钢琴等介质更为自由，同时人类普遍地、灵活地使用着语言，文学通过受众具有公共空间的介入性。但此时，只能说文学具有一种社会性。社会性不等于公共性。为什么呢？人是一种社会性动物，即便一个人在绝对私密的空间中，他“使用的工具、语言、他的经验等”都是社会历史给予的。[③] 公共性除了涉及人行为的“社会性”，更重视主体对公共空间意义建构的主动性。因此，只有当文学作者、文学作品和文学读者介入外部公共空间，为公共精神状况、时代道德风尚和公众政治诉求等进行把脉时，可以说它才真正具有了一种公共性。我们这个时

---

① [英]约翰·斯道雷著，常江译:《文化理论与大众文化导论》，北京：北京大学出版社，2019年，第272～273页。

② 王伟:《文学理论的重构》，上海：上海三联书店，2017年，第170～171页。

③ 马俊峰:《语境、视角和方式：研究“公共性”应注意的几个问题》，载《山东社会科学》，2013年第7期，第29页。

代，人们进入公共空间主要是通过媒介及媒介的视角，“公共领域的实在性依赖于无数视角和方面的同时在场”。文学作为视角之一，其公共性是怎样存在的？“文学并不是政治学的例证或者社会学的图解，文学制造的审美欢悦形成了公共领域独一无二的声音”。[①] 文学可以形成自己的公共空间，在总体公共空间之中生产审美的意义。赵勇认为“所谓文学公共性，是指文学活动的成果进入公共领域所形成的公共话题（舆论）。此种话题具有介入性、干预性、批判性和明显的政治诉求，并能引发公众的广泛共鸣和参与意识”。[②] 所以说，文学的公共性使得其对现实和政治具有一种审美式的塑造或介入的作用。文学所产生的“共通感”使得意识形态试图达到的“想象的共同体”得以加固，因为“体验、理解现实生活，想象、憧憬理想生活，构建人类整体生活目标，建立人类自由的公共层面，是叙事的基本功能”。[③] 文学不是纯然抽空的对象，它存在于公共空间的其中一个视角中。公共空间依赖于无数视角，意义也是在多视角下得以生产和增殖的。那么，文学意义的实现就不仅仅来自文学作品内部或者创作者，来自文学文本语境和文学情景语境。文学意义还来自此公共空间中的其他话语，并且与这些话语形成“操控、被操控或同谋的关系”。[④] 同时，当文学知识谱系被福柯的“话语”透视后，文学必然被视为一种渗透着公共空间话语的符号集合。文学脱离自为存在的力量，以意义生产为基础解释和建构着世界。文学通过审美方式对社会、历史和文化进行着价值反思，对人类本体意义上的生存困境进行着意义思考、创造和生产。

## 四、语境之于意义的互生性与流动性

意义在文内语境、情境语境、世界语境和间性语境中是流动着的。在文内语境本身具有微弱的可阐释性时，意义的语境阐释是依次从内部延伸到外部语境的。也就是作品可阐释性越小，它的语境依赖性越强；反之越弱。总体语境的意义总量保持平衡，并且形成动态的互相协调的状态。当作品本身被“空无”时，情境语境、世界语境和间性语境会迅速显现，从而覆盖艺术作品，让其“显得”有意义。

---

① 南帆：《无名的能量》，福州：福建教育出版社，2019年，第40页，第59页。

② 赵勇：《走向批判诗学：理论与实践》，杭州：浙江工商大学出版社，2022年，第129页。

③ 骆冬青：《文艺之敌》，北京：商务印书馆，2017年，第216页。

④ 王熙恩：《文学公共性：话语场域与意义增殖》，载《黑龙江社会科学》，2015年第6期，第109页。

语境与作品关系的第一个规律：语境与作品是一对互相生成的概念。当作品本身具有足够强大的内涵阐释空间的时候，语境是以隐现的状态存在着的，不易被人察觉。但是，当我们明显意识到语境的存在时，那就是作品本身意义的影响力趋向消失的时候。我们先以马塞尔·杜尚(Marcel Duchamp)的《泉》和让·奥古斯特·多米尼克·安格尔(Jean Auguste Dominique Ingres)的《泉》为例对语境规律进行考察。

1917年，杜尚将小便池取名为《泉》放到艺术展览会上，从而在艺术界引发了极大的争议：这根本不能算作艺术品，粗俗并且是日常现成用品，这是对艺术的践踏。然而杜尚的《泉》在2005年被艺术界权威人士认为是对艺术史影响最大的作品。那么，杜尚的作品《泉》到底具有什么意义呢？从作品“小便池”本身我们找不到像安格尔《泉》那样的作品本身意义带来的价值。在安格尔的《泉》中，可以看到少女身体的优美，姿势的协调，关键是作品本身“有意味的形式”所带来的意义：倒立水罐形状与少女头部之间的相似性和反差性带来的互衬的意味。水罐与少女之间拥有相似的形状(都显得自由舒展不受任何遮掩)，相似的侧面(只能看到少女的一个耳朵和水罐的一个把手，另一侧都被稍微遮掩着)，同时都是稍微向左偏离的，那少女飘动的长发和水罐里流出的水方向是一致的。这种物件之间的相似性又通过差异之处陪衬凸显着少女。[①] 从鲁道夫·阿恩海姆(Rudolf Arnheim)的分析我们可以看到，作为安格尔的绘画作品《泉》是可以从作品本身看到艺术的意味和意义的。

反观杜尚的《泉》，我们能看到的就是一个从商店买回的男用小便池而已，对作品本身意义探寻的可能性几乎没有，因而，艺术作品的情景语境和文化语境在此会极大地凸显出来。艺术的语境就不再局限在作品本身，而是扩张到整个艺术史，甚至所有艺术门类之间的“间性语境”探索。杜尚《泉》的意义在于解构了视觉艺术的基本设定，引发我们对“艺术”元概念的思考。如杜尚的《泉》完全是非手工，且是工业复制品的“现成品”。那么现成品就不能成为艺术吗？如果真是这样的话，为什么外形独特的石头，长相奇异的树根等可以被放入美术馆，并且给我们带来审美愉悦感呢？由于艺术的手工性带来的艺术品的个性和韵味(本雅明)，那么大规模复制的艺

---

① [美]鲁道夫·阿恩海姆著，滕守尧译：《艺术与视知觉》，成都：四川人民出版社，2019年，第157～158页。

术品还能成为艺术吗？艺术必须是追寻美吗？美是艺术的本质吗？[①] 因而，杜尚通过将作品的意义降低为“零”的手法挑战了艺术审美的本质，让我们将整个艺术的思考带入了《泉》之中。

因此，从上面的例子我们可以看到，语境与作品关系的第一个规律：作品本身意义充裕时，也就是文内语境可以自我运作时，情景语境、世界语境和间性语境发挥作用的空间极小；相反，当作品语境内缩为虚无时，情景语境、世界语境和间性语境便极大地活跃起来，不断将意义输送给作品。文内语境的意义是通过艺术家的加工和创作带来的；情景语境的意义是通过欣赏者赋予作品特定意义或意味形成的。也就是说，当作品本身的意义变得“空无”时，情景语境、世界语境和间性语境会迅速显现，从而覆盖艺术作品，让其“显得”有意义。作品的意义不一定都是从作品本身透露出来的，有时是从情景语境、世界语境和间性语境之中得到的。此种语境的规律在绘画之外的其他艺术门类中是否也普遍存在呢？

现代戏剧中著名的荒诞剧《等待戈多》，讲述了两个流浪汉爱斯特拉冈和弗拉季米尔在等待他们口中的戈多。等待是无聊的，消磨着他们的生命。在等待过程中，两个流浪汉遇到了一对主仆波卓和幸运儿，四个人在乡间小路上聊天，打发无聊时光。后来，这对主仆离开了。之后有个孩子出现说戈多明天就会来。剧中的幸运儿是一副小丑的模样，头上被拴着绳子，始终提着行李，像木偶一样执行着主人的命令。贝克特通过波卓和幸运儿之间的“木偶戏”式的表演，试图在戏剧中开辟小戏剧，让两个流浪汉成为“导演”波卓和演员“幸运儿”的观众。与此同时，我们又在看着这四个人在表演一场荒诞剧。艺术作品语境中的“看-被看”的关系与艺术情景语境的“演员-观众”关系对位。这使得戏剧中两个流浪汉充满希望成为荒诞的等待，蔓延到“演员-观众”，甚至“人-世界”的结构中。因而《等待戈多》的意义并非由戏剧本身单方面来完成的，如果戏剧没有将作品语境打开与情景语境、世界语境和间性语境的对接，它是没有价值的。相反，它将其“无意义”感以剧中剧的形式蔓延到受众情景语境中，让人们体悟到无意义感。这才是《等待戈多》真正的意义所在。

类似地，当艺术作品内缩为“无”时，艺术的情景语境、世界语境和间性语境就会被极大地意识到并凸显出来。典型的例子是作曲家约翰·凯奇

---

① 周宪：《美学是什么》，北京：北京大学出版社，2016 年，第 121～126 页。

(John Cage)的《四分三十三秒》。首次演出时钢琴家打开琴盖,之后端坐着,直至四分三十三秒过去,最后演出就结束了。就其演奏的作品来说,没有通过任何一个琴键发出任何一个乐音,即艺术作品本身语境并不能提供演出的任何意义。当我们将艺术语境扩大到文化语境时,发现这种新颖的“无声音乐”与凯奇的东方哲学观密切相关。他认为《四分三十三秒》是受到东方禅宗和哲学的影响,所谓的“大音希声”。只有当将“无”作为理解这部作品的基础时,世间一切皆有可能的通途才会出现在人们眼前。这部作品所蕴含的精髓,随时随地充满作者的生活和创作中。[①] 从禅宗角度来看,音乐背后的本相都是声音,音乐家便不必加入多余的规则,听众不必投射过多的“偏见”,而应该让声音展开自身从未有过的可能性。“我们面对的不是一部仅仅是物的艺术作品,而是一种行为,是隐含的无。什么也不曾被说出。什么也不曾交流。象征或理智参考没有用处。生活中无物需要象征,因为它显然就是它所是的样子:不可见之无的可见显现”。[②] 同时犹如中国绘画式的留白一样,《四分三十三秒》以休止符的方式留给听众“空”“无”“寂静”的中国式艺术想象空间。

语境与作品关系的第二个规律:艺术语境从作品语境到情景语境、世界语境和间性语境,当三个维度的语境在作品语境本身具有微弱的可阐释性时,意义的语境阐释是依次从内部延伸到外部语境的。也就是艺术品可阐释性越小,它的语境依赖性越强;反之越弱。四个维度语境的意义总量保持平衡,并且形成“你多我少”的互相“支援”状态。我们以超现实主义画家勒内·马格利特(René Magritte)著名的两幅画《形象的叛逆》与《双重之谜》为例来阐释语境的几个维度。

1929年,比利时超现实主义画家马格利特的《形象的叛逆》画了什么?画的明明是一支烟斗,下面标注的偏偏说“这不是一支烟斗”。画家到底想表达什么呢?这是绘画通过绘画的图像性和语言性与世界本身的关系的差异,达到一种名和实的争议。因为画中的烟斗与现实的烟斗比,它只是画,确实不是实物烟斗。马格利特在挑战我们观看画时的习惯。我们看画时的自然倾向:这就是烟斗啊!但是面对玛格利特的画,我们要意识到语言具有的确证形象的倾向消解了某种重要的差别,那就是所画的烟斗和真

---

① [美]约翰·凯奇、[美]威廉·达克沃斯著,毕明辉译:《约翰凯奇谈乐录》,载《音乐艺术》,2007年第2期,第102~113页。

② [美]约翰·凯奇著,李静滢译:《沉默》,桂林:漓江出版社,2013年,第190页。

实的烟斗之间的差异在语言确证中被抹去了。画家通过形象和语言的错位让我们意识到这种问题的存在：在绘画或者艺术中，被表现物和表现物并非同一个事物。所以如果绘画仅仅是模仿实物的话，不如自己看原物更好。[①] 因而马格利特让我们明白艺术对现实的再现只是制造出了一种审美的世界，体验到实物能给我们相同的感觉。但是艺术和世界本身不能等同，艺术的逼真效果只是一种艺术手段制造的、让观众信以为真的力量。

马格利特的《形象的叛逆》让我们意识到，艺术作品语境与外部语境之间是一种共生关系：离开外部语境的支撑，《形象的叛逆》这幅画就不能被阐释出一种哲学意义上的深度。因而，我们发现艺术中的不同语境维度之间是互相"支援"的关系，你多我少，你少我多，互不可缺。艺术的不同语境之间构成了阐释艺术品意义的多重空间，在这多重空间中艺术家消解了时间的维度，让艺术品变得具有永恒性的倾向。

《形象的叛逆》将艺术的作品语境与外部语境（情景语境、世界语境和间性语境）之间的关系明晰化；而《双重之谜》更是让艺术的多重语境被明晰地展示出来。《双重之谜》这幅画将画有一支烟斗的画架放在另一个更大的空间中，这空间的墙上有一支更大的烟斗。画架烟斗下面写着"这不是一支烟斗"，让我们意识到这是画出来的烟斗。得出这样的结论来自画架背后所依赖的第二层语境，艺术情景语境。这一层语境以"类真实"的形象出现，使得我们将画架中的烟斗视为再现物，而左上方墙上的烟斗为被再现物。同时，我们得出这样的判断更在于大烟斗所处的语境是整个房间的墙壁。大烟斗在画架小语境中是被模仿的对象，然而这并不代表着它就是实物。在艺术情景语境中大烟斗依然是绘画中呈现的形象。看似小烟斗处于封闭的小语境中，大烟斗处在开放的大语境中，但是整幅画又将以上两个语境封闭起来成为一幅画。也就是说，当我们在解释画架烟斗时采用的艺术作品语境，以及墙壁大烟斗时涉及的艺术情景语境，最后统归纳入了世界语境层面，从更广的哲学思辨层面来进行玩味。

总的来说，在"语境诗学"中，语境与意义的关系并非从上到下的单向关系，而是平等的"互嵌"关系。意义的整体呈现就意味着作品与周遭环境的同时显现，并非前后或表里关系。故而，意义与语境是互相成就、互相生成的。

---

① 周宪：《美学是什么》，北京：北京大学出版社，2016年，第120～121页。

## 第二节 “语境诗学”视域下的“文学文本”

“文本”的英文是 text，“语境”的英文是 context。在词源学上可以看到，语境是对文本的连接、聚拢、关合和伴随。“文本”是“语境”的一部分。“文本”最初是一个极为宽泛的概念，并非在文学理论中专门使用。“作品”作为传统文论核心范畴被语言论文论所颠覆，代之以“文本”。“文本”源自对“作品”的挑衅和背叛。有前期维特根斯坦和索绪尔等的语言哲学“筑基”，加之新批评派、形式主义、结构主义和解构主义等文学流派的“助攻”，文学文本就成为众文论家（如巴尔特、利科尔和德里达等）施展自己思辨的点位了。“文本”在不同理论家和理论派别那里，其涵义有着本质的差别。同时，“文本”不断突破语言论文论为自己划定的疆域，常常呈现出一种泛化的使用状态。由语言构成的文学，可以被视为文本。同时，由图像、音乐、动作等构成的作品也可以称为文本，如电影文本、音乐文本、舞蹈文本、宗教文本、广告文本，等等。面对此种情境，安·霍林斯黑德·赫尔莉（Ann Hollinshead Hurley）提出了“新文本主义”（new textualism），她认为“文本”需要回归其历史的、社会的或意图的“语境”。新文本主义不关注作者背景或意图，而重视手稿或书籍的物质属性、历史和传播语境。同时，它尝试恢复文本的社会学背景，通过强调文本的社会、政治、经济、阶级、性别和文化语境，重新界定其社会属性。① 少有文艺理论家专门考察“文本”与“语境”的内在关联。“文本”是先天的语境性生成还是后天的语境化赋予？“文本”关联于“语境”对于文学理论建构意味着什么？

### 一、意义与指涉：“文本”的诗学路径

语言学转向之后，语言论文论（特别是俄国形式主义、英美新批评派和法国结构主义）强调文学语言自身和内部，切断了作者和世界、文学的关系。理论家们选择了带有自我隔绝式的词语“文本”，搁置了主体和世界之间的范畴“作品”。文本被置于实在论的框架之内来看待。在语言论文论中，“陌生化”“文学性”“细读”“悖论”“含混”“张力”和“反讽”等术语彰显着

---

① Ann Hollinshead Hurley and Chanita Goodblatt(eds.), *Women Editing/Editing Women: Early Modern Women Writers and the New textualism*. (Newcastle upon Tyne: Cambridge Scholars Publishing, 2009), p. xi.

他们所坚持的"文本"观念，即自在自为的文本观。文本成为一种封闭的系统和结构，与文本之外的主体和世界隔绝。文学文本作为一件静态的、客观的东西被独立于观察者之外来进行"分析"。与此同时，结构主义将所有文本同质化，文学文本、声音文本、图像文本、哲学文本、法律文本等都是"文本"。从这个意义上说，文本具有跨媒介性。如卡勒举的例子："雨果的文本"，我们就将文本视为一种中心术语，不管雨果的作品是戏剧、诗歌还是小说，抑或是非文学，也不管文本驻留于语言、行为或视觉中。人类的一切文化符号，在结构主义那里都是文本。在非文学领域中，传统将文本视为"理所当然"的客观现实的观念被扭转，转而思考文本"如何产生、独立并受到关注"的，也挑战了"社会科学中认为数据独立于理论和阐释的想法"。①

当一个对象走到极致，必然走向其相反面，或引起对立性的反思。"文本"理论也如此：理论家发现"文本"并非看起来那么牢固，其存在状态其实是动态生成的，其意义是多元化的。引领文本思考转变的重要人物是巴特。在《文之悦》中，他扭转了人们将文本视如"已然织就"的产品的认知，而坚持认为文本作为"织物"(tissu)是生成的。"在不停地编织之中，文被制就，被加工出来；主体隐没于这织物——这纹理内，自我消融了，一如蜘蛛叠化于蛛网这极富创造性的分泌物内"。② 巴特将文本从静态和封闭状态拖入动态和开放状态中。为了对动态和开放状态进行更为深入的阐释，巴特从文本的非物性和互文性角度来分析：其一，文本超越具体介质和有形空间，存在于"群体性语言"中。文本只是在活动和创造中体验到的，而非一种确定的客体。作品是可以"被拿在手里"的作为物性的存在，文本作为活动和过程的存在。作者保证了它和作品如"父子"关系的合法性。但是，文本只是在"能指的无限延迟(或者延宕)"中实现自身。因而，文本是流动的，文本不会停留，它随意地"跨越"在不同的文类之间，而不仅仅是文学。③ 总的来说，文本超越具体作品，具有了索绪尔的"共时语言"式的性质。其二，受克里斯蒂娃的影响，巴特的文本观念从已然存在性文本转向生成性文本，从孤立性文本转向互文性文本。生成性文本不像结构主义的

---

① [美]乔纳森·卡勒著，徐亮等译：《理论中的文学》，上海：华东师范大学出版社，2019年，第88～89页。

② [法]罗兰·巴特著，屠友祥译：《文之悦》，上海：上海人民出版社，2016年，第79页。

③ Roland Barthes, "From Work to Text," in *The Novel: An Anthology of Criticism and Theory* 1900—2000, ed. Dorothy J. Hale. (Malden: Blackwell Publishing. 2006). pp. 237-238.

文本观那样只关注言说的内容、结构和体式，而是将言语行为的主体恢复到言语中，分析文本的构造、“移易”“偏离”和“迷失”。互文性文本重新排列文本片段，并不会因文本所寄居的媒介物质性，便将其视为稳固的客体存在。“所有文都处于文际关系里；其中在不同的层面、以或多或少可辨识的形式呈现出另外的文；先前的文化之文和周围的文化之文；一切文都是过去的引文的新织品”。[①] 按照汪民安的说法，从作品到文本就是从单一性、固定性和明确性的文本到“可写性文本”“破碎的文本”“星状文本”和“多元文本”。[②] 用这种“织物论”的方式来看待文本，也彻底改变了文本固定的观念，将文本置于一种世界语境的开放交流中。

德里达将“互文性”和“动态性”彻底化，甚至提出文本便是一切，文本之外无物的观点。德里达解构式的文本观只承认文本与文本之间是一种能指间的滑动关系。因而，从单个文本到复数的文本是一种“延宕”和“撒播”关系，“能指的漂浮”，文本之外别无他物。“文本不是一个固定结构，而是一个结构过程”。[③] 解构主义针对的是以索绪尔语言学为基础的结构主义。就像伊格尔顿所说：“系统中的每个符号之有意义仅仅由于它与其他符号的区别……意义并非神秘地内在于符号，它只是功能性的，是这一符号与其他符号的区别的结果。”[④]当结构主义建立在这种能指之间的区别性基础之上后，解构主义恰恰就在这一点上进行了颠覆：符号间的区别性是无限延展的，如“花”这个概念依靠“植物”来解释；“植物”又依靠“生命”来解释……如此这般我们永远无法找到“花”的确切含义。最终导致意义在“能指”之间的链条上不断滑动和漂浮，即德里达的“延异”(différance)——共时意义上的“区别”和历时意义上的“延宕”。“延异”是差异、差异的踪迹和空间化过程所形成的系统游戏，各要素在此基础上互相联系。这空间化过程同时是主动和被动地生产，离开它，所有的词语都没有意义，失去功能。于是所有的语言要素都是在语言系统或语言链的其他要素的印迹(trace)中构成。这种交织过程就是文本的生产过程，到处都

---

① [法]罗兰・巴特著，屠友祥译：《文之悦》，上海：上海人民出版社，2016年，第94页。

② 汪民安：《谁是罗兰・巴特》，南京：江苏人民出版社，2015年，第178页。

③ 张进：《历史诗学通论》，广州：暨南大学出版社，2013年，第120页。

④ [英]特雷・伊格尔顿著，伍晓明译：《二十世纪西方文学理论》，北京：北京大学出版社，2007年，第93～94页。

是踪迹的差异和踪迹的踪迹(traces of traces)。[1] 从某种意义上说,语言并不指向世界,而仅仅是指向语言内部。

由于符号具有延异性,符号不再具有稳固的原初的意义。意义永远在延宕中流向更为广阔的时空。"一部乔伊斯的文本同时也是一部几乎无限的历史浓缩……所有这一切尤其应当引导我们从不同的角度对'语境'进行总体的思考……有时候——这依赖于独特性与语境——可能会有更大的潜力"。[2] 德里达说莎士比亚的《罗密欧与朱丽叶》之所以经典,是因为它在其所处的时代被阅读欣赏,还可以在之后的时代语境和其他空间语境中同样被阅读和阐释。经典的文学文本"能够被移植到不同的语境之中而继续具有意义和效力"。[3] 从解构主义理论中我们可以看到,文本不再具有确定的结构和意义,取而代之的是非稳定性和多义性。最后,文本处于种子一样无序的"撒播"状态中。在此种理论推延之下,文本不再是一种"实体",而是一种"形式"(或"关系")。在这一文本理论中,主体情境和社会历史语境是消隐的,如语言系统的先在性带来了巴特所谓的"作者之死"。

与此同时,阐释学和接受美学的文本观努力恢复文本的主体维度和世界维度。阐释学并没有巴特和德里达走得那么遥远和彻底。阐释学认为文学文本绝不是与主体隔绝的、等待任意分析的、沉默无语的审美客体,"它是过去的人类所发出的声音,一种人们必须想办法恢复其生命的声音。是对话而非解剖,开启着文学作品的世界"。[4] 文学文本的主体生命维度的恢复是从文学文本的口头语言言说开始的,毕竟"诠释"从起源上说就是一种言说。文学的口头语言表达和书面语言书写有着根本性的差异:书面的文学文本是在媒介前提下作为"视觉性"和"概念性"存在的;而口头的文学文本着眼于将文学逝去的听觉传统寻找回来。"语词必须终止其作为(视觉的和概念性的)语词,而变成'事件';文学作品之存在是一个'语词事件'(word event),它乃作为口头行为而发生"。[5] 故而,我们可以看到在诠释学中,文本必然是与主体有着关联的,文本的意义不是内在于自身,而是

---

① Jacques Derrida. *Positions*, trans. Alan Bass. (Chicago: University of Chicago Press. 1981), pp. 26-27.

② [法]德里达著,赵兴国译:《文学行动》,北京:中国社会科学出版社,1998年,第10页。

③ [法]德里达著,赵兴国译:《文学行动》,北京:中国社会科学出版社,1998年,第30页。

④ [美]理查德·E.帕尔默著,潘德荣译:《诠释学》,北京:商务印书馆,2014年,第18页。

⑤ [美]理查德·E.帕尔默著,潘德荣译:《诠释学》,北京:商务印书馆,2014年,第32页。

在主体的关系中产生的。同时,文本并非静态的文字存在,而是一种类似于乐曲表演的艺术存在,一种富于全息情境性的事件。利科将文本的思考同样回溯到言语和文字之间的矛盾上。文字书写是对作为现场交流状态的言语的取代,对言语主体读者和作者的双重遮蔽。当主体处于非现场状态时,诠释的“现时”特征被利科特别强调。他认为“阅读就像演奏音乐谱……‘现时化的’文本就找到了一种氛围和碰面;它恢复被截断和被悬置了的从指涉对象到世界和主体的运动”。[①] 把文本置于结构主义符号学中,它只有一种意义(sense),但是当文本被恢复主体维度之后,它便具有了含义(signification)。但是我们面对的文本都已经不再是“原初状态”了,原初的手势、场景和腔调等都无法“支援”文字话语。利科通过文本的“非直接指涉世界”特性来恢复书写话语的时间性和主体性。在利科看来,口语的文本直接指涉和见证着“原初状态”,文字则是对这种交谈者共处的“处境”(situation)的遮挡。同时,书面话语构成的文本不可能构成“处境”的复原,只能形成“世界”(“由文本打开的指涉对象形成的整体”)。“我们谈论希腊‘世界’,并不是为了界定就经历过那时处境的人而言的处境,而是为了界定非处境性的指涉对象”。[②] 话语不像语言具有内指性、非时间性和去主体性,话语总是指向说话者和世界。所以说,整个文学指涉的对象,“不再是交谈中那些直接指涉形成的周围世界(Umwelt),而是我们已经读过的、理解了的而且喜欢的所有文本的非直接指涉投射的世界(Welt)”。[③]

接受美学受阐释学理论的影响,从更深处挖掘主体维度下的文本属性。伊瑟尔的《文学文本的召唤结构》认为文学文本内含不确定性和“空白”,文学意义需要读者的现实经验参与才能生成。文本虽摆脱了自为的状态,但依然只是一种“召唤结构”而已。福柯走得更远,他坚决反对德里达所谓的文本之外别无他物的观点,认为文本中必然呈现着主体的意图,更为关键的是所谓的主体意图背后还有尚未意识到的各种权力意识形态的影子。正如萨义德所说,福柯理论中的文本必然与各种权力话语交织,

---

① [法]保罗·利科著,夏小燕译:《从文本到行动》,上海:华东师范大学出版社,2015年,第165页。

② [法]保罗·利科著,夏小燕译:《从文本到行动》,上海:华东师范大学出版社,2015年,第205页。

③ [法]保罗·利科著,夏小燕译:《从文本到行动》,上海:华东师范大学出版社,2015年,第205页。

如文化制度、知识机构、学术圈、行业协会，等等。[①] 利科将文本提升到主体的层面，只有通过文本，人才能理解自己。“人根本无需把他自己有限的理解能力强加于文本，而是向文本敞开自己，并且从它那接收一个更广大的自己”。[②] 与其说文本是被主体理解、阐释和建构之物，还不如说主体借由文本“创造、建立和构成”的。

可以说，文学文本从“作品”中抽身出来，走向了三条路径。第一条是结构主义式的：将文学文本视为封闭的、静态的、与主体无关的审美客体。第二条是解构主义式的：将文学文本看作开放的、生成流变的和互文性的非物质存在。第三条是建构主义式的：将文学文本作为主体生命的呈现符号，意识形态话语交织的空域。总的来说，文本具有两个向度：一种是向内的文本封闭性和文本间性，一种是向外的文本主体性和社会文化性。借用弗雷格对符号“意义”与“指涉”的区分：同一个指涉对象“金星”，却有两种不同的意义——“晨星”和“暮星”。结构主义式和解构主义式的文本观念倾向于“意义”的维度，但是却阉割了弗雷格的语境内涵；建构主义式的文本观念倾向于“指涉”的维度，并将语境赋予了纯粹的所指。

## 二、“语境性”：文本物性与事性的底层代码

长期以来，文本被视为具有相对独立性和客观性的存在。这种独立客观性来自文本作为一种符号设计的固定安排，具有时间和空间的独立性。[③] 这使得文本似乎天生就是作为“物”的存在，殊不知，文本还有另一个维度：“事”的存在。从词源上看，“文本”(text)的原初涵义具有两个维度：结果性和动作性。“文本(text)一词来自拉丁文‘textus’，意指‘质地(texture)、组织(tissue)、结构(structure)’……‘textus’一词又来自动词‘texo’，意思是‘编织’(weave)、‘创作’(compose)”。[④] 作为“编织物”的文本被我们视为静态之物。作为“编织”的“文本”必然与其他“文本”产生行动性和关联性。这两个属性都是在“语境”中完成的。作为“编织物”的“文

---

① Edward W. Said. “The problem of textuality: two exemplary positions,” *Critical Inquiry*, 1978(4): 673-714.

② [法]保罗·利科著，夏小燕译：《从文本到行动》，上海：华东师范大学出版社，2015年，第123页。

③ 张进：《历史诗学通论》，广州：暨南大学出版社，2013年，第120页。

④ [美]乔治·J. E. 格雷斯亚著，汪信砚、李志译：《文本性理论：逻辑与认识论》，北京：人民出版社，2009年，第20页。

本”与作为“编织”的“文本”,恰好对应着克里斯蒂娃提出的“现象型文本”与“生产型文本”。“所谓现象文本(phéno＝texte)是被把握为现象的文本;是构成结构的语言现象;是完成的生产物的文本。所谓生产文本(géno＝texte),是被把握为生成的文本,是作为生产性乃至生产活动被理解的文本。所有的文本都同时拥有这两个层面……生产文本将现象文本‘摧毁、多层化、空间化、动态化,并将现象文本推向非实体的厚度’,因此文本变成了拥有复数音域的共鸣体”。[①] 克里斯蒂娃将文本的两个维度都笼括进“文本”概念之中。似乎文本的问题就被她囊括进此两个维度。但我认为克里斯蒂娃对文本的思考还处于表面现象的分析中。“文本”内涵演变背后的深层问题在两个方面:第一,文本是“物质性”的还是“非物质性”的?其延伸的问题为文本是静态性的还是动态性的?文本是预成性的还是生成性的?第二,文本是同一性的还是语境性的?其延伸的问题是文本是独立的还是开放的?文本是意义单一权威性的还是意义多元异质化的?

(一)文本的“物质性”与“客观性”。“物质性”与“客观性”常常被混用。“物质性”主要强调的是对象占有“时-空”位置,具有广延性。“客观性”在词汇上与“物性”有着内在关联,故而它可以指事物本身[②],强调物理意义上的实体是哲学思考的基础,不过忽视了思想的客观性;“客观性”还可以指康德的“普遍必然性”(区别于纯主观的偶然性)。[③] 当我们将“客观性”的第一个维度作为其全部内涵时,“物质性”与“客观性”似乎都站在了同一边,因而具有同一性。其实反问一下,这两个概念的关系就逐渐清晰了:“客观”的对象一定是“物质性”地存在的吗?答案当然是否定的。再继续追问:一个杯子的客观性和一个文学作品的客观性一样吗?答案也是否定的。对这两个问题的追问为文本属性的思考提供了新的思路。在文本的属性上,董希文明确地说:“文本不仅仅具有物质客观性,而且还具有非物质的客观存在特点。”[④]其意思主要是说文学文本既可以被视为一般印刷品或文字构成物意义上的“文本”,它占据一定的物理空间,但是这种“物性”并非决定文学文本成为自身的本质。同时,文学文本还具有一种“不同

---

① [日]西川直子著,王青、陈虎译:《克里斯托娃:多元逻辑》,石家庄:河北教育出版社,2002年,第358页。

② 田方林:《论客观性》,载《四川大学学报(哲学社会科学版)》,2012年第4期,第5～11页。

③ 金延:《客观性:难以逾越的哲学问题》,载《厦门大学学报(哲学社会科学版)》,2006年第1期,第66页。

④ 董希文:《文学文本理论研究》,北京:社会科学文献出版社,2006年,第93页。

于自然物的物性”,即语言和文本的结构。第一,文本是在“非物质性”维度上被使用的。对此,乔治·J.E.格雷西亚(Jorge J. E. Gracia)是从语用语境角度来进行分析的。“不要扔掉那个文本”和“我们正在讨论的这个文本在逻辑上是不连贯的”。命题1中“文本”是物理对象,命题2中“文本”是一个作为概念的逻辑范畴(非物理范畴)。也就是说,“文本”如果是物理对象就没有逻辑上连贯不连贯的问题,你不能说一支铅笔在逻辑上不连贯。所以,物理对象是要占据物理空间的,而逻辑对象却不必。① 按照这个逻辑,我们所说的“文学文本”必然不是在物理层面,而是在逻辑层面。第二,非物质意义上的“文本”是否具有客观性呢?其一,文本的客观性意味着文本可以独立于意义而存在,因为对象的意义是主体赋予的;文本的客观性就体现在其“非主观性”上。一个杯子的客观性并不在于它传达的某种意义,而文本的客观性恰恰就在于试图传达意义的目的上。就像格雷西亚举的一个例子:甲让乙把钱包转给丙,乙只看到钱包的“物质性”本身,丙收到钱包之后明白甲的意思:钱包颜色为棕色就存银行;黑色就捐慈善机构;如果是钱夹就自己拿着。所以,文本不可能是由脱离了特征和意义的物质实体构成。反过来,文本却可以是由脱离了实体的特征和意义构成。② 因而,我们承认文本具有客观性,但是这种客观性是一种元素的编排加意义论上的客观,即文本不可能是独立于意义而先在的静止之物。意义必然就意味着产生意义的“语境”,这就为文本的“语境性”或者“语境化”提供了理论前提。其二,“文本”的客观性常常被认为是来自文本存在与文字固定的话语中。“文字使得文本成为独立的。文本所意指的不再与作者想要说的相一致……多亏了文字,文本的‘世界’才可以与作者的世界分离开来”。③ 但是,“文本”可不可以是非文字的存在呢?如舞蹈、音乐、口传文学、神话,等等?这种非文字的文本作为图像、形体或声音等排列成的实体存在,并试图向读者传达某种意义,同时还具有可重复性。所有这些特征都完全符合一般性“文本”的必要条件,或者说格雷西亚定义的“实体何以成为文本”的核心要素。因而,文本的客观性不在文字符号之上,而是在符号的排列

---

① ［美］乔治·J.E.格雷西亚著,汪信砚、李志译:《文本性理论:逻辑与认识论》,北京:人民出版社,2009年,第2～3页。

② ［美］乔治·J.E.格雷西亚著,汪信砚、李志译:《文本性理论:逻辑与认识论》,北京:人民出版社,2009年,第51～52页。

③ ［法］保罗·利科著,夏小燕译:《从文本到行动》,上海:华东师范大学出版社,2015年,第116～117页。

的关系性之上；同时，其客观性还在于文本必须被实现才能是文本，即文本必须被意义充实。

（二）文本的“物质性”与“非物质性”之争带来另一个问题：文本的同一性是否存在？先前我们认为文本是非物质性的客观存在。这种客观性是通过符号的排列或者与主体发生的意义关联实现的。换句话说，文本客观性的实现是靠与符号和意义的内在关联而完成的。正如赫施所说，“如果没有意义的假定，这些文本就仅仅是纸上的印记或空中的噪声；如果没有一些共有的意义将它们拢在一起（像同一个模子的铸品）的假定，它们就是毫无关系的对象和事件”。[①] 那么问题来了：作者按照心中的某种或明或暗的意图创作了符号构成的文本，但是，文本在历史的河流中被不同时代的无数接受者诠释出了截然不同的意义；在形成某个时代大家公认的意义之前，无人赞同甚至被斥为乖谬。那么，后来的读者所理解的文本还是作者创作的文本吗？这个问题换种说法就是：文本因为意义的参与还会有同一性吗？因为意义的差异，大家读的是同一个文本吗？“如果作品作为某种有意义的东西的同一性仅仅是努力搞清意义的结果，就像它的读者不同地搞清它的意义那样，我们怎么能够继续将它确认为同一个作品？它似乎更像是分散在像不同的读者给出的不同意义一样多的作品之中”。[②] 关于主体同一性的思考，“忒休斯之船”隐喻可以特别形象生动地说明文本同一性问题。普鲁塔克曾经用古希腊神话中的“忒休斯之船”思考对象的同一性问题。当“忒休斯之船”的帆、桨、桅杆、船体等随着年月增长逐渐腐烂，又逐渐被换成了新的。数年之后，这艘“忒休斯之船”从内到外被彻底换了个遍。唯一没有换的就是“忒休斯”这个名字。那么，这艘船还是“忒休斯之船”吗？我们何以保证儿时照片上的“我”与现在正在读书的“我”是同一个我？“忒休斯之船”被一部分、一部分地置换掉，就像文学文本被不同的意义一字一句地充满又撤走，又重新注入意义。唯一不同的是，船及被换掉的部分是具有物理属性的，物理属性是决定其同一性的前提。文本的存在依赖意义论上的客观性而非物理性，因而意义的赋予成为决定文本是不是同一的前提。“当一个文本以一种不同于历史作者理解它的方式被理解

---

① [美]理查德·舒斯特曼著，彭锋译：《实用主义美学——生活之美，艺术之思》，北京：商务印书馆，2002年，第131页。

② [美]理查德·舒斯特曼著，彭锋译：《实用主义美学——生活之美，艺术之思》，北京：商务印书馆，2002年，第131页。

时，被理解的文本与历史作者创作的文本就不是同一个文本。而且，这似乎还隐含着其他的意思，那就是不可能对文本产生误解，因为被误解的文本总是另一个文本”。[①] 无数的读者带入了千差万别的语境，消解了文本所固有的同一性。在语境论中，我们只是在自己营造的具体语境中理解着属于自己的“公共文本”。

从文本的非物质客观性中，我们可以看到的不是文本物理性、先在性和静止性，相反是文本世界相对于作者世界的独立性和外化性。同时，文学文本的“非物质客观性”还意味着利科所说的话语文本“原初状态”，一种文字文本与非文字文本共时性地构成的语境性文本。将文本的文字固化作为一种物质性来看待，这其实是一种自然科学式的“说明”。以“说明”式的范式来分析人文科学文本和自然科学文本，也就意味着默认文本具有客观和现在的永恒意义，主体的行为只是对其匍匐式的“转述”而已。“说明”式的范式指向自然学科和人文学科的无差别性、同质性和连续性；“理解”式的范式彰显人文科学的不可化约性和特殊性。[②] 文本因为文字变得具有客观性而非物质性，使得文本的同一性必须经由意义语境来进行确证和把握。

## 三、文本的语境性：新文本观的基点

文本天生具有语境依赖性，没有超语境的文本存在。这与我们所提的语境本体论一脉相承。语境本体论认为人类天生通过语境思维来审视知识、人生、社会和审美等“生活世界”的种种。我们认为语境类似康德“先验感性论”中的时间和空间，它是人类感知世界的框架和依靠；离开语境，对象便毫无意义和价值。在此，我们必须区别两个术语：“语境性”和“语境化”。文本的“语境性”指的是文本和对象携带的由内指向外的一种本质性属性。语境与文本是一张纸的两面，共存共亡；文本的语境性并非呈现为孤立、单一和瞬时的存在，而是表征为动态的、多向度的和永恒性的存在。文本的“语境化”与“语境性”构成一种对立或者某种意义上的互补。“语境化”理论认为文本的意义生成主要来自外部的文化、阶级、利益和意识形态

---

① [美]乔治·J. E. 格雷西亚著，汪信砚、李志译：《文本性理论：逻辑与认识论》，北京：人民出版社，2009 年，第 136 页。

② [法]保罗·利科著，夏小燕译：《从文本到行动》，上海：华东师范大学出版社，2015 年，第 173 页。

等语境的施为。文本本身并没有所谓的语境性；文本就是文本，语境就是语境，二者虽有意义关联，但存在本质的区别。因此，我们可以看到“语境性”其实是最为彻底的“语境化”，因为它认为文本本身就是语境性的场域，对外是无限延展的、开放的。“语境文本”观偏向于“语境性”的文本。

“文本”必须复归“语境文本”，因为文本并不是以自身作为一种存在的，而是在与非自身的其他“文本”的互动和关联中生成的。文本是一个动态过程，而不是静止之物。当然这种观念，依然默认“文本”的先在性或者物理性。更为激进的思想彻底否定了“文本”的存在性，认为它就是在语境中不断构建出来的。文本其实是被人们以一种静态思维把握的状态，这种静止性只是为了方便人们思考对象而假定的。因而，“文本是什么”这个追问是存在问题的，因为这种追问预设了“文本”是物理的和静止的存在，是等待着被发现的对象。转换一个思路，如果“文本”并非一个已然存在的可观物，而是一个不断生成的对象，那么“文本”便会呈现新的面相。① 这种“语境文本”的思考方式，在“新文本主义”中被特别提出来了。“新文本主义”使得“文本”从静态走向动态、从封闭走向开放，因而文学研究应该从“文本”走向“作品”。“文本”并非封闭和自为的存在，“设若‘文本’实为物质与非物质的‘作品’存在，其意义就会滋生于物质与非物质的内外张力，而文本的意义，将会在历时化的生存语境、多样性的阅读视角、多媒介的文本载体与多重身份的‘作者’之间自由游戏”。② “语境文本”只汲取“生产文本”中的动态性、复数性，重新赋予(准确地说是“恢复”)文本以一种关系性、生成性和开放性的涵义。从“文本”到“语境文本”的转变在具体的文艺实践中可以看到：19世纪以来，艺术对象从物体逐渐变为“审美情境”或者“物体之间的关系”，如偶发艺术和表演艺术。③

当文本不再是如名词般存在的对象，而是一种动态的生成过程时，“文本”其实就是一种“文本事件”了。对文学文本的理解是一个过程和动作，滚雪球式的自我赋义的过程。当我们进入一个文本时，我们会“将部分的理解运用于进一步的理解，就像用一则画谜的诸碎片来推断所缺损的东西

---

① 李长中：《文学文本基本问题研究》，北京：中央民族大学出版社，2012年，第83页。

② 谷鹏飞：《文本的死亡与作品的复活——“新文本主义”文学观念及其方法意义》，载《文学评论》，2014年第4期，第39页。

③ [美]阿诺德·贝林特著，李媛媛译：《艺术与介入》，北京：商务印书馆，2013年，第34～35页。

一样。一部文学作品为它自己的理解提供了一种语境关联”。[①] “文本事件”的语言哲学基础是言语行为理论。言语行为理论认为“说话人通过说话的行为，给世界带来变化——能够产生各种‘文本’，其意义客观上是可以理解的，因为这些意义产生的社会效果是可知的。当法官宣判罪犯或牧师宣告一对‘新郎新娘’结为‘夫妇’时，文本借此生成”。[②] 一方面，“文本事件”将文本与世界重新关联起来，并强调了文本和世界之间的相互“行动”和作用的关系；另一方面，“文本”不再被局限于语言文字的世界，而是被还原到原初语言的语境性存在状态中。在此，我们有必要区分两个概念：“文本事件”和“事件文本”。“文本事件”是一种方法论意义上的对文本的审视，从文本的活动性维度重新定性“文本”；“事件文本”是一种将文本泛化的倾向。“文本事件”和“事件文本”中的“文本”都抛弃了静态性和物质性的维度，转而强调动态性和关系性的维度。

“事件文本”在文学之外的许多学科都会使用，如神话学、人类学、法律学等。但是他们将“事件”（即“解释的情境”）作为“文本”来进行言说，导致“文本”概念失去了意义。“这就像假如我们使‘红色’与‘颜色’同义，就会使‘红色’失去其意义一样，如果我们使‘文本’与‘解释的情境’同义，‘文本’就会失去它的意义”。[③] 一方面，这些学科必须用“文本”作为思维的起点，或者说研究对象；另一方面，文本与语境并不是可以截然分开的两个概念。在多数情况下，他们所说的“文本”都不是以语言符号状态呈现的，而是神话学家纳吉口中所说的“演述”。故而，纳吉建议将“文本”这个概念换成“言语行为”。这种转换可以解决一个根本性的问题：当我们将文学语境和文学文本单列出来时就意味着：文本和语境是客体化的、物质化和固定化的，二者是区别性的和对立性的，甚至“一个‘文本’即是一个‘去语境化’的‘话语’，‘文本化’就意味着‘去语境化’”。[④] 所以，神话学者纳吉认为语境和文本是连续性的“言语行为”。

“我们知道，在马林诺夫斯基那里，文本 text 和语境 context 的分立，是功能论神话学的理论基础。而到了纳吉这里，文本和语境的对立被转换

---

① ［美］理查德·E. 帕尔默著，潘德荣译：《诠释学》，北京：商务印书馆，2014 年，第 41 页。

② ［美］海登·怀特著，马丽莉、马云、孙晶姝译：《叙事的虚构性：有关历史、文学和理论的论文（1957—2007）》，南京：南京大学出版社，2019 年，第 276 页。

③ ［美］乔治·J. E. 格雷西亚著，汪信砚、李志译：《文本性理论：逻辑与认识论》，北京：人民出版社，2009 年，第 60 页。

④ 王杰文：《表演研究：口头艺术的诗学与社会学》，北京：学苑出版社，2016 年，第 61 页。

了，代之以‘有标记的言语行为’和‘无标记的言语行为’的对立，文本不再是单纯的语言，语境也不再是语言单纯的社会、历史文化背景（就语境只是社会、历史文化背景而言仍然具有文本的性质，context 的原义正是‘上下文’），文本和语境在纳吉手中同时被言语行为化了，不仅文本被视为一种言语行为，语境同样被视为一种言语行为……一种言语行为以另一种言语行为为语境，或一种言语行为为另一种言语行为提供了语境”。①

文本的语境化和语境的文本化结合之时，我们对文学的研究必然从“文本”走向“语境文本”的新思维起点。文学理论的对象或者起点是“文学”。这个“文学”指的是“文学文本”还是“文学现象”呢？文学理论研究对象是包括二者在内的，尤其是“文学现象”被宽泛地理解为“文学事件和文学行动”。② 笔者认为当“文本”都被我们视为一种“事件”之后，就没有“文学文本”和“文学现象”的差异了。文学不是一种固定的、物质性的文本，而是动态的“活动”和“事件”。作为“活动”或“事件”的文学文本，必然包含着文学参与者情境和文学世界语境。就像新历史主义所说“小说是一种话语实践。它不反映历史，它就是历史”。③ 文学文本不再是世界语境的表述，而是构造了世界语境，文本就是语境。

语言学理论从关注语言结构到语言行为，怀特认为文学文本产生一种复归“作品”的冲动。④ 这种动力源自于文学文本天生的语境性存在性质。前文本主义时代，文学“表现说”扭转了“模仿说”对作者的贬低，抬高了作者的位置：作者对作品具有绝对的主导权，作品的意义来自作者的赋予，作品自身没有独立自主性。这种传统的文学作品观念中的“作品”包含三层涵义：其一，作品是体现了价值的文本；其二，作者与作品保持同一性和原初性的关系；其三，文本是帮助作品实现超越文字的精神世界的工具。在传统观念中，“文本是现象，它是语文学的；而作品，是精神、美、深度、思想、价值，等等”。⑤ 作品在语言思潮之前是与主体相关联的、活生生的、意义

---

① 吕微：《史诗与神话——纳吉论“荷马传统中的神话范例”》，载《民俗研究》，2009 年第 4 期，第 251 页。

② 张永刚：《文学理论的实践视域》，昆明：云南大学出版社，2016 年，第 44 页。

③ 张进：《历史诗学通论》，广州：暨南大学出版社，2013 年，第 125 页。

④ [美]海登·怀特著，马丽莉、马云、孙晶姝译：《叙事的虚构性：有关历史、文学和理论的论文（1957—2007）》，南京：南京大学出版社，2019 年，第 276～277 页。

⑤ 钱翰：《二十世纪法国先锋文学理论和批评的“文本”概念研究》，北京：北京大学出版社，2015 年，第 9 页。

确定且赋予文本表象以本源的存在。文本主义忽视了“作品”中隐含的三个维度：一是作者意图给予的“创造性”和“责任性”；二是历史语境赋予的“价值性”；三是读者反应带来的意义“生产性”。文本的价值高低体系在文本主义这里被彻底抹平，没有所谓的神圣性、独创性和高贵性。利科提出“信仰的诠释学”，将文本重新置入等级语境中进行判断。“指定一种文本，如《圣经》是神圣的，就相当于使该文本和世界上任何其他世俗的文本对立起来。一旦建立了这样的对立，就有必要把所有看似具有文本性的实例放置在一个从正面标记的术语（神圣的文本）到相对应的负面术语（世俗的文本）的范围之内。这种分布产生了一种等级制度，在这一制度中，范本的基本属性，即神圣性，成为判断一般文本价值的标准。在神圣文本的例子中，这个属性当然是创造性的，因为作为所有神圣事物的来源，上帝是一个非常卓越的创造者，他按照被造物的形象与他相似度的多少来标记事物”。[①] 我们并非要在文学审美价值中采用神学的判断，而是意在说明文本主义将文本视为复制性的“游戏”或意义狂欢的场所对文学理论本身是一种伤害。对“文本”进行语境性的重新审视和建构是文学理论重建的必然路径。

## 四、小结：“语境文本”的文论价值

“文本”是文学理论家为了自己理论建构的需要而征用的一个术语。这个术语在彼时的理论背景下对文学思考产生了重要意义。但是，对“文本”本身的定性是存在问题的。文学文本并不是一个客观的、物质化的、静止的和既往完成的实体。从语境论来看：其一，文本是一种语境事实。文学文本具有语境性：对文本的解读不可能是中立客观的，解读不仅仅是在世界语境中发生，而且只能在世界语境中发生。因此，text 只有在 context 中才成为 text，“no context, no text”。“在任一特定的语境中，对象是语境化了的对象，语境是对象化了的语境；对象不能超越语境，语境不能独立于对象，二者是一致的”。[②] 其二，文本和语境就是一个文学行动的两个阶段或状态，在本质上没有差别，它们的根源都在于“行动”。其三，文本并非对具体语境的描述，文本就是构成具体语境的一部分。“任何一个文本都

① ［美］海登·怀特著，马丽莉、马云、孙晶姝译：《叙事的虚构性：有关历史、文学和理论的论文（1957—2007）》，南京：南京大学出版社，2019年，第280页。

② 郭贵春：《走向语境论的世界观：当代科学哲学研究范式的反思与重构》，北京：北京师范大学出版社，2012年，第368～369页。

不仅仅是对历史的‘反映’或‘表达’，文本本身就是一种历史文化‘事件’(event)，它是塑造历史的能动力量，文本本身是历史的一个重要组成部分”。① 可以说，“语境诗学”将“语境”范畴作为文学的本体范畴，并以之作为诗学的原点，反思传统文论所存在的问题，从而构建更适合当下文学现象的理论。然而，“语境诗学”并非不谈文本，而是认为文本本身携带着“语境性”。以新文本主义(即“语境文本”)作为新文学理论(即“语境诗学”)建构的范畴起点，可以重拾文学理论的审美价值维度、媒介多样性维度和文化-历史维度。

语境文本为传统文本重新赋予审美价值维度。语言学转向带来的“内向”型文学理论将阐释圈定于作品内部，什克洛夫斯基作了一个比喻：文学研究只应关注“棉纱的只数和纺织方法”，不应关注“世界棉纱市场的行情”。② 语境文本则认为文学文本并不完全是以“结构”的方式存在，它内置着各个维度的“空白”和“召唤结构”。文本批评不是去价值化的“说明”和“认知”，而是携带着主体审美价值偏向的“判断”和“偏好”。由于“语境”范畴所追寻的温和相对主义，故而“语境文本”必然意味着意义的多元化和审美趣味的多样性。个人的文学偏好、社会历史维度的集体价值取向和不同文明对“普适性生命诉求”的差异性理解等都成为“语境文本”存在合理性的现实性“背书”。

语境文本的提出恢复“文本”作为文艺范畴的多媒介语境性。我们之所以会在潜意识中默认“文本”是捧在手中的、固定的可见之物，是因为文字和印刷术所构建的书面文化意识形态。文字将流动的语音转变为可视的空间对象，印刷术更是将语词封闭在“版面”的空间中。这使得我们将“文本”理解为一种脱离创作者、言说情态和表达场景的抽象之物。书面媒介和口头媒介带来文本理解的本质性差异：前者认为文本是线性的、序列的、理性的、分割肢解的、因果关系的，后者认为文本是同步的、具象的、直觉的、拥抱一切的、语境性的。③ 换句话说，“文本”最初存在的状态其实饱含着群体性的在场感、互动感和氛围感，而书面媒介则驱除了文本言说的活生生的主体，删除了说话时间的具体性，从而以一种孤立的状态超然地

---

① 张进：《历史诗学通论》，广州：暨南大学出版社，2013年，第67页。

② [俄]维克托·什克洛夫斯基等著，方珊等译：《俄国形式主义文论选》，北京：生活·读书·新知三联书店，1989年，前言第14页。

③ [加]罗伯特·洛根著，何道宽译：《理解新媒介——延伸麦克卢汉》，上海：复旦大学出版社，2012年，第320页。

呈现于读者面前。与此同时，电子媒介和网络媒介重新恢复文本的感性和口语性维度，电影电视以其图像和声音给我们一种虚构的在场感，网络媒介让文学走向主体互融、“语-图”互构和文本互文的模式中，虚拟现实更是让主体进入一种绝对沉浸的“临场感”。可以说，新媒介的出现让孤立的文本以全新方式回归“原生口语”时代文本的演述性、多模态性和活态性。

“语境文本”让文学文本再度回归“历史-文化”的场域。传统的社会文化批评将文学文本视为社会学、文化学的注脚。斯达尔夫人将文学写作的风格与自然环境、时代环境和宗教精神等关联起来；丹纳将种族、环境、时代三元素作为艺术品解释的根源。文本与社会文化之间是一种单线的、机械的和直接的关系。“语境文本”是在承认内部审美形式的基础上思考“历史-文化”语境如何通过感性维度表征于文本的。“文学作品与历史背景之间的关系体现在形式技巧使用、转化、补充一个文化生产意义的方式之中”。[①] “语境文本”为文本内部语境、情境语境、世界语境和间性语境的统一提供了话语和范畴基础。文本的语境性存在于作品内部符号、意象、角色、情节等之中，也存在于文本的媒介情境语境和文体功能语境之中，还存在于个体生存境遇所展开的周遭世界和群体共情所构建的共同世界之中。

① 赵毅衡：《文学符号学》，北京：中国文联出版公司，1990年，第103页。

# 第四章 “语境诗学”对文学本质论的新解

从文学理论诞生之初到现在，学界就从未停止过对文学本质的追问。从某种程度上说，整个文学理论史就是由对文学本质追问的不同解答而构成的。文学本质是文学理论建构的出发点，也是各种绚烂理论之后朴素的归宿。当文学理论知识体系出现问题或者存在争议时，文学本质或“文学是什么”之类的问题便成为学术争论点。在口头文学、书面文学和新媒介文学并存的文学状况下，传统以“纯文学”“经典文学”为基础的文学理论无法囊括和解释当下全新的文学现象。口头文学情境性、现场性、瞬时性和新媒介文学的图像化、声音性、互动性，让“文学”逐渐走向“大文学”“泛文学”。如诺贝尔文学奖获得者鲍勃·迪伦（Bob Dylan）的作品到底是诗歌还是音乐的争辩，背后指向的就是关于“什么才是文学”的思考。本章从“语境诗学”角度重新理解文学的本质。我们认为对文学“阿基米德点”的探讨可以为当代文学思考提供有价值的启发。那么，文学是否存在本质？存在何种意义上的本质？本质是被“发现”的还是被“发明”的？[①] 从“语境诗学”角度看，文学本质又是什么？这些都是本章需要探讨的问题。

## 第一节 从“内在论”走向“语境论”

文学是什么？这个看似简单的问题，几千年来却一直困扰着无数的文艺理论家和美学家。文学的现象和流派复杂，我们本能地想到或许要从表象背后寻求一个“本质”（表征为对“文学”的定义）。似乎有了基础的、恒定的和深层的本质支撑，整个文学理论的大厦就会更为牢固。同时，文学本质是相对于文学现象而言的，对文学本质的追问是试图寻找文学与其他对象的核心差异。所以，对于文学本质的思考和探讨，历来是古今中外文艺理论家最为关注的问题。在当代文学理论学术热点中，“作者”“读者”和“文本”等“死亡”现象次第登场，其原因在于“死亡”的对象曾经被理论家视

---

① 郭昭第：《从本质主义到反本质主义：艺术本质论的终结及其反思》，载《当代文坛》，2011年第2期，第34～38页。

为文学理论的基础和起点，但却未能解决文学本质的问题。在整个人类思想史中，始终存在着对人类知识确定性的主体维度的追问，因而出现了"笛卡尔式"的思考方式：将"我思"作为知识和价值建立的坚实磐石。伯恩斯坦认为，这种思想要求"存在着或必须存在着某种我们在确定理性、知识、真理、实在、善和正义的性质时能够最终诉诸的永恒的、非历史的基础和框架。在基础主义者看来，存在（或必须存在）这样一种基础，'哲学家的任务就是去发现这种基础是什么，并用强有力的理由去支持这种发现基础的要求'……'基础'和'阿基米德点'是西方哲学的两个重要隐喻"。[①] 文学理论体系建构的过程也被文论家们视为寻找文学知识的"阿基米德点"的过程。因此，孜孜不倦地寻找以确定文学的本质就成为建构文学理论体系的必然前提。然而，我们发现一个现象：对于"文学是什么"的追问，最有影响和价值的答案往往形成于不同层面间的错位，抑或是同纬度间的互相抵牾。

理论家们一般采用两种思维方式去完成对文学本质的建构。第一种为"本质覆盖论"。所谓"本质覆盖"，是用哲学观念覆盖在文学现象之上，将哲学范畴用于文学范畴。在理论家们展开和言说自己观念的时候，他们往往把哲学凌驾于文学现象之上，以一种先在的观点去审视文学，如"模仿说""表现说"和"原型说"等。这种思维方式可以追溯至柏拉图的理念论，他坚信当万事万物的本质皆为如此这般时，文学作为世界的一部分，是无法逃离此种终极的审视和思考的。这种思维方式得出的文学本质看起来合情合理，难以辩驳，但是，其中也必然隐含着问题：抽象性是否可以代替具体性为其作出预定性的质性判断，一般性能否代表特殊性甚至取代特殊性。文学与哲学及其他学科的根本区别在于：文学以想象和隐喻的方式，关注每个人在具体的时间和空间中的切身感受和生命体验；哲学恰恰是以一种普遍话语和宏大叙事，宏阔地思考大写的人，抽象地言说着"生活世界"。就像沃尔特·佩特（Walter Pater）所说，"美，如同作用于人类经验的其他品质一样，是相对的，其定义越抽象，越无意义。尽可能用最具体而不是最抽象的术语来界定美，不是发现美的普遍公式，而是找到最充分地表

---

① 王治河：《扑朔迷离的游戏——后现代哲学思潮研究》，北京：社会科学文献出版社，1998年，第85页。

现美的这种或那种特殊显现的公式”。[①] 因而,哲学的观点覆盖在文学上的时候,看似正确,却恰恰剥离了文学真正有价值的那一部分。

理论家们采用的第二种思维方式为“特征本质论”。所谓“特征本质”,就是将对象的主要特征作为对象的本质来对待,如“情感说”“形式说”等。这种思维方式从亚里士多德时代到现在一直被明确地反思和批判着,如索尔·克里普克(Saul Kripke)认为:“一个对象的重要特性不一定是本质特性,除非‘重要性’被当作本质的同义词来使用;一个对象可能具有一些与它的最显著的实际特性非常不同的特性,或者具有一些与我们用来识别它的那些特性非常不同的特性。”[②]文学都是在与各维度生活语境的脱离与回归的张力中存在着的,就像谢有顺所说的“从俗世中来,到灵魂里去”。[③]近代白话文运动之后的诗歌是一种“书斋”式的诗歌,而不像唐朝的诗人,“他们的生活和诗歌是结合在一起的。他们在诗歌里所要实现的人生,和他们的现实人生是有关系的”。[④] 文学本来就存在于生活语境中,无奈文论家和思想家总想将其提升至不食人间烟火的程度,并将文学中异于其他知识的部分取出作为文学的本质。文学是一种与社会、历史、政治、法律和科学等不同的文化符号,文学之所以是文学,恰恰是因为与后面的知识语境之间所构成的“欲说还休”的关系。它们就像钢琴上的不同琴键,单个的琴键发出的声音无所谓美与不美,也谈不上有意义与否,而一首韵味无穷的音乐必定是不同琴键在时间维度上的“你中有我”“我中有你”的互渗中形成的。

那么,到底是对文学本质的思考找错了方向,还是思考作为一种思维本身就出现了问题呢?李春青、赵勇对“诗言志”的分析可以为这个问题提供一种有效阐释。他们提出一个疑问:“诗言志”到底是“诗是言志的”还是“诗应该是言志的”?[⑤] 一个是对文学事实的客观描述,一个是对文学应然的价值期待。由此可见,对于文学本质的探讨也可以从两个维度中进行思考:事实判断和价值判断。作为“实然”的文学本质,早已经被文学理论界

---

① [英]沃尔特·佩特著,张岩冰译:《文艺复兴:艺术与诗的研究》,桂林:广西师范大学出版社,2000年,序言第1页。

② [美]索尔·克里普克著,梅文译,涂纪亮、朱水林校:《命名与必然性》,上海:上海译文出版社,2005年,第60页。

③ 谢有顺:《成为小说家》,太原:北岳文艺出版社,2018年,第134页。

④ 谢有顺:《成为小说家》,太原:北岳文艺出版社,2018年,第133页。

⑤ 李春青、赵勇:《反思文艺学》,北京:北京师范大学出版社,2009年,第119页。

摒弃。这种观念将文学视为已经自我完成的对象，静止地等待文学研究者去探究其特质或本质。然而，“实然论”文论与文学的符号性是并不适配的。文学艺术作为人的本质力量的符号化表征，那么，人面对的并非作为事物本身的“物理宇宙”，而是由语言、艺术、宗教和神话等组成的“符号宇宙”。[①] 就如同蜘蛛吐丝般，人不断地将自己的情感、欲求、意义和审美通过符号“网络”传至更为广阔的事实世界，最后将自己悬挂在自己创造的符号之网中。故而，我们对待文学就不能像对待树或者石头一样：树或者石头已经自我定性，作为物理世界的“物”而自为自在，而文学是人情感、遭际、幻象和意见等的不断投射。在历史的长河中，有多少“有趣的灵魂”，便有多少独具匠心的艺术作品。文学过去存在、现在存在，将来依然会存在；文学现象不仅丰富，而且仍然处于不断的自我创新中。“回答‘文学是什么’这个问题，与回答‘枞树是什么’或者‘片麻岩是什么’不可能相同。文学不是枞树和片麻岩那样的自然物质，而是人类所曾经创造、现在也正在创造着、将来恐怕也还要继续创造的产物”。[②] 以事实判断的思维来对待文学本质，这必然不合适。皮埃尔·马歇雷(Pierre Mecherey)甚至发表更为极端的言论，“什么是文学”，这样的问题本身就是虚假的问题，“因为这是一个已经包含着答案的问题。它意味着文学是某事物，文学作为物而存在，是带有某种本质的永恒不变的事物”。[③] 传统文论将文学视为可脱离文学语境而超然、自为和独立的存在，文学被作为“实体”来对待。因而，对于文学本质最为核心的概念——“文学性”的认识也遵循这种“实体论”思维。马大康认为并不存在一种“文学性”的东西，“文学性”不过是“循环论证”的结果：“所谓的‘文学性’倒是主观武断地设定了文学的概念和边界，然后才从中抽象出来的共性；反过来，又用抽象出来的‘文学性’来界定文学。‘文学性’本身是循环论证的结果”。[④]

伊格尔顿的价值判断语境对文化拣选具有偏向决定作用。伊格尔顿在对“文学是什么”这一问题进行概念反思时，列举并反驳了人们对文学的几种定义。当我们将文学定义为“虚构”或“想象性”时，无法解释历史、哲学和科学中的想象性，更无法解释一些人眼中的虚构作品在其他人眼中是

① ［德］恩斯特·卡西尔著，甘阳译：《人论》，上海：上海译文出版社，2013年，第43页。

② ［日］桑原武夫：《文学序说》著，北京：生活·读书·新知三联书店，1991年，第7页。

③ ［英］弗朗西斯·马尔赫恩编，刘象愚、陈永国、马海良译：《当代马克思主义文学批评》，北京：北京大学出版社，2002年，第61页。

④ 马大康：《文学活动论》，杭州：浙江大学出版社，2012年，第9页。

“事实”性作品的文学现象，如读者对于《创世纪》的不同看法。当我们将文学界定为“疏离”和“异化”于“普通语言”的“特殊语言”时，我们往往忽略了任何语言都不是“整整齐齐地结合成”的、“纯粹”的、“由所有社会成员同等分享”的标准语言，如古代人日常使用的语言到今天便是充斥着“古香古色”的韵味。同时“俚语”也是一种偏离性语言，却不能被当成文学对待。当我们将文学视为“非实用话语”或“自我指涉的语言”时，其实所有文学作品都可以被视作“非实用”的作品来阅读，比如将铁路时刻表视作一首对现代社会反思的诗歌。以上三种文学定义其实都是将文学视为一种“事实”的对象，然而文学是类似“杂草”式的对象：杂草并非某种特定的植物，而是园丁出于某种目的必须除掉的植物。“文学”是一种“功能性”的空词，它并不具有给定的和永恒的“客观性”；“文学”（特别是文学经典）是价值判断的产物，即某些人出于某些目的根据某些标准建构的对象。“这是一本书”和“这是一本小说”表面上都是事实判断，其实前者是外在于人们的事实，而后者的情况则更为复杂。面对一部文学作品时，我们有两种判断：一是它是不是一部好作品；二是它是不是文学作品。前一种判断仅仅出自个人的审美趣味（其实也饱含社会趣味），而后者则折射出深藏于整个社会底层的价值观念结构，也就是说判断文学的好坏涉及主体语境，而判断是不是文学则更加强调“主体间性”所建构的文化语境。文化语境中充斥着人们共同持有的牢固且下意识的信念或信仰模式。文学既不是客观的描述性对象，也并非随心所欲的个体主观判断。文学产生于一种整体语境式的价值判断，较之于个人主观性，它更为牢固却又随着历史语境的变化而变化。①事实判断将文学束缚于作为“对象”的本身，而价值判断则将文学带向主体和主体间性所构建的社会文化语境中。

当文学不再被视为一种已然或实然存在的对象时，我们对文学本质的思考就从“文学是什么”，转向“文学是何种存在方式”“文学的意义何在”。“存在论”式的追问将文学本质从作品转到了“活动”。“文学不是一种实体或者文本，而是一种存在方式，就是所谓文学活动。文学作品可以千差万别，但文学活动应该有统一性，文学的体验应该有共同性，文学的意义应该

① [英]特雷·伊格尔顿著，伍晓明译：《二十世纪西方文学理论》，北京：北京大学出版社，2007年，第13～14页。

有一致性”。[①] 传统的对文学本质追问的方式，来自“将研究对象视为与主体无涉的实体”的古典哲学思维。后来，哲学的认识论转向和语言论转向，分别从经验角度和语言角度抛弃了对“实体”的追问。后现代主义则更为彻底，它将语言的主体维度都取消，甚至语言的确定意义也被消解；将一切都沦为“能指”与“能指”间滑动链条上的游戏。事物不再有本质，连追问本质都是一种过错。“虽然言语的意义不是绝对准确、固定的，但也不是任意的、没有所指的，而是有一定的意义范围的。这是因为，一定的历史环境和语境，规定了言语的意义范围，因此才可以考察和言说事物的本质。当然，这个本质不是绝对的、超历史的，而只能是历史性的。这就是说，被解构的是实体论的本质主义，而不是历史性的本质言说”。[②] 我们对事物本质的追寻，其实另一面也被视作普洛克路斯忒斯的铁床，“在这张床上，经验事实被削足适履地塞进某一事先想好了的模式之中”。[③] 当我们企图用一个抽象的概念去框定无数的具体现象时，便会改变其本身的真实面目。我们应当明白，“文学”并非脱离文学现象的客观存在物，当然也不是内涵纯一、范围固定的事实对象。每个民族的文学本身是不可通约的，“文学”这个概念实际上提供了“类共同性”的伪像。正如彼得·威德森（Peter Widdowson）在《西方现代文学观念简史》中所说，“要知道，在整个世界范围里，在那么久远的时段中，曾经产生过不计其数的文学”。[④] 所以，文学本身就不是抽空的、纯质的存在，而是与其语境相生、相伴的所在。

同时，作为对“应然”的文学本质的追问，实际上是将文学视为正在进行的未完成状态。文学的本质是在文学活动和文学实践的过程中动态生成的。但我们可以看到，既有的艺术本质却无法解释层出不穷的新文艺现象。真正的艺术，体现在它敢于向自己的本质发起冲锋，就像杜尚《泉》对传统艺术本质的颠覆与解构。然而，艺术的自我怀疑精神导致艺术家的创作没有绝对确定性的规律，受众面对艺术审美判断更是无所适从。同样，文学写作存在固定的方法吗？答案是没有，文学从一开始就是对既有的方

---

① 杨春时：《后现代主义与文学本质言说之可能》，载《文艺理论研究》，2007年第1期，第16页。

② 杨春时：《后现代主义与文学本质言说之可能》，载《文艺理论研究》，2007年第1期，第12页。

③ ［德］恩斯特·卡西尔著，甘阳译：《人论》，上海：上海译文出版社，2013年，第37～38页。

④ ［英］彼得·威德森著，钱竞、张欣译：《现代西方文学观念简史》，北京：北京大学出版社，2006年，第1页。

法与技术的颠覆。“一切艺术不可能没有反艺术的契机(the moment of anti-art)。这正意味着艺术要想对自身保持真诚,就得超越艺术自身的概念。所以,连取消艺术的思想也尊重艺术,因为它对艺术的真理性要求(the truth claim of art)颇为重视”。① 文艺的本质论不可能走向柏拉图“理念”式的本质,等待所有艺术作品和现象来“分有”的永恒本质。

我们都知道,“应然”的价值判断是主体和对象之间的关系性判断。如花是红的,“红的”作为属性是可以从“花”本身延伸出来的;花是美的,必须有审美主体的参与,花才可能是美的,因为花自身无所谓美丑。这便意味着我们必须将文学本质的思考置于具有主体性和社会历史性维度的间性语境中。“应然”的文学本质,暗含着对文学作品的审美价值判断必须从语境的各个维度同时进行。作品的审美可以从作家自身的性情和胸襟来看,也可以从时代精神状况来审视,还可以从文学史语境或者“影响研究”语境中进行意义的判断。因此,我们应该逐渐转变原有的观念:文学的本质不是超然的与永恒的,而是置于语境中流动的和生成的。

## 第二节 以“语境论”审视文学本质的学理依据

文学总是在杂草丛生之处生长起来的,但是理论家偏偏想把它提纯,试图在所有艺术环境的因素中挑出最核心的那个,大声宣布:这就是文学。这种做法很像用西医的方法来生产中药。正如生物物理学家张长琳所认为的,在中医理论中,各种中草药都具有自己的生物频率和治疗效果,不同的草药搭配成不同的组合,从而治疗不同的病。但是,西医总想在所有成分中找出起作用的那种,并且是唯一和独立的一种。殊不知它起作用不仅仅是此种成分的原因,还在于它周围的元素与它自身之间的协作关系。正如一首美妙的音乐,你能把其中一个音符挑出来说:它之所以好听,是因为这个音符的存在。岂不荒谬?文学之所以是文学,恰恰是因为文学是作为一种关系而存在着的。从某种意义上来说,文学或艺术作为语词,是一个语境性或者“关系性”的概念。就像伽达默尔所说,如果一部作品离开了“作为其原始生命关系而生根于其中的一切东西”,那么,试图作为纯粹艺

① [德]阿多诺著,王柯平译:《美学理论》,成都:四川人民出版社,1998年,第52页。

术和纯粹审美出现的它，“也就丧失了它所属的地盘和世界”。[1] 门罗也持有同样的观点，他认为艺术对象的某一审美特征，如统一或不统一、和谐或冲突、静谧或不安，都只能在与其他性质的形式语境（formal context）中实现。正如红点在黄色或蓝色围绕时看起来大不相同一样。美学中的普遍性质，如紧致性、刚性、几何统一性发生在埃及金字塔、多立克神庙或文艺复兴时期宫殿的花园中，带给我们的感受迥异于这些性质呈现于英式小屋花园中。[2]

文学通过周围非文学的对象来区分是比较容易的。阿瑟·丹托（Arthur Danto）却把这个问题推向了极致：一件艺术品，另一件是与这件艺术品完全一样的复制品，请问二者之间有差别吗？你也许会不假思索，当然有差别了。前面一个是具有“光晕”的无可替代并且独一无二的艺术品，后面一个是毫无价值的模仿别人的赝品。但是，当二者在视觉上是一模一样的时候，真的能区分吗？“从逻辑上说，两件不具有同一性的东西，总是可以找到不同点的”。[3] 就像纳尔逊·古德曼（Nalson Goodman）坚信通过感觉的训练可以将艺术真品和赝品之间精微的地方区分出来一样。丹托接着说：“如果 a 和 b 不具有同一性，那么从逻辑上来说，就一定存在着属性 F，为 a 所有，而为 b 所无，但是，这却并不必然要求 F 是一个可感的属性——我们已经碰到足够多的 indiscernibilia（无法分辨）的情况，在那些例子中，单凭感觉是无法捕捉到那些区别的。”[4]因而，作品之间的差异并不完全是从知觉上可以去区分的。在丹托看来，艺术品之所以为艺术品，是因为其“不可见的属性”，也就是艺术品周围的关系语境。究竟是什么使得安迪·沃霍尔（Andy Warhol）所创造的布里洛垫盒——一个完全复制超市中常见款式的盒子——被赋予了艺术的身份，而超市中的同款盒子却仅仅是日常用品呢？丹托的观点是，造成这种差异的关键在于艺术理论的解读。正是艺术理论，使得沃霍尔的盒子被视作一件艺术品，而超市

---

① ［德］汉斯-格奥尔格·伽达默尔著，洪汉鼎译：《真理与方法——哲学诠释学的基本特征》，北京：商务印书馆，2010 年，第 105 页。

② Thomas Munro, *Toward Science in Aesthetics*: *Selected Essays*. (New York: The Liberal Arts Press. 1956), p. 287.

③ ［美］阿瑟·丹托著，陈岸瑛译：《寻常物的嬗变：一种关于艺术的哲学》，南京：江苏人民出版社，2012 年，第 53 页。

④ ［美］阿瑟·丹托著，陈岸瑛译：《寻常物的嬗变：一种关于艺术的哲学》，南京：江苏人民出版社，2012 年，第 53 页。

的盒子则不然。将普通物品转化为艺术品的,不仅仅是某个个体主体,而是一种集体主体,即艺术世界(art world)。艺术世界有一个充满活力、持续演进的传统,它由多元化的主观集体共同构成,包括艺术家、批评家、赞助人、观众、艺术史学家、策展人、制片人/导演、艺术行会成员、美学家,甚至可能还有社会学家和人类学家等诸多角色。[①]

当然也有理论家走得更远。古德曼在《构造世界的多种方式》中认为,对“什么是艺术品”的追问本身就有问题。我们不应该追问“什么是艺术品”,而应该追问某物何时何地才可以成为艺术品。也就是说艺术品之为艺术品,需要时间、空间和条件语境的参与。为什么一块石头放在路边不是艺术品,而放在艺术馆就成艺术品了呢?“在公路上,通常它并不履行任何符号的功能。在艺术博物馆里,它便例证了它的某些属性——如形状、颜色、质地等属性”。[②] 相反,一幅毕加索的名画,如果不被置于艺术语境中来看待,那么它也就是一个“物性”的存在,而不是艺术品。

问题来了:我们都知道语境与文学有关联,问题是它们在何种意义上存在联系呢?这便涉及文学经验与日常生活经验的连续性问题。

在西方思想史上存在的“诗哲之争”,其核心内容就是抽象与具象、确定性和变化性,同一性和差异性等的争辩。从柏拉图开始,人类的知识就努力摆脱“流变的、现象的、相对的”和“充满怀疑主义、相对主义、神话想象的不可靠的”经验知识状态,转向“确定的、永恒的、理性可以加以论证的”真理追求。[③] 自然地,在这场争辩中,感性的和现象的诗被置于低级的甚至遭驱逐的位置。在以理性和科学为人类知识“元话语”的今天,“诗哲之争”的结果是明摆着的,甚至连需不需要“争”都是一个问题。

“诗哲之争”的背后是人类所持有的世界本原状态观念的差异。这种差异在哲学诞生之初就有明显的表现。早期古希腊哲学时期,以米利都学派的泰勒斯为代表的宇宙论哲学和以爱利亚学派的巴门尼德为代表的本体论哲学就为“争辩”铺垫了哲学基础。前者认为世界的本原是“水”“无限定”“气”和“活火”,一种时间意义上的追问。它以具体物质来解释世界本

---

① David E. W. Fenner, *Art in Context*: *Understanding Aesthetic Value*. (Athens: Ohio University Press, 2008), p. 146.

② [美]纳尔逊·古德曼著,姬志闯译,伯泉校:《构造世界的多种方式》,上海:上海译文出版社,2008年,第70～71页。

③ 牛宏宝:《理智直观与诗性直观:柏拉图的诗哲之争》,载《北京大学学报(哲学社会科学版)》,2013年第1期,第57页。

原，故而注重感觉、变化和多样性。后者认为世界本原是“是”（“存在”），一种逻辑意义上的追问。它从非物质角度来思考本原，强调理性、静止性、永恒性和单一性。这种争辩到智者学派和苏格拉底的时候依然存在。就像后来维柯的归纳一样，“哲学默察理性或道理，从而达到对真理（the true）的认识；语言学观察来自人类选择的东西，从而达到对确凿可凭的事物（the certain）的认识”。[①] 这里的语言学主要指的是诗性语言。文学与哲学的差异性也主要表征为具体性和抽象性的差别。“艺术的特点就在于它的意义全部投入了感性之中；感性在表现意义时非但不逐渐减弱和消失；相反，它变得更加强烈、更加光芒四射。因此，艺术家是为突出感性而不是创造价值而工作”。[②] 文学的具体性存在方式恰恰是人的经验生活存在方式，它不追求抽象的、永恒的、唯一的终极存在，而是将具象、变动、多样和瞬时存在视为自己的追求。就像莱布尼茨所说的，世界上没有两片树叶是完全相同的。如果被抽象为一个个观念与思想，那么文学也就不存在了。

人类知识总是在理性和抽象的思维下，将人变成了“单面人”；我们面对的世界不再是活生生的世界，而是符号化和概念化的世界。所谓抽象思维，就是“用某种单一化的‘解释’去认知事物，将人的经验抽空，沦为概念化的标签”。[③] 就像黑格尔所说，我们看到“凶手”只能看到其作为凶残本质而存在的人，而看不到此人的其他任何特点和性质。这种大脑偷懒本能形成的“抽象思维”难道不是我们每天用以审视世界的方式吗？只要我们言说，理性（概念）便开始发挥作用。“中国白酒消费占世界三分之一”，当我们作出如下陈述时，我们不需要知道中国到底有哪些地方性白酒甚至自家酿制的没有名字的白酒。“白酒”将所有具体的、差异巨大的酒囊括其中。从语境论角度说，并没有所谓的“女人”，只有这个女人；没有“一”，只有一个什么东西。但就理性和逻辑陈述来说，概念的抽象性是语言所带来的必然。当理性占据主流时，知识似乎就意味着以概念的概括性、分析的逻辑性和判断的正确性为基础。在对世界如此的打量中，各种学科的知识必然是以抽象性作为自己的原初本色，物理学是对世界物理现象的抽象，历史学是对历史规律的总结，社会学是人和人关系结构的归纳。换句话

---

① ［意］维柯著，朱光潜译：《新科学》，北京：商务印书馆，1989年，第103页。

② ［法］米盖尔·杜夫海纳著，孙非译：《美学与哲学》，北京：中国社会科学出版社，1985年，第31页。

③ 王岩：《传媒文化语境下文学经验危机的美学反思》，载《中州学刊》，2016年第7期，第160页。

说，如果哪门学科或者知识以具体性、混溶性、直觉性和情感性等作为自己的根本，那它几乎已经意味着被排除在知识和科学之外了。这种理性知识形态其实就暗合了柏拉图的想法：理性和抽象才能达至真理或“理念”。较为庆幸的是，人类确实有这么一种非理性知识存在，即文学（艺术）。它并未在数千年的争辩中放弃自身的独特性：具体和感性地处理人和世界的关系。相反，它将感性经验和审美情感作为自己的立身之本。人天生具有一种对感性经验的需求，故而，“日常生活经验”作为文学的根基实现了对人本体论意义上的守护。“文学作为以语言为媒介，以叙述、虚构和想象为手段的艺术形式，它可以在其虚构的‘小世界’中，赋予偶然的、琐碎的日常生活经验以整体性、连贯性，从而使生活世界和其中的人获得叙述的可能，这是文学力求呈现的经验……文学经验是本体论意义上的经验，它可以让平时沉溺于庸常生活的我们，获得重新感受、反思和叙述生活的能力，凸显人感性生存的丰富性、完整性和浑全性，从而回到经验的世界”。①

文学经验之所以滋生于日常生活经验，是因为文学经验并非一种已然的、静态的知识状态，而是应然的、动态的交流状态。“经验”在西方传统哲学中，是被视为主体内在的心理事件，是一种“知觉的积累”，故而被当作一种名词性的对象为人把握。“experience”在约翰·杜威（John Dewey）看来并不是一种“实体化”的对象，也不是像“思想”“想象”这样的“一种能力的形式与坚固性的抽象术语”。经验并非洛克意义上的主观内在事件，而是自然的一部分。“艺术、想象甚至美这些实词是从其形容词形式中得到意义的，是这些形容词形式定义了我们参与某些活动的方式”。② 如果将艺术作为一种物体，带上名词属性，就可以被分成不同的类别。但是，“性质作为性质本身是不可分类的。甚至给甜与酸的种类命名都不可能。要想这么做，我们最终还得去列举世间的每一样甜的或酸的物体，因此，所谓的区分将仅仅是毫无意义地以‘性质’的形式重复此前以物体的形式出现过的目录。这是因为性质是具体而经验性的，因此由于个体中充满着独特性而随之发生变化……在生活中，没有两次日落具有完全同样的红色。它们不可能完全一样，除非一次日落在所有细节上绝对重复另一次。这是因为

---

① 王岩：《“总体”与“断裂”：构筑“可经验”的世界——文学经验生成的外部语境与内在契机》，载《文艺理论研究》，2017 年第 5 期，第 109 页。

② ［爱尔兰］蒂莫西·奥利里著，许娇娜译：《福柯、杜威与文学经验》，见王杰主编：《马克思主义美学研究（第 9 辑）》，北京：中央编译出版社，2006 年，第 344 页。

红总是那个经验材料的红”。①

“文学经验”并非自为性的存在，也不可能纯粹地存在。换句话说，没有一个单独存在的“文学经验”，“文学经验”一定是整个经验语境中“不同”的经验而已。一方面，文学经验是对生活经验的“使其特殊”的动作产生的结果；另一方面，文学经验是人对“经验”混沌状态追求的最好方式。这种“独立”和“复归”的相反方式就是“文学经验”与其语境（“日常生活经验”）之间的运动方式。因此，文学自身所具有的与哲学区别的情感性、具体性和形象性等感性维度，再加之人对生活经验的先天性需求，这些都使得文学不像哲学那样远离生活和现实，而是将自身建立在现实生活经验基础之上，并有一种努力回归日常生活语境的冲动。“语境诗学”最强调的就是文学意义和经验的具体性和多样性，它不试图成为普遍的、永恒的文学理论。这就让文学语境和文学经验之间具有一种意指的通约性。

文学经验，特别是小说经验必须遵循日常生活语境的规律。按照谢有顺所说，小说不同于诗歌和历史，诗歌追求性情的抒发，历史追求规律和证据。只有小说试图还原人和人的具体的、物质的和俗世的生活，“保存历史中最生动、最有血肉的那段生活，以及生活中的细节”。② 在物质世界的背后，甚至还可以建立一个精神世界，深入人心的灵性世界，如大观园、城堡、未庄、边城。故而，好的小说会在器物层面下大功夫，以试图还原当时所有物件的精确性，从而让小说和读者之间建立契约。“实证带来信任”，因为小说中精确的物件“最大限度地还原了那个时代的生活质感”。③ 到今天，再去琢磨《红楼梦》中的精细生活细节，无一经不起考据和还原。所以脂砚斋对《红楼梦》中林黛玉首次见王夫人时的三个细节尤为关注：“靠东壁面西设着半旧的青缎靠背引枕”，“亦是半旧的青缎靠背坐褥”，“搭着半旧的弹墨椅袱”。即“半旧”落笔，必然是作者真实具有贵族生活经验才敢这样写。否则，一庄稼人对皇帝的想象只能是“左手拿一金元宝，右手拿一银元宝”。故而，文学经验，准确地说是真实的、可以触碰灵魂的文学经验，必然试图拥有回归日常经验“母体”语境的冲动和行为。

现代社会文学经验沦为“伪经验”，呼唤自我对日常生活经验的语境性回归。人类从经验丰富走向经验匮乏的过程：前现代文明时期，人与自然

---

① [美]约翰·杜威著，高建平译：《艺术即经验》，北京：商务印书馆，2010年，第249页。

② 谢有顺：《成为小说家》，太原：北岳文艺出版社，2018年，第5页。

③ 谢有顺：《成为小说家》，太原：北岳文艺出版社，2018年，第20～22页。

是和谐混融的状态，人对世界的经验是直接而丰富的，就像本雅明所说的从一步步制作手工玩具的过程中建立的人与自然之间的感应关系。随着技术的进步，人与自然的关系被机械复制所代替，文学经验成为一种非来自直接生命体验的“伪经验”。“所谓的‘经验的贫乏’，并不是人们生产经验的匮乏，而恰恰是‘经验过剩’”。[1] 伪经验的自我繁殖，与真实生命经验的匮乏，恰恰“隐喻式”地对应的是语言论中的“语言直接性”与“语言约定性”二者的矛盾。即如果语言的能指与所指物之间是约定俗成的，语言的意义就产生于能指与能指的区别性语境中；如果能指与所指非二元划分，具有内在的本质关联，那么语言的意义就来自所指和所指物。因此，“伪经验”表面是机械技术所带来的，深究其本质是我们和世界之间的“符号”与“信息”将经验的长期性转换为即时性，经验于是沦为一种体验而已。[2] 我们的经验搭乘着符号的飞车不断自我联结和组合，可惜的是它永远没有降落到地上。

杜威也发现从艺术到美的艺术的形成过程，就可以看到所谓的纯粹艺术，充斥着金钱和权力对“艺术”的生产，机械化生产是对艺术家的排挤。当纯粹的艺术被放进它们应待的地方：展览馆、博物馆、艺术厅时，大众对艺术的理解就默认为“美的艺术”。甚至，文艺理论家的理论出发点也是从这些被区分出来的艺术作品出发。艺术作品和艺术理论在一种互相“内证”的循环中制造着艺术的神话。在艺术经验与日常生活经验割裂的问题上，列费伏尔认为“前现代社会中，日常生活与其他今天看来带有特殊性的人类活动，比如艺术、科学或哲学等并未分离……人与人、人与自然、生产与消费、劳动与闲暇，并未出现明显的分化。这一时期日常社会性、民众的狂欢节庆以及集体仪式代表了共同的文化和生活方式……日常生活在前现代社会并不是一个相对于非日常生活那些特殊人类活动的区分性概念，而是一个整合未分的概念”。[3] 后来由于“劳动出现了分工和专门化，家庭生活及闲暇与劳动相分离，个体及其有机的社群生活和本真的交互主体性相分离，人变得越来越孤独和内向，意识分裂为公共的自我和私人的自我

---

① 周志强：《寓言论批评：当代中国文学与文化研究论纲》，北京：北京大学出版社，2020 年，第 47 页。

② ［美］詹明信著，张旭东编，陈清侨等译：《晚期资本主义的文化逻辑：詹明信批评理论文选》，北京：生活·读书·新知三联书店，1997 年，第 317～318 页。

③ 周宪：《审美现代性批判》，北京：商务印书馆，2005 年，第 390～391 页。

两个层面,劳动也区分为脑力劳动和体力劳动”。[①] 在这种情况下,人们的日常生活现代性制度被规划为刻板的商品形式,本来审美经验与日常生活经验合为一体的状态也被分化了。与此同时,艺术以各种方式否定着日常生活,唯美主义提出的纯艺术思想实质目的是反叛庸人现代性,让生活来模仿艺术[②];俄国形式主义通过陌生化来打破日常生活的机械化惯性,从而恢复人们对生活的新鲜感受;布莱希特通过离间效果让戏剧成为人们可以反思和批判的对象。也就是说,日常生活与艺术之间有了很大的裂痕。

事实上,文学(艺术)经验与原初语境之间具有连续性。杜威认为人们常常将艺术品“等同于存在于人的经验之外的建筑、书籍、绘画或塑像。由于实际的艺术品是这些产品运用经验并处于经验之中才能达到的东西,其结果并不容易为人们所理解……一旦某件艺术产品获得经典的地位,它就或多或少地与它的产生所依赖的人的状况,以及它在实际生活经验中所产生的对人的作用分离开来”。[③] 在这种情况下,关于艺术的理论和思想变得不为人所理解,那么艺术哲学的任务就是要“恢复作为艺术品的经验的精致与强烈的形式,与普遍承认的构成经验的日常事件、活动,以及苦难之间的连续性。山峰不能没有支撑而浮在空中;它们也非只是被安放在地上。就所起的一个明显的作用而言,它们就是大地”。[④] 因此,杜威认为对艺术的意义的理解不是直接面对作品,而必须“暂时忘记它们,将它们放在一边,而求助于我们一般不看成是从属于审美的普通的力量与经验的条件。我们必须绕道而行,以达到一种艺术理论”。[⑤] 他打了个比喻,一个人喜欢花不一定拥有很多关于花的知识;同样地,当我们拥有关于花生长的知识时,往往从土壤、空气、水与阳光的相互关系来入手的。我们公认帕特农神庙为艺术,但是如果回到原初语境状态中,雅典公民只认为它是城市纪念物性质的建筑而已。没有一个与柏拉图同时代的人会怀疑音乐是社会精神和制度的一个组成部分。“为艺术而艺术”的想法甚至不会被理解。也就是说,从纯粹体验艺术的角度,人只需要以直观面对对象;但当我们试图“理解”艺术的时候,艺术与他者的关系(语境)就成为一种必须。

---

① 周宪:《审美现代性批判》,北京:商务印书馆,2005年,第391页。

② Peter Bürger, *Theory of the Avant-Garde*. (Minneapolis: University of Minnesota Press,1984),pp. 49-50.

③ [美]约翰·杜威著,高建平译:《艺术即经验》,北京:商务印书馆,2010年,第3页。

④ [美]约翰·杜威著,高建平译:《艺术即经验》,北京:商务印书馆,2010年,第4页。

⑤ [美]约翰·杜威著,高建平译:《艺术即经验》,北京:商务印书馆,2010年,第4页。

艺术恢复到艺术语境,即在艺术和非艺术之间寻找到连续性。艺术和非艺术共同构成了艺术作品的语境,同时,艺术的意义来自艺术语境。如果将艺术和非艺术之间视为不可逾越的界限,那么艺术作品的意义只能被规约在艺术内部,形成自说自话的内循环;其意义无法从语境的另外一部分“非艺术”中得到。“当艺术物品与产生时的条件和在经验中的运作分离开来时,就在其自身的周围筑起了一座墙,从而这些物品的、由审美理论所处理的一般意义变得几乎不可理解了”。① 文学经验的语境性回归恢复了审美的艺术与实用的艺术之间的连续性。这样,杜威就将艺术从静止固定的状态放回到原初的过程性的、整体性的生命经验状态中去了,从而完成他对于艺术作为经验连续性的论证。

## 第三节 文学本质在“语境诗学”中的三种言说方式

### 一、关系性存在:文学本质的“虚在性”呈现

文学本质上就是一种关系性的存在,文学的功能性和实用性祛除了文学内在本质的执迷。“文学是一种功能性、实用性概念而非本体性、实体性概念。文学之为文学,并不是完全由其自身的某些特性说了算的,它要看外部的评价,要看别人怎么看待它”。② 当文论界将文学视为一种活动存在方式后,文学则向一种“关系性的存在”去发展。“文学是文学作品的存在方式,但反过来说,文学是在文学作品的构成要求及其关系中得到呈现的”。③ 南帆认为“一个事物的特征不是取决于自身,而是取决于它与另一个事物的比较,取决于‘他者’”。④ 比如一个男人,在工作和生活中具有多重身份(儿子、父亲、丈夫、上司、好兄弟,等等),正如广告语所说“男人不止一面”。然而,不管有多少身份,都不可能由此人的本质来决定。也就是说,当没有结婚生孩子的时候,不可能有一种从内至外的本质决定一个男人是“父亲”。所以,男人作为父亲的本质来自“他者”——他的子女。那么,对什么是艺术的探讨就不能到艺术内部去找寻,而应该在科学、医学、

---

① [美]约翰·杜威著,高建平译:《艺术即经验》,北京:商务印书馆,2010年,第3页。

② 姚文放:《从形式主义到历史主义:晚近文学理论“向外转”的深层机理探究》,北京:北京大学出版社,2017年,第37页。

③ 董志刚:《文学本质的情境主义阐释》,载《文艺争鸣》,2016年第10期,第129页。

④ 南帆:《本土的话语》,济南:山东友谊出版社,2005年,第165页。

社会学等的区别和差异中去探究艺术的独特性。这种由无数“他者”构成的关系网，就是“文学语境”。

“语境诗学”的关系性思考受到结构主义的启示，但也超出了结构主义“关系”和“系统”理论。语境将自身视为一种整体性的结构，结构主义“相信任何系统的种种个别单位之具有意义仅仅是由于它们之间的相互关系”。[①] 这种关系思想根源于索绪尔，他将符号分为能指和所指，二者是约定俗成的关系。既然事物的“概念和意义”(所指)与事物的“音-象”(能指)之间没有必然关系，那么能指的意义又来自哪里呢？索绪尔认为意义来自能指与能指之间的区隔(differnces)之上。从结构主义的关系思维出发来审视文学，文学意象便“不具有‘实体的’(substantial)意义，而仅仅具有‘关系的’(relational)意义”。[②] 这在形式层面将文学语境的关系性揭示了出来。我们何以说是在“形式层面”呢？文学作为语言，每一个语言单位并不是独立的实体，“宛若数学上的点，其本身不具有内容，而只是被与其他点的关系所界定一样”。[③] 就像索绪尔在谈及语言的“共时同一性”时所举的例子：从日内瓦到巴黎每晚 8:45 的列车，在我们看来是同一列火车，其实火车头、车厢和工作人员都完全不同。但是，我们眼中 8:45 的列车是作为形式的存在，而非实质的存在。只要它与前后时间的列车保持 60 分钟的差异关系，在同一条路线行走，那么它就是 8:45 的列车。[④]

结构主义提出系统中符号的意义来自能指与能指的区别，其前提是处于同一层面上的区别。这种区别关系被埃米尔·本维尼斯特(Emile Benveniste)划分为同一层次成分间的“分配性关系”和不同层次成分间的“综合性关系”。[⑤] 我们认为“语境”是包含着“分配性关系”和“综合性关系”的更高层级的范畴。“关系”意在强调符号在形式层面的互相区隔；而“语境”则重在探讨符号在能指和所指两个层面上的“运作”而产生意义的

---

① [英]特雷·伊格尔顿著，伍晓明译：《二十世纪西方文学理论》，北京：北京大学出版社，2007 年，第 91 页。

② [英]特雷·伊格尔顿著，伍晓明译：《二十世纪西方文学理论》，北京：北京大学出版社，2007 年，第 91 页。

③ [美]乔纳森·卡勒著，盛宁译：《结构主义诗学》，北京：中国人民大学出版社，2018 年，第 12 页。

④ [瑞士]费尔迪南·德·索绪尔著，高名凯译，岑麒祥、叶斐声校注：《普通语言学教程》，北京：商务印书馆，2017 年，第 148 页。

⑤ [美]乔纳森·卡勒著，盛宁译：《结构主义诗学》，北京：中国人民大学出版社，2018 年，第 13 页。

机制。高楠就这样认为,“语境与结构的差异在于前者虽然也是一种关系规定,如端恰慈形象地说的‘上下文’规定,但它主要是一种影响性规定。语境影响可以通过各种关系体逐渐结构化,成为稳定连续的关联;但就语境的现实性而言,它主要还是一种流动变化的影响性的推动场域。它在流动变化的推动中,使一定语境中的文学作品获得顺与逆的不同意义”。[1]我们已知事物之间的关系分为一对一的关系、一对多的关系、多对多的关系。语境则是属于多对多的网络状关联,并且在关联中具有双向可逆性,即并非语境决定着文本的意义,反过来意义扩充着语境的容量。“将文学置于同时期的文化网络之中,和其他文化样式进行比较——文学与新闻、哲学、历史学或者自然科学有什么不同,如何表现为一个独特的话语部落,承担哪些独特的功能,如此等等……我们论证什么是文学的时候,事实上包含了诸多潜台词的展开:文学不是新闻,不是历史学,不是哲学,不是自然科学…… 文学的性质、特征、功能必须在这种关系网络之中逐渐定位”。[2]

维也纳学派的奥图·纽拉特(Otto Neurath)提出的“纽拉特之船隐喻”亦在改变我们对文论传统观念的思考。纽拉特认为整个人类的知识就像一艘航行于海上的大船,船出问题时,我们不能够将船拉回岸边检修,而是必须像水手一样在大海上完成修复。当知识或理论出现缺陷时,我们不需要将“知识之船”拉回作为“确定点”的海岸,也没有修补船体的“固有程序和模式”,同时还要保证这种修补处于良性循环中。传统的基础主义认为“该船与世界是分开的,同时修补船的资源是自给自足的”。谢尔认为“纽拉特之船隐喻”更是一种整体论思维:“纽拉特之船始终航行于真实的、外在的、具有摩擦阻力的水中,所以水手们在修补破洞时必须将水的因素考虑在内;纽拉特之船并非漫无目的,它肩负着探索外海及邻近水域境况的任务;船上资源并非自给自足,因为水手们始终都处在外部环境的支持之中,如借助于水的浮力及风力航行、以海鱼为食等”。[3] 对文学理论和文学知识大厦的建构也是一种被置之于“大海”中的过程,同样没有坚实的大地给我们以基础;文学理论的问题就是在不断更新变化的语境中自我修复

---

① 高楠:《文学作品意义的关系属性》,载《中国社会科学》,2017年第5期,第179页。

② 南帆:《表述与意义生产》,北京:人民出版社,2014年,第298～299页。

③ 路卫华:《一种新的知识论方法——谢尔在中国人民大学的报告综述》,载《哲学分析》,2017年第2期,第183页。

的。实用性知识、客观性知识和社会性知识等，看似是文学的“阻力”，其实是成就文学的“摩擦性阻力”；文学理论的建构必须考虑这些“阻力”，因为文学的存在就是以阻力作为前提的。文学并非绝对地和纯然地存在于自我内部。对文学的理论思考，也不是通过将“非文学”排除在研究和思考的语境之外来实现的，恰恰相反，只有将“非文学”这一要素作为文学整体来看待，对文学的思考才有可能实现。正如康德在论证“自由”时所作的“鸽子隐喻”：“一只在空中自由飞翔的鸽子，在其振翅时便感受到了空气的阻力，它也许会想象自己在没有空气的空间里可以更为轻盈的飞翔，但事实上，若无空气摩擦阻力，鸽子便无法自由飞翔。”①也就是说，没有所谓的绝对自由，只有“摩擦性约束”才可以成就真正的自由。换句话说，没有纯粹的“文学”，“文学”如果离开了“非文学”，所谓的“自我”也就被瓦解殆尽。“文学”本身就内置着“非文学”的眼睛，时时以语境思维自我审查着，甚至“文学”部分地从“非文学”中语境性地过渡为“文学”。

文学语境并非一种永久的、静止的和固定的对象或框架的存在，它会随着文学的自我独立和觉醒而逐渐形成。同一事物，当其与文学发生关联之后，它就会成为文学语境中的因素；而此刻，它与其他事物正处于断开连接的状态，即便曾经它与其他对象紧紧相连，甚至互相内渗。因此，我们必须意识到，文学语境是无限开放的；语境中的元素何时对文学发生作用，取决于文学何时与之发生关联。否则，离开文学的关联，这些元素必然会成为其他语境中的因素并起到相应的作用。因而，对文学的理解，应该是一种“烛照式”的关联活动，没有独立的、绝对的“文学语境”因素的存在，只有“连接”后的、对文学发生作用的文学语境因素。所以说，文学语境中的因素包括文学本身，并没有独立的、内在的、形而上的“自我”；它们的意义和价值都源于因自我关联而形成的语境。

从“语境诗学”的角度来看，其实并不存在任何孤立分析的创作主体与客体、文本与世界。语境论者“不接受独立主体与独立客体的观点，因为我们不是从主体和客体开始的，而是从一个整体事态或者境遇开始的，在这个境遇中，出于实践或者智力控制的目的，我们能够区分作为实验者的主体和作为被实验对象的客体，能够区分自我和非自我”。② 这是一种自然

① 路卫华：《一种新的知识论方法——谢尔在中国人民大学的报告综述》，载《哲学分析》，2017年第2期，第181页。

② 魏屹东：《语境论与科学哲学的重建》，北京：北京师范大学出版社，2012年，第55页。

主义的语境观:拒斥二分法,坚持一元论。“语境论者不是把物质、生命和心灵看做与存在截然不同的独立类,而是把它们理解为相互连接和相互作用的不同方式,理解为描述相互作用事件的各种特殊场的不同途径”。[①]我们之所以区分审美主体与客体、作品与世界,以及作者与读者,其实都是为了方便思考,从而对文学现象进行的一种抽象概括。“我们称为物质体、生命体和心灵的东西,都是从具体的事项或者境遇中通过抽象形成的”。[②]也就是说,像文学意象、文学形象、文学意义和文学本质等这样的文学理论元概念,都是从具体的文学活动境遇或者语境中抽象概括出来的,以便为更广泛的文学活动提供理论支撑和阐释空间。

## 二、动态性生成:文学本质的“非物性”表征

“语境诗学”认为文学是有本质的,只不过这种本质并不是形而上的、实体性的本质,也不是“自然本质”和“文本内在物”(德里达),而是一种语境性的本质。正如杨春时所说,在历史情境或语境中,文学本质才能得以被追问。“这个本质不是绝对的、超历史的,而只能是历史性的。这就是说,被解构的是实体论的本质主义,而不是历史性的本质言说。文学的本质问题也是一样,一方面不能把文学的本质实体化、绝对化,像形而上学那样寻找文学的绝对不变的本质;同时,也不能说文学无本质,放弃对文学性质的研究,甚至认为文学就是文化,没有什么特殊的文学性,导致文学取消论。应该而且可以在一定历史条件下考察文学的本质并形成文学理论,就像在一定历史条件下考察政治、道德等其他人文现象并形成政治、道德理论一样”。[③] 而邢建昌也认为文学本质只有作为一种语境性的思考才能进行下去。“本质不是已然存在的事实;本质不是唯一的结论;本质是作为关系和过程来把握的;本质也是随着语境的变化以及知识模式的变更而呈现出不同方面的”。[④] 但是问题来了,当文学的本质随着语境的变化而发生变化,那时的文学还是文学吗? 在我们承认文学具有多元本质之后,文学本质还是本质吗? 对文学本质的思考,类似于对“自我”概念的思考。什么是自我? 身体,还是记忆? 如果有一种理想的大脑置换技术,被置换后的

---

① 魏屹东:《语境论与科学哲学的重建》,北京:北京师范大学出版社,2012年,第55页。

② 魏屹东:《语境论与科学哲学的重建》,北京:北京师范大学出版社,2012年,第55页。

③ 杨春时:《审美是自由的生存方式——杨春时美学文选》,济南:山东文艺出版社,2020年,第231～232页。

④ 邢建昌:《理论是什么——文学理论反思研究》,北京:人民出版社,2011年,第36页。

身体还是那个“自我”吗？被置换后拥有曾经的记忆和完全不同的身体，还是那个“自我”吗？从“自我”的困境中，我们隐约看到了文学本质的难题。我们相信文学本质是存在的，但是，文学本质不是以“是其所是”的本体性存在，而是一种语境性的存在。

在语境论看来，文学并没有所谓的超越历史之外的、普遍的本质。文学之所以为文学的本质，并非预先存在着，以等待后来的文学事实“分享”；相反，文学的本质是在各种文学因素的共力之下逐渐生成的，且随着语境的变化而变化。语境虽然是一个名词，被放在主词位置，但是其实质是动词，具有动态生成性。语境(context)的拉丁文源词是“contextus”(拉丁文动词 contexere 的过去分词)。“contexere”的本意是“把……编排在一起”。[①] 语境，当被我们用语词来言说的时候，或是作为主词放在论述中的时候，我们都在潜意识中将“语境”视为一种事物或者对象，并且是纯然客观地存在着的事物或对象。然而，我们必须意识到，这种言说方式对于语境其实是一种切割。这只是为了我们思考和陈述的需要，故而在逻辑上以静态“物性”的方式置放它。其实，如果没有主体的言说，没有主体对世界所产生的事件和行动，语境根本不复存在，更不必说被单独提取出来进行思考。“语境”天生就具有“生成性”和“动态性”：主体一旦对世界有所行动，语境就已经开始生成；生成的语境反过来决定下一步的行动，以此类推。同样，“文学语境”在时间上，也并非作为一个先在的范畴，而是在文学语言、文学意义和文学主体的共同作用中，交互生成，动态变化。主体通过语言逐渐自我生成“文学语境”，且阅读过程中所形成的语境是动态变化的，而阅读结束后，优秀的作品又往往给人持续的、难以言表的非语言情绪和感受。所以，我们对“文学语境”的单独研究，只是一种逻辑性的处理。文学语境的实在性是以生成性、动态交互性和“内在性”作为“自我”的实在性，而不是作为具有物质性、固定性和静止性的实在。“语境论不把生成或变化过程看做遮掩某些不变的机械论的结构和某些绝对的有机论的整合的面纱，它把能动的、变化的和持续的事件看作实在，而不是把它看做由永久性结构或原则刻画的某种形式的实在”。[②] 文学语境与生俱来一种“生成性”，这使得处于文学语境中的一切文学事实甚至文学本质都具有“生成性”。

---

① 徐英瑾：《语境建模》，上海：复旦大学出版社，2015 年，第 1 页。

② 魏屹东：《语境论与科学哲学的重建》，北京：北京师范大学出版社，2012 年，第 16 页。

文学本质是一种动态性的生成过程。在哲学史中，关于对象本质的追问有两种截然不同的方式：一种是将本质视为现成的、超时空的存在，具有已完成性；另一种是将本质视为非现成的、处于时空中的存在，具有未完成性。前者追问“是什么”，后者追问“怎么是”。[①] 将文学本质主义化，其实是把文学视为一种已经完成的对象，具有一个外在于人的、既定的本质。将对象的本质探讨上升到本质主义，其思维方式的根源是以牛顿力学为代表的近代自然科学式的哲学思维，这种本质主义认为世界本质并不是存在于人的生活世界，而是存在于脱离生活世界之外的本原世界中。人类是通过感观来认知世界的，然而感观又往往是不可靠的，变动不居的世间现象背后仍存在着永恒不变的本质。因而，我们必须从感观的生活世界之外去探寻本质所寓居的本原世界。由于这种本质具有恒定性，因此不管事物处于什么样的运动状态，其本质都只能是流动的，在时间维度之上也并没有发生根本性的变化。因此，本质主义意义上的“本质”具有预定性。

实际上这种本质观也存在着这样的问题：它认为本质就是预先存在的，后来不管对象怎么变化，其本质都是永远不会发生变化的。但是，对象的本质是寓居于对象中的，甚至先于具体对象而存在，那么其存在方式又是怎么样的？本质的预成性是以实体的方式呈现的？还是以信息的方式潜存的？所以，本质主义意义上的本质论并不能真正从生成的对象身上完全洞悉出来，因为本质在此之前也许是以信息的形态存在着，而不是以实体的形态存在着。同时，我们并不能知晓预成的本质对对象预定的程度是怎么样的，难道在对象的源初时刻就存有将来所有个别对象的信息吗？如果没有的话，预成的本质又是从何时开始产生作用的？所有这些疑问都是本质主义预成论一时无法解决的。

因此，文学的本质和属性分析应该被置于语境论的生成性思维方式中。文学语境论认为任何对象都是出于一张无边的关系性网中，对象的意义是在关系的双向性中逐渐生成的；且世界的本质不是由同一性支配的，而是经差异性呈现的。本质像一条不停流动的河流，一直变化且不可预定的；具体化随之成为其反抗一般性的标志，因此本质就成为建立在个体化认识基础上的本质；本质不是出于过去，也不是将来，亦不是先于预定目标中，而是在对象的当下体验和过程演进中逐渐延展和生成的。

---

① 崔唯航：《马克思哲学革命的存在论阐释——从理论哲学到实践哲学》，北京：中国社会科学出版社，2005年，第6～7页。

总而言之,文学本质主义认为本质是事先存在着的,本质不能产生于无,而是产生于有;文学语境论则认为本质是在对象生成的过程中产生的,在发展之前没有所谓的本质,一切皆无。本质主义的预成性本质推论是按照人类思维中的时间倒推和逻辑追述必然产生的结果;文学语境论的生成性本质观念是人在实践过程中以感官方式认识并逐渐展开的过程。

## 三、整体性隐现:文学本质的"不在场"言说

"语境诗学"认为文学是作为一种整体的、携带着"光晕"的审美性存在。我们不能单独将文学作品拎出来说:这就是文学,这才是文学。文学本身只可能存在于文学语境中,换言之,文学就是一种语境性的存在。文学和文学语境就是一体两面,但是作为一种理论研究,必须通过概念对它们"含混"的状态进行"分"和"析"。"我们既不能说存在着脱离语境的事件,也不能说存在着没有事件的语境。把语境想象为脱离事件的存在,无异于设想存在脱离脸的微笑。语境不是有序的、不变的外在实体,它不能精确地分解为各个部分,然后把它们归结为非线性因果模型进行解释。相反,语境被看做是一个本质上用来审查和解释事件的复杂的'关系框架或矩阵'"。[①] 文学是一个整体论意义上的概念,它包含着与之"同时"存在的文学语境因素,而非历史性的所有因素。

在文学早期的发展阶段,关于文学艺术的语境性思考就是以一种整体哲学思维作为开端的。亚里士多德认为文学的内部情节必须是严密的,任何一个部分与所处的位置都是最为恰当的,对其的挪动和删减对整体的影响是巨大的。中世纪的奥古斯丁也有相似的论述,"如果一首诗中的音节具有生命,能够听到对其自身的朗读,它们决不可能因措辞的节奏与美而欣喜,它们无法把诗作为一个整体来感受和欣赏,因为诗正是由无数这种相同的、易逝的、单个的音节所造就与完成的"。[②] 古希腊的亚里士多德和古罗马的奥古斯丁都将文学要素的部分视为文学整体中的一部分,而它们的意义就取决于总体性的语境。正如菲利普斯所说:"整体超过了其组成部分之和。整体决定其组成部分的本质。孤立于整体的组成部分无法被

---

① 魏屹东:《语境论与科学哲学的重建》,北京:北京师范大学出版社,2012年,第14～15页。

② [波]沃拉德斯拉维·塔塔科维兹著,褚朔维等译:《中世纪美学》,北京:中国社会科学出版社,1991年,第78页。

理解。组成部分动态地相互关联或相互依赖。”[①]我们可以看到，语境论中秉承的是整体论的意义生成机制，同时，整体论中也隐现着语境的影子。只不过整体论主要是就静止层面谈论理解的问题，而语境论则是在动态流动性的整体观中生成文学意义的。

作为中国人，我们几乎都认识《红楼梦》里的汉字，并知道每个字的“原子”意义，但是对文学作品的理解能分解为一个个的字符来完成吗？答案当然是不能。在《红楼梦》第十七回《大观园试才题对额 荣国府归省庆元宵》中，贾宝玉给日后林黛玉居住的潇湘馆所题的对联是：“宝鼎茶闲烟尚绿，幽窗棋罢指尤凉。”而对这副对联的理解，难道我们仅仅切分为“宝鼎”“茶闲”“烟”“绿”这样的意义素，然后把意义素综合起来就算完成对文学的理解了吗？“语境诗学”认为，我们应先天地以一种语境性思维去感知和理解文学作品，这意味着我们是先整体性的感觉，而后在反思时才会去一部分、一部分地进行分析。我们是以一种直观的状态感受作品的，而非运用逻辑理性的思维对作品进行理解；整体的语境性远远超过意义素之和，而这部分恰恰就是文学的“意味”所在。当我们读到“宝鼎茶闲烟尚绿”时，读出的是来自竹林的翠绿，被日光投射在熏香的烟和茶闲的烟气之上的感觉；同时，从“幽窗棋罢指尤凉”中也能够读出居所因为竹林的掩映带来的清凉，连下完棋的手指都是凉的感觉。只有拥有上述的阅读感受，我们才可以说在语境中理解并感受到了文学的精妙。如果更深入地品味，我们会从“隐在”的竹林的存在，读出此空间是林黛玉的“潇湘馆”，而竹林的存在其实也就是林黛玉人格和精神的外化。这样，我们才可以说读懂了这副对联在作品语境中的意义。再进一步，《红楼梦》第四十回《史太君两宴大观园 金鸳鸯三宣牙牌令》，贾母想为林黛玉重新糊上银红色的“霞影纱”，来搭配院子里的翠竹。从中隐约能够想到作者给予林黛玉的身份是“绛朱仙草”，体味仙草之绿与绛朱之红的搭配时，我们才算在作品深层语境中理解了此诗句的韵味。如果把这句诗所呈现的诗歌技术“隐秀”放眼到整个中国传统文化与西方美学传统中：侧笔的韵味或者“隐秀”的手法能否充当决定作品审美品质的标准？西方文学是否也遵循这样的审美方式？这些疑问皆必须放置社会-历史语境中才能够理解。因此，文学语境绝对不仅仅在字句之间，也不完全处于整个作品中，亦不是针对不同的读者，实际上，

---

① Denis Charles Phillips, *Holistic Thought in Social Science*. (Stanford: Stanford University Press, 1976), p. 6.

文学语境存在于文学活动整体的各个维度中。

构成文学的各个维度:文学的语言维度、审美维度、作者维度、读者维度、媒介维度和社会意识形态维度等,各有各的特性,但都无法代替语境中的"文学"整体而单独发挥作用。"知觉到的东西要大于眼睛所见到的东西,任何一种经验的现象,其中的每一要素都会牵涉其他要素,每一要素之所以有其特性,就源于它与其他要素间的关联"。[①] 不管每一要素起到多大的作用,文学都是大于以上种种特性的总和;文学始终是作为一个整体性的语境而被表征出来的。对文学出现的矛盾、歧义的理解和阐释,原因在于我们多是以"盲人摸象"的思维方式去肢解"语境"中的文学的,文学作为整体语境的存在,其性质是完全不同于其内在部分的性质。文学的言语和话语、写作和生产、作品和文本、阐释和消费、媒介和传播等任何一个维度,都可能被不同的理论家作为文学的本质甚至本体。然而,文学语境论认为此种从要素到整体的思维从根本上就是有问题的。离开作为语境整体的文学的理解,文学的要素仍是无法被理解的。对文学要素的理解必须是作为文学意义上的理解,或者说是在文学的关联语境中去理解,而绝对不能作为单独的个体被审视。文学拥有着与文学要素不同的属性,并远远大于要素之和。当然,这也是文学本质为何具有流变性的原因之一:文学的"他者"作为语境,在不同时代和地方,面对不同的主体也是千差万别的。

文学语境的整体性不仅体现在作品的整体性上,还体现在"非语言"情境对"语言"的意义建构上。文学无论是被定性为语言的艺术还是艺术的语言,都无法摆脱语言特性。但这并不意味着文学通过语言所传达的东西就是文学的全部。这也就构成了文学语境的另一个维度:非语言语境的维度,它包括图像、声音、身体、空间和环境等。伊塔洛·卡尔维诺(Italo Calvino)用最为通俗的语言将语言与世界的关系分为迥然不同的两种:"其中一个说:'世界并不存在,只存在语言。'而另一个说:'共同的语言没有任何意义,世界是无法用文字表达的。'根据前者,语言的厚度是屹立于一个阴影塑造的世界之上的;而后者认为,世界就像默不作声的狮身人面像,矗立在如随风飘来的沙子一样的语言组成的沙漠之上。"[②]文学语境同

---

① 夏国军:《整体论:人类理智方法论哥白尼式的革命》,载《云梦学刊》,2017 年第 3 期,第 43 页。

② [意大利]伊塔洛·卡尔维诺著,王建全译:《文字世界和非文字世界》,南京:译林出版社,2018 年,第 122 页。

时包括语言所能表达的世界和非语言表示的隐秘东西，我们从语言层面所获得的文学快感远远小于作品带给我们的整体审美感受，而在这种整体感受中就包含着能够用语言表达和思考的意义和思想，也有无以言说的超感性感受和莫可名状的情绪状态。故而文学写作的意义就在于将语境中的“不可说”或“不能说”的非文字世界带向可以言说的语言文字世界。“当我的注意力从书写的规矩转移开来，去跟随任何句子都无法包含和耗尽的、多变的复杂性时，我就感觉能够进一步理解，在文字的另一面总有些东西想从沉默中走出来，通过语言来表达意义，就好像不断敲击着牢狱的围墙，想要挣脱束缚”。① 在文学和艺术中，作家时常通过语言的“沉默”和意象的“空白”来表达言外之意，而语境则是包括语言语境和非语言语境，故而文学语境是以本体的方式沟通着语言世界与非语言世界。

---

① [意大利]伊塔洛·卡尔维诺著，王建全译：《文字世界和非文字世界》，南京：译林出版社，2018年，第130页。

# 第五章 “语境诗学”对文学审美价值论的重释

文艺批评并非无价值的结构主义式的“说明”，而是具有审美价值的“判断”行为。面对同一艺术作品，审美存在着读者审美嗜好的偏向和审美趣味的高下所带来的判断差异。正如彼得·基维(Peter Kivy)所说：“一方面，它使人想到一种对于较好事物的偏好，如‘他的音乐趣味无可挑剔’；一方面，它还暗示出一种区分各种细节、将它们一一辨别出来的能力，如‘他对酒的趣味可靠无误，总能鉴别出产地和年份’。”[①]审美中存在“这是个好作品，但我不喜欢它”的现象。换句话说，审美判断和审美愉悦感不一定是同时发生的。故而，文学中存在个体审美偏好意义上的“经典”与文学史意义上的“经典”。前者看起来更具个体性和主观性；后者具有时代超越性和文化跨越性，显得似乎更为“客观”。然而，二者的关系并非那么泾渭分明，文学史的经典也是源自读者的审美价值判断，只不过是集体读者的审美意识形态。“所有好艺术品的共同之处就是它们能够在合适的条件下，给合适的人带来愉悦的观赏。只有谁是‘合适的人’、为什么他们是‘合适的人’，以及愉悦的本质问题要进一步确定”。[②] 不同的审美主体(“合适的人”)及其背后所携带的文化差异、时代风尚、生活经验、专业知识和艺术感受力等便构成了审美欣赏的语境。文学语境天生携带的相对主义倾向对于文学的审美判断意味着什么？审美价值的相对性与文学底层共通性之间是什么关系？价值共同性所依据的人性相通性又牵涉基因决定论和语境决定论之争，那么此论争的本质又是什么？

## 第一节 文学理论偏向与中西哲学思维

关注“文学”的文学理论和关注“理论”的文学理论，我们分别用文学理论和文学理论来表示。文学理论是指针对具体“文学”作品的理论，它对于

① [美]彼得·基维主编，彭锋等译：《美学指南》，南京：南京大学出版社，2018 年，第 140 页。

② [英]H. A. 梅内尔著，刘敏译：《审美价值的本性》，北京：商务印书馆，2001 年，第 22 页。

文学解读、阐释和批评极其有效;文学理论则是偏重于“理论”,将文学现象作为一种与“元理论”对接的承载物而已,它无力于作品本身的审美,更多在于将文学具体文本、现象及无数新鲜的感知抽象为宏观的概念,即“文学”,然后用“理论”来对概念“文学”进行反思。也就是说,我们现在的文学理论是由文学作品的阅读阐释所生成的理论,还是仅仅是关于文学的理论。当我们面对文学时,我们是将文学作为我们感知世界的全部,还是将文学作为认识世界的媒介或个案?文学理论的根基到底是源自文学文本,还是来自哲学思维对文学(文学观念)的反思?

每一个作家的每一部经典作品都具有“这一个”(黑格尔)的独特艺术魅力,如果纯粹从哲学形而上角度来垂青所有的文学作品,也就是将无数的文学作品视为同一个东西,然后对它们进行文学解读。与其说是解读,还不如说是将文学作品作为佐证“理论”的证据。在这样的理论行动中,不符合抽象的思辨理论的具体作品就被排除出文学理论的视野。这与张江所提出的“强制阐释”和“场外征用”有着异曲同工之妙。

文学理论作为一级学科汉语言文学的核心课程,背后还可以由两门学问作为支撑:中国古代文论和西方文论。然而这两门学问之间存在无数的学术争议,争议来自二者的格格不入,但是又被置于“文论”(即文学理论)的范畴之下,因而无数学者试图寻找中西方文论的对话。这种对话与其说是中西方的,还不如说是面对作品的不同态度之间的对话:创作-作品角度与征用-作品角度之间融通的努力。中国古代文论,如刘勰的《文心雕龙》,金圣叹评《水浒传》,张竹坡评《金瓶梅》,王国维的《人间词话》等都是以文学作品解读、评读或品读为基础的文学理论;西方文论尤其是20世纪以来的新批评派、形式主义、结构主义、阐释学、马克思主义文论、接受美学、女性主义、后殖民主义等都是以理论为前提的文学理论。

更为准确地说,文学理论在中西方的历史上可以分为两类:一类是从创作思维角度来审视作品,得出的是以作品剖析为表征的文本“感受”和“解读”。这一类文学理论常常被视为文学批评,但是文学批评者都有着共同的身份特征,即具有作家的身份或者准作家的身份。《小说面面观》《毛姆读书笔记》之类的,也属于西方文学理论,但是绝不是西方文论的任何一支。这种文学理论所秉持的仅仅是一个作家对文字的敏感性和作品技术高下的对比性而沉淀出的感受。更别提中国那位“骄傲”而伟大的小说评论家金圣叹对《水浒传》的边评边删边改。在这种文学批评背后隐含着批评家对作品发自内心的喜爱或者偏爱。正如马原在《细读经典》中认真地开出了他认为世界上最为经典的小说家作品，这与文学史所谈的经典作家作品有着很大的出入。每一个作家其实都有属于自己独特的一部文学史，这不同于学院派教材式的文学史。在这一类文学理论生成过程中，独一无二性、个体感受性和主体"偏见"性构成了文学理论的基本特性。

另一类文学理论研究，则是根本不必考虑研究者是否喜欢他所阅读或研究的文学作品。对作品是否有优劣高下的区分更是绝口不提。他们仅仅是将文学视为其理论研究得以进行下去的"佐证品"，甚至可以在本心上讨厌此作品，但是在理论论证上为获得如此"贴切"的作品而感到沾沾自喜。正如寇鹏程所说，文学理论将文学作为一种掌握世界的方式，它实际成为一种哲学理论，这让文学成为"获取知识、认识世界的一种形式"。[①]虽然文学对于我们来说是最为感性、富有个人体验、情感性和形象性的艺术，但是文学所有的理论必须逐渐抽象为更为"宏大理论"的叙事，才能更符合人类知识架构和科学理论系统的要求，否则文学及文学理论便有被"知识"驱逐的危险。

这两类区分被安托万・孔帕尼翁（Antoine Compagnon）准确地用文学理论的两种不同翻译表达了出来。文学理论既可以被翻译为 theory of literature，又可以被翻译为 literary theory。然而，这两种翻译是有着本质的区别的："theory of literature 是对普遍观念（general notions）、原理（principles）和标准（criteria）的反思；literary theory 则是对文学具有良好的判断力（good sense）的批评，是指形式主义。"[②]theory of literature 这种文学理论是对文学进行反思的理论，是文学"批评的批评或者元批评"。literary theory 是一种局部性的、地方性的理论，而不是总体性的、分析性的、综合性的理论。theory of literature 更接近于哲学和美学，literary theory 则是以语言学理论模式为基础的特定现代文学理论。

文学理论与文学理论之间的差异表面上是来自不同的思考模式和审视文学的方式、态度的差异。然而，我们更深一步追问的问题是：到底是什么原因导致了这两种不同的文学理论模式？笔者认为差异来自对对象"文

① 寇鹏程：《"文学感受"与文学理论》，载《首都师范大学学报（社会科学版）》，2005 年第 3 期，第 97 页。

② Antoine Compagnon, *Literature, Theory and Common Sense*. (Princeton: Princeton University Press, 2004), pp. 11-12.

学”的判断方式的迥异：事实判断还是价值判断。

第一，选择价值判断还是事实判断直接带来我们研究文学的角度差异。休谟认为“事实是存在于对象之中，与人的天性结构或价值无关的、可以为理性所把握的对象及其性质，如客体的时空关系、数量关系，客体的物理、化学、生物特性，等等。而价值（道德之善恶等）并不存在于对象之中，并不是对象的性质”。[①] 作了区分之后，休谟还提出一个事实判断不可能推导出价值判断，即从“是”无法推导出“应当”，更广泛地说，“并不存在关于对的‘事实内容’和关于美德的事实内容”。[②]

价值判断是关系性判断，而不是性质判断。花是美的，反映对象和主体之间的关系，即审美判断关系；花是红的，判断的是花具有“红”的性质。价值判断既然是反映对象和主体之间的关系，那么价值判断随着主体的差异，就会呈现多元价值的状态，也可以被表达为“公说公有理，婆说婆有理”的情况。陈新汉认为可以将此“主体”推广和上升到“社会历史主体”的层面。也就是说，个人的价值取向也应该有社会性维度和从众性，同时还有时间的维度，从古至今的人的价值取向。[③] 这给我们的启示是，文学理论作为价值判断，必然有个人的审美作为最直接和最有效的感知判断模式，但是个体审美判断背后应该存在着社会历史主体的审美取向。对文学的批评应该是一种时间与空间维度当下化到具体个体心智模式的符号化呈现。

事实判断只关乎对象本身的性质和属性，而与进行判断的主体是谁无关。这呈现出来的就是一种单一认知知识的状态。如文学常识、作者背景知识、作品的语言学统计分析，等等，这种研究方式无所谓时间和空间维度。正如阎嘉所说“当代西方文学理论和批评更加注重‘事实’‘推理’‘形式’‘结构’‘文本’‘语境’的精密分析，有时甚至到了烦琐的地步，排斥意识形态的介入和价值判断，强调立场的‘中立’和‘中性’”。[④]

第二，面对同一对象时，采用价值判断和事实判断所演绎出来的理论框架和理论品性是截然不同的。事实判断将文学理论的起点视为理论大

---

① 孙伟平：《事实与价值——休谟问题及其解决尝试》，北京：中国社会科学出版社，2000年，第7～8页。

② ［美］希拉里·普特南著，应奇译：《事实与价值二分法的崩溃》，北京：东方出版社，2006年，第16页。

③ 陈新汉：《价值判断的机制》，载《天津社会科学》，1994年第1期，第42～47页。

④ 阎嘉：《在真实与幻象之间：美学与艺术论集》，北京：科学出版社，2020年，第180页。

厦的基础，这个起点就是对文学的内涵的界定。同样地，理论演绎在文学理论之后的自我迭代过程中更是必不可少的。价值判断并非遵循一种理论的逻辑线条，而是直接面对文本，对作品进行主体的细读感受和审美鉴赏，其理论生成过程需要逻辑，然而逻辑只是辅助作用。如在面对“文学是什么”这个问题时，中国古代文论只是把此问题引向人本身存在的意义层面上去谈，如《文心雕龙》开篇，是一种泛化的描述。离开此种描述，文学和文学批评依旧发达。也就是说，就算没有把“文学是什么”搞明白，丝毫不影响文学自身的繁荣，不阻碍中国成为诗歌大国的地位。然而偏重于事实判断的西方文论要么是强行从逻辑上为文学下定义，要么从社会文化层面来框定文学。在这套文学理论系统中，离开对文学的定义，似乎文学理论都无法完全延伸下去。这一点从中国现当代文学理论的建构过程中就可以看出来。中国近代以来以王国维、陈独秀等为代表的学者将西方文学理论精神引入中国传统文论的范畴中，完成了对中国文论在细胞层面的置换和改造，从此之后文学理论不再是体验感悟的诗意自由了，而是追问“文学的定义、性质和功用”的认知体系。傅莹在《中国现代文学理论发生史》中提到：典型的现象就是20世纪20年代至30年代末期，三十多种文学理论译著，几乎开篇都是追问“文学是什么”。这种对对象本体论意义上的追问的思考方式是中国文学理论思维方式不曾认真面对的。①

第三，文学理论的价值判断和事实判断带来对文学作品截然不同的态度：“应然”和“实然”。偏重于对文学作品阐释的文学理论背后，将文学视为一种未完成的状态，对文学有着一种批评的精神，也即是，对文学“应然”状态进行“理论”。这是一种价值判断。偏重于将思想理论用之于文学的方式，将文学看成不再发展的静止对象。对文学是一种求知的姿态，对文学“实然”状态进行“理论”。这是一种事实判断。

对文学的价值判断，即从文学作品中看出“此作品”的好与不好，美与不美，妙与不妙，好在什么地方，等等。这种文学理论，很明显不会唯作家论、唯作品论。相反，会从“作品间性语境”对作品审美价值高低进行公允的批评，并且不一定仅仅局限在同一时代的作品之间，包括从古至今的作品链条之间。这有点类似于韦勒克和沃伦在《文学理论》中提出的“文学史与文学理论和文学批评”之间的互相融合。在这样的批评之下，没有一部

① 傅莹：《中国现代文学理论发生史》，上海：上海文艺出版社，2008年，第138页。

终极的或者完美的乃至绝对的文学作品的存在，只有从文学创作角度，将作品视为更好或者不好的参照维度，探究的是文学应该怎么样。弗里德里希·冯·施勒格尔（Friedrich von Schlegel）认为，“只能规定诗应当是什么”，而不是文学“过去或现在在现实中是什么”。[①] “应当”不是一种现实性，而是一种可能性；不是一种事实意识，而是一种价值意识。[②]

对文学的事实判断，就会将“理论”作为一种前提，将其用之于无数具体作品或者各个流派的文学思潮研究中，试图通过个案的佐证，来建立文学概念范畴，文学理论体系，等等。这种文学理论默认文学家的作品都是完美的，至少对于“理论”是有价值的，因为它们可以帮助理论建构自身。这样的批评不涉及文学的价值优劣判断，而是将作品视为一个待分析的对象，就像将其作为古物一样，静止等待考古人员的各种分析研究，而自身俨然“真理”一样，不会有任何一点变化。之后从“这一个”作品中得出的结论，在其他符合此理论的作品中都会得出一模一样的结论。

既然文学理论与文学理论背后的中西哲学思维差异在于价值判断和事实判断的不同，那么为何中国文学理论偏重于价值判断，试图去追问文学应该怎么样；而西方文学理论偏重于事实判断，追问文学是什么。其一，从语言文学维度看，这与中西方文化背后的最小细胞“文字”有关系吗？叶维廉认为西方语言倾向于以时态和透视等逻辑思维去分解和剖析物象，汉语的思维方式则是以非定点、非透视、非时态性和“未加概念性”来实现对物象的若即若离的展现。如“松”“风”两个物象与我们之间是一种“若即若离地，欲定关系而又不欲定关系”的状态。但是英语必须将这种“置身其间”与物象并发的时空一体状态转变为语法逻辑的定位和透视，如 winds in the pines 或 winds through the pines 等。换句话说，汉语思维更偏向于让景物自现，英语则将这种自由关系改为“单线、限指、定位的活动”。[③] 其二，从哲学根源维度探讨两种文学理论思维的差异。这两种思维的根源追溯到最后，其实是中西方在知识源头之初，对世界本原的追问的根本差异。西方对世界本原是通过逻辑和科学的方式，追问世界是什么，答案是“水”“原子”等。东方用内心体验或者道德修行的方式去追求人生的境界和理

① ［德］施勒格尔著，李伯杰译：《雅典娜神殿断片集》，北京：生活·读书·新知三联书店，2003 年，第 71 页。

② 王元骧：《论美与人的生存》，杭州：浙江大学出版社，2010 年，第 170 页。

③ 叶维廉：《中国诗学》，北京：生活·读书·新知三联书店，1992 年，第 17～23 页。

想。以“道”“太极”“一”“善”“仁”等为代表。西方哲学将世界视为静止的可以剖析的对象，且对象无生机。东方视世界为永远变化的，且与每个生命体相关的主观东西，时刻因为自身而变化。①

现今中国的文学理论为何更偏重于以事实判断为基础的“文学理论”呢？我们认为这源自于文学学科所属的知识体系。文学属于典型的感性的范畴，对文学进行的审美必然是处于价值维度的判断。然而，“科学”的大旗几百年来占据主流话语权，一旦一个研究对象不属于“科学”和“理性”认定的范畴（即以事实为基础的客观性确证），那么极易被划分为“非科学”或者“不科学”的领域。因而，在文学的“科研”中，岂能不“科学”呢？怎么又能不以“事实陈述”为基础呢？于是，文学的研究努力跻身于理性的领域之内，因为“在事实与价值二分法的最极端的倡导者看来，价值判断完全在理性的领域之外”。② 其实这也是“美学”所常常面对的责难：用一种极为抽象与理性的思辨去面对极为感性和形象的“美学对象”，这难道没有一点点讽刺的意味吗？

## 第二节 文学理论与价值判断

当文学理论从中国传统式的“价值”维度转向西方“事实”维度时，它便将自己成长的根源遗忘了。也就是说，我们的文学理论所进行的理论创造不是基于“文学事实”，而仅仅是从哲学的“价值判断”移植到文学的“价值判断”而已。因此，文学理论的反思需要从对“价值判断”和“事实判断”这两个范畴进行概念意义上的界定，这有助于我们找到“价值判断”和“事实判断”之于文学理论有帮助的一面，祛除混淆视听的一面。笔者认为文学理论自我迭代到今天，应该走向的是基于“对象”意义上的事实判断和基于“方法”意义上的价值判断的融合。

第一，什么是“对象”意义上的事实判断呢？简单点说就是不管什么样的文学研究，怎么样的文学批评，其理论的出发点必然是文学文本，并且是确定不移的文学文本事实。我们能认同对文本错误的记忆的文学理解吗？

---

① 方朝晖：《“中学”与“西学”——重新解读现代中国学术史》，保定：河北大学出版社，2002年，第174～175页。

② [美]希拉里·普特南著，应奇译：《事实与价值二分法的崩溃》，北京：东方出版社，2006年，第1页。

答案是显而易见的，离开文学事实的、随意的价值判断是无效的。所以，“我们为什么不能设想一种完全没有‘事实性依据’的‘好文学’？正如我们为什么不能设想一种完全没有事实性依据的‘好生活’”？①

那么，到底什么是文学事实呢？余虹为了对文学本质进行深入探讨而列举了五种文学事实：“反常规的、非理论性的言语；质疑流行信念的思性直觉；超越私我利益的德行；挑战读者和质疑作者的论战；反体制化和非体制化的勇气。”②这对我们思考到底什么是文学事实有很大帮助，毕竟涵义模糊却使用了许久的“文学事实”终于有了几种比较合理的说法。然而，今天文学理论面对的“文学事实”不能被放大到余虹所说的五种范围那么广，因为文学理论需要的是对“对象”进行事实判断，即甄别哪些是文学理论所需要的“事实”，即作品层面的文学事实（而非作品之外的其他任何元素的事实，即便它们属于文学事实，也不是我们所需要的）。在这个意义上，关于文学作家的生平经历和心路历程，以及作品所处的时代事件都不属于文学理论意义上的“文学事实”这个范畴。

从金圣叹评点《水浒传》“景阳冈勤叙许多‘哨棒’”中看到了中国古代的一种文学理论“草蛇灰线”。这让我们惊叹经典之为经典之余，我们更是意识到，此种文学理论是建立在有根有“据”的文学事实之上的。也就是说白纸黑字，作品中清清楚楚写着的。不管在哪个时代，只要人类文化还需要文字作为媒介进行保存和传播，这种证“据”就不可能被否定或篡改。此为第一层面，也是最基本的层面，即语言层面。第二层面是文学背后能被所有人读解出来的文学内容、情节、人物，等等。这两个层面在李洁非那里被表述为“能够从作品中直接指出或者经过分析而指出的某些确实的因素”。③ 如当我们面对诺贝尔奖获得者库切的小说《耻》的时候，不应该从“族裔批评”、斯皮瓦格等那里去寻找理论依靠，也不应该从库切的生平那里去寻求文本来源的支撑。我们唯一需要做的就是吃透文本，弄清小说在一大堆描写族裔关系的小说中有什么独特之处，这些独特之处是怎么独具匠心地被作者用文字写出来的？证据何在？

---

① 陶东风：《文学理论知识建构中的经验事实和价值规范》，载《天津社会科学》，2006 年第 5 期，第 97 页。

② 余虹：《在事实与价值之间——文学本质论问题论纲》，载《天津社会科学》，2006 年第 5 期，第 95 页。

③ 李洁非：《文学事实和文学价值——批评的二元论兼论中国文学批评之偏颇》，载《文艺评论》，1991 年第 3 期，第 13 页。

只不过这些显而易见的文学事实，平凡的读者是无法“解码”的，它需要“伟大”的读者才能解读。单个物件不能成为“据”，当两个以上的物件相应成趣，相互佐证时，文学的意义便在这样的文学事实中呈现出来。而文学理论的“事实”基础便是这个意义上的。文学事实的确定性让解读者有一个确定的对象。所以说，事实判断在作为“工具论”意义上对文学理论十分有效，即用来界定思考和研究的对象的“事实”的问题，而不是对其进行理论系统意义上的建构。

第二，什么又是“方法”意义上的价值判断呢？也就是说中西方文学理论的差异来自“价值判断”和“事实判断”的分野，是基于“方法”论意义上的差异，而非在“对象”意义上的探讨。即在面对同一文学对象时，我们对文学的研究采用的是价值态度还是事实态度，其结果的差异是显而易见的。就像朱光潜先生说的面对松树时，植物学家、商人和画家采用的不同态度带来不同效果一样。面对文学文本时，我们必须清楚，对文本的态度肯定是有价值倾向的，而不应该以绝对客观中立的方式来要求文学阐释和鉴赏，而这种反例难道不是在无数用语言学、统计学方法解读文学作品的个案中可以找到的吗？

为什么文学理论研究必然要从价值判断入手呢？事实判断就不行吗？在卡尔纳普看来，在人类知识探究过程中，“事实”与“价值”的区分并不是我们以为的那么泾渭分明。卡尔纳普所认为的“事实”就是“感官经验或基本体验的陈述”或者是“可观察属性”[①]，然而，这种定义在物理学中遇到了麻烦，在严格的“事实”追问之下，“细菌或电子或引力场的陈述要么就必须（与‘形而上学’和‘规范伦理学’一道）被算作是‘胡说’，要么就必须被‘还原’为观察术语”。[②] 然而这种“事实”就算是在语言学维度被区分为“观察术语”和“理论术语”，依然无法解决如“某位罗马皇帝是冷酷的”这样的事实描述。毕竟“冷酷”肯定不是一种观察术语，而是一种理论术语。卡尔纳普认为“所有的事实陈述都可被转换成关于主体自身的感官经验或基本体验的陈述……原始的逻辑实证主义的观点认为‘事实’就是可由单纯的观察或者甚至是感官经验的一种单纯的报告证明的某种东西。如果这就是

---

① ［美］希拉里·普特南著，应奇译：《事实与价值二分法的崩溃》，北京：东方出版社，2006年，第25页。

② ［美］希拉里·普特南著，应奇译：《事实与价值二分法的崩溃》，北京：东方出版社，2006年，第24页。

事实的概念，伦理判断最终证明不是‘事实的’(判断)就没有什么好奇怪的了”！[①] 也就是说，从分析哲学角度上说，再客观的“事实”其实都有主观维度，甚至有“价值”维度的参与。在人类知识的大背景中，“价值判断”是一种大势所趋。对象被置于我们的视野中，我们到底是应该笃信事实判断还是价值判断？这种选择其实是一种“方法论”意义上的选择。选择不同的方法工具，我们看到的世界就是不同的。因此，我们才不断强调，文学理论的价值判断选择是在“方法论”意义上的。

我们确定“价值判断”作为文学理论的“方法”。随之而来的问题就是：“价值判断”之于文学理论是在何种意义上使用的？价值判断关注的核心问题就是“人的需要”，文学的审美价值判断关注的必然是“人的审美需要”。价值判断应该是文学中的感性价值判断或者审美价值判断。文学应该是作为一种审美价值判断，在这里审美价值判断的第一步就是审美判断，一种好与不好、美与不美、妙与不妙的审美价值判断。在这种审美价值判断中，作品的独特性会得到极大关注，而不至于在理论“一般性”抽象中失去自身的个性。“在一个有鉴赏能力的读者来看，每一部作品的意义都是独特的，决不是几个抽象的概念所能穷尽的”。[②] 因而，王一川认为应在“大理论”之后，去做“对具体文艺现象的个别性与普遍性相互缠绕方面加以具体分析”的小理论，“要弄明诗及小说、散文、剧本等各种文艺现象的普遍的和共同的奥秘，就需从具体文艺作品的关注进展到对普遍的文艺现象的理性思考”。[③] 这也是他的大量学术论文都在关注具体电影作品和电影现象的原因。审美价值判断并非一种纯粹的学理推论和言说，而是来自对一部部作品的深度浸润之后的理论提炼，更是文本被置于审美语境中对比反思后的结果。

## 第三节 相对主义还是相对性：文学语境中的审美价值判断

从语境论角度来看，对象的真假、对错和美丑都是相对的；对象的价值是在一种关系中被判断的。古希腊哲学家赫拉克利特便发现不同的主体

---

① [美]希拉里·普特南著，应奇译：《事实与价值二分法的崩溃》，北京：东方出版社，2006年，第23～24页。

② 王元骧：《审美：向人回归》，杭州：浙江大学出版社，2015年，第172～173页。

③ 王一川：《“理论之后”的中国文艺理论》，载《学术月刊》，2011年第11期，第126页。

面对同一对象存在着迥异的价值判断。“海水最干净，又最脏：鱼能喝，有营养；人不能喝，有毒”。[①] 参照系的不断变化造成了价值的流动性。在古代词学中，花间词曾经被视为男女艳事和情事的玩物，甚至词都被视为“艳科”，但却被后来的无数文学史家捧为正宗。在现当代文学中，张爱玲、钱钟书、沈从文等人的作品被列入经典系列，也是伴随着文学史对“红色经典”的重新评价，精英化的“纯文学”语境而出现的。[②] 文学对象及对文学对象的审美价值判断随着时代和历史语境的变化而改变。迪莱就说“语境主义在哲学中常常作为与相对主义相关的议题被讨论”。[③] 那么，文学的审美判断语境性变化会陷入绝对的相对主义中吗？

面对此难题，我们必须厘清诸概念及其关系。文学语境论不是文学语境主义，语境主义往往意味着“唯语境论”；文学语境论中的审美是具有相对性的，而不是绝对相对主义的。从逻辑角度来看，语境只能是一种温和相对主义。语境承诺的是相对意义上的相对主义，而不是绝对意义上的相对主义。如果意义是相对的，那么“语境之中意义是相对的”这个陈述是对的。如果坚持意义是相对主义的话，陈述“语境之中意义是相对的”就肯定是错的，因为陈述本身的意义就不能确定。在语言逻辑上反证了语境论不可能是绝对相对主义。即便语境具有相对主义倾向也是属于温和相对主义，而非激进相对主义。也就是说，语境给文学带来的是一种审美或者意义上的相对性，而不是相对主义。

换言之，文学语境并非等同于让一切解释皆可的无限语境，而是凝合社会和文化的共同语境。托尔斯泰认为优秀的艺术作品除了包含普遍的情感和真诚的感染力，还向观众传递对社会宗教的态度。艺术仅仅为人们提供愉悦并非一件好事，因为对艺术价值的评价取决于人们对生活意义的看法，取决于他们认为什么是善与恶，而何为善，何为恶，是由所谓的宗教来定义的。因此，提升灵魂、贬低肉体的艺术就是好的艺术，只是带来身体激情都是不好的艺术。[④] 艺术不仅反映艺术家的个人价值观，还应该反映

---

① 北京大学哲学系外国哲学史教研室编译：《西方哲学原著选读》，北京：商务印书馆，2016年，第24～25页。

② 陶东风：《精英化-去精英化与文学经典建构机制的转换》，载《文艺研究》，2007年第12期，第16～25页。

③ Roy Dilley, *The Problem of Context*. (New York: Berghahn Books, 1999), p. ix.

④ Leo Tolstoy. *What Is Art and Essays on Art*. trans. Aylmer Maude. (New York: Oxford University Press 1962), pp. 127-128.

整个社会的价值观。在托尔斯泰看来，艺术作品不能去挑战或挑衅某种伦理或宗教价值观。比如克里斯·奥菲利（Chris Ofili）的《圣母玛利亚》和安德烈斯·塞拉诺（Andres Serrano）名为“小便基督”（Piss Christ）便是以生殖器和大小便亵渎着艺术创作所在社会的共同宗教情感。同样地，再美的艺术作品也不能去挑战人类的基本伦理底线。莱妮·里芬斯塔尔（Leni Riefenstahl）所执导的纪录片《意志的胜利》（*Triumph of the Will*）记录了1934年纳粹党在纽伦堡举办的大规模政治集会。然而，正如玛丽·德弗罗（Mary Devereux）所指出的，这部作品也引发了关于语境化美学的重要议题：我们该如何面对那既璀璨夺目又邪恶至极的艺术对象？德弗罗揭示，该电影在美学上造成的困境在于，尽管其内容充满了邪恶，但电影的结构、摄影技巧及庆祝形式的展现本身堪称美丽。作为一部纪录片，《意志的胜利》成功捕捉了这些事件的绝对即时性。观众仿佛置身于现场，亲眼看见希特勒的激昂演讲、庄严的升旗仪式及聚光灯下璀璨夺目的晚会。然而，深知这些场景是通往第二次世界大战与大屠杀的因果链的起点，这种即时性所带来的紧迫感令人毛骨悚然。我们仿佛亲眼看见了恐怖的种子在眼前生根发芽，这种真实感让人不寒而栗。①

文学事实和文学经验告诉我们，文学审美并非绝对的相对主义。审美价值的相对主义意味着，没有一个永恒客观的标准，什么都是对的，什么都是好的。正如列奥·施特劳斯（Leo Strauss）所说，所有的目的都是相对于选择者而言的，因此是平等的，似乎需要某种“绝对主义”。② 按此逻辑，伟大作品与靡靡之音等同；低俗文学与文学巨匠的经典文学没有高下之分。循此，我们便可认为施耐庵的《水浒传》等同于兰陵笑笑生的《金瓶梅》，兰陵笑笑生的《金瓶梅》等同于李渔的《肉蒲团》。但这违背了我们的基本审美判断。我们确实会在《水浒传》中感受到细节的细腻和细节间的“编织”效应，如从武松为嫂嫂买“衣裳”（贴身之物），我们似乎又能隐隐约约感受到武松“义正词严”背后些许的模糊情感。武松杀嫂的故事才可能成为一种具有“意味”的情节。这于读者来说就是一种文字和叙事特有的高级美感。相反，《肉蒲团》中只能看到各种呆板模式和简单人物设置下完成的

---

① Jerrold Levinson (ed.), *Aesthetics and Ethics: Essays at the Intersection*. (Cambridge: Cambridge University Press, 1998), pp. 236-247.

② Leo Strauss, *The Rebirth of Classical Political Rationalism: An Introduction to the Thought of Leo Strauss*. (Chicago and London: University of Chicago Press. 1989), p. 15.

"肉欲"。尽管结局是以皈依佛门作为对色欲的超脱，但是在男女之事的书写中，人是作为动物性的存在，近乎无灵魂的存在。这仅仅是一种快感，低级的快感。同时，假如我们将审美相对主义推向极致必然带来文学和艺术的消失。当一切作品都好或者都不好时，文学便等同于一切文字文本。那么，何来"文学"范畴和领域呢？文学和艺术岂不是可以"被取消"和终结了。相对主义带来的审美价值缺失对文学艺术已然造成解构的效应。如果整个人类价值判断缺席，那么带来的状况更是不可思议。不会再有人为出于快感激情、政治目的或无任何目的的杀戮进行辩护。故而，从整个人类价值判断到审美价值判断，极端相对主义都是不可能成立的。

文学语境带来的温和相对主义（相对性）恰恰是文学的价值所在。相对主义给道德、真理和认知等带来观念开放性和包容性的同时，必然伴随着标准、方法和程度的争议。但是，意义和价值的相对主义缺陷，在文学中却具有"反缺陷性"：文学意义的多样和价值的多元反而成就了文学的优势。文学语境的相对性表征为文学意义的"多样性"。在差异性的语境中，文学意义是复杂多样的。在日常语义中，多义性必然导致理解错位；但于文学来说，这恰好是构成文学之所谓文学的优势。在阅读中，一方面我们努力通过"选择"使语词含义精确化，另一方面又在不同语境中丰富其潜在的内涵。"第一条原则毋宁是选择的原则。在阅读诗句时，我们不断缩小涵义的各个部分的范围，直到仅仅保留能在整个语境中继续存在的二级意指的各个部分。第二条原则修改了第一条原则。这就是丰富性的原则：能与其他语境'相配'的所有涵义应当被归于诗歌：诗歌'表示它所能表示的一切'。读诗不同于读技术论著或科学论著，读诗并不服从对语境中同样可以接受的两种涵义进行选择的规则"。[①] 意义的模糊性或者说多义性、可变性，在文学中成为"丰富性"。正如俞平伯在《读词偶得》中对《浪淘沙》中词句"天上人间"的解释。他认为李煜的这句词极具有含混的意义或者说多重意义：以疑问的口气追问流水落花的归宿在天上呢？还是在人间呢？以对比的口气比较昔日是天上，如今是人间；以嗟叹的口气感慨天上啊！人间啊！从承接、呼应来考虑，"流水落花"是对"别时容易"的承接，"天上人间"是对"见时难"的承接。[②] 再如海明威的小说《印第安人营地》，小说以一个小孩的视角叙述父亲到印第安人营地为一位难产妇人剖宫产

---

① ［法］保罗·利科著，汪堂家译：《活的隐喻》，上海：上海译文出版社，2004 年，第 130 页。

② 俞平伯：《读词偶得 清真词释》，南京：江苏文艺出版社，2010 年，第 34 页。

的经历。其中写到父亲说自己并未带麻醉剂，最后选择"用一把折叠刀来做剖宫产"。还原到英文原版，"做剖宫产"(doing a caesrian)。其中的"caesrian"有两个含义：一个是剖宫产，一个是凯撒的、残暴的。在词义的多义性上，让表面是守护和迎接生命的医生(父亲)，因为自己的沾沾自喜而呈现出一种残忍和可怖的形象。

文学的审美相对性给文学带来了意义和价值的丰富性，但是作为文学经验，其不稳定性和非确定性稍不留神就滑向相对主义的泥潭。我们需要从更基础的角度来审视审美或价值相对主义。在以赛亚·伯林(Isaiah Berlin)和施特劳斯的思想中，我们发现相对主义主要具有三大特性：主观性(subjectivity)、不可理解性(unintelligibility)和特殊性(particularity)。主观性与客观性相对；不可理解性与可理解性相对；特殊性与普遍性相对。因此，要深入解决语境的绝对相对主义倾向，我们就必须从客观性、可理解性和普遍性三个维度寻找依据。其一，对于价值客观性的守护是对相对主义价值主观性的驳斥。伯林认为价值的客观性主要体现在自由、平等、正义、和平与安全等之上，因为这些价值是人之所以成为人的本质，只要作为正常人都会认可的。这些客观的价值植根于人类的本性中，成为人类本质的一部分。其二，人类价值何以理解呢？受到维柯和赫尔德的影响，伯林认为人有一种特殊的想象性洞察能力，即同情或"移情"。"移情就是想象性地把自己置身于他人的时代与文化语境之中，进入他人的思想世界与情感世界之中，设身处地地想象他人在他自己的整个语境中是如何思考的，是如何看待各种问题的，他人的价值观又是如何形成的，这些价值观为什么与我的不同"。[①] 移情的根本还在于人类具有共同的人性(common human nature)，这使得异质文化之间的移情式理解变得可能。其三，面对相对主义强调地方性和时间性的特殊维度，存不存在普遍性的价值判断呢？伯林认为普遍价值是存在的。虽然不同文化中的人对于善恶、对错、真假等的理解不同，但是其背后的"一般性原则"(general principles)是一直存在而不能被忽略的。总的来说，对于相对主义的主观性、不可理解性和特殊性批判，统统指向一个维度：人的本质、人性的共同性和人的共通价值。那么从逻辑上说，文学价值的相对性底层应该是人性共同性和价值普遍性。正如人类学家迈克尔·赫兹菲尔德(Michael Herzfeld)所说，语境

---

① 马华灵：《多元主义与相对主义：柏林与施特劳斯的思想争论》，载《学术月刊》，2014 年第 2 期，第 35 页。

相对主义应该考虑自己与“极端同一性和客观性”之间的矛盾，我们应该发掘人类本质的统一性（人类精神的统一，或者普遍意志的具体化，或者意义的生成，或者理性的演算）。① 那么，文学语境中审美或意义的相对性是否也仅仅是表面现象？背后是否沉淀着共同或共通的东西呢？

## 第四节 价值普遍性：文学语境论的“底层代码”

普遍性分为实然的普遍性和应然的普遍性，人性和价值的普遍性是属于哪一种呢？我们知道普遍性分为两种：一种是经验意义上的普遍性，广为人接受的价值，这是一种经验的概括。但是，“经验永远也不给自己的判断以真正的或严格的普遍性，而只是（通过归纳）给它们以假定的、相比较的普遍性”。② “太阳围绕地球转”，这个命题为绝大多数人接受，但是它是有问题的命题：没有谁能保证明天的太阳依然会升起。因而从康德这里产生了第二种普遍性：人类抽象理性维度上的普遍性，比如反思数学知识的先验论基础。这不是一种经验概念抽象所能解决的，只能是一种普遍人类理性对经验材料的先天性处理。这两种普遍主义分别可以用 Universality 和 Generality 来表示。③ 前一种普遍主义是从经验中归纳出来的，永远不可能是真正意义上的普遍主义。这种经验的普遍性无法保证未来经验不存在例外。后一种普遍主义是知识论意义上的普遍性，如科学、逻辑、几何和数学。这种普遍性按照康德的说法是通过分析性的判断得出的，来自心灵内部的逻辑推延，与外部经验无关。但是，知识论的普遍性是否就能证明价值论上的普遍性呢？

科学的普遍性有客观世界作为参照系来形成可靠的证明，而“平等”“自由”此类价值并没有客观的参照系。科学是一种描述性的东西，价值是一种规定性的东西。实然推导不出应然。④ 那么，价值普遍性存在吗？从历史和经验维度上来看普遍性一定存在。如果人类社会价值没有普遍性，走到极端情况就是：任何两个人都互相不认同，互相争打。人便回到了最

---

① Michael Herzfeld, *Anthropology Through the Looking-glass: critical Ethnography in the Margins of Europe*. (Cambridge: Cambridge University Press. 1987), pp. 63-71.

② [德]康德著，邓晓芒、杨祖陶校译：《纯粹理性批判》，北京：人民出版社，2017 年，第 2 页。

③ 童世骏：《普遍主义之种种》，载《华东师范大学学报（哲学社会科学版）》，2008 年第 6 期，第 44～57 页。

④ 陈嘉映编：《普遍性种种》，北京：华夏出版社，2013 年，第 33～34 页。

为“自然的状态”，因而人类社会不可能还存在。共通价值是社会维系的基本底线。那么对于感受性审美活动来说，有抽象的普遍性存在吗？当“塞马秋风冀北”和“杏花烟雨江南”两种风景呈现在你眼前，而你更喜欢烟雨江南的温润之美。那么问题就来了：在作两种自然美的审美判断时，如果没有先在地拥有“美”这个概念，你怎么会想到去比较它们之间的“美”，而不是二者的“宽”。也就是说，抽象普遍性的审美概念具有了先在的客观性。如果我们特别强调认识的特殊性，就会产生如“人永远无法两次踏入同一条河流”的陈述。当然，这在逻辑上是没有问题的，但此类个别性和瞬间性对于人类知识来说有多大意义呢？那怎么证明价值的普遍性和审美的普遍性呢？

在判断文学审美价值上，文学语境论所呈现出来的效用只是暂时相对的，而不是绝对相对的。文学的审美价值分为三个层面：第一层是纯粹的个人文学喜好和偏爱所形成的价值观。《红楼梦》作为中国古代最为经典的文学著作，并不意味着所有的受众都会因为喜欢而获得快感。有可能少不经事的阅读者会将《红楼梦》作为儿女私情的普通作品来对待，何况情节还没有网文扣人心弦。当历经世事沧桑或审美阅读能力提升之后，也许就真正意识到《红楼梦》的经典性。称职的文学批评家，其文学趣味和审美敏感性、审美专业性等有着密切的关联。“审美敏感性”意味着文学批评者赞扬的艺术作品，必定与艺术规则格格不入或背道而驰；“审美专业性”可以在没有获得愉悦感的情况下“正确地判定一部艺术品是完美的”。[①] 第二层是人们因为社会、文化和历史关系所形成的群体性价值观，如基于共同政治信仰的国家认同。在这个层面上，虽然我们相信审美判断是个人最为自然和自主的反映，但背后是整个民族和文化价值在个体身上的聚焦和呈现。个体的选择表面上是自己的选择，背后却是集体价值的选择。这种超个体之上的审美价值不会随意消失，而是随种族繁衍和文化传递不断演进和升级。如心智尚未成熟的儿童对文学的诉求就是将世界万物生命化，让眼睛能看到的、手能触碰到的一切都变成有思想和有情感的生命体。儿童作为低龄阅读群体对文学提出的基本价值诉求之一便是儿童文学中的生命化书写。第三层是整个人类由于共同的心灵需求而逐渐形成的对文学的普适性信念和审美准则。这种普适性信念在文学中表现为：生死、情爱、

① [英]H. A. 梅内尔著，刘敏译：《审美价值的本性》，北京：商务印书馆，2001年，第17页。

真善美等这些终极叙事范畴。

第一层和第二层作为文学语境来说在文学价值判断上具有明显的相对性,如美洲文化滋生的文学价值判断就不可能是世界所有文化圈的文学审美习惯。我们可以通过语境升维来实现对特殊性的跨越,正如安吉拉·麦克罗比(Angela McRobbie)所说,当我们意识到自己文化的特殊性时,应该扩大自己的语境视野来超越此特殊性。① 历史长河中的种种文学就像一个又一个的部分重叠的圈。每个时代有自己的经典文学圈,这些圈一个叠着一个流动发展。那么,离我们最远的那个文学圈和离我们最近的这个文学圈,其审美取向是截然不同的。《弹歌》对劳作的描写方式肯定不可能和莫言《透明的红萝卜》中的文学书写方式相同。然而,古今中外所有好的文学都是建立在对人性之美的肯定基础上的。反过来说,如果是建立在突破人类价值底线的反人类的基础之上,文学艺术的审美价值判断还是一种审美吗?中国艺术家朱昱拍摄嘴咬一个死产婴儿的数个静止画面,试图创作极端和黑暗的行为艺术。这种突破人类价值底线的所谓的"艺术",是不可能在语境相对性的遮掩下产生审美价值的。因此,文学语境的相对性只存在于浅层价值判断而非深层的终极追求。

在西方哲学传统中,以柏拉图为标志的哲学家所思考的普遍性便是形而上意义的而非经验意义的。他在《会饮篇》中就谈及美的表层和底层关系:"从这个个别的美的东西开始,一步一步地不断上升,达到那统一的美,好像爬阶梯,从一个到两个,再从两个到一切美的形体,更从美的形体到那些美的行动,从美的行动到美的知识,最后从各种知识达到那种无非是关于美本身的知识,于是人终于认识了那个本身就是美的东西。"②陈嘉映认为"普遍的美"不是从个别美归纳而得出的,而从个别美升级到最后的一次本质"跳跃"达到的绝对的美。③ 价值普遍性并非来自其抽象性和绝对性,而是源自于具体语境的具体判断。随着社会的认同和接受,普遍性价值逐渐成为一种类客观的存在。无论是应然的价值普遍性,还是实然的价值普遍性,都将"普遍性"理解为先验的和绝对的。先验的、绝对的价值取向主要来自康德的"绝对的或内在的价值概念"。但是这种观念被黑格尔"具体

---

① Angela McRobbie, *The Uses of Cultural Studies: A Textbook*. (London: SAGE Publications Ltd. 2005), p. 30.

② [古希腊]柏拉图著,王太庆译:《会饮篇》,北京:商务印书馆,2013年,第65~66页。

③ 陈嘉映编:《普遍性种种》,北京:华夏出版社,2013年,第7页。

的普遍性”所替代:普遍性和共性并不是一种抽象的观念,如水果与苹果和梨,水果当然是一种共性和普遍性,其实苹果和梨也是对某一物种的概括。“独一无二的‘这一个’,我们是无法表述的……在现实中不存在纯粹的类属性或普遍性,也不存在纯粹的个体性或特殊性,具体的感性的个体本身由于与其他许多个体的内在联系而拥有普遍性;反之,事物的普遍性也不是同类事物抽象的单纯的共性——这充其量只是数学、物理学所处理的同质事物的特点,而是包含着多样性和差异性的丰富性与整体性”。① 因此,价值普遍性一方面不能成为悬在空中的绝对;另一方面又不能匍匐于个体种种情状之中。对两种诉求的结合才是价值普遍性的思考方向。笔者认为价值普遍性应该来自价值的语境生成性。语境中的普遍性并不意味着普世性被限制,而是在说“普世性在不同的框架中有不同的意义,在有的框架中它没有意义”。② 我们一直以为不说谎是具有价值的美德,但康德告诉我们普遍意义上的说谎只在理性层面有意义。一只狗是不会知道不说谎意味着什么。“语义条件不是你所说的东西,而是使你所说的话有意义所必须有的东西。在这个意义上它是普遍的”。③ 这里的“语义条件”就是“语境”。将“隐秀”作为诗歌重要审美维度时,我们必须意识到“隐秀”内置着中国特定的历史-文化语境。《文心雕龙》中的“隐秀”之“隐”具有“文外之重旨”,这似乎可以理解为文学的言外之意,尚未明说的部分。那么,海明威的“冰山”式小说手法,难道不也是呈现在“说”与“不说”之间吗?但是在阅读《红楼梦》和《印第安人营地》时,我们面对“不可见世界”的审美感受能是一样的吗?《红楼梦》带着中国文化的典雅,《印第安人营地》拥有生命的神秘感。“隐秀”说和“冰山”理论表面上具有共同性,但两个范畴重叠的部分(即共性部分)是一种去语境性的抽象。book 有“订购”的意思,所以“书”和 book 不是同一概念,但二者又有关联。如果要专门找一个 N 来代表二者的重叠部分,这部分是不会有用法的,无法被使用来说话。④ 故而,审美判断在被判断对象的语境中是具有普遍性的;超出其语境,不是有没有普遍性的问题,而是谈论它是没有意义的。反过来说,文学语境是决定文学概念、文学范畴和文学理论的根本,离开语境的理论言说要么存在文

---

① 宋友文:《历史主义与现代价值危机》,北京:人民出版社,2012 年,第 206~207 页。

② 陈嘉映编:《普遍性种种》,北京:华夏出版社,2013 年,第 17 页。

③ 陈嘉映编:《普遍性种种》,北京:华夏出版社,2013 年,第 18 页。

④ 陈嘉映编:《普遍性种种》,北京:华夏出版社,2013 年,第 19 页。

化错位,要么毫无价值。

赵汀阳从“关系主义”的角度来重新审视价值普遍性。他认为西方的价值理论基础是以个人作为分析单位的,试图从个人的“意愿”和“同意”来推及普遍的“意愿”和“同意”,就像《圣经》中所说的“己所欲施于人”。但是这种原则“隐藏着主体观点霸权,其思维出发点是‘自己’,只考虑到我不想要的东西不要强加于人,却没有考虑到他人真正想要的是什么,这意味着,我才有权利判断什么东西是普遍可欲的和什么事情才是应该做的,我可以单方面决定普遍的价值选择,这就是主体性霸权”。[①] 价值普遍性应该从“人-人关系”作为单位角度出发,如儒家的“己所不欲,勿施于人”所涉及的价值维度就有他人的视角。赵汀阳认为普遍价值需要以“共在存在论”作为基本问题,其基本观点是:“共在先于存在,并且,共在规定存在。无物能够因其自身而存在,他物永远是某物的存在条件,某物按照与他物的共存关系去调整其存在性质,因此,关系改变存在,给定什么样的关系,就创造什么样的存在。共在决定了任何存在都是一种相互存在。”[②]什么样的价值观念能满足“人-人关系”论呢?这便是儒家的“仁义”。从这个意义上说,价值普遍性的塑造诉诸儒家的“仁义”是恰当的。所谓“仁”就是人和人之间普遍良好的关系。同时,“仁者人也”,“仁”是人的前提条件。“人的概念是 ought to be 所蕴含的 to be,而不是单纯的 to be,或者说,人的概念是一个价值概念而不是一个物理概念……义就是以实际行动承认、支持、帮助和成全他人或拯救他人。仁义就是人义(human obligations)”。[③] 在赵汀阳这里,价值之所以具有普遍性,绝不可能是从生物个体角度出发去揣测他人,而是一种在元认知中就内置了他人的“共在”论中来完成的。抛弃原子主义式的阐释模式,以“关系”作为理论的基础。在这个意义上,我们认为“共在存在论”与“语境论”有相同之处,只不过前者更多强调共性相通之处;后者关注个性独特之处。所以说,价值普遍性和共通性本身就内置着一种“他者”语境,否则所谓的普遍性和共通性只是理论的逻辑推延。

---

① 陈嘉映编:《普遍性种种》,北京:华夏出版社,2013年,第41页。

② 陈嘉映编:《普遍性种种》,北京:华夏出版社,2013年,第40页。

③ 赵汀阳:《第一哲学的支点》,北京:生活·读书·新知三联书店,2017年,第267页。

## 第五节 基因论抑或语境论:价值普遍性背后的人性共通性

价值普遍性再往深处探究,必然涉及人性的共通性。那么,问题来了:人性何以具有相通性?人性存在吗?休谟就将价值普遍性建立在人性论基础上。价值之所以有普遍性,是因为人性的相通性,人性相通来自人的情感相通性。休谟区别了特殊情感和普遍情感:人与人之间存在着共振式的情感,如同弦与弦之间的共鸣,如同情心、正义感和人道情感都是普遍情感,而从利己的角度出发的情感都是私人的特殊情感。[①] 休谟所说的情感主要指的是自然情感和道德情感,那么自然情感和道德情感与审美情感是怎样的关系?张晶认为,较之自然情感,审美情感具有形式性和非功利性,"呈现在艺术品中的审美情感,一方面保留了自然情感的个体性和触发性,并使之形式化、意象化,一方面则是通过形式化和意象化使之有了普遍传达性"。[②] 道德情感则常常与审美情感处于共在状态。"在文学艺术创作中,审美情感和道德情感都是体现于作品中的,最为理想的样态是融而为一,因为它们都是以情感形态出现的"。[③] 审美的"普遍传达性"和"共通感"的基础就是在人的自然情感、道德情感和审美情感的区别和关联中,这就从情感底层完成了人性的相通性的证明。

在人性共同性的根基来源上,主要分为两种路向:一是从生物学和进化论角度来看,人性之所以如此,是因为先天性的基因决定的;二是从语境角度认为没有抽象的人性存在,人性只有在具体情境中才能形成。

人文学科和社会科学中对人性的探讨一般都是从文化角度来进行的。功能主义的马林洛夫斯基认为人性是在文化中生成的,是一种文化属性而不是自然属性。"人类已完全摆脱了自己的基因的控制,达到了仅仅受到文化制约的程度"。[④] 但是,社会生物学家认为人性来自其自身的生物学基础:人对外部环境的情绪反应不受制于外部因素,而是由长期自然选择之后形成的"基因蓝图装配的大脑神经元的结构"决定的。所以,"人性的

---

① 陈嘉映编:《普遍性种种》,北京:华夏出版社,2013年,第84页。

② 张晶:《艺术美学论》,北京:中国文联出版社,2012年,第124页。

③ 张晶:《艺术美学论》,北京:中国文联出版社,2012年,第132页。

④ [美]E. O. 威尔逊著,林和生等译:《论人的天性》,贵阳:贵州人民出版社,1987年,第31页。

深层结构是生物学的研究对象，也是人文学科和社会科学的前提”。[①] 这种人性共同性的研究方式对于美学来说也是较为有用的。按照人性共同性的观点，审美并非因人而异的，审美具有共同性。韦尔施就认为“美在每一种文化中都受到重视。所有人都珍视美丽的事物。对美的欣赏是普遍的”。[②]

日常生活中可以说：你喜欢栀子花，我喜欢牡丹花。这个意义上的审美确实具有差异性。但是，我们在审美中又必然有一种共同性：我们都喜欢青山绿水、鸟语花香；没有人会喜欢下水道的恶臭，欣赏垃圾成山里的苍蝇飞舞。哈茨霍恩专门从色彩和声音角度来研究人类审美底层的共同性。同样是葬礼，为何西方人喜欢用黑色，中国人喜欢用白色，这就能说明审美相对性吗？哈茨霍恩说这是混淆了人对色彩的“感情反应”和“偏好反应”：早期基督徒都认为黄色给人喜庆的感觉，但是后来大多数基督徒摈弃黄色。这是因为古罗马妓女常常穿黄色服装，这损害了基督徒的信仰的神圣性。故而高更的油画《黄色基督》不被教会青睐。因此，对于颜色的喜好，我们是将价值情感和生物本能偏好进行了混合。审美共同性的追求对于人类来说应该去除“附带价值理论”部分，而更多是与动物相同的。就像苏珊·朗格所说，“绝大多数在白天活动的动物(当然要排除那些色盲的动物)肯定会受益于阳光的橙色和黄色，因此视觉艺术的教科书才会明确指出某些颜色是暖色或欢快的颜色。哈茨霍恩认为，这种审美‘联想’或联系的方式不仅仅是属于个人癖好的或由文化决定的(所以‘联想’要加引号)，因为它们根植于我们的进化史”。[③] 另外，人类共有的大脑认知相通性导向审美意识相似性。本-阿米·沙尔夫斯泰因(Ben-Ami Scharfstein)在《美学理论中的共同人性》中认为，不同文化的审美观念有差异性，但是“人类最基本的感知、美学偏好、生命之初的基本情感、对社会性目的的反应等具有某些普遍的共性”。[④] 他举了大量的例子，如人类对几何图形及其效果、声音节奏、事物的质感的感知和回应；对色彩及不同光线下的颜色趋同的

---

① 赵敦华：《为共同人性辩护》，载《复旦学报(社会科学版)》，2004年第6期，第74页。

② Wolfgang Welsch, “On the universal appreciation of beauty,” *International Yearbook of Aesthetics*, 2008(12), p. 6.

③ [美]丹尼尔·唐伯斯基著，康敏、彭雅琦译：《美因人而异吗？——过程哲学家哈茨霍恩对审美相对主义的质疑》，载《江苏社会科学》，2015年第4期，第80页。

④ [以色列]本-阿米·沙尔夫斯泰因著，刘翔宇译，李修建校：《美学理论中的共同人性》，载《民族艺术》，2016年第4期，第142页。

感知和回应;对色彩和情感之间的感知相近度;对艺术“简单与复杂、严肃与轻松、真实与抽象、文义与符号、传统与个性等的两极之间”的摇摆性相似;人类的普遍性感觉和感知反应大体相同,其中有差异性,但差异不是随机的和任意的;色彩的象征有差异,但是色彩的对比(如黑白)是必然的;世界各地人类基本的情感感知(恐惧、愤怒、悲哀、厌恶、喜悦、惊奇)是普遍的,表达方式也相似;人类普遍被视觉艺术中人的脸部和形体所吸引;艺术在世界各地人类那里都有充当记忆的功能;等等。[①] 审美基因论可以追溯到艺术本能论。丹尼斯·达顿(Denis Dutton)在《艺术本能:美、愉悦和人类进化》(*The Art Instinct: Beauty, Pleasure, and Human Evolution*)中说,艺术在全世界和人类历史上都极为普遍,这表明艺术和艺术行为是自然的、天生的和普遍的人类心理或能力。[②] 这种无需学习就能获取的感性能力为审美共同性提供了生理性的客观前提。

审美的基因决定论为审美共同性给出了一个相对坚实的基础,并解释和说明了大量的审美问题和现象。但是,“基因决定论”也并非可以解释所有的美学现象,如基因几乎相同的同卵双胞胎在审美鉴赏上没有差别吗?携带某种基因就一定会在身体和心理上呈现出来吗?基因对个人审美自由意志起作用吗?更为极端的质疑是:如果人的所有行为都是受基因决定,那么个体的行为便不是我们自己能决定的,而是潜藏在身体内部的基因决定的。该负责任的不是我们,而是基因,或者说是“提供”和“传递”基因的祖祖辈辈们。基因决定论所带来的“犯罪免责论”成为它自身的难题。总之,人性共同性的“基因决定论”思考,是建立在实然的基础之上的。“基因决定论”带来的人性共同性是先在的、抽象的和永恒不变的人性,必然无法应对人性中的变化性和多样性。从现象学角度来说,即便是基因完全相同的两个人,因为其“所处的地理位置不一样,每一个人在空间中都占有它自己的一个位置,无论他多么渺小都有他自己独特的位置,没有任何人能够替代他。因此,他所有的感觉材料、所有的经历、所有的体验都会不同于其他人”。[③] 因此,基因只能保证两人有相同的审美可能性,但是“现世”的规定性使得人的审美体验必然地具有差异性。

---

① [以色列]本-阿米·沙尔夫斯泰因著,刘翔宇译,刘修建校:《美学理论中的共同人性》,载《民族艺术》,2016年第4期,第143～144页。

② Denis Dutton, *The Art Instinct: Beauty, Pleasure, and Human Evolution*. (New York: Bloomsbury Press, 2009), p. 207.

③ 陈嘉映编:《普遍性种种》,北京:华夏出版社,2013年,第60～61页。

“基因决定论”因为面对诸多问题和责难，故而，由其带来的人性共同性也面对“文化决定论”“环境决定论”“社会关系决定论”等理论的质疑：人性真的有共同性吗？萨特提出“存在先于本质”，一个工具存在之前、被制作出来之前就已经预想和决定好了它的本质，如锯子只能锯东西，而不能砍东西。但是人的存在先于本质，其本质是随着人的行为展开而生成的，或者说人创造了自己的本质。就像萨特所说：“我们说存在先于本质的意思指什么呢？意思就是说首先有人，人碰上自己，在世界上涌现出来——然后才给自己下定义。如果人在存在主义者眼中是不能下定义的，那是因为在一开头人是什么是说不上的。他所以说得上是往后的事，那时候他就会是他认为的那种人了。”[①]没有一种抽象的人性具有社会历史语境性。萨特强调人性本质源于自由意志、自由选择；马克思注重社会环境对人性本质的塑造作用。他们都反对有一种永恒的、抽象的和普遍的人性存在，认为“人的本质是后天形成的，是具体的、特殊的”。[②] 我们必须意识到马克思主义反对的是抽象的和一成不变的人性观，而并非人与人之间的人性共同性。“基因决定论”可以证明人性相同性，当它的合法性受到怀疑时，并不能说人性相同性就有问题。人性相同性其实依托的是人类作为一种生命体的宇宙意识语境，而非个体的当下性和文化的差异性语境。

总之，文学的审美语境不是相对主义式的，而是相对性的。审美的相对性恰好是审美趣味多样性和意义多元化的呈现。文学审美表层的差异性和深层的共同性源自文学审美价值的“个人偏好”、“历史-文化”价值观和“普适性生命诉求”之间的差异。如果深层审美判断来自人性共同性，那么人性本身是否稳固是无法保障的。对人性思考又回到科学理性和自由意志的争辩：基因决定论与语境决定论。我们并没有停留在审美的语境论悖论的表层现象，而是不断往深层追问悖论现象背后的共同性实质，以及人性共同性自身如何确证的问题。这样才能为“语境”范畴作为文学理论基本范畴提供坚实的学理基础。

---

① [法]让-保罗·萨特著，周煦良、汤永宽译：《存在主义是一种人道主义》，上海：上海译文出版社，1988年，第8页。

② 王元明：《马克思与萨特人的本质学说比较》，载《天津师范大学学报(社会科学版)》，2004年第5期，第1页。

# 第六章 “语境诗学”对新世纪文论范式的革新

从字面意义上说,“新世纪文论”指21世纪以来基于新的文艺活动和景观所发展出的全新理论范式和话语形态,在这里主要指中国的21世纪文论研究。党圣元在论及“新世纪文论”所涉及的问题域时将“媒介文化及其后果”作为四个主要论域之一。① 无疑在21世纪以数字技术为标志的新媒介对文学艺术产生了革命性的影响。新世纪的文艺批评实践也进一步证明了这一点,特别是在网络文学、虚拟现实技术及人工智能写作等新兴领域。媒介技术的飞速发展已然重塑了文学艺术的存在空间,并在全新语境中催生出许多前所未有的艺术门类与艺术形态。这一变革之深刻,以至于传统文艺理论在面对这些新兴文艺现实时,一度陷入失语的状况。因此,我们以新媒介文论为中心,探讨“语境诗学”中的“媒介语境”“媒介间性语境”“物理语境”和“身体情境”等范式是如何介入当下文艺现象的批评、阐释和反思的。

在全球媒介革命的时代,文艺实践都离不开对媒介维度的考察。媒介是艺术作品从“观念形态”到“物性存在”的唯一途径,是艺术创作得以发生的前提。② 正如恩斯特·卡西尔(Ernst Cassirer)所说,艺术媒介(如文字、色彩、线条、图案和音响等)对于艺术家来说并非外在的质料或技术手段,而是艺术创作过程中必要的和本质的要素。③ 卡西尔认为艺术媒介是“丈量”审美想象的出发点和基本尺度,是塑造和构建艺术所思、所感和所说的本质性力量。离开此种力量,文艺主体不可能感受到和创作出任何艺术作品。单小曦将“媒介存在论”建构为新媒介文艺研究的哲学基础。④ 可以说,媒介对于文艺创作、阅读和批评来说不仅仅是工具、载体和渠道的问题,还是一个本体论的问题。对于“语境诗学”来说,媒介之于艺术的本质

---

① 党圣元:《新世纪文论转型及其问题域》,载《北方论丛》,2009年第3期,第28页。

② 张晶:《艺术美学论》,北京:中国文联出版社,2012年,第73页。

③ [德]恩斯特·卡西尔著,于晓等译:《语言与神话》,北京:生活·读书·新知三联书店,1988年,第141页。

④ 单小曦:《媒介与文学:媒介文艺学引论》,北京:商务印书馆,2015年,第13~19页。

性呈现为文艺活动构造了全新的媒介环境(environment)。[①] 因此,我们将“语境诗学”所涉及的情境语境中的媒介情境、间性语境中的媒介间性语境、物理语境中的时空语境和情境语境中的主体/身体语境作为新媒介文论批评的基本范式。语境范式可以为新媒介文论的构建带来新的理论话语。具体地说,本章我们分析新媒介文艺状况趋势中存在的媒介情境规律;媒介语境对于寓居于不同媒介的文学的弱决定性;媒介间性语境对于新媒介文艺的多模态趋势的意义;时间语境和空间语境异质性的消失之于虚拟现实艺术的美学精神的改变;身体情境之于人工智能艺术的本体意义。

## 第一节 媒介情境与文学审美范式

当作家们(如马原、王安忆)因为图像时代的来临,而感叹小说已经落幕时,他们应该看到网络文学以一种全新的姿态存在着。传统文学作家和学术体制的牢固关系,以及某些学术批评的偏见使得网络文学给人的印象就是浅薄、媚俗和无营养化等。在这种认识下,传统文学和网络文学二者之间被视为“最熟悉的陌生人”。于是,我们真正需要思考的是:传统文学和网络文学差别在何处?形成差异的根本原因是什么?传统文学和网络文学(或者说寓居于不同媒介中的文学)真的没有任何关联了吗?如果有,它们之间有着怎样的关系?

### 一、“回味”的情感与直白的情感:两个例子对比引发的思考

以《红楼梦》第六回《贾宝玉初试云雨情 刘姥姥一进荣国府》的一个场景为例,来说明什么是传统文学的“回味”性。在刘姥姥进贾府向王熙凤讨要银子时,脸一红,准备说时,外面传话,说贾蓉来借玻璃炕屏。贾蓉在几番撒娇之后终于得到王熙凤许可。“这凤姐忽然想起一件事来,便向窗外叫:‘蓉儿回来!’外面几个人接声说:‘请蓉大爷回来呢!’贾蓉忙回来,满脸笑容的瞅着凤姐,听何指示。那凤姐只管慢慢吃茶,出了半日神,忽然把脸一红,笑道:‘罢了,你先去罢。晚饭后你来再说罢。这会子有人,我也没精

① [美]约书亚·梅罗维茨著,肖志军译:《消失的地域:电子媒介对社会行为的影响》,北京:清华大学出版社,2002年,第13页。

神了。’贾蓉答应个是，抿着嘴儿一笑，方慢慢退去。”[①]这么模糊和微妙的话，如果只图情节的精彩和刺激是不能感受到其中的味道的。在王熙凤慢慢吃茶出神的那么一大段时间空白里，蒋勋认为这一段是王熙凤和贾蓉之间最为高级的调情。为何凤姐“脸一红”？为何贾蓉“抿着嘴儿一笑”？这种模糊的笔法恰好对应着二人之间的“隐情”，也照应着后文焦大骂出的“养小叔子的养小叔子”等。也就是说，经典小说追求的是文本的表层下面更使人值得玩味的无限深意。

另外，我们再以网络作家尚爱兰的《性感时代的小饭馆》为例，看看经典传统小说与新媒体小说之间在文本具体层面上有什么本质的差异。小说写了互联网和电脑刚刚在中国普及的年代，主人公“耗子”和女同事的女同事“方”之间的故事。女同事“瑛”半开玩笑说想要一个情人，结果让“耗子”认识了“瑛”的女同事“方”。故事就在“耗子”和“方”之间展开。“耗子”以准备用公司奖金买电脑为由，去了“方”家里，参观她家的电脑。两个人共同面对电脑聊起有哪些特别的网页时，“方”说：“黄色的站点要不要看看？”他有点惊讶，因为“方”平时是很温和的，打扮得也很得体，从不见她和男的多说一句话。但他看“方”很自然的表情，觉得自己拒绝看黄色站点反而有点下流了，就点点头。[②] 一个有孩子的已婚少妇，向只见过一次，且第一次到家来“学习”的男性推荐色情网站，这行为本身就将两个人之间的调情表现得赤裸裸。到故事的后来，两个人在聊天室聊得虽然无聊，但是最后直接进入“性”。这可以看出网络小说在叙述男女情感时采用的“表层”写法，即“反回味”写法。

同样是男女情感的表达，《红楼梦》可以将“养小叔子”的调情写得具有可琢磨性，而《性感时代的小饭馆》两个人的情和欲只是成就情节的“过渡”。在“耗子”和“方”两个人私会的过程中，我们只有一种身临其境的感觉，但抽身出来，无法寻找到细细揣摩的味道。为什么不同时代的文学在表达类似场景和情节时，艺术效果有如此大的差别呢？

传统文学追求阅读的沉思、静观和深度，而新媒体文学则偏向于即时性、碎片化和狂欢化所带来的阅读快感。欧阳友权认为这是“展示价值”对“膜拜价值”的置换。网络媒介带来的话语平权以“渎神化”的方式消解了传统文学的典雅、诗意、崇高和韵味，正如本雅明所说的机械复制艺术对传

---

① 曹雪芹、高鹗：《红楼梦》，北京：人民文学出版社，2005年，第100页。

② 马季主编：《21世纪网络文学排行榜》，南昌：百花洲文艺出版社，2010年，第49页。

统艺术“光晕”的消解一样。这种光晕就算在机械复制时代之后依然存在于作家内心冲动中，其外在表征是：传统作家总是试图将作品打磨成可以超越时空的经典文学，受到后世读者的膜拜。也就是说，经典的传统文学是在一种对艺术品“神圣性”的集体无意识中逐渐形成的。不过，传统文学的经典性与精致性、静观性和沉思性逐渐被网络文学作者的展示欲与读者的消遣欲所替代。传统文学追求的是意义、深度和品味，网络文学追求的是当下、表层和爽感。在文学膜拜价值失去的同时，文学的历史意义和时间记忆也在空间化并置中消失。网络空间“已经割裂了时间与空间的辩证法，将历史感的时间转换成了‘在场’的空间，将有深度价值的时间转换成了浅表化展示的空间，把心灵记忆的时间转换成即时游戏的空间，最终一切都被空间化了。这种后现代式的空间化不是传统意义上的材料结构的物质性空间形式，而是把思维、存在的体验和文化产品中的时间、历史因素等彻底加以排斥，使时间永驻现时所形成的新的空间形式。它切断了各种复杂的符号联系，从深层观念上排除了文字纯表面之间的捉摸不定的关系，成为一种单向度平面展示的‘当下’存在 。网络作品中的人已经没有历史，只存在于当下空间，变成没有根的浮萍般飘来飘去的人，时间已经碎化为一系列永恒的当下片段，唯一存在的只有空间和在这空间中的自况、展示和游戏”。[①] 网络文学的超文本结构，将不同文本、不同时空、不同维度的内容并置在一起，形成了一种空间并置的结构。这种空间性维度的显著特点，必然导致读者在阅读过程中感受到一种碎片化和非逻辑化的体验。

“想象”对应着“语言文字”时代的产物，而非图像视觉时代的效果；空间化的“去历史性”和“去深度性”使得此刻即时的狂欢及身体性而非理性的感受成为主导。传统文学及文论的思维和哲学背景属于“语言文字”和“理性”的时代，“语言”本身在J. G. 赫尔德(J. G. Herder)看来就是“理性”的另一个代名词，“在语言发明之初，哪怕仅只生成唯一的一个词，那也是理性的符号；盲目、喑哑的人类心灵在其内在的深底里拥有着这个词，同时也确确实实拥有着理性”。[②] 语言作为一种媒介必然带来的是以理性思考为主的时代；当语言走向文字，再走向古登堡的活字印刷术，人们的阅读习惯走向了深度阅读。“阅读一连串印刷文字的价值不仅在于读者从文字中

---

① 欧阳友权：《网络文艺学探析》，北京：中国社会科学出版社，2018年，第136～137页。

② [德]J. G. 赫尔德著，姚小平译：《论语言的起源》，北京：商务印书馆，1998年，第70页。

获得的知识，还在于那些文字在他们头脑中引发心智感应的方式。长时间全神贯注地读书为人们开辟了一片安静的空间，他们在这片空间中展开自己的联想，进行自己的推论，做出自己的类比，形成自己的思想。他们进行深度思考，一如他们进行深度阅读。”①当人类认知世界的媒介从“语言”走向“图像”时，理性的深度消失了，“想象”的回味也失去了。因此，传统文学和网络文学的确存在着审美品质上的巨大差异，而这种差异背后的根源是“媒介”。那么，两种样态的文学（姑且称为“两种文学样态”）因为“媒介”带来的差异会呈现出什么样的状况呢？

## 二、媒介情境与审美范式的嬗变

在网络文学中，尤其是网络小说在肢解传统小说的丰盈状态，同时它在追求一种故事情节给人带来的爽利感。这种一味追求故事情节的曲折性和场面描写的刺激性，与视觉文化时代文学被改编为剧本、电影的趋势有关。在视觉文化时代的大背景下，“图像本身获得了至高无上的‘霸权’地位，形成了对语言的挤压”，同时“‘读图时代’的图像符号，已不再是传统相似性符号范式，它越来越趋向于能指自我指涉的拟像（simulacrum）的新结构”。② 这种自我指涉性使得图像极度感性化。传统纸质小说以纸媒为根本，这让传统文学成为静观型的文化代表：主体和对象之间形成一定的审美距离，同时语言的抽象维度让文学的感性之味可以反复琢磨。但是在视觉图像时代，新媒体文学将自身转向图像维度，就带给读者对对象距离的消失，达到对图像“奇观”效应的完全“沉浸”，这种沉浸之后，“回味”是不存在的。具体来说，读图时代人们的审美方式被怎样改变的呢？

第一，在“互联网＋图片”的强势猛攻下，人们的审美思维变得碎片化和浅薄化。其一，互联网时代，信息的超量使得信息和信息必然产生竞争，于是互相比的就是刺激性和吸引性，结果带来了尼古拉斯·卡尔（Nicholas Carr）所说的互联网悖论：“互联网吸引我们的注意力，只是为了分散我们的注意力。”③同时，任何一种媒介的产生发展直接改造的是我们的大脑思维结构，就像卡尔举例说到时钟的发明，其表面效果是时间的精

---

① ［美］尼古拉斯·卡尔著，刘纯毅译：《浅薄：互联网如何毒化了我们的大脑》，北京：中信出版社，2010 年，第 69 页。

② 周宪主编：《视觉文化读本》，南京：南京大学出版社，2013 年，第 15 页。

③ ［美］尼古拉斯·卡尔著，刘纯毅译：《浅薄：互联网如何毒化了我们的大脑》，北京：中信出版社，2010 年，第 128 页。

确化和标准化，结果是人们的思维走向亚里士多德式的洞悉抽象本质的思维习惯。那么互联网信息的碎片化带来的只能是人大脑思维的碎片化，逐渐失去的是“深入思考和创新思考的能力”[①]，互联网浅薄症便应运而生。其二，视觉文化时代，影像对世界的“仿像”组成方式使得人的精神层面变得碎片化。图片之间的组接思维是完全不同于文字之间的组接思维的，图像和图像之间的关联遵循的是直观性和具体性，而文字和文字的组合是以抽象性和联想性为基础的。[②] 图像之间的直观性其实是以损失对现实世界理性和逻辑思考的连贯性为基础的。因此，“互联网＋图片”所包围的新媒体文学必然带有着“去深刻性”。

第二，“仿像”的最根本问题是对事实本身的截断。视觉文化遵循的是让·鲍德里亚(Jean Baudrillard)的“拟像的逻辑”，也就是说，我们处于一种拟像的逻辑之中，而这种逻辑与事实逻辑和理性秩序无关。拟像是由一系列序列化的模型构建而成的。这些模型的构建基础，就是最基础、最底层的事实。[③] 同时，“仿像”还具有反崇高性和追求感官性的特征。“视像的存在，便在人的日常生活与美学的现实指向之间确立了一种新的基本关系模式，即：审美活动可以跨过高高的精神栅栏，‘化’为日常生活层面的视觉形象；精神内部的理想转移为视觉活动的外部现实，心灵沉醉的美感转移为身体快意的享受”。[④] 于是，在远离事实世界和精神诉求的情况下，对新媒体文学的创作和阅读越来越具有“去回味性”。

第三，网络文学与商业结盟的直接性导致自身走向“媚俗化”。网络小说动辄几千万字，这是由网络文学盈利模式带来的，只有将阅读者锁定才能获得最大利润。如果《红楼梦》《百年孤独》写成几千万字，估计少有人读得下去。网络小说必然以文字的简单和情节的曲折、幽默和趣味来吸引读者。传统经典小说追求的是一种细节的密度和情节的强度。莫言在文章《捍卫长篇小说的尊严》中说，小说的好坏和尊严主要体现在小说的密度上。此密度包含着“密集的事件”“密集的人物”和“密集的思想”，使得好的文学在外表看起来就与众不同。“思想之潮汹涌澎湃，裹挟着事件、人物，

---

① [美]尼古拉斯·卡尔著，刘纯毅译：《浅薄：互联网如何毒化了我们的大脑》，北京：中信出版社，2010年，第151页。

② 周宪：《视觉文化的转向》，北京：北京大学出版社，2008年，第182页。

③ Jean Baudrillard. *Simulacra and Simulation*. (Ann Arbor: University of Michigan press, 1994), p.16.

④ 王德胜：《视像与快感》，合肥：安徽教育出版社，2008年，第5页。

排山倒海而来，让人目不暇接，不是那种用几句话就能说清的小说”。[①] 正因为有一代代小说家们对小说密度的追求，才使得《红楼梦》《水浒传》等能够成为一代又一代人反复琢磨品味的名著。

从上面三点我们可以看到：新媒体先天带有碎片化、浅薄化、去真实世界、反精神诉求和媚俗化等特征，这些特征直接塑造着我们这个时代网络读者的审美风格和审美趣味。传统文学秉持的是书面文化和印刷文化的逻辑。如果说口头文化激发的是听觉活动，那么印刷文化激发的是视觉活动。“文字把语词从声音世界迁移到视觉空间的世界，印刷术最后把语词锁定在这个空间里。空间控制是印刷术压倒一切的目标”。[②] 印刷文本的自足性和封闭性产生冷静、理性的文风和静默、沉思的阅读风格。印刷媒介带来的艺术属性足以让读者完全沉浸在阅读“回味”的状态中。

21世纪的文学状况是怎么样的呢？文学正在经历着从光晕的笼罩到光晕的消失，再到纯粹追求逃避现实的新媒体文学所携带的沉浸感和非反思性。正如尼尔·波兹曼（Neil Postman）在《娱乐至死》中所谈到的情况一样：电视媒介对新闻事件的严肃性是一种抹杀，前一分钟我们还在为飞机失事感到痛心，后一分钟主持人的一声“OK，Now…”，或者一则热闹的广告就将之前的痛感转化为一种类似看虚构故事的中性感。我们无法在新媒体大量信息状态下反思和琢磨一个对象，新媒体总是在不断生产新的刺激来满足我们感官的“贪欲”。第一，对于新媒体文学来说，它们用情节的新异性和语言的易读性来吸引着读者。我们在公交车上的时候，在机场等人的时候，甚至在吃饭的时候，都可以随时点开一部排行榜前几位的小说，津津有味地读下去。第二，网络小说完全将自身置身于文化产业经济链条中，在利益的追逐下，新媒体文学以超过传统文学数十倍甚至数百倍的速度被“制造”出来。且不说网络作家的写作技术如何，小说写作的速度就让人咂舌。网络小说只能将传统小说中的“情节”维度发挥出来，而对于叙事技巧、语言的精密度和细节的强度等都少有去精雕细琢。因而，不可能出现海明威对《永别了，武器》结尾的数十次打磨和提炼，也不会有曹雪芹对《红楼梦》十年修改的呕心沥血。对于网络小说家来说，一部《红楼梦》体量的小说别说十年，一年的写作时间对他们来说已经是太长的时间了。

---

① 莫言：《食草家族》，上海：上海文艺出版社，2012年，第5页。

② [美]沃尔特·翁著，何道宽译：《口语文化与书面文化：语词的技术化》，北京：北京大学出版社，2008年，第92页。

在网络作家以“快”的速度去写作，同时大众普遍以放松的姿态而随性阅读时，新媒体文学带来的审美感受只能是一种单一的“愉悦”。也就是说，对新媒体文学的感受是在一种低级别的感官重复中进行的。当然，如果新媒体文学给人带来新的审美感，这种审美感受完全可以匹敌甚至超过传统文学，这当然是我们愿意看到的。

总之，传统文学与新媒体文学确实存在极大的不同：一种是对人类最高精神层面的宗教式神圣性的崇拜，一种是对形而下感官的极度刺激。因此，传统艺术追求细细琢磨的“意味”，新媒体艺术则是追求无需和无法反思的“快感”。

## 三、崇高性与扁平化：媒介情境的“弱决定性”

传统文学和新媒体文学由于媒介情境的不同产生了不同的审美范式，即“意味”和“快感”。进一步追问，这就涉及了两个核心问题：一是秉持媒介决定论的思维，传统文学走向新媒体文学，必然是一种追求感官的快感，那么我们只能听凭媒介的摆布，而不能反过来通过媒介建构、塑造更美的艺术对象吗？二是新媒体文学的审美标准会停滞在“快感”追求之上而无变迁的可能性吗？感官层面的享受能否成为审美？审美就一定是要超越感官进入精神或者灵魂层面的吗？

第一，媒介决定论与媒介环境论视域中的新媒体文学理论思考。麦克卢汉将媒介决定论带入了我们的视野，改变了长久以来将媒介视为工具的观念。在现实生活中，我们可以发现，媒体总是将与读者无关的新闻事件塞入大众身体中，使身体里拥塞着各种暴力、色情和犯罪的刺激物，甚至让我们产生一种错觉：这个世界就是传说中的“地狱”。为什么明知道媒体滋生了让人每天不安却与阅读者本身无关的“新闻”的存在，我们却不改变新闻的现状？色情、暴力、变态等能吸引人眼球的事件特性是新闻作为一种媒体必须的基本特征，否则无人去关注它。从这个意义上我们发现了麦克卢汉的“媒介即信息”理论的价值。洛文塔尔认为艺术理论必须将媒介视为其核心，因为媒介改变着艺术的本质，所以媒介从某种意义上是艺术的本体。就像索绪尔所带来的语言学转向一样，语言成为决定世界的本体。从语言到新媒体，看似是一种承载的技术的革新，然而在不经意间，文学和艺术随着新媒体的渗透而发生着翻天覆地的变化。

然而关键问题是，人类就只能在自己创造的新媒介中堕落下去，被动地接受媒介安排的一切,最后为媒介所"异化"吗?怎么样在新媒介中生成一种让人乐于"居住"的精神家园?就好像唐诗宋词一样,当时人与文学的关系是一种互相融洽的关系时,人创作了诗词,同时诗词带给人以高级审美感受,也就是古代诗话、词话中所提到的"意境"或者"境界"。新媒体文学还可能产生"境界"吗?抑或是新媒体文学的审美范畴词典中完全就没有"意境"这种古典美学范畴的存在吗?

新媒介情境确实在某种程度上影响着文学和艺术的发展,影响着人们的审美判断。也就是说,媒介情境对新媒介文学起到的是一种"弱决定性"作用。但是,仅仅是"弱决定",而不是"决定"。从传统艺术到新媒体艺术,艺术本质是否发生了根本性的变化?无论是传统艺术还是新媒体艺术,其背后还是对"人"学的考量。这又衍生出下一个问题:媒介语境的嬗变给人的审美、思想和伦理等带来什么样的变化?这种变化是质上面的还是量上面的?此问题回到一个媒介理论的争辩上:"媒介"到底是工具技术还是本体性的?这可以在波兹曼的媒介环境学中找到答案。波兹曼认为媒介不能光从技术层面考量,而应该从道德伦理等人性角度来思考。他说,我们应该思考新媒介在多大程度上提高或减弱了我们的道义感和向善的能力。媒介使道德败坏了还是使道德净化了?抑或是媒介在人性作用中处于中立地位?①因此,在人类生存意义上,媒介环境学倾向于思考真正对人类有意义和价值的东西。文学寓居的网络媒介并不能成为网络文学追求媚俗、色情、暴力和平庸的理由,因为媒介并不等同于其产生的内容,并不完全对其内容负责。就算网络本身具有去中心化、去崇高性、反权威性、反本质性和反普遍性等特征,这也不能决定网络小说本身一定带有与传统经典文学截然不同的审美品质。对新媒体文学来说,网络媒介并不一定必然带来浮躁、浅薄、碎片化、视觉化、平面化、去回味性和去崇高性等文学和艺术的产生。媒介本身就需要保有对人类终极的意义进行追问的可能性环境。这引出了下一个重要问题。

第二,新媒体文学所具有的"快感"能否成为这个时代的审美特征,甚至是影响以后的审美范畴,这是一个比较深刻和长久的美学问题。当网络文学明显带有感官的欲望快感,甚至"'为了口味的感官而极力营造过剩和

① [美]林文刚编,何道宽译:《媒介环境学:思想沿革与多维视野》,北京:中国大百科全书出版社,2019年,第89~91页。

多样性'正在日益成为一种我们时代日常生活的美学现实"。[1] 我们不得不正视这一个现实："爽"和"快感"真的可以成为一种堂而皇之的审美范畴吗？答案是否定的。"美"本身确实蕴含着肉体的快感因素，如李泽厚先生对"美"字的解读分为："羊大为美"和"羊人为美"，即从感官肉身角度来谈主体的审美感受和从无目的的超越性来分析"美"。但是，我们不能混淆了"美感"和"快感"的差别。在美学中，"快感"和"美感"是审美过程中的初级阶段和高级阶段。"身体的感觉是不纯趣味的场地，必须加以拒绝；诉诸感觉的艺术是'愉悦的'，而不是'美的'，它所创造的是'享乐'而非'快感'。这种不纯的趣味，康德称之为'舌、颚与喉的味觉'，而用布迪厄的话来说，它是'向瞬间感受的屈服，而这种感受在另一套秩序中，是被视为轻率的'；叔本华对'崇高'(sublime)与'迷人'(charming)的区分，与此有异曲同工之妙"。[2] 也就是说，在美学中，快感在严格意义上是不属于美感范畴的。快感"沉湎于肉体之中，局限于感官之内"，唤起的往往是"比较卑贱的联想"；美感体现为具有价值性、感情性的事物固有的属性。美感是"对某种善只存在或者不存在(在丑的情况)的感觉"，是一种"内在的积极价值"，是一种"客观化的快感"。[3] 那么反过来思考，问题就清楚了：如果文学艺术丧失了高级的精神维度的追求，沦落为感官的简单刺激，还能成为文学艺术吗？这带来了一连串的反思：当一切都去崇高性和神圣性之后，是否威胁到人类的文化和精神世界，当人的精神世界越来越感官化和快餐化之后，我们是否还会有所追求？如果整个文化都平面化之后，人类的生存是否如同虫豸一样？在那样的环境中，人存在的意义又何在？这些问题都将我们带回到包括文学和艺术的人文学科追问的根本问题。"文学即人学"，那么人学中思考的是人生存和存在的意义问题。这种终极和本体的追问离不开宗教维度的"崇高性"和"神圣性"。"艺术或文化中所陈述的神圣性这一事实表明，神性之于人性乃是一种生存价值论的设定或象征。此一设定或象征标识出人之存在的全部可能性和丰富性"。[4] 那么反观新媒体文学的创作和阅读，无论是作家还是读者，当作为人的存在进行思考时，就必

---

① 王德胜：《视像与快感》，合肥：安徽教育出版社，2008年，第3页。

② [美]约翰·费斯克著，王晓珏、宋伟杰译：《理解大众文化》，北京：中央编译出版社，2001年，第64页。

③ [美]乔治·桑塔耶纳著，缪灵珠译：《美感——美学大纲》，北京：中国社会科学出版社，1982年，第25～33页。

④ 宋一苇：《审美视界》，沈阳：辽宁大学出版社，2002年，第17页。

然不会仅仅将自身停留在身体维度的皮肉感知，而反回去思索灵魂和神性的层面。因此，在“精神和肉体”的矛盾困境中，“快感”不可能成为一种永恒的审美范式。

## 第二节 媒介间性语境与新媒介文艺的多模态性

新媒介广泛参与艺术的生成，不同艺术门类通过异质媒介的“跨”艺术活动变得普遍。当然中国早期“诗”“乐”“舞”合一的艺术状态、苏轼的“诗画一律”论、瓦格纳的“总体性艺术”(gesamtkunstwerk)都是在描述跨媒介实现的跨艺术状况。不过随着新媒介对传统媒介的兼容，艺术中的媒介间性现象成为一种常态或趋势。从“语境诗学”角度来说，新的跨媒介文艺现状其实是一种“回归”，对口头艺术时代全息语境的返回。

### 一、新媒介时代文艺形态的弥散现实

2016 年，美国音乐人鲍勃·迪伦获得诺贝尔文学奖，授奖词是“在伟大的美国歌曲传统中开创了新的诗性表达”。世界顶级的文学奖该不该颁给音乐人成为这一届文学奖最大的争议点。1996 年，戈登·鲍尔(Gordon Ball)在向诺贝尔委员会推荐迪伦时，盛赞他的作品成功让诗歌重焕吟游诗人口头表演的传统风采。然而，从 20 世纪 30 年代至 20 世纪 60 年代，新批评派盛行，其理论倾向强调书面文本而排斥口头文本，导致音乐和诗歌之间的深厚联系逐渐淡化。埃兹拉·庞德(Ezra Pound)曾将诗歌和音乐誉为“孪生艺术”，这一观点对迪伦产生了深远影响，使他坚信自己首先是一位诗人，其次才是音乐家。在迪伦看来，歌词与音乐同等重要，无歌词则无音乐。他凭借卓越的天赋，成功地将诗歌与音乐在表演中融为一体。事实上，诺贝尔文学奖曾授予 9 位戏剧家，这也充分证明了在文学世界中，不同媒介的重叠与融合是备受推崇的。[①] 诗歌并不存在绝对的边界，正如 W. B. 斯坦福(W. B. Stanford)所言，“在古希腊和罗马的教育体系中，音乐和诗歌共同存在于一门被称为 mousiké 的学科之中”。他进一步指出，“诗歌在古希腊语中最初的称谓……主要含义是‘歌曲’；而诗人则被尊称

---

① Gordon Ball, “Dylan and the Nobel,” *Oral Tradition* 22.1 (2007): 14-29.

为歌手……甚至在他们被称作创作者之前”。① 因此，从诺贝尔文学奖的评选标准到迪伦诗歌创作的具体实践，我们不难发现，文学的本质正是在这种媒介间性的语境中模糊而丰富地存在。它超越了单一的表现形式，在跨媒介的交流与融合中展现其独特的魅力，呈现出一种多元化、综合性的艺术形态。

21 世纪初，虚拟世界便滋生了一种全新的艺术“引擎电影”(machinima)。作为 cinema 和 machine 混合的新艺术类型 machinima，主要指在虚拟世界或游戏中实时发生的电影制作类型。这种艺术创作方式在第二人生(second Life)平台中特别明显。② 第二人生中最早的引擎艺术作品之一是《守望世界》(*Watch the World*)，这是罗比·丁戈(Robbie Dingo)在虚拟世界中用 3D 数字绘画的方式重新创作的凡·高的《星空》。引擎电影的艺术性通常体现在创作过程而非最终作品中，因为它往往被视为一个活态的、正在进行中的表演(on-going performance)。在中国当代艺术家曹斐的引擎电影《我·镜》(*i. Mirror*)中，Tracy 和钢琴家 Hug Yue 谈到，每个人都是平行世界中的演员，整个世界都是一个舞台，我们就是电影中的一切。③ 同时，引擎电影充分发挥电影的艺术综合性和元宇宙媒介的“元媒介”性，让 21 世纪艺术获得前所未有的跨媒介自由。如希帕蒂娅·皮肯斯(Hypatia Pickens)的引擎电影就被描述为文学、历史、舞蹈和移动艺术的融合。

2017 年，谷歌的虚拟现实(VR)绘画工具 Tilt Brush 登陆 Oculus rifts，画家安娜·日利亚耶娃(Anna Zhilyaeva)便开始在 Youtube 上传了 VR 绘画“Anna dream brush”系列。日利亚耶娃的全新创作方式改变了艺术作品既有的观念。其一，传统绘画所依赖的物理颜料让其受限于颜料的颜色、质地、耐光性和延展性等，而虚拟现实中数字颜料基于颜料混色模型(pigment color mixing model)的新颜料技术创造出更为逼真的色彩。其二，传统绘画使用的纸规定了其二维艺术的本质，而虚拟现实中画家可以

---

① William Bedell Stanford, *The Sound of Greek: Studies in the Greek Theory and Practice of euphony*. (Berkeley and Los Angeles: University of California Press, 1967), p. 27.

② P. Johnson, D. Pettit, *Machinima: The Art & Practice of Virtual Filmmaking*. (Jefferson, NC: McFarland, 2012), p. 4.

③ Phylis Johnson, “Painting machinima in second life: emerging aesthetics in virtual filmmaking,” *New Opportunities for Artistic Practice in Virtual Worlds*. IGI Global, 2015. p. 26.

360 度旋转、放大、缩小半成品；可以将提前画好的眼睛、果实、蝴蝶等置入半成品中；画家可以身处在画中对其雕琢、打磨。在此意义上说，虚拟现实绘画兼具了绘画和雕塑两种不同艺术的创作方式，同时还超越了此两种传统方式。其三，传统绘画和雕塑都是静态性艺术，也即空间的艺术，而虚拟现实艺术则在空间中加入了时间的动态性。在日利亚耶娃的 VR 绘画“梦境里的能量丛林”中，丛林中树叶可以发光，并且植物能量传输可以通过光点运动呈现出来。虚拟现实艺术中空间与时间走向混溶，并具有一种具身化的“空时性”（spatiotemporality）。①

2022 年，元宇宙艺术节邀请了加密诗歌画廊（Crypto poem gallery）“诗韵”（verse）的创始人纳撒尼尔·斯特恩（Nathaniel Stern）和萨沙·斯蒂尔斯（Sasha Stiles）进行名为“THE WORD”的诗歌现场表演。“诗韵”的作品常常将精湛的人类诗句、迷人的 AI 语言实验和全彩的艺术图像编织在一起，以极具原创性和挑衅性的方式创造了元宇宙诗歌文本。如由安妮·斯帕特（Anne Spalter）和斯特恩创作的“未来神话”（“Future Mythologies”），是与人工智能合作编写的 12 首诗歌，每首诗都以科幻风格探索了希腊神话中的一个角色。“未来神话”中的诗歌在人工智能帮助下将文本制作成图像，并结合斯特恩的作曲生成视频。元宇宙诗歌一改传统诗歌的纯语言媒介，与图像、视频、音波等共同呈现。《公众》（“The Public”）是一首由安娜·玛丽亚·卡巴列罗（Ana Maria Caballero）创作的诗，诗歌由现场视觉和表演艺术家乔尔（Joëlle）再进行视觉创作。乔尔将卡巴列罗朗诵诗歌产生的声波创作为一种视觉效果，并加入音响效果（fx），从而放大卡巴列罗诗歌表达的仪式性和前语言性元素（pre-verbal elements）。

2021 年 11 月，佳士得以接近 2900 万美元拍卖了数字艺术家 Beeple 的 NFT 作品《人类一号》（*Human One*）。佳士得将《人类一号》描述为“动态艺术雕刻”（kinetic video sculpture）。Beeple 将其称为“第一幅出生在元宇宙中的人类肖像”。这是一件生成的艺术作品，一件动态变化的数字/物理雕塑。作品中戴头盔的人物行走在地球上的各种场景中，这些场景它会根据一天中时间的变化而变化，并将随着时间的推移而不断发展。Beeple 认为一件传统的艺术作品更像是一个有限的陈述，在它完成的那一

---

① Bertrand Westphal, *Geocriticism: Real and Fictional Spaces*, trans. Robert T. Tally Jr. (New York: Palgrave Macmillan, 2011), p. 6.

刻就被冻结了。而《人类一号》拥有自我语境性更新的能力,作品与观众的关系类似于正在进行的对话,随着时间的推移被持续性地加入了新的意义。

新媒介艺术从静态材料、结果展示走向动态过程的语境性呈现。怀特海认为任何类型存在的本质只有从材料、过程和结果三方面综合解释才能得以理解。[①] 如果说传统绘画的观看是通过材料记忆来理解和想象艺术对象的话,元宇宙艺术则将艺术联想直观化为对象的生长过程及其多感官模态。如在日利亚耶娃的虚拟现实绘画中,我们看到并非被画出来的作品才是艺术作品,整个绘画过程被虚拟空间永久记录保存下来,画家本人也成为作品的一部分。新媒介艺术是一幅画,也是一座雕塑,还是一种动态艺术,更是一场表演。作品之外还包含画家绘画时舞蹈般的身姿、精致的服装、姣好的面容,配以节奏吻合的背景音乐等。"艺术变得选择优先对待一个动态的过程,而非一个具象的物件或产品"。[②] 在此意义上,艺术不再是静止的已然完成的文本,而是动态的正在生成的作品。

从引擎电影到VR绘画再到加密诗歌,我们看到艺术正在走向一种跨媒介艺术、"多模态艺术"或者说"总体艺术"。[③] 对这种现象,丹尼尔·奥尔布赖特(Daniel Albright)称之为"假晶艺术"。斯宾格勒认为在地质学中"一种矿物的晶体形态更具有它种矿物的晶体形态"的"假晶"现象。奥尔布赖特借此提出了"假晶式"(pseudomorphic)艺术现象。单一媒介的艺术"被要求模仿或担当某种异质媒介的功能时",便会出现艺术的假晶现象。[④] 类似的描述还有玛丽-劳尔·瑞安(Marie-Laure Ryan)的"跨媒介叙事",艾莉森·吉本斯(Alison Gibbons)的"多模态文学"(multimodal literature),沃尔夫冈·哈勒特(Wolfgang Hallet)的"多模态小说"(multimodal novel),鲁丝·佩吉(Ruth Page)的"多模态叙事"(multimodal narrative)。[⑤] 国内学者韩模永将其称为"新型文类",其具体

---

① [英]阿尔弗莱德·怀特海著,韩东辉、李红译:《思想方式》,北京:华夏出版社,1999年,第84页。

② [英]贝丽尔·格雷厄姆、[英]萨拉·库克著,龙星如译:《重思策展:新媒体后的艺术》,北京:清华大学出版社,2016年,第69页。

③ Elif Ayiter, "Storyworld, gesamtkunstwerk, art ecology: Creating narrative geographies in the metaverse," *Electronic Imaging* 28 (2016): 1-6.

④ [美]丹尼尔·奥尔布赖特著,徐长生等译:《缪斯之艺:泛美学研究》,南京:南京大学出版社,2021年,第208页。

⑤ 张昊臣:《多模态》,载《外国文学》,2020年第3期,第112～116页。

形态包括文字造景型、多向型、互动型和多媒体型超文本文学。[1] 周才庶则将其称为复合文艺文本，“新媒介文学融合了语言、文字、影像等多种媒介形式，它在文本形态上是多媒介化的，实现了文字逻辑和画面逻辑的交汇。新媒介文学文本包括书写小说文本、网络小说文本、影像文学文本，它们在文本逻辑上相互参照，构成了新型的复合文艺文本”。[2] 不同的术语表述其实都呈现在新媒介状况下文艺的新趋势。新媒介文艺的跨媒介实践呈现出一种对情境性追求的美学趋势：新媒介文艺实践向“泛艺术”“跨媒介艺术”方向发展，追求艺术的“语境性”“现场性”和“在场感”。新媒介文艺作品的性质从固化对象走向行动事件。新媒介文艺重过程而非结果，重行动而非成品，重语境而非文本。

## 二、文艺的媒介间性与原初语境回归

媒介学家保罗·莱文森(Paul Levinson)将技术媒介发展进程分为三阶段：第一阶段，非技术性的面对面传播呈现的是原初真实世界的一切，同时受限于时间和空间。第二阶段，技术在克服时空的生物局限基础上，丢掉真实世界的元素，如电话丢失视觉，摄影丢失动作、声音和色彩。第三阶段，新媒介技术重拾“早期技术丢失的、面对面传播中的元素”，同时还保持甚至提高对“时空的延伸”。“当技术媒介变得越来越复杂时，它们产生的(或者是允许的)传播则越来越与非技术或前技术传播相似。电影与可视电话远比静态照片和电话更接近人类面对面的传播”。[3] “前技术时代”的存在状况追求的就是现场性的、面对面的情境交流，这个阶段人与人是一种真正意义上的全息性和多模态化的互动关系。这个阶段虽然还不存在“媒介意识”，但是“非技术化”的临场感却成为人类后来媒介发展的终极回归。虚拟现实则是在现有媒介中对人类原初交流状态的数字模拟，较之于“前技术时代”，它克服了时间和空间的限制。

前面我们在语境范式中构建的“活态语境”其实就是媒介尚未分离之前的原初“媒介间性语境”，而“多模态语境”则是新媒介文艺在审美感知层面的媒介间关系性表征。口头文学滋生于“非技术时代”，并延伸到当下的

---

① 韩模永：《超文本文学研究》，北京：中国社会科学出版社，2013年，第30～43页。

② 周才庶：《新媒介文学景观与文学的物质性》，载《文艺理论研究》，2022年第1期，第139页。

③ [美]保罗·莱文森著，邬建中译：《人类历程回放：媒介进化论》，重庆：西南师范大学出版社，2016年，第5页。

表演文学、民间文学等中。口头文学批评在“活态语境”中可以得到理论支撑。新媒介文艺诞生于对“非技术时代”的回归的过程中。新媒介文艺所追求的临场性、沉浸性和多感官性使得“多模态语境”成为其话语基础。可以说,“多模态语境”是数字时代的“活态语境”,其本质就是“媒介间性语境”。

口头文学或民间文学-民俗学是活态文化的典型代表。活态文学并不仅仅是前文字时代的文学(如民族史诗),还包含当下时代的民间文学、表演文学。换句话说,它在时间维度上包含着“活着的”和“活过的”文化的协商。[①] 活态文学的文本并非“固态”文本,而是“活态”文本。口语时代艺术以“口头吟-唱”和表演的形式为主,如口头诗歌、戏剧和歌舞等。这个阶段的艺术是以身体的在场为前提的,身体的姿态和动作浑然一体地融入艺术中。“身体技术”或者说“前技术”时代的艺术是整一的、现场的、全感官的和时空泯然一体的。文字-印刷时代以符号艺术为主,如线条、图案、语言和文字所生成的绘画、雕塑和文学等。这个阶段符号延伸了人的思想、情感和意义,也肢解了声音、手势、形态共同构成的,面对面的“在场感”,导致身体的缺席。符号艺术分割了面对面的在场状态到不同符号媒介中,如诗歌中的人、诗和歌的分离;符号艺术也是“过去完成时”的、既成的艺术。[②] 对在场的渴求呼唤出“视-听艺术”的出场。印刷时代的文本被固定在纸质媒介之上,它丧失了声音感、表演性、整体性和当下性。可以说,口头文学区别于纸媒文学的最大特点在于“语境性”的凸显。“口语词的意义是由此时此刻的真实生活情景决定的……口语词的意义只能够从它们经常出现的栖居环境里获得,这样的环境不像简单地包含语词的词典,它把手势、语音的抑扬顿挫、面部表情以及人生存的整个环境一网打尽。真正说出口的语词总是出现在人类生存的整个环境里。语词的意义不断从当下的环境里涌现出来”。[③] 对文学语境性的强调是口头文学最为独特的理论特质。

活态文化并非仅仅指“本真的文化”,它包括“原生活态文化”(前文字时代)和“次生活态文化”(电子媒介时代)。“‘原生的’文化不仅与‘次生的’文化在文化流传的意义上相关联,而且,‘原生的’也是‘次生的’文化有

---

① 张进:《活态文化与物性的诗学》,北京:人民出版社,2014年,第22～24页。

② 王妍、张大勇:《模仿与虚拟:技术现象学视域下的文艺理论基本问题研究》,北京:中国社会科学出版社,2021年,第226页。

③ [美]沃尔特·翁著,何道宽译:《口语文化与书面文化:语词的技术化》,北京:北京大学出版社,2008年,第35页。

选择地创造构成的结果，这个过程正如‘传统的发明’”。[①] 作为“再活态化”的新媒介文学形态，在物质媒介和审美感官维度上都呈现为对口头文学现场性和全息感的数字模拟。当下的文学承载着一种“多模态”状态。张昊臣认为多模态文学主要体现在以下四种文学样式之中：表演文学中的“声音、姿态、服饰、身体特征（如性别、族裔）、舞台效果、多媒体效果、现场气氛等”；多模态印刷文学中的“触觉小说”和“拼贴小说”；数字文学中的早期超文本小说、20 世纪末的互动小说、21 世纪初的以 VR 等技术为基础的“文字、图片、声音甚至触觉”文学和“社交媒介文学”；跨媒介和跨艺术的作品杂合，IP 文学的“纸质小说、网络小说、有声小说、影视作品、漫画作品甚至游戏、表情包、卡牌、玩具、主题园区等衍生形态”。[②] 这种“多模态”文学的定义涵盖了民间文学和多媒体文学，即“活态文学”和“再活态文学”。多模态文学在某种程度上就是多媒介文学和多感官文学的集合。口头文学本身携带的手势、声音和表情等和主体所感知的现场感就是多模态文学的最初样态，这也奠定了文学（无论是印刷文学还是电子文学）在之后的历史演进中不断试图回到的状态。

我们将文学多模态状态集中于网络媒介诞生以来的文学生产，可以看到新媒介不同于之前的口语媒介、文字媒介、印刷媒介等，它试图将所有媒介囊括一身。此前，媒介之间存在不兼容，抑或是矛盾的一面，如同样是叙事，语言叙事的能力远远超越图像叙事，以至于我们将叙事等同于语言叙事。图像媒介无法表达“不”，更无法表达可能性、条件性和更抽象的因果性，而这些恰好是语言轻而易举可以做到的。[③] 数字网络媒介则是通过“融合”的方式规避了此前的媒介革新或迭代过程中存在的局限性。文字较之于口语来说更有能力保存信息，电子媒介的超文本性则是让写作更具互动性，电影背景的无限性则突破戏剧背景的空间束缚。杰伊·大卫·博尔特（Jay David Bolter）和理查德·格鲁辛（Richard Grusin）所说的“再媒介化”的起点是现实，口头语言是对现实的第一次媒介化。对于人类文化来说，这是一次从 0 到 1 的质变，它创造了人对媒介多感官化、在场性和互动性等“语境性”的“底层代码”，以至于后来的媒介都试图最大限度地重建

---

① 张进：《活态文化与物性的诗学》，北京：人民出版社，2014 年，第 105～106 页。

② 张昊臣：《多模态》，载《外国文学》，2020 年第 3 期，第 113～115 页。

③ [美]玛丽-劳尔·瑞安编，张新军等译：《跨媒介叙事》，成都：四川大学出版社，2019 年，第 9 页。

之前的全息媒介状态。即便它们受自身的约束而放弃不属于自己的特性，“雕像艺术放弃了纹理和色彩；绘画放弃了体积；二者均放弃了时间……文学艺术放弃了可视性和指涉密度”。[①] 然而，我们也看到文学艺术一直尝试突破自己的媒介局限：文学常常被视为时间和想象的艺术，然而文学创作中的空间化叙事和图像叙事便是艺术突破的最好例证。媒介的每一次进化都试图将之前的媒介吸纳进去，即便它们做不到或者做得不够彻底，如电视出现之后的电视文学。事实证明声音和图像更适合电视媒介，而不是文字。不管怎么样，电视电台对文学传统至少恢复了文学的图像和声音的维度。“电话可能和面对面讲故事共享互动性，电视可能仿效面对面叙述的渠道多样性”[②]，而只有面对面叙述（如口头文学）同时呈现了“互动性”和“多渠道性”。换句话说，媒介虽然都是不断自我迭代，但是无时无刻不想回到“第一媒介”——口语文化状态。瑞安所说的电话和电视的媒介局限性，今天的网络视频电话不就解决了吗？网络新媒介其实早已经实现了“互动性”和“多渠道性”。

特别需要讨论的是“面对面”的问题：通过手机看着对方并非彻底意义上的“面对面”，只是图像化的“面对面”。口头文化中的“面对面”是身体的到场，网络媒介的“面对面”恰好是身体的缺席。同一场景下的“身体”之间会互相传递一些隐秘的信息。手势、眼神、表情等都会“高保真”地让另一主体感受到超出语言之外的信息，甚至被人称为“第六感”交流。网络媒介、5G和VR技术的协同，便是在“身体”层面努力恢复现场性“语境”。网络文化弱化了语言文字的力量，这一点在网络文学语言的浅白性中可以看到。与此相反的倾向是网络文学的表情符号、声音传播、高清图片及视频动态都在不同层面恢复着语境的真实感。虚拟现实（VR）则是在多维空间上凸显二维图片无法达到的沉浸感。“语境”最后的彻底复原对技术的要求必然朝向嗅觉、触觉和重力感等方面。故而，文学的多媒介选择是为了恢复多感官的主体体验状态，一种在场的、全息的沉浸式体验，其实就是恢复前文字时代的文学语境。如果说媒介的“前沿”是现实的话，迄今为止的“后沿”则是“虚拟现实”。在“现实”和“虚拟现实”之间，媒介祛除的是时

① [美]玛丽-劳尔·瑞安编，张新军等译：《跨媒介叙事》，成都：四川大学出版社，2019年，第133页。

② [美]玛丽-劳尔·瑞安编，张新军等译：《跨媒介叙事》，成都：四川大学出版社，2019年，第35页。

间、空间和身体。

数字媒介时代以沉浸艺术和交互艺术为主，如虚拟现实艺术。这个阶段通过5G、数据算法、虚拟现实、数字孪生等技术实现了身体的“虚拟在场”（“遥在”）。沉浸互联网时代时间-空间比率达到极致人性化，技术走向透明化。主体感知的丰富度经历了从物理世界的全感官，到媒介偏向的感官体验（视觉和听觉的交替），最后是元宇宙的虚拟世界“全感官恢复”。在虚拟现实世界中，真实世界中的物质性被数字性代替，客体的身上存在的重量、形态、气味、深度、时间、连续性和意义都被“虚拟”所抽取。[①] 而后，虚拟空间又通过虚拟现实技术、可穿戴设备、数字孪生等进行另一个版本的“现实世界”的重建。可以说，元宇宙是一种重构的数字现实。那么，从物质性到数字性的重构的意义何在呢？我们认为其意义主要体现在主体对时间和空间的超越，实现身体的“遥在”和“临场”。现实世界对人的制约本质上是时间和空间维度所带来的束缚。“在意识出现之后，人开始脱域，也就是脱离当前时间、空间的束缚，比如将我们的意识变成绘画或文字，保存并流传下去，其背后的意识就完成了时空穿越”。[②] 技术的发展摇摇摆摆地在时间和空间维度延伸着人的身体（英尼斯），又在朝人性化回归的同时延伸着时间和空间（莱文森）。

新媒介文艺便是在“回归”的道路上紧跟其寓居的新媒介的步伐，试图恢复着“前技术时代”的媒介环境，又在时间-空间维度上超越物理世界内置的原初性。媒介现实走向“前技术时代”的语境性存在状态，具体呈现为情境性、沉浸性、全息性、互动性、多感官性、默会性。新媒介文艺对“临场性”的恢复让美学话语走向临场性的“全书写”。德里达认为声音较之于书写更接近内心经验、实体存在、自我在场和真理源头，而书写是声音的痕迹、延异和补充。书写包括一切文字或与文字无关的记录，如图像、音乐和雕塑等。如果实况时间的图像也是书写的话，数字媒介实况传输的声音、影像、气味、触感等则是“全书写”。全书写最接近声音、话语，更接近逻各斯本身，因为“话语只是声音，而全书写却是完全展现逻各斯的声音、影像，乃至气味和触感。于是，很矛盾地，最后一个顺位的‘全书写’反而是最接

---

① ［法］鲍德里亚：《暴力的图像与图像所受的暴力》，见蒋原伦、史建主编：《溢出的都市》，桂林：广西师范大学出版社，2004年，第178～179页。

② 蔡恒进、蔡天琪、耿嘉伟：《元宇宙的本质：人类未来的超级智能系统》，北京：中信出版社，2022年，第9～10页。

近,乃至超越第一顺位的'原书写'(archi-écriture):话语(parole)"。[①] 如果说原书写是"声音中心主义"的话,全书写则是"光子中心主义",因为它通过光子实况传输图像、声音、气味和触感。新媒介文艺存在的媒介逻辑便是临场性的、具身化的"全书写"模式,具体表征为艺术形态的语境性、多模态性和媒介间性。新媒介艺术从单一形态走向多形态并存,从静态作品呈现走向动态艺术行为,从静观性审美到沉浸性感知。这是艺术实践对"前技术时代"所追求的情境性的回归。

## 第三节 时空语境与虚拟现实艺术

"时间"和"空间"是艺术和艺术家置身其中的源域和关系场,它们与艺术之间形成意义的互动生成性,故而成为文学的"时间语境"和"空间语境"。"时空语境"不是指艺术想象维度的时空,比如文学对时空进行压缩、扩展、重组等;也不是指"面向文学活动的语境"。[②] 我们所说的"时空语境"并非从文学出发所展开的、与文学形成同质性意义关系的历史语境或地理语境,而是先于文学的、本源性地束缚文学主体的异质性语境。简单地说就是文艺创作所依寓的物理语境。[③]

当文艺发展到虚拟现实艺术阶段时,反观之前文艺所天生依寓的物理时空,我们才发现时空语境以一种异质性(即有限性和粗粝性)影响着文艺创作。虚拟现实的平滑性取代物理现实的异质性,于是艺术精神从超越性的崇高维度走向沉沦性的娱乐。人类进行艺术创作的动力主要来自文艺超越时空限制的冲动。艺术家期望以艺术作为媒介克服生命时间的有限性和肉身移动的有限性。

---

① [法]保罗·维利里奥著,杨凯麟译:《消失的美学》,郑州:河南大学出版社,2018年,第65～68页。

② 吴昊在《文学语境新论》中将"面向文学活动"的语境称为"时空语境",它包括文学创作或文学生产的语境,文学接受或文学消费的语境,历史语境和文化语境等。参见吴昊:《文学语境新论》,载《渤海大学学报(哲学社会科学版)》,2011年第2期,第73页。

③ 阿南(Allan)在《语言学意义》中将语境分为:物理语境或叫场景,包括时空因素;话语世界,存在于话语当中,它可以是虚构的、想象的或真实的;原文的环境,即上下文语境。我们所说的"时空语境"就是物理意义上的、制约文艺活动的语境。参见 Keith Allan, *Linguistic Meaning*. (London: Routledge, 1986), p. 36.

## 一、空间语境的缺失之于艺术的地方感、范式失衡和伦理危机

虚拟现实空间之所以被视为与现实空间对立的空间，是因为技术成熟度的不足而带来的出戏感。受算力技术发展的影响，头显技术（头戴式显示器 HMD）带来的眩晕感、图像延迟和显示刷新频率等导致身体沉浸感减弱。当技术迭代至无法被感知时，真实和虚拟的差别走向模糊。网页通过文字图片和声音实现一种浅度沉浸，VR 用 3D 视觉、触觉、压力、味觉和嗅觉实现深度沉浸，元宇宙则是将深度沉浸推向极致，实现全身沉浸。[①]深度的沉浸源自于虚拟现实的“自然”性、“即时”性体验带来的“无中介的错觉”（illusion of non-mediation），准确地说是一种存在感。[②] 随着数字孪生背后的建模智能化、数据处理算力的增强，虚拟现实技术逻辑上会无限逼近甚至超过现实的真实程度，以至于人们反认他乡为故乡。这就是安东尼·吉登斯（Anthony Gidens）所说的“现实倒置”（reality inversion）：真实客体和事件似乎没有它们的媒介表征有存在感，在现代性状况中，媒介并不反映现实，反而在某些方面塑造现实。[③] 虚拟现实以超完美的状态出现时，我们可能会更愿意待在这个“比真实更真实”的世界。然而，从本体意义上看，虚拟现实空间真的如此完美吗？对于人来说，完美的空间意味着什么？对艺术来说，完美的空间又意味着什么？

在此，我们借用人类学者马克·奥格（Marc Augé）的“非地点”（Non-place）概念来言说虚拟现实的空间属性。奥格口中的“非地点”主要指消费性空间、旅行空间、电视空间、影像空间和网络空间的虚拟现实。他认为“地点”和“非地点”的本质区别在于“地点”（place）和“空间”（space）。“地点”更多意味着一个事件、一部神话或一段历史，而“空间”则比“地点”抽象，它指两个点或两件物品之间的距离或者一段时间的跨越。[④] 换言之，“地点”指示着身份、关系和历史，而“非地点”是主体身份的隐匿状态，故而

---

① 刘永谋、李瞳：《元宇宙陷阱》，北京：电子工业出版社，2022 年，第 71 页。

② Matthew Lombard, Theresa Ditton, “At the heart of it all: the concept of presence,” *Journal of Computer-Mediated Communication* 3.2 (1997): JCMC321.

③ Anthony Gidens. *Modernity and Self-identity: Self and Society in the Late Modern Age*. (Cambrisge: Polity Press, 1991), p. 27.

④ Marc Augé, *Non-place: Introduction to an Anthropology of Supermodernity*. (London and New York: Verso, 1995), p. 82.

并不指示“身份、关系和历史”。[①] “非地点”的使用者面对的是一个属于自己的形象。他的面容是唯一的，声音也是唯一的，在静默的对话中，他手中持有的风景文本似乎既是写给自己的，又是写给无数他人的。这份孤独的面容与声音，却如同回响在数以百万计的人心中的困惑旋律。他通过穿梭于“非地点”的空间以重新确认自己的身份。在这个过程中，他遵循着相同的规则，接收着同样的信息，回应着一致的请求。然而，“非地点”并没有赋予他独特的身份和关系，仅仅留下了孤独与无尽的相似性。[②] 虚拟现实空间本质是“非地点”，它是人的主观意识在数字空间中的可感化投射，是人工建构的、缺乏原初感的世界。虚拟现实的空间涂层技术遮蔽生活现实的粗粝，只剩下数字世界的平滑性。虚拟现实空间的“非地点”性挑战着艺术的独特性、艺术范畴的平衡性和艺术的崇高性。

第一，“非地点”的“无差异性”消解和遮蔽了艺术创作的独特性。在电子空间中，信息的超光速使得从任何一个地方到另一个地方的时间都为零，即“时间-距离”快速消失。在虚拟空间中，数字化在光线速度的加持下可以在任何时间占据任何空间，“空间-距离”瞬间消逝。在真实空间中，人不在此处便只能在别处。换句话说，对象不可能同时占据同一空间。[③] 在数字技术极速的时代，“这里”和“那里”的区别毫无意义；“速度-距离”取代“空间-距离”和“时间-距离”。在虚拟现实空间中，无所谓“地方”，任何地方都是“中心”，或者说是“非地点”或“不存在的存在”。[④] 虚拟现实空间是可以被数字身体随意随时进入的。数字分身和虚拟人让人类不受制于单一的物理时空，实现在同一时间存在于多时多地。[⑤] 生命不再渴望突破现实空间的束缚：束缚已然无影无踪，却又似乎无处不在。

从身体现象学角度来说，世界空间并非基于空间关系论的存在，而是基于身体感知的具体表征，即“身体-空间”的关系。“被感知的世界并不是

---

① Marc Augé, *Non-place*: *Introduction to an Anthropology of Supermodernity*. (London and New York: Verso,1995),p. 87.

② Marc Augé, *Non-place*: *Introduction to an Anthropology of Supermodernity*. (London and New York: Verso,1995),p. 103.

③ Paul Virilio, *The Lost Dimension*, trans. D. Moshenberg. (New York: Semiotext(e), 1991),p. 17.

④ Jay David Bolter and Richard Grusin, *Remediation*: *Understanding New Media*. (Cambridge, MA: The MIT Press,2000),p. 177.

⑤ 闫佳琦等:《元宇宙产业发展及其对传媒行业影响分析》,载《新闻与写作》,2022年第1期,第68～78。

时空中的个别物体的集合，而是我们的身体的感知能力的具体表现”。[1]现实空间是身体的隐喻性展开，或者说空间性是肉身对世界的原初把握。从梅洛-庞蒂的“身体-空间”角度来说，虚拟现实的空间是一种被时间所删除的“痕迹”或“影子”，本质上说是一种“数字存在”。这是一种“抛弃于远方的存在”，无关于空间内外、上下和前后的存在。[2] 艺术创作失去了有限空间的“地方性”文化精神滋养，也不再面对粗粝的、异质空间的挑战。在虚拟空间中，化身以身体的直觉，将自身锚定于“某处”，并以“某处”确定上下、左右、前后空间方位。主体以“化身”替代“身体”的方式将数字身体置于虚拟空间的相对关系中。“某处”确定了化身的“某处存在”，而非“处处存在”，化身以“点-视域”的方式存在于情境空间而非抽象空间中。[3] 然而，“某处”到底在何处？“某处”的确定是以空间关系的有限性作为基础的。当参照系是无限的虚拟空间时，“某处”即便处于相对关系中，也依然丧失自己的确定性。空间的不确定性让艺术家无法将主体精神锚定于一处，空间叙事的隐喻性随之消失。数字空间的同质化使得它与人物情绪、命运、性格和心理，以及叙事事件进程等之间失去符号性隐射关系。在自然现实的叙事中，先有自然空间，人再活动于其间，人的身体心理等都受制于自然空间。虚拟现实的叙事则是以人及其身体作为出发点所展开的虚拟空间，空间必然是主体内在情状的外化，故而隐喻在此展开中失去了存在的必要性。

人文地理学中，“地方”是与人的生存记忆和情感体验相关联的。艺术的精神品格为“地方”所形塑，同时“地方”的意义也被艺术话语所建构。[4]谢有顺认为优秀作家的笔下应该锚定于一个“地方”，精神、意义和经验所扎根的地方。如鲁迅笔下的“鲁镇”，沈从文笔下的“湘西”，张爱玲笔下的“上海”、马尔克斯笔下的“马孔多镇”、福克纳笔下的“约克纳帕塔法县”、狄更斯笔下的“伦敦”，等等。作家文学风格的形成来自精神来源地的确定和写作边界的建立。只有对“地方”的深切感受才能在艺术材料和细节中营

---

① Maurice Merleau-Ponty, *The Visible and the Invisible*, trans. Alphonso Lingis. (Evanston: Northwestern University Press, 1968), p. 247.

② [法]保罗·维利里奥著，杨凯麟译：《消失的美学》，郑州：河南大学出版社，2018 年，第 61～62页。

③ 索引、文成伟：《从现象学的视角看虚拟现实空间中的身体临场感》，载《自然辩证法研究》，2018 年第 2 期，第 26～30 页。

④ 刘岩：《“地方”的文学表征及其意义阐释》，载《国外文学》，2022 年第 1 期，第 67～75 页。

造出可信度。相反，写作遵循所谓的“世界主义”其实是通过公共话语所代表的他人的感受来表达的。[1] 葛红兵等也将“小说”定义为“叙事形态的地方性知识”，这种“地方性知识”要求“把这种知识赖以存在的特定情境(context)置入我们的考察范围，甚至把它作为考察的前提……知识总是在特定的情境中生成并得到其存在理由的，因此我们对知识的考察与其关注普遍的准则，不如着眼于如何形成知识的具体的情境条件”。[2] 可以说，现实空间中不同的艺术家必然身处特定的地域空间。这些独特“地方”浸透着艺术家个性化的经验感知、情感态度、审美想象和价值偏向。虚拟现实空间是以对真实空间的替代为前提的，可谓“肉身未动，化身已远”。在新媒体时代，“空间和时间内向爆裂成此地和此时。一切都被去-远”。神圣化的空间是不允许“去远”的空间，这样的空间“内在地具有一种光环式的远方。凝思性的、逗留着的目光并非是去-远着的”。[3] “地方”是艺术家心目中的“神圣空间”，是思想和灵魂得以锚定的处所。缺少了现实生活的“地方感”，虚拟现实艺术面对的是现实经验的枯竭和艺术精神的丧失。源自不同时空的艺术独特性被化约为大同小异的“比特”式匀质美学。

第二，“非地点”的“平滑性”造成艺术审美范式的失衡。虚拟现实创生的“非地点”式空间意味着同质化的审美趣味、情感期待和叙事法则。于是，不再有本雅明所说的“水手式”的、异乡的远方来客，更不会有复述“域外奇谈”的新奇性[4]；“新”闻性质的小说(novel)走向死亡。无差异的人，在同质化的空间中，获得高度一致的体验。在这样的空间中，人们开始排斥深刻的思想、理性的语言和辩证的对话。这导致文艺创作的审美维度、情感维度和叙事维度在“雷同的体验”和“拟象的生活”[5]中走向消失，抑或是变得多余。

虚拟现实空间对真实世界的遮蔽和对主体感官的迎合造成数字美学范式的失衡。我们知道，寓居于现实空间的艺术会考虑艺术的现实批判和

---

① 谢有顺：《成为小说家》，太原：北岳文艺出版社，2018 年，第 43～45 页。

② 葛红兵：《小说类型学的基本理论问题》，上海：上海大学出版社，2012 年，第 133 页。

③ [德]韩炳哲著，包向飞、徐基太译：《时间的味道》，重庆：重庆大学出版社，2018 年，第 131 页。

④ Walter Benjamin, *Selected Writings Volume* 3. trans. Edmund Jephcott, Howard Eiland, and Others. (Cambridge, MA: The Belknap Press of Harvard University Press, 2002), p. 144.

⑤ 蒋建国：《元宇宙：同质化体验与文化幻象》，载《阅江学刊》，2022 年第 1 期，第 63 页。

伦理诉求，以艺术的客观现实性暂时压制或彻底背离主观目的性。[①] 可以说，真实世界中艺术的美学范畴更多地强调“意味”“壮美”“崇高”“悲剧”，甚至“丑陋”。虚拟现实则在整合多媒介技术的基础上追求无限的感官愉悦，以主观意志完成对客观现实的暂时或彻底的背离。这必然让虚拟现实艺术的审美范畴偏向于“快感”“优美”“滑稽”“喜剧”和“荒诞”。换句话说，基于真实世界的美学追求是建立在“自然空间”的异质性和多样性的基础上的，而虚拟现实的审美倾向源自于“虚拟空间”的平滑性和同质性。自然现实的客观性造就了主体感受的断裂性和异质性，故而异质性的自然美不完全是惹人喜爱的，有的甚至让人痛苦。“痛苦”使主体更为真切地感受和理解自然之美；“痛苦”让主体走出纯粹自我的满足感和内在性。数字美则是对他者否定性的排除，它营造的是平滑的、去裂隙性的空间；陌异性和相异性被排除在数字空间之外。“存在的绝对数字化使得绝对人格化，即绝对主体性得以实现，人的主体在这一人格化过程中只会与自己相遇”。[②] 数字美为主体带来的是“不加任何否定的满足”，将主体锁死在内在性中，连自然也被数字化为“一扇通不到外面的窗户”。

第三，“非地点”的“平滑性”取消了艺术对痛感的转化和超越，造成“去崇高化”(desublimation)的艺术伦理危机。文艺创作来自真实世界中人的切身生命体验：欢喜、快乐、痛苦、悲伤、沉静、超脱，等等。伟大的文艺作品源自于艺术家对世界的仔细观察、对人生的亲历体悟和对人性的深刻洞见，诞生于人生的痛苦和超越性领悟中。从亚里士多德的悲剧“净化说”(catharsis)到康德的“否定性崇高”(grandeur négative)，从卡夫卡在《日记》中自述的“受难式写作”到阿多诺的“痛苦意识”(Bewusstsein von Noeten)，艺术家们、美学家们往往会谈及艺术和痛苦(异质性)的关系。有人认为艺术活动征服了痛苦甚至遗忘了痛苦，然而，杰洛姆·波雷却认为这样的艺术是虚幻的。“美(le beau)不是愉快(l'agréable)。没有不快，美不仅会被夺去力量，还将与虚假相混淆……这不是说艺术的经验不含有某种愉悦，但这种愉悦消除不了痛苦”。[③] 文学的深刻性和超越性来自人生

① 陈炎：《陈炎学术文集·文艺美学卷(二)》，北京：高等教育出版社，2016年，第139～141页。

② [德]韩炳哲著，关玉红译：《美的救赎》，北京：中信出版社，2020年，第33～34页。

③ [法]杰洛姆·波雷著，尹航译：《艺术与痛苦》，见教育部普通高校人文社会科学重点研究基地山东大学文艺研究中心编：《文艺美学研究(第5辑)》，济南：山东大学出版社，2011年，第5页。

的苦难。乔治·斯坦纳(George Steiner)认为艺术只有在受难、存在于"他者性"、同未知事物相邻的时候,才具有超越的可能性。艺术的超越性和形而上学性使得主体得以与完美相接触。艺术的神圣性、严肃性、纯粹性和超越性来自对死亡的缅怀和抵抗,但是娱乐却是短暂和转瞬即逝的,没有被赋予形而上学的潜力。[①] 换句话说,缺乏异质性的虚拟空间无法形成崇高感。在康德看来,崇高感是一种强烈而模棱两可的情感:它既带有快乐,又带有痛苦;更为关键的是快乐来自痛苦。[②] 当艺术创作的动力中不再有痛苦、恐惧和孤独时,艺术逐渐走向"去崇高化"。

虚拟现实提供享乐和纵欲的技术空间,人们沉迷于主体欲望外化的"数码第三持存"中。[③] 在虚拟现实中,信息流通、场景切换和欲望满足都在不断加速。时间以刺激点作为刻度,而非以身体感知和机械测量为出发点。物资匮乏在虚拟现实中消失,欲望的沟壑可以随时被填满。做事时的身心沉静、休闲时的灵魂安详、痛苦中的生命沉思、匮乏时的精神渴望、空虚中的意义追问,在虚拟现实时代统统不复存在。虚拟现实作为主观意识的投射,它提供的必然是本能或天性所渴求的欢愉、快乐和满足。欲望的释放只能带来灵魂的漂浮,欲望满足之后的空虚再由更多的欲望去填满,人的心灵不可能在快捷的慰藉中变得深刻。快乐似乎成为虚拟世界的唯一追求,虚拟现实就是数字时代的"快乐箱"。不过,你愿意待在可以持续满足身心欲求的"快乐箱",还是在真实世界历经磨难寻找到自己想要的快乐呢?技术逻辑下的傀儡,只能被动地"快乐",而快乐存在于对快乐的主动寻找中,或者说在于对快乐对立面的克服和超越中。越快越容易得到的快乐越廉价,或者说"贬值"越快。更何况人生的意义仅仅在追求快乐吗?在虚拟现实中建构完美的人生,这难道不是鲍德里亚口中所说的"完美的罪行"。世界消失在虚拟现实中,连是否存在的问题都不再被提出。[④] 艺术走向吉尔·利波维茨基(Gilles Lipovetsky)所说的"无痛主义":"对享乐、情欲和自由大加赞誉;它发自内心地不再接受最高纲领主义的预言,只

---

① Peter Abbs, *The Symbolic Order: A Contemporary Reader on the Arts Debate*. (London: The Falmer Press, 1989), pp. 276-277.

② Jean-Francois Lyotard, *The Postmodern Condition: A Report on Knowledge*, trans. Geoff Bennington and Brian Massumi. (Minneapolis: The University of Minnesota, 1984), p. 77.

③ [法]贝尔纳·斯蒂格勒著,陆兴华、许煜译:《人类纪里的艺术:斯蒂格勒中国美院讲座》,重庆:重庆大学出版社,2016年,第111~112页。

④ Jean Baudrillard, *The perfect crime*. trans. Chris Turner. (London: Verso, 1996), p. 6.

相信伦理界的无痛原则”。[①] 艺术的批判性在虚拟现实对人性无限制的“纵容”中被剥夺。欲望导致的人性向下的堕落，于是否定了人性的存在、带来人的“非人化”。人不再需要终极关怀，不再关注崇高的人性、生命的意义和人生的价值。

## 二、时间语境的消失之于艺术的历史记忆、本质规定和生命意识

在虚拟现实中，时间摆脱自然状态和机械状态，呈现出一种“元时间性”，即关于时间的种种可能性感知、思考和操作。人们以“在之外”而非“在之中”的方式面对和体验时间。虚拟现实中的时间形式可以被归纳为“同时性”(simultaneity)和“无时间性”(timelessness)。[②] 其一，网络媒介使得信息交互具有“即时性”，虚拟现实可以实现“场景”(或“情境”)的即时交互。正如韩炳哲所说，在虚拟世界中，“一切都同时是现时；一切都具有、并且必定具有这一可能性，即成为此时。现时自身缩短着，它丧失每一种持续。它的时间窗户变得越来越小。一切都同时挤入到现时中去。这导致画面、事件和信息拥挤的后果，这使得不可能做出每一种凝思式的逗留。人们走马观花般地穿梭于整个世界”。[③] 社会和技术加速压缩人类活动的时间，当时间被压缩到极限，“时间序列”和“时间本身”都走向消失。正如保罗·维利里奥(Paul Virilio)所说，机械交通让“空间-距离”逐渐消失，而媒介通讯使“时间-距离”快速消失。法国有一则关于交通工具的广告词：飞机“删除大西洋”，让“法国领土缩减成一个半小时的方形”。网络信息的迅捷删除的是整个地球，将地球缩减成没有延展度的点。网络视频带来的“实况时间”，取消了物理空间。电传托邦[④]所形成的“去拓扑”空间快速吞噬了欧几里得几何空间。[⑤] 网络媒介以实时(real-time)“污染”空间-时间(space-time)。我们生活在距离消失的“实时”奴役时代，这种集体经验遮

---

① [法]吉尔·利波维茨基著，倪复生、方仁杰译：《责任的落寞：新民主时期的无痛伦理观》，北京：中国人民大学出版社，2007年，导言第5页。

② Manuel Castells, *The Rise of the Network Society*. (Oxford: Blackwell Publishing Ltd., 2010), p. 491.

③ [德]韩炳哲著，包向飞、徐基太译：《时间的味道》，重庆：重庆大学出版社，2018年，第88页。

④ 科幻小说的世界是“乌托邦”，科学论文的世界是真实空间的拓扑世界，数字媒介则重塑了“去拓扑”空间的“电传托邦”。

⑤ [法]保罗·维利里奥著，杨凯麟译：《消失的美学》，郑州：河南大学出版社，2018年，第2～4页。

蔽了真实生命经验。虚拟现实的全息沉浸性让人们遗忘自然时间的循环和技术时间的流逝,感知存在于“此时此刻”。其二,网络媒介的“无时间性”意味着多媒介超文本所带来的各种时间拼贴和混合。它不再遵从内在的、时序性的时间观念,而是从文化脉络和主体意图出发来安排时间序列。“无时间性”中的“时间”指的是非逆转性、线性、量度性和可预测性的矢量时间。因而,“无时间的时间”准确地说是无序的、点状的、褶皱的或流动的时间。在虚拟现实叙事中,时间的加速、减速、零速、静速等都不再是大脑内部的想象,而是真切地呈现于感官之前的数字现实。虚拟现实的游戏叙事使得多线叙事、非线性叙事、套盒叙事成为叙事常态。那么,虚拟世界中时间的“同时性”(或者说“实时性”)和“无时间性”对于艺术来说又意味着什么呢?

第一,同时性/实时性使得虚拟现实的时间呈现点状和碎片化,连续性的历史意识不复存在,随之而来的是艺术的厚重感和经典性的消失。在虚拟空间中,无所谓起源、延续和未来。于是时间意象和历史意识在虚拟现实艺术中被取消了。曾经令人慨叹的沧海桑田,变成眼前的数字存在,一种永恒的非时间性存在。詹明信认为电子媒介以一个个震惊事件加剧我们的历史遗忘症,“整个当代社会系统开始渐渐丧失保留它本身的过去的能力,开始生存在一个永恒的当下和一个永恒的转变之中”①,电子媒介成为我们历史遗忘症的中介和机制,我们对世界的历史感逐渐消失。电子媒介滋生的历史遗忘逻辑同样存在于数字媒介之中。元宇宙作为沉浸式互联网则可能大大压缩媒介记忆。历史不再有纵深感和沉重感,我们丧失了回溯、反思、沉淀、筹划的能力。罗萨意识到现实生活中“体验到的时间”和“记得起来的时间”是成反比的,由愉快体验(如情侣约会)带来流逝的(短暂的)时间,而在记忆中时间则是延展的(永久的);单调枯燥的体验(如无聊的等待)让人感觉度日如年,但是其事件的单一带来记忆的“短暂易逝”。然而身处数字媒介时代,时间体验从“体验短/记忆久”和“体验久/记忆短”变成“体验短/记忆短”。当沉迷于网络和电子游戏时,主体时间体验呈现“去感官化”(局限于视听感官)和“去背景化”(与生命经验无意义关联)。②

---

① [美]詹明信著,张旭东编,陈清侨等译:《晚期资本主义的文化逻辑:詹明信批评理论文选》,北京:生活·读书·新知三联书店,1997年,第418页。

② [德]哈特穆特·罗萨著,郑作彧译:《新异化的诞生:社会加速批判理论大纲》,上海:上海人民出版社,2018年,第134～138页。

这导致片段化的、孤立的“体验”无法有意义地整合到生命“经验”中去。数字时代体验的最终命运便在记忆中被抹去。缺乏个体对生命的敬畏，艺术精神不再深刻，沦为感官娱乐；丧失集体对历史的记忆，艺术不再厚重，走向漂浮的架空状态。

艺术作品的审美价值在“点状时间”对“历史时间”的替代中走向混沌。海德格尔认为历史意味着一种贯穿“过去”“现在”与“将来”的时间语境和效果语境。① 托马斯·斯特尔那斯·艾略特(Thomas Stearns Eliot)更明确地说历史意识是“过去性”和“现在性”的参照和整合，是“超时间的”和“有时间性的”感知的结合。② 虚拟空间中只剩下此刻当下，故而也就没有所谓的历史意识。历史意识在“去时间化”的数字生存中走向消失，消失在“存在-时间”被“技术-时间”的遮蔽中。“存在-时间”意指时间是存在者之存在的必要形式，时间以绵延的内在形式嵌入一切存在者。这种绵延的、自由的时间是人生命的本真时间。“存在-时间”在技术逻辑中被简约为可分割的、前后相继的“瞬间”，并通过空间的“点”将时间外在形式化。中世纪机械钟的发明，将时间从纯粹绵延状态抽离为“可分割”“均质化”‘可重复’和“可逆”(“可还原”)的“技术-时间”。③ 时钟割裂时间和事件，我们开始相信存在独立于日常生活经验的、客观的、抽象的、细分的和均匀的时间，并依赖它重构生活规律和世界秩序。正是时间的分割性和空间式的封闭性，“增加时间”和“节约时间”的观念才可能出现。④ 虚拟现实将“技术-时间”带向“去时间化”，只停留在删除过去与将来的共时性“现时”中。“既往”和“未来”已然消失，“当下”和“此刻”即是全部。

韩炳哲在《时间的味道》中谈及三种时间：“神话式时间”“历史性时间”和“信息时间”。由于“叙事”和“目的-意义”，静止的、安定的“神话式时间”让位于“历史性时间”。历史通过叙事和目标“照亮”“分挑”“疏导”混乱的事件进入线性时间中。随着叙事性或神学的张力的消失，历史时间原子化

---

① Martin Heidegger, *Being and Time*. trans. John Macquarrie & Edward Robinson. (Oxford: Blackwell Publishing, 1962), p. 430.

② [英]托·斯·艾略特著，李赋宁译注：《艾略特文学论文集》，南昌：百花洲文艺出版社，1994 年，第 2～3 页。

③ 郭洪水：《“存在-时间”、“技术-时间”与时间技术的现代演变》，载《哲学研究》，2015 年第 7 期，第 120～126 页。

④ Lewis Mumford, *Technics and Civilization*. (London: Routledge & Kegan Paul Ltd., 1934), pp. 15-16.

为“点状时间”。这种点状的“信息时间”是未被定向的、无方向性的、存在空洞间隙的。空洞间隙意味着“无聊”，甚至“死亡”，新鲜的和戏剧性的刺激事件掩饰着原子化时间所带来的注意力涣散。① 网络媒介的碎片化事件造成网络时间“持续性”的消失，“网络时间是一种不连续的、点状的此刻时间。人们从一个链接转到另一个，从一个此刻转到另一个。此刻并不具有什么持续性”。② 也就是说数字媒介的“点状时间”替代了“线性时间”，事件的叙事性张力消失，这使得叙事走向终结，事件不再被连成“历史”。然而，艺术作品的伟大性诞生于其所处的历史中。只有在历史中，一部作品才能成为人们得以辨别和判断的价值存在③。历史之外，我们无从知晓艺术作品中的创新、发明、重复与模仿。继而，摆脱历史负重的文艺便从思想的轻盈走向轻浮，从境界的空灵走向空虚，从审美的迷恋走向迷失。

第二，虚拟现实的“无时间性”意味着时间之于艺术本质规定性的判断不再成立。现实世界中时间是线性的、流动的，一个人无法回到过去的时刻，体验过去的事件。“时间并非是回溯性的，而是连续不断的；不是重复性的，而是追赶着的”。④ 回归的唯一可能性是以永恒的思想或上帝的存在为前提的。如果永恒本质的存在被否定，便没有回归的可能。然而，互联网正是建立在回归的技术可能性之上的。互联网上的每一个操作都可以被追溯，信息可以被恢复和复制。换句话说，互联网不是一种流动，而是一种流动的逆转。流动中的艺术产生了它自己的传统，一个艺术事件的重演。所有的时间都是平等的，重演是每时每刻都能实现的。在虚拟现实中，“参与者可以任意进行时间节点和空间场域的切换，包括调节时间的快慢、暂停、倒退、前进、压缩、拉长等度量化操作”，主体/身体处于时间的“自由无序”和“开放撒播”的状态中。⑤ 虚拟现实中的时间不是单一维度的、矢量的，而是多重的、多维的、可逆性的和伸缩性的。从本质上来说，虚拟

---

① [德]韩炳哲著，包向飞、徐基太译：《时间的味道》，重庆：重庆大学出版社，2018年，第38～40页。

② [德]韩炳哲著，包向飞、徐基太译：《时间的味道》，重庆：重庆大学出版社，2018年，第85页。

③ Milan Kudera, *Testaments Betrayed: An Essay in Nine Parts*, trans. Linda Asher. (New York: Harper Perennial, 1996), p. 18.

④ [德]韩炳哲著，包向飞、徐基太译：《时间的味道》，重庆：重庆大学出版社，2018年，第31页。

⑤ 妥建清、吴英文：《虚拟现实艺术中的时空维度与身体重塑》，载《思想战线》，2021年第6期，第139页。

现实的时间是“自我中心”(egocentric)的时间,而非“异我中心”(allocentric)的时间。[①] 较之于现实时间所遵循的客观的、绝对的时间,虚拟现实的时间更多的是主观的和个人化的。从现象学角度说,时间源自身体的指向性,这为虚拟世界中的“自我中心”时间提供了学理基础。塞缪尔·托兹(Samuel Todes)在《身体与世界》中说,我们并不能感知抽象的时间,却能在身体运动对事物运动的觉知中认知时间。身体前/后的不对称性(asymmetry)使得我们的身体行动和感知总是向前的,从而形成了时间流逝的概念。从感知层面说,时间的静态顺序和时间的动态流动都是从我们身体的向后和向前运动之间的不对称性中得出的。[②] 换句话说,时间的组织在现象学意义上是源自身体的运动。总的来说,在虚拟空间中,“存在-时间”和“机械-时间”都被搁置,只剩下“化身-时间”。

海德格尔将存在视为时间中的存在,那么虚拟现实的时间对于数字化身来说就是新的存在。这对于艺术的本体性来说无疑是一种挑战。在现实世界中,艺术作品之所以是艺术作品,是因为其中重要的维度便是时间的规定性。人面鱼纹盆何以从生活物件变为博物馆的艺术作品?是时间让普通器物变为艺术作品。作为物件的家用什物在后世成为“古董”,表面上的不变背后是其“照面的世界”的消失。时间在艺术品中表征为器物见证着时代的在场。同时,从器具到艺术品,时间又于其中抽去其“器具性”。“时间本身是一个内在于艺术作品的因素,这个因素凝结得越多,就意味着作品之为作品的意蕴越深厚。器具之转变为艺术作品就意味着,人们借它而窥到了一个世界,或许只有点点滴滴,器具因此符号化为,或者转化为一个时代的在场”。[③] 可以说,“存在-时间”是艺术之为艺术的本体性维度。虚拟现实空间中的数字艺术作品同样地凝结了数字生活世界和主体的心灵世界。然而,时间的单向性、流逝性被虚拟现实时间的多向性、多点性替代。时间让数字物成为数字艺术的可能性完全消失。同时,时间之流带给艺术以否定性的姿态,决定了艺术之所是。“艺术作品的事实存在总是在时间之流中体现出新面目,艺术永远以否定性的姿态面对它所站立其上的传统,并且艺术总是在对现实的否定中寻找自己的定位,艺术作品之为艺

---

① Robin Le Poidevin, “Egocentric and objective time,” *Proceedings of the Aristotelian society*, 1999(1): 19-36.

② Samuel Todes, *Body and World*. (Cambridge, MA: The MIT Press, 2001), p. xiiv.

③ 刘旭光:《实践存在论的艺术哲学》,苏州:苏州大学出版社,2008年,第308页。

术作品，不取决于自身而取决于它所不是的东西”。① 在虚拟世界中，时间不再是单维之流，而是多维、点状的共时存在。艺术不再有时间流带来的新面目，也无“传统”供其“否定”，甚至与“现实”无涉。也就是说，在数字艺术的本质规定中，时间性维度不复存在。

第三，虚拟现实的同时性/实时性造成“数字化身”对时间的遗忘，艺术的超越性和永恒性走向消失。在虚拟现实中，我们并非以肉身感知时间，而是以“化身”体验时间。深度沉浸性造成艺术家的数字化身“取关”，甚至遗忘时间的流逝性和终结性。同时，随着数据算法的迭代，“数字存在”（数字人）以“数据幽灵”的方式完美地避开死亡所带来的恐惧。死亡的经验与意识来自现实生活的规定，也出于理性解释的认知，更是源自个体生命的内义。“数字化身”的无限分身和永恒存在突破了肉身在世的种种束缚。于是，死亡从海德格尔所说的“最本己”的可能性变为类似“程序删除”或“机器关机”的事件；“死亡”不再出现在虚拟现实话语的词典中。但是，艺术的意义往往来自对死亡的哲学思考和审美超越中。向死而生对艺术家来说意味着凭借艺术媒介将思想、情感和审美等固化并传递下去。我们不能说虚拟现实时代，死亡就不存在了，只能说死亡意识被“现时”媒介彻底遮蔽。死亡的“不可避免性”被无限延宕，以至于完全偏离存在的核心位置。缺少死亡的逼促，人（虚拟化身）的意识永远活在当下，虚拟现实艺术便失去了超越性的强烈渴求。伟大的文艺作品中透露出的永恒价值往往是艺术家在“向死”的路上所“生”出来的。艺术以审美超越的方式实现对死亡的拒斥和对永恒的追求。从碳基生命到硅基生命，从原子肉身到数字化身，人类同时在实在和虚拟两条路径上对生命进行永恒的不懈追求。艺术的超越性却在“同时性”的、“去时间化”的技术-时间中不复存在。

总之，文艺作品面对的应该是毛茸茸的、复杂的、多样性的物理世界，而非数字化、平滑的、同质化的虚拟世界。艺术作品的存在是精神与物质的异质性、非同一性的组合在场。就像石头必须以人的形象在场一样，艺术作品必须是以“它所不是的方式在场”。换句话说，艺术作品本身就是艺术要素在张力场的显现；作为被创造的存在，艺术必然以精神性整合包容着“他性之物”。② 但是，虚拟现实中空间的无限性和同质化替代了传统叙事空间的异质性和有限性，艺术的崇高精神也在这个平滑过程中丧失了。

---

① 刘旭光：《实践存在论的艺术哲学》，苏州：苏州大学出版社，2008年，第308页。

② 刘旭光：《实践存在论的艺术哲学》，苏州：苏州大学出版社，2008年，第302页。

“去时间”式的化身时间和“非地点”式的数字空间以全新的现实挑战着艺术的“异质性”本体观念。于是，传统艺术追求的“先锋性”“思想性”“启蒙性”“人文性”“审美性”和“批判性”被虚拟现实艺术的“娱乐性”“游戏性”“体验性”“感官化”和“欲望化”所替代。艺术的审美也从静观的“距离感”变为临场的“沉浸感”。[①] 对艺术的审视和反思的前提是艺术从环境中剥离和超越出来，形成一种无功利的“静观”之态。虚拟现实艺术的交互临场性取消了“距离”，追求的是“震惊”“快感”“刺激”，而非“沉思”“意味”“深刻”。

## 第四节 身体情境与人工智能文艺状况

2022年8月，美国科罗拉多州博览会的美术比赛上，一幅名叫《太空歌剧院》(*Théâtre D'opéra Spatial*)的绘画作品获得数字艺术类别的冠军。然而，随之而来的是种种争议之声，因为这幅作品是杰生·艾伦(Jason Allen)通过MidJourney(一种文本到图像的AI程序)制作生成的。这次艺术事件再次将人工智能艺术是否属于艺术的争议推到前台。非人类主体生成的艺术作品算不算艺术品？如果只能是人类创作的作品才算，那么人类主体之于艺术又有着什么样的独特性价值？“语境诗学”的“情境”理论对人工智能艺术状况有着怎样的启示？

### 一、算法逻辑VS审美直觉：人工智能艺术与人类艺术

20世纪80年代，美国学者侯世达认为人工智能“创作”的音乐只能是肤浅的、模式化的声音而已，永远不能写出能打动人的音乐作品。音乐对于侯世达来说是可以直击灵魂最深处的“私信”。然而在20世纪90年代中期的谷歌会议中，大卫·科普(David Cope)编写的程序EMI(“音乐智能实验”)却颠覆了他的观念，本属于肖邦的曲子被听众判断为EMI的作品，而EMI的作品却被视为肖邦的原创。侯世达当场表达了对EMI的恐惧，因为人工智能威胁到了他“最珍视的人性”，如智能、创造性、情感和意识

---

① 钟丽茜：《数字交互艺术的审美特征及其局限性》，载《社会科学家》，2020年第4期，第144～148页。

等。[①] 人工智能往往被视为一种计算程序和算法逻辑，它与艺术所遵循的灵感、情感和审美等似乎格格不入。然而，近几十年特别是21世纪以来人工智能的艺术实践一次次刷新着人们的认知。

2017年，机器人小冰的诗集《阳光失了玻璃窗》出版。面对这样一个轰动性的文化事件，人们惊诧不已。如果说机器人替代了人的计算能力，人类可能还不足为奇，毕竟机器协助计算的事实已然存在许久。然而，诗歌是体现人的灵感和生命体验的艺术，怎么会被一个冷冰冰的机器人完成了呢？"100小时""519位诗人全部作品""10000次迭代""数万首现代诗"，这一个个数字让机器人小冰的写诗事件变得更具爆炸性。马草认为人工智能在事实层面制作出一堆艺术品，但是对其优劣进行判断的依然是人类本身。机器人小冰的诗集《阳光失了玻璃窗》最后的出版依然是编辑从其作品中甄选出来的能为人类所接受的诗歌而已。[②] 然而，人工智能的技术迭代依然继续突破着我们以为的边界。2018年，佳士得拍出了第一幅名为《埃德蒙·德·贝拉米》(*Edmond De Belamy*)的人工智能绘画。作品由法国艺术家皮埃尔·福特雷尔(Pierre Fautrel)、雨果·卡塞勒斯-杜普雷(Hugo Caselles-Dupré)和高蒂尔·维尼尔(Gauthier Vernier)三个人组成的名为Obvious的艺术团体集体创作而成。Belamy这个名字是对GAN的发明者伊恩·古德费洛(Ian Goodfellow)的致敬；在法语中，"bel ami"的意思是"好朋友"，所以它是Goodfellow的双关语。Obvious通过生成对抗网络(Generative Adversarial Network，GAN)的算法逻辑分析14世纪和20世纪的15000幅肖像画之后生成了这幅作品。GAN算法有两个部分：生成器和判别器。生成器学习肖像的"规则"，判别器则在所有图中辨别原作品与新画作。生成器会根据判别器的结果生成越来越有说服力的新图像，直到鉴别器不再能够区分真假。

在音乐领域，加州大学的科普创造了机器人作曲程序EMI和安妮(Annie)。EMI一天可以作曲5000首，关键是其曲风与一流大师莫扎特极为相似。如果说EMI需要被植入预定规则的话，安妮则根据外部的输入自主学习和形成作曲规则，二者的关系近似围棋领域中的Alpha Go与Alpha0。除了中规中矩的音乐创作，人工智能甚至可以完成爵士音乐中即

---

① [美]梅拉妮·米歇尔著，王飞跃等译：《AI3.0》，成都：四川科学技术出版社，2021年，第8～9页。

② 马草：《人工智能与艺术终结》，载《艺术评论》，2019年第10期，第137页。

兴演奏成分的编写。即兴演奏一直以来往往被视为与直觉、灵感、个性和原创紧密相关的，但基于人工智能的 MUSICA（MUSical Interactive Collaborative Agent）项目可以与人类音乐家一起演奏爵士乐及其即兴演奏的部分。该系统是在机器学习技术的帮助下从包含数千首爵士乐在内的大牌音乐表演转录的数据库中训练出来的。即兴创作与对话一样依赖语言及手势、表情、动作等大量非语言交流要素，这对人工智能的语境数据处理能力是一种挑战。

诗歌、绘画和音乐在艺术领域中的主体地位毋庸置疑，它们代表着人的感性、精神和灵魂，但这些领域似乎逐渐被人工智能占领和超越。“机器人小冰”在词语和词语组合使用中具有人类永远无法超越的优势，它可以将古今中外“全部”的诗歌、散文和小说语言材料统统输入“语库”。这是一个作为个体的我们穷尽一生也无法占有的体量。“机器人小冰”可以依据人类的阅读习惯和审美趣味，为某个个体生成独一无二的“定制式”诗歌。毋庸置疑，在诗歌语言节奏层面，人工智能可以把握得极其精准。

不过，我们需要反思的是：人工智能艺术真的可以与人类艺术相提并论甚至超越人类艺术吗？人工智能艺术驱逐了人类主体，与主体相关的情感性和审美性并不真正存在于人工智能艺术中。“人工智能模拟的是情感的形式相似性，而非情感的当下具体内涵和生成；模拟的是艺术规则及其语言模式，而非艺术活生生的生成过程”。① 机器人小冰写的诗几乎都是象征主义、意象派诗歌；究其原因，一方面是有诗歌数据库，主要是象征主义和意象派诗歌，另一方面就在于象征主义和意象派诗歌能容忍甚至孤立词汇的自由排列和拼接。② 可以说，人工智能艺术的主体缺少人类主体在艺术创作中的“意向性”“情感性”和“审美性”等主体维度。

朱锐以“衣服”为例将技术分为三种形态：“作为工具的衣服”用以保暖和遮羞，解决实际问题。“作为道具的衣服”则是“充满符号意义的社会行为”，其表征是“身份”和“理念”，如维纳斯的裸体代表的并非性开放，而是因为衣服否定了维纳斯的神性。“作为元道具的衣服”是整体性地转换生产关系和意识形态的创新能力，如超人的“红披风”一穿上可以瞬间转换整个“语境和意义的空间”，实现不同“语境”的切换。与之对应地，工具创新

---

① 马草：《人工智能与艺术终结》，载《艺术评论》，2019 年第 10 期，第 135 页。

② 赵耀：《论人工智能的双向限度与美学理论的感性回归》，载《西南民族大学学报（人文社会科学版）》，2020 第 5 期，第 185 页。

是一种不涉及目的和观念的手段创新。“工具”技术并不是真正意义上的创新，比如枪之于刀本质上是杀人的延续，是旧问题的新解决手段。“道具创新”是一种程度性而非革命性的创新，它往往关涉着“艺术在利用喻体或道具进行叙事时所体现出来的技术生产力”，如意大利导演米开朗基罗·安东尼奥尼（Michelangelo Antonioni）在《红色荒漠》中首次尝试使用彩色，其电影史意义在于使色彩从物理呈现变为对情绪情感的表征。“元道具创新”则是革命性创新，它不仅改变着我们的观察习惯，还改变着“观察”本身，如西班牙画家迭戈·委拉斯凯兹（Diego Velázquez）的《宫娥》让“观看”转化为“凝视”。以此逻辑来审视人工智能，会发现人工智能并不具备“道具逻辑所要求的想象和类比推理能力”。换句话说，人工智能并不具备真正意义上的创新和想象能力，即便是人工智能艺术创作也是对材料的工具性处理（算法逻辑）的结果。沙滩上蚂蚁爬过留下丘吉尔图像，那么蚂蚁是在画丘吉尔吗？显然不是。蚂蚁不具备创作的意向性，正如人工智能不具有意识的意向性创造一样。更何况艺术或创造都是关涉着人类生命精神想象的，也就是说真正具有创新性的技术是“具身性技术”（对人情感、想象和感知的延伸）。只有具身性的技术才是革命性的、改变整个生产关系的技术。人工智能艺术只是“风格迁移”和“元素组合”而已，并不包含想象重构，因此它本质上还属于自然而非艺术。①

因此，人工智能的数据算法本质上是在模拟艺术情感和艺术规则，而非“情感的当下具体内涵和生成”。② 艺术创作从“人-符号-世界”的间性和介性关系被简化为“符号-符号”的关系。所指在艺术世界中被取消，只剩下能指与能指自我繁殖的、无意义的狂欢。人工智能写书法、画国画与弹钢琴等，在娴熟的技术和创作的时间上远远超过人类，可是它无法感知语言背后的审美意味，更无法根据生命体验和时代精神创造出新的意象。这其实是所有人工智能面对的根本性困难：人工智能的基础是算法和逻辑，本身就是迥异于人的感性和情感的。正如贝尔纳·斯蒂格勒（Bernard Stiegler）所说“数字算法”“通过感应器和促动器来传送形式化的指令，流失了康德所说的所有直觉，也就是说，流失了所有经验”。③ 同时，它所有

---

① 朱锐：《工具、道具、元道具：人工智能艺术的技术本质及其创新能力》，载《中国文艺评论》，2022 第 5 期，第 50～61 页。

② 马草：《人工智能与艺术终结》，载《艺术评论》，2019 年第 10 期，第 135 页。

③ ［法］贝尔纳·斯蒂格勒著，陆兴华、许煜译：《人类纪里的艺术：斯蒂格勒中国美院讲座》，重庆：重庆大学出版社，2016 年，第 109 页。

的反应都是对人感受的“模拟”;人工智能不能“感受”感情,只能“呈现”感情;不能“体验”世界,只能“计算”世界。

当我们追问“无身化”的人工智能是否可以创作文学和艺术,得到的答案很可能是肯定的——人工智能写诗、弹钢琴和画画已经是一种存在事实。其实问题背后的问题是:人工智能能自发地和自主地写一首诗吗?就像《诗大序》所说的“情动于中而形于言”。其实这个问题还可以转换得更直接:人工智能有审美意识吗?如果“一个无意识的存在物很可能以一种类似于有意识的存在物的方式行动”①,那么我们真的能识别它有无意识吗?因此,真正的问题是要追问机器人是否具有“自我意识”和“审美意识”。我们认为人工智能并没有自我意识和审美意识,因为它没有身体。

## 二、审美意识的“身体”基础

人工智能艺术与人类艺术的创作根本差异在于“身体”,身体的“自反性”“具身性”和“功利性”滋生了人类艺术独有的审美意识。

第一,“无身性”无法提供意识生成所需要的“自我指涉性”。换句话说,意识产生于“自我指涉性”,而这种“自反性”又来自身体的主客同一性。在以计算机作为对象,反思人的意识问题的研究中,控制论提出一种重要的理论:“人类的大脑可以看作一个自我指涉的生物系统,通过自我指涉来产生意识。”②也即,以算法和逻辑为基础的人工智能不可能具有自反性的认知思维。所谓自反性就是自我指涉,好比“一台摄像机拍摄一面映射着自己的镜子”,“当反思自我时,我既是主体又是客体”③,主客体同一。意识恰好就是在主体与客体之间互相不同的转换中“涌现”的。“反身性就是一种运动,经由这种运动,曾经被用来生成某个系统的东西,从一个变换的角度,被变成它所激发的那个系统的一部分”。④ 就像埃舍尔的“双手互描”图一样,单一一次自我意识的指涉并不产生意识,当这种自我指涉无限

---

① [美]L.斯蒂芬斯著,程炼译:《关于人工智能的思考》,载《哲学译丛》,1988年第1期,第19～20页。

② [英]乔治·扎卡达基斯著,陈朝译:《人类的终极命运:从旧石器时代到人工智能的未来》,北京:中信出版社,2017年,第177页。

③ [英]乔治·扎卡达基斯著,陈朝译:《人类的终极命运:从旧石器时代到人工智能的未来》,北京:中信出版社,2017年,第173页。

④ [美]凯瑟琳·海勒著,刘宇清译:《我们何以成为后人类:文学、信息科学和控制论中的虚拟身体》,北京:北京大学出版社,2017年,第11页。

循环、不断递归,就会产生远远超越本层次之外的、更高层面的认知状态。就像球赛观看席上的“人浪现象”:一波一波的、有规律的声浪和动作,让我们感觉到“人浪”近似一种真实有生命的存在,与单个人不一样性质的、超越于一个个的个人之上的存在。这和“蜂群”“蚁群”和“鱼群”中所存在的“群体智慧”是相同现象,即以一种“涌现的”(emergent)状态区别于个体,处于完全不同的层面之上。[①] 人本来没有意识,恰恰是在无限次的自我指涉中,“涌现”出了前所未有的“意识”。身体提供了这种自我指涉的基础。“意识”产生所需要的自反性是建立在身体感知双重效应之上的。一方面,当我感知着所有的对象事物,此时身体是被经验到的对象;另一方面,我的身体又是感知的出发点。换句话说,身体既是感知的发出者又是接受者。梅洛-庞蒂认为“左手摸右手”就具有“触摸”和“被触摸”的身体双重感受。[②] 面对自己的身体时我们可以将它把握为对象性的“肉体”,但是我们又是通过身体自身来把握自己的。我们既是自己的客体,又是自己的主体。“我们的身体是一个两层的存在,一层是众多事物中的一个事物,另一层是看见事物和触摸事物者……这个存在将两个属性聚于自身,它对‘客体’范畴和‘主体’范畴的双重归属向我们揭示了这两个范畴之间很令人意外的关系”。[③] 身体并非我们使用和寓居的对象和场所,我就是身体,身体就是我。没有一个所谓的主体存在于身体背后,我们必须放弃“我拥有身体”这样的表述,代之以“我是身体”。[④] 所以,身体或肉体和意识是共在关系,或者说身体是意识的先决条件。

第二,从具身理论角度说,身体与审美意识有着内在关联。笛卡尔带来精神和肉体的二元对立之后,我们的知识系统中弥漫着意识/身体、精神/肉体、物质/非物质等此类区隔性、非关联性的隐喻。在传统西方思想中,人的身体总是处于被嫌弃和质疑的位置。相反,认为只有人的精神和灵魂才是使人高贵或自存的,即人之为人的东西。在古希腊,与身体相关的术语“器官”和“有机体”都来自词语“工具”。因此,身体只是自我的外在

---

① [美]迈克斯·泰格马克著,汪婕舒译:《生命3.0:人工智能时代人类的进化与重生》,杭州:浙江教育出版社,2018年,第396页。

② [法]莫里斯·梅洛-庞蒂著,姜志辉译:《知觉现象学》,北京:商务印书馆,2001年,第129页。

③ [法]莫里斯·梅洛-庞蒂著,罗国祥译:《可见的与不可见的》,北京:商务印书馆,2016年,第169页。

④ 王晓华:《身体美学导论》,北京:中国社会科学出版社,2016年,第3页。

手段,而不是“自我”。真正的自我是心灵或灵魂。只有心灵才能接近真实的本体和真知,身体恰恰是囚禁灵魂的牢笼,阻碍着真理的寻求。[①] 可见,从柏拉图开始就认为精神或意识超越身体,同时操纵着身体。“具身化”(embodiment)理论认为,身体反过来同样影响着甚至决定着精神或意识,如当你昂首挺胸时,自己确实会觉得更自信。莱考夫和约翰逊最早提出“具身化”理论:心智原本是具身的。理性并非传统观念中那般的抽象与离身,而是根植于我们的大脑、身体及日常的身体经验中。理性的内核结构实际上源自我们身体化的微妙特质。理性绝非无实体的、超越心灵界限的抽象特征。相反,它深受我们身体独特性的塑造,受到大脑神经结构精细特点的影响,并与我们日常生活的具体情境紧密相连。[②] 他们认为,人类对事物进行分类并形成范畴,是一个理性的概念化过程,但此过程是以身体作为出发点的。如对“红”的真正理解一定是基于眼睛正常的人,而非天生眼盲者;“红”不仅仅是词和事物的关系,还是身体中的光锥体和神经回路的结果。[③] 具身认知科学通过无数实验证明“头脑的运作和身体的感觉之间有着不可分割的关系”。[④] 身体在人心灵的远近亲疏上起着微妙而关键的作用,“在身体上和某人亲近会让我们在心理上更贴近,也更感同身受。与之相比的是,相隔遥远会传达微妙的信号:我们和其他人之间的精神共同点更少”。[⑤] 在仿像世界中,人与人是在虚拟空间中交流的,近乎“去身化”的交流:非两个身体近距离的交流。这带来的后果是,在“去身化”的世界中,似乎我们天涯咫尺,其实是咫尺天涯。20 世纪 60 年代,著名的斯坦利·米尔格拉姆实验证明:人们和陌生人之间,物理空间距离越远,心理距离会更远,那么受测试者更倾向于对别人施加“电击”。如果他们和陌生人同处一个房间,甚至面对面,身体的邻近与精神的亲近具有内在关联性,这大大降低了实施伤害的意愿。从“具身”理论来说,身体是审

---

① [美]理查德·舒斯特曼著,程相占译:《身体意识与身体美学》,北京:商务印书馆,2011 年,第 15~16 页。

② George Lakoff and Mark Johnson, *Philosophy in the Flesh: The Embodied Mind and Its Change to Western Thought*. (New York: Basic Books, 1999), p. 4.

③ George Lakoff and Mark Johnson, *Philosophy in the Flesh: The Embodied Mind and Its Change to Western Thought*. (New York: Basic Books, 1999), p. 23.

④ [美]西恩·贝洛克著,李盼译:《具身认知:身体如何影响思维和行为》,北京:机械工业出版社,2016 年,第 11 页。

⑤ [美]西恩·贝洛克著,李盼译:《具身认知:身体如何影响思维和行为》,北京:机械工业出版社,2016 年,第 vii 页。

美意识生成的关键基点。传统美学理论倾向于认为审美或美感仅仅发生在头脑意识中，与身体没有必然的关联。但是，审美的发生和存在并非柏拉图式的“理念”分有下的“实现”，也不纯粹是人主体心灵内部的思辨，而是基于生物性的身体感官所带来的感性升华。如“有关平衡的审美观念可能最终来自人类身体的对称和构造：毕竟，耳朵、眼睛、胳膊、乳房和腿都是成对出现的，我们仅有一个的部分如鼻子、嘴和生殖器都在中间”。[①] 也就是说，身体本身的状态决定着审美取向。美学在根源上和身体上有着内在的和隐秘的关系。难怪伊格尔顿会说，“美学是作为有关肉体的话语而诞生的。在德国哲学家亚历山大·鲍姆加登所作的最初的系统阐述中，这个术语首先指的不是艺术，而是如古希腊的感性(aisthesis)所指出的那样，是指与更加崇高的概念思想领域相比照的人类的全部知觉和感觉领域”。[②] 身体是主体审美意识的根源，不存在“无身化”的审美意识。

第三，审美意识的产生以身体的功利性需求为基础，即从“快感”到“美感”的过程。“人类的原始快感大致分为‘食’与‘性’两个方面，前者有着保护个体生存的功能，后者有着维系群体繁衍的意义”。[③] 审美的产生就是基于人类身体对环境的反应而进化的结果。审美的偏好与目的并非追求“纯艺术”主张的无功利化，而是主体为了获得更多生存和繁衍的机会而作出的适应性行为选择。所以，人的感知系统由于生存需要，在进化中逐渐迭代成固定的感官属性。人类必须遵循自适应性规则：保证生命的存活和基因的延续。因而，人类的审美感知受到生存和进化的“规约”，逐渐被塑造成现在的状态。不管从“快感”到“美感”是“从内容的占有到形式的玩味”，还是“从感官的愉悦到精神的追求”的过程。[④] 审美感知的身体基础源于肉体的生存适应性，而生存适应性的目的是完成生物的进化。

传统的感官理论是建立在生物进化论的基础上的，人工智能主体并不存在动物性和功利性的枷锁。人工智能不存在肉身先天携带的“七情六欲”：它不需要食物，无所谓味觉，更别说舌尖上的“美食”，“美味”变得毫无意义；它无需繁殖，不存在对异性身体的渴望和欣赏，也就不存在所谓的

---

① ［美］埃伦·迪萨纳亚克著，户晓辉译：《审美的人——艺术来自何处及原因何在》，北京：商务印书馆，2005年，第234页。

② ［英］特里·伊格尔顿著，王杰、付德根、麦永雄译：《美学意识形态》，北京：中央编译出版社，2013年，第1页。

③ 陈炎：《陈炎学术文集·文艺美学卷(二)》，北京：高等教育出版社，2016年，第3页。

④ 陈炎：《陈炎学术文集·文艺美学卷(二)》，北京：高等教育出版社，2016年，第7～11页。

“性感”，更没有所谓身体的“美感”，这意味着服装艺术、舞蹈艺术的消失；当自然环境的风霜雨雪，不会危及“无身化”的人工智能，建筑艺术必然走向衰落。这些“正在发生的未来”都指向一个问题：人工智能时代，当身体的各种“欲求”不再存在，是否艺术就可以真正实现美的“无功利性”和“无目的性”？换句话说，“美感”离开了“快感”还存在吗？这一刻我们才明白，美首先是人的美，准确地说是作为肉身的人的美。

## 三、身体情境：艺术本体的现象场

为了寻找到哲学“最稳固的磐石”，笛卡尔的“我思”让主体性出场，造成心身关系的二元对立。人的意识成为可以脱离身体而单独存在的精神现象。随着身体现象学的兴起，以海德格尔、梅洛-庞蒂和施密茨为代表的现象学家将“无身的意识”推向了“身体-意向性”维度，还走向一种身体的“在世之中存在”(being-in-the world)。胡塞尔将身体视为既是“空间之物”，又是“主观之身”，这本质上依然是心身二元对立的模式。身体、意识和世界之间存在天然的内嵌、共在和互生的关系。身体向世界敞开，并在与世界的互动中构建自身。梅洛-庞蒂将传统哲学中的“理性知觉还原为场域化的感觉”，也即身体存在的根本特点是“关系性”“整体性”和“情境性”。①

梅洛-庞蒂认为我们通过身体感知世界，感官的模式使得世界不会“如实”地向我们呈现。我们看到的世界不是世界本身，而是身体-主体与世界之间互相卷入、互相蕴含的结果。“物体不在身体触及的范围之外存在，就像身体无法在世界之外获得其规定性。这样看来世界是有身体的世界，身体与世界打交道就像是身体与身体、左手与右手打交道”。② 作为“世界之肉”，身体感觉的整体性将分裂零散的周遭聚拢为含混的整体。既然身体在看，“它在自己运动，它就让事物环绕在它的周围，它们成了它本身的一个附件或者一种延伸，它们镶嵌在它的肉中，它们构成为它的完满规定的一部分，而世界是由相同于身体的材料构成的”。③

同时，身体知觉具有“可逆性”和联觉性。可逆性让身体器官和感官之间互相渗透并整体性地联系在一起，玻璃的透明性与破碎的清脆性及表面

① 欧阳灿灿：《当代欧美身体研究批评》，北京：中国社会科学出版社，2015年，第74页。

② 欧阳灿灿：《当代欧美身体研究批评》，北京：中国社会科学出版社，2015年，第105页。

③ [法]莫里斯·梅洛-庞蒂著，杨大春译：《眼与心》，北京：商务印书馆，2007年，第37页。

的光滑性在联觉的关联性中融合为一体。感觉的关联性还指向身体与世界之间的界限消融，即身体对世界的开放和建构。以双手互相触摸为例，双手之间的"能触摸"与"被触摸"形成一种"可逆性"关系，这种可逆性关系让双手"共现""并存"。"能触摸"与"被触摸"、"凝视"与"被凝视"、"能感知"与"被感知"成为身体器官之间、身体与身体之间、身体与世界之间的现象学根基。被视为对立的客体化的"他人"其实也是这样的一种"共现的延伸"，于是"他和我就像是唯一的身体间性的器官"。[①] 他与我互相之间的可逆性体察，让我们看到"他"与"我"的冲突竞争关系之外的共存共生关系。[②]

20 世纪 80 年代以来，以施密茨、格诺特・波默（另译为"柏梅"，Gernot Böhme）和托尼诺・格里菲罗（Tonino Griffero）为代表的新现象学家，将具有情感和体验意味的具身性范畴"情境"作为现象学思考的出发点。庞学铨和冯芳更是将施密茨的新现象学称为"身体情景存在论"[③]。施密茨所说的身体（Leib/the felt body）并非"可见可触"的躯体（Körper/the material body）[④]，而是不借助视觉和触觉等从内在感知自身的感觉主体，如一个人失去了腿，截肢后却能真实地感受到腿的存在，甚至感知到腿部的疼痛。这种超越可见可触的躯体界限的感知便是"本己身体感知"。身体感知和躯体感知都具有空间扩展性，如登顶高山俯视四周时，身体感受到一种全方位的伸展感，心胸变得开阔。然而身体感知的模糊性和整体性不同于躯体感知所具有的明晰的边界性，从比较"冥想式"的身体扫描与从镜中用眼睛从上到下的自我打量便可明白。这种观念明显地受到梅洛-庞蒂身体现象学的影响。梅洛-庞蒂区分了身体的空间性和物体的空间性，"事实上，身体的空间性不是如同外部物体的空间性或'空间感觉'的空间性那样的一种位置的空间性，而是一种处境的空间性"。[⑤] 我们对自己身体空间的感知并非通过其他对象的相对性推断出来的，而是以"绝对能

---

① ［法］莫里斯・梅洛-庞蒂著，杨大春译：《哲学赞词》，北京：商务印书馆，2000 年，第 153～154 页。

② 欧阳灿灿：《当代欧美身体研究批评》，北京：中国社会科学出版社，2015 年，第 101 页。

③ 庞学铨、冯芳：《新现象学对海德格尔"在世存在"思想的扬弃》，载《浙江大学学报（人文社会科学版）》，2011 年第 1 期，第 55～62 页。

④ Hermann Schmits, "The felt body and embodied communication," *Yearbook for Eastern and Western Philosophy*, 2017(2): 9-19.

⑤ ［法］莫里斯・梅洛-庞蒂著，姜志辉译：《知觉现象学》，北京：商务印书馆，2001 年，第 137～138 页。

力”知道的。身体是身体空间的出发点或原初点，身体对身体空间具有一种完形的包裹作用。

我们以身体在场的方式传递和感知情境和氛围。“情境”在新现象学中并非一种纯净、中立、客观的语言学术语，而是带着价值和审美偏向的人类学和美学色彩的范畴。“情境”关涉的不仅是语言信息、意义，还涉及主体的情感、感知和审美等。新现象学的“情境”在本体论上是一种“准事物”(quasi-thing)，前置于主客二分，超越了真实和虚假。[①] 术语“情境”让我们重新思考物与非物(material and immaterial)，在场与缺席(presence and absence)，个人与群体(individual and collective)，以及身体与地点(body and place)之间的边界问题。[②] “情境”具有一种居间性(in-between)，这意味着它聚焦于感知主体和感性客体之间的媒介。从媒介出发，我们关注事物之间发生的事情；我们体察间隔、间距、包裹、边缘和间隙，而不是物体本身。情境是一种自我生成的运动，而不是一个实质性的世界。情境(如气氛)无法被抓住，因为它从一个无处不在的动态场出发，这个场无视任何将其聚焦的尝试。[③] 因此，情境不是构成的(composed)，而是生成的(generated)，它是由其物质或非物质的生成元(generators)直接生成，而非通过后继的综合或整合实现的。[④] 情境(气氛)既非主观也非客观对象，但具有一种“似客体”的特征。它不是物又具有物的属性。同时情境(气氛)又必须通过人身体的在场性来完成，故而又具有“似主体”的特点。“气氛显然既不是一个主观状态，也不是一个对象的属性……气氛是介于主观和客观之间的某种东西。气氛并不是什么关系，而是关系本身”。[⑤] 可以说，情境(气氛)具有主客体的居间性，这种居间性是以身体的“在空间之中”为前提的。与此同时，要生成情境要求身体的在场性，还需身体与周围的人或事物形成入身性的交互。身体通过对话和交流与他者的“准身体”形成

---

① Tonino Griffero and Marco Tedeschini (eds.), *Atmosphere and Aesthetics: A Plural Perspective*. (London: Palgrave Macmillan, 2019), p. 33.

② Sara Asu Schroer and Susanne B. Schmitt (eds.), *Exploring Atmospheres Ethnographically*. (London and New York: Routledge, 2018), pp. 1-3.

③ Tonino Griffero and Marco Tedeschini (eds.), *Atmosphere and Aesthetics: A Plural Perspective*. (London: Palgrave Macmillan, 2019), pp. 176-177.

④ Tonino Griffero and Marco Tedeschini (eds.) *Atmosphere and Aesthetics: A Plural Perspective*. (London: Palgrave Macmillan, 2019), p. 39.

⑤ [德]格诺特·柏梅著，韩子仲译：《感知学：普通感知理论的美学讲稿》，北京：商务印书馆，2021年，第53页。

一体性，这就是施密茨的“入身”(einleibung)。大街上人和人之间默契地避让开对方，就是因为身体借助于目光和肢体的配合融身于更大的准身体的一体性；骑手和马、赛车手和车之间的交互式入身形成协作式的一体性。①

可以说，具身性情境具有整体性、混沌性和多样性。情境的多样性并不包含任何同一性或差异性，就是绝对的混沌多样。如司机在面对瞬间出现的险情时，能够在最短时间内预判可能出现的状况(即“问题”)，感知当下汽车、马路、司机和周遭一切所形成的空间关系(即“事态”)，自动化地完成险情规避方法的选择(即“程序”)。换言之，司机是以一种整体性的情境思维来面对险情的。“在这样的整体情境中，司机看到的客体仅仅如同交响乐队中的一种乐器，而我们知觉着的身体是另一种乐器，两者皆融于情境之中，所谓知觉，就是对这种情境的意识”。② 每个身体和心智健全的人都能感知到氛围和情境，就像他可以看到色彩、听到声音一样。我们可以感知到早晨的晴朗、夜晚的宁静和雷雨前的压抑等视觉氛围，还可以感觉到运动场上的激动、舞台上的欢乐、表演失败的尴尬、庆典中的严肃和家庭聚会时的祥和等各种集体情感、集体“气氛”。这种气氛、情境是不能分割的、最基本的和不属于单个身体的东西。单个身体被包裹和“埋置”在整体的、混沌的情境中。

艺术是混沌的身体情境的最完美呈现和表征。我们看见对象，但却不能完整地、彻底地将对象所包含的所有信息“逐个地全部‘提取’和表达出来”，故而擅长“直觉”的人在含混状态中常常可以展示出自己的灵巧性。事态的情境永远是处于含混性和多样性中的，极少能被语言表达出来，除了艺术。施密茨认为在艺术中，诗歌较之于散文更能呈现“情境”，开发“情境”和“氛围”的权力属于诗人，因为诗人往往是“从内容丰富的混沌多样的情境整体中悉心而精练地挑选出部分事态、程序和问题而将情境整体完整无损地透显出来”。③ 如果我们将文学中的人物、情节、事件比作浮雕的话，那么情境就是浮雕的“背景”。文学的生动性并非来自情节引人入胜的

---

① 庞学铨：《重建日常生活经验世界——新现象学的生活世界理论管窥》，载《学术月刊》，2021年第1期，第23～34页。

② ［德］赫尔曼·施密茨著，庞学铨、冯芳等译：《无穷尽的对象：哲学的基本特征》，上海：上海人民出版社，2020年，第63页。

③ ［德］赫尔曼·施密茨著，庞学铨、冯芳等译：《无穷尽的对象：哲学的基本特征》，上海：上海人民出版社，2020年，第69页。

紧张感，而是来自凸显的“浮雕”与不可言说的情境之间的意义全息关系。就像齐美尔对歌德的赞美，认为其戏剧所塑造的形象并非完全通过台词自我塑造，还包含着未用语言表达的、不能被观众看到的、无限的、整体的人物形象。文学语境于是成为在场的情景与不在场的文化语境，可言说的语言语境与不可言说的艺术意境的统一体。文学的语言就像火柴，诗人通过火柴点燃情境，使作品整体性地透射出光芒。① 艺术中的音乐、舞蹈和建筑同样也是以整体性的、未分解的方式使情境和氛围出场并感染“被触动者”。

身体本身只能作为情境中的身体才能与艺术、审美产生本体性关联。新现象学认为诗歌通过情感和节奏对身体产生效果，从而产生沉浸性的整体感。已然展开的生活状态就像漂浮在原初生活状态上的冰层，“同情”让冰层破碎，主体陷入或回归到初始的情境状态中。口头诗歌、音乐、舞蹈、曲艺等表演艺术，主要依靠的是声音和身体。声音天生具有结合性，它将听众与自己结合为一个整体。同时身体的在场性，意味着它能对在场的空间和环境产生隐秘的影响，如“氛围”常常是用于表达艺术创作者和观众共在同一情境中的感受，一种贯通的和互相关联的群体感受。因而，在新现象学的意义上，文学必然与身体情境有着内在的关联，或者说文学天然地具有“身体情境性”。“主体/身体”并非封闭地、孤立地生成着直觉、感性、情感和想象等意识，而是在与世界的关系性和整体性中完成审美意识的。人工智能艺术缺少身体情境作为创作的前提，故而无法与人类艺术相提并论。

① ［德］赫尔曼·施密茨著，庞学铨、李张林译：《新现象学》，上海：上海译文出版社，1997年，第59～64页。

# 结 语

语境诗学一方面在“元理论”上遵循着后现代真理观，另一方面在实践意义上贴合着当下文学实践的伦理现实。文学理论不完全是一种符合对象意义上的实用主义，还应该具有理论自身反思的思维品质，即一种真理性。然而，文学理论的真理维度不是大写的真理，而是复数的、小写的真理；不是前现代的上帝全知视角意义上的真理，也不是现代科学理性意义上的真理，而是后现代事件意义上的真理——一种语境性真理。“我们这些下界尘世间的人，每次只能得到一个真理，依赖于我们身处的某个地方、某个时候（语言、文化、性别、身体等）。我们总是‘情境性的’，这个情境对我们强加了限制；但是这种限制也给了我们一个进入的角度，一条进路，一个视角，一种解释”。[①] “我们不能超出自己的身体，从外面看它们，但是我们总是会有一个角度。我们的处境不仅会遮蔽我们，也会解放我们；它向我们开启事务，赋予我们视角”。[②] 卡普托所说的后现代真理性一方面具有事件性，另一方面又具有价值性。文学理论所追求的真理不是“形而上学的概念确定性和超验本质”，也不是“自然科学式的精确知识”，而是与生活世界相关、与历史情境相连的价值向度。但是这种价值向度又不能忽略真理思维向度，“缺少了文学理论思维的真理性向度，价值思维也会变成肤浅的情绪表达和偏狭的感官印象，价值思维的思想空间也会大大萎缩”。[③] 文学理论对事件性和价值性的真理追求，在语境诗学这里得到了实现。

“语境诗学”的重心当然就是“语境”。正如拉里·格罗斯伯格（Larry Grossberg）说，“对于文化研究来说，语境就是一切，一切都是语境性的”。[④] 在语境诗学话语体系中，文学语境就是一切，一切都是文学语境。当然，

---

① ［美］约翰·D. 卡普托著，贝小戎译：《真理》，上海：上海文艺出版社，2016 年，序言第 14 页。

② ［美］约翰·D. 卡普托著，贝小戎译：《真理》，上海：上海文艺出版社，2016 年，第 215 页。

③ 张大为：《理论的文化意志——当下中国文艺学的“元理论”反思》，天津：天津社会科学院出版社，2009 年，第 55 页。

④ Lawrence Grossberg, *Bringing It All Back Home: Essays on Cultural Studies*. (Durham: Duke University Press, 1997), p. 255.

“语境”作为文学理论的重要范畴在历史流变中沉积了复杂、分离和悖论的涵义。“语境”范畴并非外在于文本的附属性背景,而是文学理论的本体性概念。本书写作的目的在于将“语境”建构为文艺理论的“元范畴”,将语境理论和语境思想融入并应用到当代文艺理论的建构中;协调和衔接文艺研究中存在的“向内转”和“向外转”的分裂,如试图消解文学审美维度与意识形态维度,文学文本论与主体论、社会文化论之间的争论;解决文论中“四要素论”存在的“机械主义”倾向;转变文学理论中看待文学文本的方式,如将不在场的、不可言说的、默会的、隐在的“氛围”和“情境”等纳入理论的整体考量中;扩展文学理论研究对象的范围,如强调“情境语境”的口头文学和“间性语境”的多媒介文学。

第一,语境观念和语境理论的谱系梳理为“语境诗学”的维度构建、范式构建和论域构建提供了理论基础。20世纪之前,西方文论、中国文论、文艺人类学语境理论和语言论文论中所包含的语境思想成为语境诗学构建的理论源泉。语境意识和语境思维并非语言学转向的产物,而是以不同的表述一直存在于文论史中。近代之前的西方诗学中语境思想总体上可以分为:作为形式和关系的内部语境、作为价值和世界的外部语境。文艺作品的“关系性”和“有机性”确证语境的内部维度(文本语境)的存在;外在于主体的自然和社会填补着语境的内义,并与文学的“自性”形成一种历史性张力。这就好像解题和研究的差别:解题是根据别人出的问题,寻找解决问题的答案;而研究则是自己给自己提出问题,自己寻找答案。外部文化语境先在地存在着,似乎一切艺术现象都是一面镜子,需要借助于它自己的光才会发光;作品语境自己为自己“铺路”,通过语言的腿走出自己的路,形成自己的语境,好像自己就可以发光,独立成一个世界一样。

中国古典文论里存在着四种语境观念:第一种语境观念主要体现在儒家文论中文学艺术与社会政治语境的关系中,如孔子的“兴、观、群、怨”,孟子的“知人论世”,《乐记》中谈及的“文与政通”。第二种语境观念表征为“一代有一代之文学”中涉及的文学与“时代精神语境”的关系,它将语境理解为“社会文化语境”,即直接影响文学的社会治乱、文化状况和政治秩序等;它将语境视为“时代精神语境”,即决定文艺的民风习俗、思想精神、民众意愿、社会情绪等。第三种语境观念呈现为文学艺术的“南北之争”所关涉的风格与地理语境的关系,它将语境看作“地理语境”,即造成文学风格、文学体式差异的水土、气候等地理情境。第四种语境观念将语境的关系性和有机性置于作品内部中，它将语境限定为“内在语境”，即让文章首尾统一为有机整体的内部关联。当我们将中国古典文论中的四种语境观念与西方文论中的价值世界语境、形式关系语境并置时，语境观念中包孕的不同意涵便凸显了出来：“关系语境”“作品语境”“价值语境”“社会文化语境”“时代精神语境”“地理语境”“情境语境”“作者创作语境”“读者接受语境”和“媒介语境”等。这些差异性的意涵为“语境诗学”的维度构建和范式构建提供了理论依据和思想来源。

文学人类学为文论体系带来新的理论话语范式：演述性、活态性和事件性等，“语境”则是这套话语的“元范畴”。书面文学的媒介意识形态滋生的是孤立主义的纯文学观念，而口头文学内生的是整体性的“语境”观念，它强调文学活动中主体的介入性、身体的沉浸性、感知的全息性和存在的本真性。语境中的文学对象处于不可分割的、模糊的、整体的混溶状态中，主体、对象也处于“入身性”的、主客未分的状态。以“语境”范式为基础构建的诗学观念，恢复了对艺术“此时此地”的情境性的重视。正如本雅明所说，艺术作品最初处于一种原初本真的语境中。艺术作品的“灵晕”源自其“独一无二性”，这种“独一无二性”产生于“时间”语境的具体性、非可逆性和“空间”语境的静态决定性、非重复性。可以说，时-空语境决定了艺术作品的唯一性。艺术的“灵晕”“来自将艺术作品置入传统的空间语境之中，这一置入过程凭借一种狂热的崇拜而呈现出来”。[①] 换句话说，机械复制对“灵晕”的破坏，其本质是印刷媒介话语意识形态对多模态艺术的技术性肢解。原初的口头诗歌奠定了在场的、活态的和全息的语境性艺术存在形态，这成为之后历史长河中的文学活动不断试图回归的“母体”状态。

20世纪西方文艺理论中的语境观念主要呈现在“对话论”文论、“文学言语行为论”和“话语论文论”中。“对话论”文论强调以“表述”为基础的对话语境，努力复原文学背后的“非语言”语境、主体语境和情态语境。“对话论”文论的目的在于反对抽象的形式语言学研究，建立语言与现实生活间的活生生的联系。巴赫金的对话论延伸到伽达默尔的“共在”性艺术语境观中。“文学言语行为论”将文学语言视为介入和处置世界语境的“行为”和“事件”。文学言语行为论将语言视为一种对世界产生作用的“事件”；文

① Walter Benjamin, *Walter Benjamin: Selected Writing, Volume*. 3. trans, Edmund Jephcott, Howard Eiland, and Others. (Cambridge, MA: The Belknap Press of Harvard University Press, 2002), p. 105.

学文本以其虚拟性对现实形成游离，解构并重述社会现实。“对话论”文论关注文学作为语言的实践及其背后所表征的排除性、权力性和断裂性的话语语境。“对话论”文论强调文学的“陈述”与社会权力语境之间的内在关联。“陈述”穿梭于不同的话语中，因而，文化诗学的本质都是让文学重新返回话语语境以探讨背后的意图。可以说，“对话论”文论中的语境观念，其理论来源就是语用学、语言哲学，但更多关涉的是语境观念在文艺理论中的表征。

第二，在对中西方文艺理论中的语境观念和语境思想进行知识谱系的梳理后，我们从理论逻辑角度建构“语境诗学”的基本维度、基本论域和基本范式，寻找“语境诗学”的哲学确证和话语定位。“文学语境”的概念界定为维度构建规定了基本内涵，即关系性、意义性和场域性。中西方文论中语境观念的迭代形成了文学语境的四个内在维度：“文内语境”强调文学作品内部结构的有机性所形成的相对独立的语境域；“情境语境”关注的是文学意义发生的“现场性”语境维度；“世界语境”指与文学作品价值相关的非语言性语境维度；“间性语境”则是在不同的语境维度之间形成的“组成性”“变化性”和“关系性”的关联语境。语境维度之间并非“关节式”的“衔接”关系，而是“流水式”的“相通”关系，是“既是一又是三”的“波罗米恩环”的关系。这种关系在强调整体性、生命性和直觉性的中国古典中可以得到有效的本体论支撑。以“文气说”为表征的圆融整一的生命精神为语境诗学提供了最为根本的学理支撑。

“语境诗学”主张以整体性、动态性、多模态性和有机性来批评和阐释文学文本、文学活动及文学实践。它试图重塑文艺理论的核心话语，如建构情境性、演述性、非语言性、气氛性、活态性、多模态性、事件性、演述性、关系性和间性等的核心范式。“事件”“关系”和“间性”成为“语境诗学”建构的三个重要范式。“事件”范式关注文学发生的现场性、主体的参与性和文学对世界的介入性。文学的施为性和主体性使其成为事件，而文学事件本质上是具体时空中呈现的动态“情境”。“关系”范式主张从非实体、非本质的多重多维的“关系界”来审视文艺对象，将艺术对象视为关系中的“物”。“间性”范式强调从时空、过程、网络和环境等非实体因素来审视文学的存在，于是文学不再是孤立地、静态地存在于纸质媒介中的符号，而是存在于无数作品之间的、主体之间和媒介之间的动态对象。这些范式为我们揭示了语境在文学创作与解读过程中的运作机理，从而有助于我们更深入地理解文学作品的内涵与价值。通过“事件”范式，我们关注文学作品中的具体情境与发生过程，探讨事件如何在特定语境中展开并赋予意义。而“关系”范式则强调文学作品内部及与外部元素之间的相互联系与影响，揭示语境如何塑造并反映这些关系。“间性”范式关注文学作品的多元性与互动性，探讨不同语境元素如何在文本中交织、对话，共同构建作品的丰富意义。范式之间相互补充，共同构成了“语境诗学”在话语层面上的完整框架。

“语境”并非文学外部的、附属的“背景”，而是文学理论的“元话语”和“先验结构”。它默会性地存在于一切文学现象和文学实践中。语境作为一种“元范畴”对语言具有审美性的“赋形”。“语境”在为语言赋义的过程中具有审美属性。文学先天的“语境性”主要表征为：语言从静态表意到动态行事的观念，将文学从作为世界的复制和描述转变为在“事件”语境中参与建构世界的活动；文学携带的感性、具象性和混溶性，一直将文学经验和日常生活语境置于具有连续性的光谱中。

对语境范式知识谱系的梳理不能保证学理的合法性，而强调“情境”和“氛围”的新现象学为其赋予西方哲学的基础。新现象学则是将西方“在场”式的言说方式带向东方“不在场”式的话语场域。新现象学聚焦于超越主客二分的“原初生活经验”，聚焦非语言性的、混沌性的、整体性的和入身性的“情境”与“气氛”。同时由于施密茨的新现象学与中国古典哲学把握世界的方式接近。中国古典哲学中的“虚实”“显隐”“有无”等范畴构成语境结构的“实-虚”关系，“不在场”的语境赋予文学以超越性的本质。故而，中国古典诗学中的文学语境又拥有“不在场性”“源初自明性”和“不可言说性”的理论内涵。故而，我们将“语境”分为“在场的语境”与“不在场的语境”。西方诗学中的“关系论”“有机论”“社会历史”和“自然环境”等都是一种“在场”的语境，与对象构成“实-实”的意义关系。中国古典哲学中的“虚实”“显隐”“有无”等范畴构成语境结构的“实-虚”关系，“不在场”的语境赋予艺术以超越性的本质。

语境诗学自身作为一种诗学话语具有批判哲学、后批判哲学和“后理论”的理论品性：其一，反思性让语境诗学摆脱理论工具论的束缚，为文学理论自身提供一种反身的基点，重新审视习以为常的种种理论范畴、观念和思潮所存在的问题，以及其遮蔽或忽视的部分。其二，默会性赋予语境诗学以新的话语范式，它将文学理论从可言说推向不可言说的境地。“不可言说”并非让理论消失，而是以“源初自明性”的实践知识替代逻辑知识。其三，“具体性”与“语境性”在某种意义上可以同义互换。语境诗学让试图建立普遍或普世的诗学体系落空，取而代之的是强调“此时此地”的情境性、当下性和特殊性。

第三，语境诗学之于文艺理论的当代价值之一是重新反思文论体系的基础概念和理论观念。当印刷媒介替代口语媒介成为文学存在的主要形态之后，我们成为纸媒文学的“土著”，将文学视为捧在手上阅读的对象成为理所当然。因而，文学意义在媒介偏向影响下呈现实体化倾向，也即是说，文学意义被理解为先在地封存在文本中的。语境论以关系性的方式将实体意义拉到真实的状态中。从意义实体论与意义语境论的争辩理论反思中，我们认为文学意义并非内在地固定于文学符号中，而是一种文学语境各要素关系的生成物。作为语言的艺术，文学由于意义和语言的同一性和“在之中”性，必然作为一种语境性的存在。不过广义的文学意义应该包括“文学意义”和“文学意味”。舒茨的现象学社会学理论提出的“周遭世界”与“共同世界”理论，为语境层域理论注入了社会关系的维度。这为文学意义天生存在的悖论（明晰性与模糊性）提供了理论支持。文学意义是具有明晰性和可言说性的存在，它主要取决于文学的情境语境层。情境语境作为“社会的周遭世界”在一种具体性（当下性、共同性和同步性）中与文学文本发生意义关系。同时，文学意味具有模糊性和不可言说性，它来自文学的“社会-文化语境”层。因为文学的“社会-文化语境”不是单数的“语境”或者此时此刻的当下语境，而是一种“语境群”的叠加和融合；是一种客观确定的、具有模式化内容的、具有公共性的“语境群”，故而具有时间纵深感和空间无限感。文学意义除了存在于文本符号形式层面和作品周遭的物性情境，还生成于与人所内居的生活世界勾连的公共语境中。文学作品通过公共语境生产着意义，而不仅仅接受着公共语境的意义“填充”。文学作品对公共空间具有介入性，使得文学的意义在公共语境中得到增殖。在语境诗学中，语境与意义的关系并非从上到下的单向关系，而是平等的“互嵌”关系。意义的整体呈现就意味着作品与周遭环境的同时显现，并非前后或表里关系。故而，意义与语境是互相成就的、互相生成的。

作为文论的核心范畴，“文本”在20世纪以来包含着三种观念：结构主义式文本视文学文本为封闭且静态的审美客体，它摒弃了与主体的关联性；而解构主义式文本则持相反观点，认为文学文本是开放的、处于生成流变中，并展现出互文性的非物质特性；至于建构主义式文本，它强调文学文本作为主体生命的呈现符号，是意识形态话语交织的广阔空间。可以说，“文本”处于“钟摆”效应中：向内的文本封闭性和文本间性，抑或是向外的文本主体性和社会-文化性。新文本主义抛弃“文本”和“世界”的二元划分，以“语境文本”范畴统合二者。追溯文本的原初意义可以发现，文本具有的“物性”和“事性”在深层维度上都浸透着语境性。文本天生具有语境依赖性，没有超语境的文本存在。文本并不是以自身作为一种存在的，而是在与非自身的其他“文本”的互动和关联中生成的。以“语境文本”作为文学理论建构的范畴起点，可以重拾文学理论的审美价值维度、媒介多样性维度和社会文化维度。

在“语境诗学”看来，文学本质并非形而上的、实体性的本质及“是其所是”的本体性存在，也非“自然本质”和“文本内在物”，而是一种语境性的本质。文学本质是一种关系性而非实体性的存在；文学本质是一种动态性的生成过程，而非预成性的静止状态；文学是包括语言文本和非语言情境、在场文本和不在场语境的整体性存在。

“语境”是文学理论自我言说的先天内在结构。对文学文本的创作、传播、接受和阐释等，无一不在“语境”中完成。不过文学的审美语境不是相对主义式的，而是遵循相对性原则。审美的相对性恰好是审美趣味多样性和意义多元化的呈现。文学审美表层的差异性和深层的共通性源自文学审美价值的“个人偏好”、“历史-文化”价值观和“普适性生命诉求”之间的差异。如果深层审美判断来自人性共同性，那么人性本身是否稳固是无法保障的。对人性思考又回到科学理性和自由意志的争辩：基因决定论与语境决定论。我们并没有停留在审美的语境论悖论的表层现象，而是不断往深层追问悖论现象背后的共同性实质，以及人性共同性自身如何确证的问题。这样才能为“语境”范畴作为文学理论基本范畴提供坚实的学理基础。

第四，语境诗学之于文艺理论的当代价值之二是重构和革新 21 世纪文艺研究的范式。面对全新的新媒介文艺现状，语境诗学中的“媒介情境”“媒介间性语境”“时空语境”和“身体情境”等维度可以介入和阐释当下的文艺实践。其一，“媒介情境”中的“媒介决定论”让我们理解传统经典文学和新媒体文学的本质差异：技法上的“隐晦”与“直白”的不同，在品质上的“意味”和“快感”的差异。两种不同的美学风格其背后根源在于媒介的差异：新媒体先天带有的碎片化、浅薄化、去真实世界、反精神诉求和媚俗化等特征，使得新媒体文学与传统文学差异巨大。但是，新媒体并不能完全决定寓居于其中的文学，使得新媒体文学沦为仅仅追求感官快感的文字；同时“快感”作为一种审美时尚是不能成为长久的审美范畴的。新媒体文学和传统文学之间其实有着本质层面和现实层面的关联和交流，其背后依然是人类在审美和精神维度上对“崇高”和“优美”的诉求。

其二，“媒介间性语境”之于新媒介文艺的“多模态状况”。新媒介文艺实践在朝向“泛艺术”“跨媒介艺术”方向发展，追求艺术的“语境性”“现场性”和“在场感”。新媒介文艺作品的性质从固化对象走向行动事件；新媒介文艺重过程而非结果，重行动而非成品，重语境而非文本。其根本原因在于媒介向“前技术时代”的回归，回归到以情境性、沉浸性、全息性、互动性、多感官性为特征的媒介间性语境状态中。新媒介文艺带给艺术以临场性的全书写话语，并形成多模态艺术的全新形态，于是艺术作品从静态文本走向动态生成、从单一媒介到跨媒介存在的“后媒介状况”。

其三，“时空语境”在虚拟现实技术的挑战下，更能显现出对于文学和艺术的本体属性。虚拟现实技术的“非地点性”切断“地方”之于艺术的生存记忆和情感想象，将艺术独特性化约为匀质的感性体验；“非地点”的“平滑性”威胁着艺术的“异质性”本体观念，审美范式走向去异质性的“愉悦美学”；“非地点”作为主观世界的外化内嵌着主体的种种欲望，艺术精神走向“去崇高化”的“无痛主义”。虚拟现实技术的“元时间性”意味着“同时性”和“无时间性”：“现时”的共时性让时间走向“点状化”，这使得艺术丧失历史的厚重感，走向思想的漂浮和审美的架空；“化身-时间”的无序撒播状态让“时间”不再是内在于艺术品的本质规定。虚拟现实技术的“元时间性”和“非地方性”对传统艺术精神、艺术伦理和艺术本体等来说是一种挑战。深究根本，我们发现其底层依然充斥着审美规律、技术逻辑和资本诉求之间的博弈。新媒介时代，艺术存在被全新技术“座架化”，走向商品化、世俗化和技术化的生活场景。时空语境对虚拟现实艺术的精神反思和价值批判，目的是将人从技术性维度的沉溺中拯救出来，从艺术性维度的遮蔽中解放出来。

其四，人工智能技术在表征的维度上消解了文艺主体的审美、情感和想象。人工智能技术已经彻底颠覆了人类原来沾沾自喜的能力：抽象归纳、理性判断、逻辑思维，等等。这些能力，曾经是被用来区分人和动物的核心能力，但它们逐渐在一个个令人难以置信的事实中被瓦解。不仅如此，连我们坚信的独属于人类的非理性维度似乎也在逐渐被替代。但我们认为人工智能艺术与人类艺术有着本质的不同，这种不同的根源在于“身体情境”的维度。人类艺术的审美、想象和情感追根溯源在于身体的“自反性”“具身性”和“功利性”。身体的“关系性”“整体性”和“情境性”才是艺术之所以生成、存在和呈现的根本。

总而言之，本书在梳理中西方文论中语境观念和理论脉络的基础上，建构了“语境诗学”的主要维度：“文内语境”“情境语境”“世界语境”和“间性语境”；建构了“语境诗学”的核心范式，如情境性、演述性、非语言性、气氛性、活态性、多模态性、事件性、演述性、关系性和间性等；重塑和重释了文论中的核心概念和基础理论；通过“媒介情境”“媒介间性语境”“时空语境”和“身体情境”等语境范式介入新媒介文艺现象的批评中，从而丰富了21世纪文论的研究视角和论域。

# 主要参考文献

## 一、中文文献(图书类)


[1][美]E. D. 赫施:《解释的有效性》,王才勇译,北京:生活·读书·新知三联书店,1991 年。

[2][美]E. O. 威尔逊:《论人的天性》,林和生等译,贵阳:贵州人民出版社,1987 年。

[3][英]H. A. 梅内尔:《审美价值的本性》,刘敏译,北京:商务印书馆,2001 年。

[4][德]H. R. 姚斯,[美]R. C. 霍拉勃:《接受美学与接受理论》,周宁、金元浦译,沈阳:辽宁人民出版社,1987 年。

[5][德]J. G. 赫尔德:《论语言的起源》,姚小平译,北京:商务印书馆,1998 年。

[6][美]J. J. 卡茨:《意义的形而上学》,苏德超、张离海译,上海:上海译文出版社,2010 年。

[7][美]V. 厄利希:《俄国形式主义:历史与学说》,张冰译,北京:商务印书馆,2017 年。

[8][德]阿多诺:《美学理论》,王柯平译,成都:四川人民出版社,1998 年。

[9][美]阿尔伯特·贝茨·洛德:《故事的歌手》,尹虎彬译,北京:中华书局,2004 年。

[10][英]阿尔弗莱德·怀特海:《思想方式》,韩东辉、李红译,北京:华夏出版社,1999 年。

[11][奥]阿尔弗雷德·舒茨:《社会世界的意义构成》,游淙祺译,北京:商务印书馆,2012 年。

[12][法]阿兰·巴迪欧:《存在与事件》,蓝江译,南京:南京大学出版社,2018 年。

[13][美]阿诺德·柏林特:《美学与环境——一个主题的多重变奏》,

程相占、宋艳霞译,郑州:河南大学出版社,2013年。

[14][美]阿诺德·柏林特:《美学再思考——激进的美学与艺术学论文》,肖双荣译,武汉:武汉大学出版社,2010年。

[15][美]阿诺德·贝林特:《艺术与介入》,李媛媛译,北京:商务印书馆,2013年。

[16][美]阿瑟·丹托:《寻常物的嬗变:一种关于艺术的哲学》,陈岸瑛译,南京:江苏人民出版社,2012年。

[17][法]埃德加·莫兰著,陈一壮译:《复杂思想:自觉的科学》,北京:北京大学出版社,2001年。

[18][美]埃伦·迪萨纳亚克:《审美的人——艺术来自何处及原因何在》,户晓辉译,北京:商务印书馆,2005年。

[19][法]埃米尔·本维尼斯特:《普通语言学问题(选译本)》,王东亮等译,北京:生活·读书·新知三联书店,2008年。

[20][美]爱德华·W.萨义德:《东方学》,王宇根译,北京:生活·读书·新知三联书店,2007年。

[21][法]安托万·孔帕尼翁:《理论的幽灵:文学与常识》,吴泓缈、汪捷宇译,南京:南京大学出版社,2017年。

[22][汉]班固撰:《汉书》,北京:中华书局,2007年。

[23][美]保罗·莱文森:《人类历程回放:媒介进化论》,邬建中译,重庆:西南师范大学出版社,2017年。

[24][法]保罗·利科:《从文本到行动》,夏小燕译,上海:华东师范大学出版社,2015年。

[25][法]保罗·利科:《活的隐喻》,汪堂家译,上海:上海译文出版社,2004年。

[26][法]保罗·利科:《作为一个他者的自身》,佘碧平译,北京:商务印书馆,2013年。

[27][法]保罗·维利里奥:《消失的美学》,杨凯麟译,郑州:河南大学出版社,2018年。

[28]北京大学哲学系美学教研室编:《西方美学家论美和美感》,北京:商务印书馆,1980年。

[29]北京大学哲学系外国哲学史教研室编译:《西方哲学原著选读(上卷)》,北京:商务印书馆,1981年。

[30]北京大学哲学系外国哲学史教研室编译:《西方哲学原著选读》,北京:商务印书馆,2016 年。

[31][法]贝尔纳·斯蒂格勒:《人类纪里的艺术:斯蒂格勒中国美院讲座》,陆兴华、许煜译,重庆:重庆大学出版社,2016 年。

[32][英]贝丽尔·格雷厄姆、[英]萨拉·库克:《重思策展:新媒体后的艺术》,龙星如译,北京:清华大学出版社,2016 年。

[33][美]彼得·盖伊:《启蒙时代(下):自由的科学》,王皖强译,上海:上海人民出版社,2016 年。

[34][美]彼得·基维主编:《美学指南》,彭锋等译,南京:南京大学出版社,2018 年。

[35][英]彼得·威德森:《现代西方文学观念简史》,钱竞、张欣译,北京:北京大学出版社,2006 年。

[36][俄]别林斯基:《别林斯基选集(第二卷)》,满涛译,上海:上海译文出版社,1980 年。

[37][古希腊]柏拉图:《会饮篇》,王太庆译,北京:商务印书馆,2013 年。

[38]蔡恒进、蔡天琪、耿嘉伟:《元宇宙的本质:人类未来的超级智能系统》,北京:中信出版社,2022 年。

[39]曹京渊:《言语交际中的语境研究》,济南:山东文艺出版社,2008 年。

[40]曹雪芹、高鹗:《红楼梦》,北京:人民文学出版社,2005 年。

[41]曾大兴:《文学地理学研究》,北京:商务印书馆,2012 年。

[42][俄]车尔尼雪夫斯基:《艺术与现实的审美关系》,周扬译,北京:人民文学出版社,2009 年。

[43]陈嘉映编:《普遍性种种》,北京:华夏出版社,2013 年。

[44]陈炎:《陈炎学术文集·文艺美学卷(二)》,北京:高等教育出版社,2016 年。

[45]成中英:《易学本体论》,北京:北京大学出版社,2006 年。

[46]崔唯航:《马克思哲学革命的存在论阐释——从理论哲学到实践哲学》,北京:中国社会科学出版社,2005 年。

[47][韩]崔宰溶:《网络文学研究的原生理论》,北京:中国文联出版社,2023 年。

[48][英]戴维·米勒编:《开放的思想和社会:波普思想精粹》,张之沧译,南京:江苏人民出版社,2000 年。

[49][法]丹纳:《艺术哲学》,傅雷译,北京:人民文学出版社,1963 年。

[50][美]丹尼尔·奥尔布赖特:《缪斯之艺:泛美学研究》,徐长生等译,南京:南京大学出版社,2021 年。

[51][法]德里达:《文学行动》,赵兴国译,北京:中国社会科学出版社,1998 年。

[52][英]德里克·阿特里奇:《文学的独特性》,张进、董国俊、张丹旸译,北京:知识产权出版社,2019 年。

[53][法]德尼·狄德罗:《狄德罗美学论文选》,张冠尧、桂裕芳译,北京:人民文学出版社,1984 年。

[54]邓线平:《波兰尼与胡塞尔认识论思想比较研究》,北京:知识产权出版社,2009 年。

[55]邓子勉编:《明词话全编》,南京:凤凰出版社,2012 年。

[56]丁放撰:《元代诗论校释》,北京:中华书局,2020 年。

[57]董希文:《文学文本理论研究》,北京:社会科学文献出版社,2006 年。

[58]段吉方:《审美文化视野与批评重构:中国当代美学的话语转型》,北京:中国社会科学出版社,2016 年。

[59][德]恩斯特·卡西尔:《人论》,甘阳译,上海:上海译文出版社,2013 年。

[60][德]恩斯特·卡西尔:《语言与神话》,于晓等译,北京:生活·读书·新知三联书店,1988 年。

[61]范大灿编:《歌德论文学艺术》,范大灿、安书祉、黄燎宇等译,上海:上海人民出版社,2017 年。

[62][荷]范丹姆:《审美人类学:视野与方法》,李修建、向丽译,北京:中国文联出版社,2015 年。

[63]范劲:《从符号到系统:跨文化观察的方法》,上海:复旦大学出版社,2019 年。

[64]范明生:《古希腊罗马美学》,北京:北京师范大学出版社,2014 年。

[65]方朝晖:《"中学"与"西学"——重新解读现代中国学术史》,保定:

河北大学出版社,2002 年。

[66][瑞士]费尔迪南·德·索绪尔:《普通语言学教程》,高名凯译,岑麒祥、叶斐声校注,北京:商务印书馆,2017 年。

[67]冯黎明:《学科互涉与文学研究方法论革命》,武汉:武汉大学出版社,2014 年。

[68]冯友兰:《中国哲学简史》,赵复三译,北京:生活·读书·新知三联书店,2009 年。

[69][英]弗朗西斯·马尔赫恩:《当代马克思主义文学批评》,刘象愚、陈永国、马海良译,北京:北京大学出版社,2002 年。

[70][德]格诺特·柏梅:《感知学:普通感知理论的美学讲稿》,韩子仲译,北京:商务印书馆,2021 年。

[71][德]格诺特·波默:《气氛美学》,贾红雨译,北京:中国社会科学出版社,2018 年。

[72]葛红兵:《小说类型学的基本理论问题》,上海:上海大学出版社,2012 年。

[73][日]广松涉:《唯物史观的原像》,邓习议译,南京:南京大学出版社,2009 年。

[74]郭贵春:《走向语境论的世界观:当代科学哲学研究范式的反思与重构》,北京:北京师范大学出版社,2012 年。

[75]郭绍虞主编:《中国历代文论选》,上海:上海古籍出版社,2007 年。

[76][北宋]郭熙著,鲁博林编著:《林泉高致》,南京:江苏凤凰文艺出版社,2015 年。

[77][美]哈罗德·布鲁姆:《影响的焦虑》,徐文博译,北京:生活·读书·新知三联书店,1989 年。

[78][德]哈特穆特·罗萨:《新异化的诞生:社会加速批判理论大纲》,郑作彧译,上海:上海人民出版社,2018 年。

[79]韩炳哲:《美的救赎》,关玉红译,北京:中信出版社,2021 年。

[80]韩炳哲:《时间的味道》,包向飞、徐基太译,重庆:重庆大学出版社,2018 年。

[81][德]韩炳哲:《在群中:数字媒体时代的大众心理学》,程巍译,北京:中信出版社,2021 年。

[82]户晓辉:《民间文学的自由叙事》,北京:社会科学文献出版社,2014年。

[83][美]海登·怀特:《话语的转义——文化批评文集》,董立河译,郑州:大象出版社,北京:北京出版社,2011年。

[84][美]海登·怀特:《叙事的虚构性:有关历史、文学和理论的论文(1957—2007)》,马丽莉、马云、孙晶姝译,南京:南京大学出版社,2019年。

[85][美]海登·怀特:《元史学:19世纪欧洲的历史想象》,陈新译,南京:译林出版社,2004年。

[86]韩模永:《超文本文学研究》,北京:中国社会科学出版社,2013年。

[87][德]汉斯-格奥尔格·伽达默尔:《真理与方法——补充与索引》,洪汉鼎译,北京:商务印书馆,2010年。

[88][德]汉斯-格奥尔格·伽达默尔:《真理与方法——哲学诠释学的基本特征》,洪汉鼎译,北京:商务印书馆,2010年。

[89][德]赫尔曼·施密茨:《无穷尽的对象:哲学的基本特征》,庞学铨、冯芳等译,上海:上海人民出版社,2020年。

[90][德]赫尔曼·施密茨:《新现象学》,庞学铨、李张林译,上海:上海译文出版社,1997年。

[91]洪汉鼎主编:《理解与解释——诠释学经典文选》,北京:东方出版社,2001年。

[92]黄寿祺、张善文译注:《周易译注》,上海:上海古籍出版社,2007年。

[93]黄宗羲:《黄宗羲全集(第一册)》,吴光主编,杭州:浙江古籍出版社,1985年。

[94][法]吉尔·利波维茨基著:《责任的落寞:新民主时期的无痛伦理观》,倪复生、方仁杰译,北京:中国人民大学出版社,2007年。

[95]蒋述卓、刘绍瑾:《古今对话中的中国古典文艺美学》,广州:暨南大学出版社,2012年。

[96]蒋原伦、史建主编:《溢出的都市》,桂林:广西师范大学出版社,2004年。

[97][清]焦循撰:《孟子正义》,沈文倬点校,北京:中华书局,1987年。

[98][美]凯瑟琳·海勒:《我们何以成为后人类:文学、信息科学和控

制论中的虚拟身体》,刘宇清译,北京:北京大学出版社,2017 年。

[99][苏]康·帕乌斯托夫斯基:《面向秋野》,张铁夫译,长沙:湖南文艺出版社,1992 年。

[100][德]康德:《纯粹理性批判》,邓晓芒译,杨祖陶校,北京:人民出版社,2017 年。

[101]孔颖达等正义:《毛诗正义》,上海:上海古籍出版社,1990 年。

[102][澳]莱昂哈德·亚当:《原始艺术》,李修建、庄振富、向芳译,北京:文化艺术出版社,2022 年。

[103][美]勒内·韦勒克、[美]奥斯汀·沃伦:《文学理论》,刘象愚等译,南京:江苏教育出版社,2005 年。

[104][英]雷蒙·威廉斯:《关键词:文化与社会的词汇》,刘建基译,北京:生活·读书·新知三联书店,2005 年。

[105][宋]黎靖德编:《朱子语类》,王星贤点校,北京:中华书局,1986 年。

[106]李国山:《语言批判与形而上学》,北京:商务印书馆,2014 年。

[107][明]李开先:《李开先全集》,卜键笺校,上海:上海古籍出版社,2014 年。

[108]李春青、赵勇:《反思文艺学》,北京:北京师范大学出版社,2009 年。

[109]李春青:《在儒学与诗学之间》,长春:吉林大学出版社,2015 年。

[110]李春青等:《20 世纪中国古代文论研究史》,济南:山东教育出版社,2008 年。

[111]李三虎:《技术间性论》,广州:广州出版社,2017 年。

[112]李西建、金惠敏主编:《美学麦克卢汉:媒介研究新维度论集》,北京:商务印书馆,2017 年。

[113]李西建等:《守持与创造——文学理论的知识生产与创新》,北京:人民出版社,2018 年。

[114][唐]李延寿撰:《北史》,北京:中华书局,1974 年。

[115][清]李渔:《闲情偶寄译注》,孙敏强译注,上海:上海古籍出版社,2019 年。

[116]李长中:《文学文本基本问题研究》,北京:中央民族大学出版社,2012 年。

[117][美]理查德·E.帕尔默:《诠释学》,潘德荣译,北京:商务印书馆,2014年。

[118][美]理查德·L.安德森:《艺术人类学导论》,李修建、庄振富、王嘉琪译,北京:文化艺术出版社,2023年。

[119][美]理查德·鲍曼:《作为表演的口头艺术》,杨利慧、安德明译,桂林:广西师范大学出版社,2008年。

[120][美]理查德·罗蒂:《偶然、反讽与团结》,徐文瑞译,北京:商务印书馆,2003年。

[121][美]理查德·罗蒂:《后形而上学希望》,张国清译,上海:上海译文出版社,2009年。

[122][美]理查德·舒斯特曼:《身体意识与身体美学》,程相占译,北京:商务印书馆,2011年。

[123][美]理查德·舒斯特曼:《实用主义美学——生活之美,艺术之思》,彭锋译,北京:商务印书馆,2002年。

[124]梁启超:《饮冰室文集点校》,吴松、卢云昆、王文光、段炳昌点校,昆明:云南教育出版社,2001年。

[125][美]林文刚编:《媒介环境学:思想沿革与多维视野》,何道宽译,北京:中国大百科全书出版社,2019年。

[126][清]刘大櫆:《刘大櫆集》,吴孟复标点,上海:上海古籍出版社,1990年。

[127]刘明今:《中国古代文学理论体系:方法论》,上海:复旦大学出版社,2000年。

[128]刘润清编著:《西方语言学流派》,北京:外语教学与研究出版社,2013年。

[129]刘师培:《刘师培清儒得失论》,长春:吉林人民出版社,2012年。

[130][南朝梁]刘勰:《增订文心雕龙校注》,黄叔琳注,李详补注,杨明照校注拾遗,北京:中华书局,2012年。

[131]刘旭光:《实践存在论的艺术哲学》,苏州:苏州大学出版社,2008年。

[132]刘阳:《事件思想史》,上海:华东师范大学出版社,2021年。

[133]刘永谋、李曈:《元宇宙陷阱》,北京:电子工业出版社,2022年。

[134][唐]刘禹锡:《刘禹锡集》,《刘禹锡集》整理组点校,卞孝萱校订,北京:中华书局,1990 年。

[135]刘悦笛:《生活美学与艺术经验——审美即生活,艺术即经验》,南京:南京出版社,2007 年。

[136][美]鲁道夫·阿恩海姆:《艺术与视知觉》,滕守尧译,成都:四川人民出版社,2019 年。

[137][加]罗伯特·洛根:《理解新媒介——延伸麦克卢汉》,何道宽译,上海:复旦大学出版社,2012 年。

[138]罗根泽:《中国文学批评史》,北京:商务印书馆,2015 年。

[139][法]罗兰·巴尔特:《符号学历险》,李幼蒸译,北京:中国人民大学出版社,2008 年。

[140][法]罗兰·巴特:《文之悦》,屠友祥译,上海:上海人民出版社,2016 年。

[141]骆冬青:《文艺之敌》,北京:商务印书馆,2017 年。

[142][英]罗素:《西方哲学史》,何兆武、李约瑟译,北京:商务印书馆,2015 年。

[143]吕微:《民俗学:一门伟大的学科——从学术反思到实践科学的历史与逻辑研究》,北京:中国社会科学出版社,2015 年。

[144]马大康:《诗性语言研究》,北京:中国社会科学出版社,2005 年。

[145]马大康:《文学活动论》,杭州:浙江大学出版社,2012 年。

[146][德]马丁·海德格尔:《荷尔德林和诗的本质》,见孙周兴选编:《海德格尔选集(上)》,上海:生活·读书·新知三联书店,1996 年。

[147][德]马丁·海德格尔:《路标》,孙周兴译,北京:商务印书馆,2000 年。

[148][德]马丁·海德格尔:《林中路》,孙周兴译,上海:上海译文出版社,2014 年。

[149][德]马丁·海德格尔:《在通向语言的途中》,孙周兴译,北京:商务印书馆,2015 年。

[150]马季主编:《21 世纪网络文学排行榜》,南昌:百花洲文艺出版社,2010 年。

[151][美]玛丽-劳尔·瑞安:《跨媒介叙事》,张新军等译,成都:四川大学出版社,2019 年。

[152][英]迈克尔·波兰尼:《个人知识:朝向后批判哲学》,徐陶译,上海:上海人民出版社,2017年。

[153][美]迈克尔·弗雷德:《艺术与物性——论文与评论集》,张晓剑、沈语冰译,南京:江苏美术出版社,2013年。

[154][美]迈克斯·泰格马克:《生命3.0:人工智能时代人类的进化与重生》,汪婕舒译,杭州:浙江教育出版社,2018年。

[155][清]冒辟疆著辑:《冒辟疆全集》,万久富、丁富生主编,南京:凤凰出版社,2014年。

[156][美]梅拉妮·米歇尔:《AI3.0》,王飞跃等译,成都:四川科学技术出版社,2021年。

[157][法]米盖尔·杜夫海纳:《美学与哲学》,孙非译,北京:中国社会科学出版社,1985年。

[158][俄]米哈伊尔·巴赫金:《巴赫金全集》第二卷《周边集》,李辉凡等译,石家庄:河北教育出版社,1998年。

[159][俄]米哈伊尔·巴赫金:《巴赫金全集》第四卷《文本 对话与人文》,白春仁等译,石家庄:河北教育出版社,1998年。

[160][法]米歇尔·福柯:《什么是批判:福柯文选Ⅱ》,汪民安编,北京:北京大学出版社,2016年。

[161][法]米歇尔·福柯:《疯癫与文明:理性时代的疯癫史》,刘北成、杨远婴译,北京:生活·读书·新知三联书店,2015年。

[162][法]米歇尔·福柯:《知识考古学》,谢强、马月译,北京:生活·读书·新知三联书店,2007年。

[163][法]莫里斯·梅洛-庞蒂:《可见的与不可见的》,罗国祥译,北京:商务印书馆,2016年。

[164][法]莫里斯·梅洛-庞蒂:《眼与心》,杨大春译,北京:商务印书馆,2007年。

[165][法]莫里斯·梅洛-庞蒂:《哲学赞词》,杨大春译,北京:商务印书馆,2000年。

[166][法]莫里斯·梅洛-庞蒂:《知觉现象学》,姜志辉译,北京:商务印书馆,2001年。

[167]莫言:《食草家族》,上海:上海文艺出版社,2012年。

[168][美]纳尔逊·古德曼:《构造世界的多种方式》,姬志闯译,伯泉

校，上海：上海译文出版社，2008 年。

[169]南帆：《本土的话语》，济南：山东友谊出版社，2005 年。

[170]南帆：《表述与意义生产》，北京：人民出版社，2014 年。

[171]南帆：《文学理论十讲》，福州：福建教育出版社，2018 年。

[172]南帆：《无名的能量》，福州：福建教育出版社，2019 年。

[173][法]尼古拉斯・伯瑞奥德：《关系美学》，黄建宏译，北京：金城出版社，2013 年。

[174][美]尼古拉斯・卡尔：《浅薄：互联网如何毒化了我们的大脑》，刘纯毅译，北京：中信出版社，2010 年。

[175][加]诺思洛普・弗莱：《诺思洛普・弗莱文论选集》，吴持哲编，北京：中国社会科学出版社，1997 年。

[176][加]诺思洛普・弗莱：《批评的剖析》，陈慧、袁宪军、吴伟仁译，天津：百花文艺出版社，1998 年。

[177]欧阳灿灿：《当代欧美身体研究批评》，北京：中国社会科学出版社，2015 年。

[178]欧阳友权：《网络文艺学探析》，北京：中国社会科学出版社，2018 年。

[179]彭富春主编：《美学》，武汉：武汉大学出版社，2005 年。

[180]彭启福：《理解、解释与文化——诠释学方法论及其应用研究》，北京：人民出版社，2017 年。

[181]钱翰：《二十世纪法国先锋文学理论和批评的"文本"概念研究》，北京：北京大学出版社，2015 年。

[182][美]乔纳森・卡勒：《结构主义诗学》，盛宁译，北京：中国人民大学出版社，2018 年。

[183][美]乔纳森・卡勒：《理论中的文学》，徐亮等译，上海：华东师范大学出版社，2019 年。

[184][美]乔纳森・卡勒：《文学理论入门》，李平译，南京：译林出版社，2013 年。

[185][美]乔治・J. E. 格雷西亚：《文本性理论：逻辑与认识论》，汪信砚、李志译，北京：人民出版社，2009 年。

[186][美]乔治・桑塔耶纳：《美感——美学大纲》，缪灵珠译，北京：中国社会科学出版社，1982 年。

[187][英]乔治·扎卡达基斯:《人类的终极命运:从旧石器时代到人工智能的未来》,陈朝译,北京:中信出版社,2017年。

[188][美]乔治·萨顿:《文艺复兴时期的科学观(上)》,郑诚、郑方磊、袁媛译,上海:上海交通大学出版社,2007年。

[189][法]让-保尔·萨特:《什么是文学?》,施康强译,北京:人民文学出版社,2018年。

[190][法]让-保罗·萨特:《存在主义是一种人道主义》,周煦良、汤永宽译,上海:上海译文出版社,1988年。

[191]任蠡甫、胡经之主编:《西方文艺理论名著选编(上卷)》,北京:北京大学出版社,1985年。

[192]任鹏:《中国美学通史》第二卷《汉代卷》,南京:江苏人民出版社,2021年。

[193][清]阮元校刻:《十三经注疏》,北京:中华书局,2009年。

[194][日]桑原武夫:《文学序说》,孙歌译,北京:生活·读书·新知三联书店,1991年。

[195][古希腊]色诺芬:《回忆苏格拉底》,吴永泉译,北京:商务印书馆,1984年。

[196][德]施勒格尔:《雅典娜神殿断片集》,李伯杰译,北京:生活·读书·新知三联书店,2003年。

[197][清]石涛:《石涛画语录》,窦亚杰编注,杭州:西泠印社出版社,2006年。

[198][法]斯达尔夫人:《论文学》,徐继曾译,北京:人民文学出版社,1986年。

[199][斯洛文尼亚]斯拉沃热·齐泽克:《事件》,王师译,上海:上海文艺出版社,2016年。

[200][美]斯坦利·费什:《读者反应批评:理论与实践》,文楚安译,北京:中国社会科学出版社,1998年。

[201][英]斯图尔特·霍尔编:《表征:文化表征与意指实践》,徐亮、陆兴华译,北京:商务印书馆,2013年。

[202]宋一苇:《审美视界》,沈阳:辽宁大学出版社,2002年。

[203]宋友文:《历史主义与现代价值危机》,北京:人民出版社,2012年。

[204][美]苏珊·朗格:《艺术问题》,滕守尧译,南京:南京出版社,2006年。

[205]孙焘:《中国美学通史》第一卷《先秦卷》,南京:江苏人民出版社,2021年。

[206]孙伟平:《事实与价值——休谟问题及其解决尝试》,北京:中国社会科学出版社,2000年。

[207]孙晓霞:《艺术语境研究》,北京:中国社会科学出版社,2013年。

[208]孙周兴选编:《海德格尔选集》,上海:生活·读书·新知三联书店,1996年。

[209][美]索尔·克里普克:《命名与必然性》,梅文译,涂纪亮、朱水林校,上海:上海译文出版社,2005年。

[210]单小曦:《媒介与文学:媒介文艺学引论》,北京:商务印书馆,2015年。

[211]申丹、王丽亚:《西方叙事学:经典与后经典》,北京:北京大学出版社,2010年。

[212]汤凌云:《中国美学通史》第四卷《隋唐五代卷》,南京:江苏人民出版社,2021年。

[213]唐圭璋编:《词话丛编》,北京:中华书局,2005年。

[214]陶东风:《文学理论与公共言说》,北京:中国社会科学出版社,2012年。

[215][英]特雷·伊格尔顿:《二十世纪西方文学理论》,伍晓明译,北京:北京大学出版社,2007年。

[216][英]特里·伊格尔顿:《美学意识形态》,王杰、付德根、麦永雄译,北京:中央编译出版社,2013年。

[217][英]特里·伊格尔顿:《文学事件》,阴志科译,郑州:河南大学出版社,2015年。

[218][美]梯利:《西方哲学史》,葛力译,北京:商务印书馆,2015年。

[219]田辰山:《中国辩证法:从〈易经〉到马克思主义》,北京:中国人民大学出版社,2016年。

[220]田义勇:《审美体验的重建——文论体系的观念奠基》,上海:复旦大学出版社,2010年。

[221][英]托·斯·艾略特:《艾略特文学论文集》,李赋宁译注,南昌:

百花洲文艺出版社，1994 年。

[222][美]托马斯·库恩：《科学革命的结构》，金吾伦、胡新和译，北京：北京大学出版社，2012 年。

[223][德]瓦尔特·本雅明：《写作与救赎——本雅明文选》，李茂增、苏仲乐译，上海：东方出版中心，2017 年。

[224]汪曾祺：《汪曾祺全集》，北京：人民文学出版社，2019 年。

[225]汪民安：《谁是罗兰·巴特》，南京：江苏人民出版社，2015 年。

[226]汪民安、郭晓彦主编：《事件哲学》，南京：江苏人民出版社，2017 年。

[227]汪正龙：《文学意义研究》，南京：南京大学出版社，2002 年。

[228]汪正龙、张瑜：《语言转向视野下的文学理论问题重估研究》，北京：中国社会科学出版社，2019 年。

[229]王葆心：《古文辞通义》，见王水照编：《历代文话（第八册）》，上海：复旦大学出版社，2007 年。

[230][魏]王弼注：《老子道德经注校释》，楼宇烈校释，北京：中华书局，2008 年。

[231]王大桥：《文学人类学的中国进路与问题研究》，北京：中国社会科学出版社，2014 年。

[232]王德峰：《艺术哲学》，上海：复旦大学出版社，2015 年。

[233]王德胜：《视像与快感》，合肥：安徽教育出版社，2008 年。

[234]王德岩：《意境的诞生——以体验方式为中心的美学考察》，北京：中国传媒大学出版社，2017 年。

[235][清]王夫之：《姜斋诗话笺注》，戴鸿森笺注，上海：上海古籍出版社，2012 年。

[236][明]王季重：《王季重集》，任远点校，杭州：浙江古籍出版社，2012 年。

[237]王建华、周明强、盛爱萍：《现代汉语语境研究》，杭州：浙江大学出版社，2002 年。

[238]王杰主编：《马克思主义美学研究（第 9 辑）》，北京：中央编译出版社，2006 年。

[239]王杰文：《表演研究：口头艺术的诗学与社会学》，北京：学苑出版社，2016 年。

[240][明]王世贞:《艺苑卮言》,陆洁栋、周明初批注,南京:凤凰出版社,2009 年。

[241]王伟:《文学理论的重构》,上海:上海三联书店,2017 年。

[242]王晓华:《身体美学导论》,北京:中国社会科学出版社,2016 年。

[243]王妍、张大勇:《模仿与虚拟:技术现象学视域下的文艺理论基本问题研究》,北京:中国社会科学出版社,2021 年。

[244]王一川主编:《新编美学教程》,上海:复旦大学出版社,2007 年。

[245]王元骧:《审美:向人回归》,杭州:浙江大学出版社,2015 年。

[246]王元骧:《文学的真谛——王元骧文艺学文选》,济南:山东文艺出版社,2021 年。

[247]王治河:《扑朔迷离的游戏——后现代哲学思潮研究》,北京:社会科学文献出版社,1998 年。

[248][意]维柯:《新科学》,朱光潜译,北京:商务印书馆,1989 年。

[249]魏屹东:《语境论与科学哲学的重建》,北京:北京师范大学出版社,2012 年。

[250][德]沃尔夫冈·伊瑟尔:《阅读活动——审美反应理论》,金元浦、周宁译,北京:中国社会科学出版社,1991 年。

[251][德]沃尔夫冈·伊瑟尔:《怎样做理论》,朱刚、谷婷婷、潘玉莎译,南京:南京大学出版社,2008 年。

[252][英]沃尔特·佩特:《文艺复兴:艺术与诗的研究》,张岩冰译,桂林:广西师范大学出版社,2000 年。

[253][美]沃尔特·翁:《口语文化与书面文化:语词的技术化》,何道宽译,北京:北京大学出版社,2008 年。

[254][波]沃拉德斯拉维·塔塔科维兹:《中世纪美学》,褚朔维等译,北京:中国社会科学出版社,1991 年。

[255]吴昊:《文学语境意义生成机制研究》,北京:中国社会科学出版社,2021 年。

[256][日]西川直子:《克里斯托娃:多元逻辑》,王青、陈虎译,石家庄:河北教育出版社,2002 年。

[257][美]西恩·贝洛克:《具身认知:身体如何影响思维和行为》,李盼译,北京:机械工业出版社,2016 年。

[258][美]希拉里·普特南:《事实与价值二分法的崩溃》,应奇译,北

京:东方出版社,2006年。

[259]夏静:《文气话语形态研究》,北京:商务印书馆,2014年。

[260]肖明华:《作为学科的文学理论:当代文艺学学科反思问题研究》,北京:北京师范大学出版社,2019年。

[261]谢嘉幸:《音乐的“语境”——一种音乐解释学的视域》,上海:上海音乐学院出版社,2005年。

[262]谢龙新:《文学叙事与言语行为》,北京:中国社会科学出版社,2017年。

[263]谢有顺:《成为小说家》,太原:北岳文艺出版社,2018年。

[264]邢建昌:《理论是什么——文学理论反思研究》,北京:人民出版社,2011年。

[265][明]许学夷:《诗源辨体》,杜维沫校点,北京:人民文学出版社,2001年。

[266]徐英瑾:《语境建模》,上海:复旦大学出版社,2015年。

[267]徐为民:《语言之说》,北京:中国社会科学出版社,2007年。

[268][俄]维克托·什克洛夫斯基等:《俄国形式主义文论选》,方珊等译,北京:生活·读书·新知三联书店,1989年。

[269][德]沃尔夫冈·韦尔施:《重构美学》,陆扬、张岩冰译,上海:上海译文出版社,2002年。

[270][古希腊]亚里士多德:《工具论》,刘叶涛等译,上海:上海人民出版社,2018年。

[271][古希腊]亚里士多德:《诗学》,陈中梅译注,北京:商务印书馆,1996年。

[272]阎嘉:《在真实与幻象之间:美学与艺术论集》,北京:科学出版社,2020年。

[273][德]扬·阿斯曼:《文化记忆:早期高级文化中的文字、回忆和政治身份》,金寿福、黄晓晨译,北京:北京大学出版社,2015年。

[274]杨伯峻译注:《论语译注》,北京:中华书局,1980年。

[275]杨春时:《审美是自由的生存方式——杨春时美学文选》,济南:山东文艺出版社,2020年。

[276]杨春时:《走向后实践美学》,合肥:安徽教育出版社,2008年。

[277]杨明照撰:《抱朴子外篇校笺》,北京:中华书局,1997年。

[278][元]杨瑀、孔齐撰:《山居新语 至正直记》,李梦生、庄葳、郭群一校点,上海:上海古籍出版社,2012 年。

[279]姚文放:《从形式主义到历史主义:晚近文学理论"向外转"的深层机理探究》,北京:北京大学出版社,2017 年。

[280]叶朗:《中国美学史大纲》,上海:上海人民出版社,2006 年。

[281]叶朗:《意象照亮人生——叶朗自选集》,北京:首都师范大学出版社,2011 年。

[282]叶维廉:《中国诗学》,北京:生活·读书·新知三联书店,1992 年。

[283][清]叶燮:《原诗笺注》,蒋寅笺注,上海:上海古籍出版社,2014 年。

[284][意]伊塔洛·卡尔维诺:《文字世界和非文字世界》,王建全译,南京:译林出版社,2018 年。

[285]阴志科:《回归古典:新世纪伊格尔顿文论研究》,北京:中国社会科学出版社,2019 年。

[286][德]于尔根·哈贝马斯:《后形而上学思想》,曹卫东、付德根译,南京:译林出版社,2012 年。

[287]俞平伯:《读词偶得 清真词释》,南京:江苏文艺出版社,2010 年。

[288]余祖坤编:《历代文话续编》,南京:凤凰出版社,2013 年。

[289]郁沅、张明高编选:《魏晋南北朝文论选》,北京:人民文学出版社,1999 年。

[290][明]袁宏道:《袁宏道集笺校》,钱伯城笺校,上海:上海古籍出版社,2008 年。

[291]袁文丽:《中国古代文论的生命化批评》,广州:暨南大学出版社,2016 年。

[292][美]约翰·D. 卡普托:《真理》,贝小戎译,上海:上海文艺出版社,2016 年。

[293][美]约翰·杜翰姆·彼得斯:《对空言说:传播的观念史》,邓建国译,上海:上海译文出版社,2017 年。

[294][美]约翰·杜威:《艺术即经验》,高建平译,北京:商务印书馆,2010 年。

[295][美]约翰·费斯克:《理解大众文化》,王晓珏、宋伟杰译,北京:

中央编译出版社,2001年。

[296][美]约翰·凯奇:《沉默》,李静滢译,桂林:漓江出版社,2013年。

[297][英]约翰·斯道雷:《文化理论与大众文化导论》,常江译,北京:北京大学出版社,2019年。

[298][美]约书亚·梅罗维茨:《消失的地域:电子媒介对社会行为的影响》,肖志军译,北京:清华大学出版社,2002年。

[299][美]詹明信:《晚期资本主义的文化逻辑:詹明信批评理论文选》,张旭东编,陈清侨等译,北京:生活·读书·新知三联书店,1997年。

[300]詹锳:《詹锳全集·语言文学与心理学论集》,石家庄:河北教育出版社,2016年。

[301]张大为:《理论的文化意志——当下中国文艺学的"元理论"反思》,天津:天津社会科学院出版社,2009年。

[302]张法:《中国美学史》,成都:四川人民出版社,2021年。

[303]张方:《虚实掩映之间》,南昌:百花洲文艺出版社,2017年。

[304]张剑:《宋代文学与文献考论》,杭州:浙江古籍出版社,2022年。

[305]张进:《活态文化与物性的诗学》,北京:人民出版社,2014年。

[306]张进:《历史诗学通论》,广州:暨南大学出版社,2013年。

[307]张进:《文学理论通论》,北京:人民出版社,2014年。

[308]张京媛主编:《新历史主义与文学批评》,北京:北京大学出版社,1993年。

[309]张晶:《艺术美学论》,北京:中国文联出版社,2012年。

[310]张少康、刘三富:《中国文学理论批评发展史》,北京:北京大学出版社,2000年。

[311]张世英:《美在自由——中欧美学思想比较研究》,北京:人民出版社,2012年。

[312]张永刚:《文学理论的实践视域》,昆明:云南大学出版社,2016年。

[313]张瑜:《文学言语行为论研究》,上海:学林出版社,2009年。

[314]赵树功:《气与中国文学理论体系构建》,北京:人民出版社,2012年。

[315]赵汀阳:《第一哲学的支点》,北京:生活·读书·新知三联书店,

2017 年。

[316]赵毅衡:《文学符号学》,北京:中国文联出版公司,1990 年。

[317]赵毅衡编选:《"新批评"文集》,天津:百花文艺出版社,2001 年。

[318]赵毅衡:《形式之谜》,上海:复旦大学出版社,2016 年。

[319]赵毅衡:《哲学符号学:意义世界的形成》,成都:四川大学出版社,2017 年。

[320]赵勇:《走向批判诗学:理论与实践》,杭州:浙江工商大学出版社,2022 年。

[321][汉]郑玄注,[唐]孔颖达疏:《礼记正义》,《十三经注疏》整理委员会整理,李学勤主编,北京:北京大学出版社,1999 年。

[322]中共中央马克思恩格斯列宁斯大林著作编译局编译:《马克思恩格斯文集(第 1 卷)》,北京:人民出版社,2009 年。

[323]周宪:《美学是什么》,北京:北京大学出版社,2016 年。

[324]周宪:《审美现代性批判》,北京:商务印书馆,2005 年。

[325]周宪:《视觉文化的转向》,北京:北京大学出版社,2008 年。

[326]周宪主编:《视觉文化读本》,南京:南京大学出版社,2013 年。

[327]周宪:《文学理论:从现代到后现代》,北京:生活·读书·新知三联书店,2023 年。

[328]周志强:《寓言论批评:当代中国文学与文化研究论纲》,北京:北京大学出版社,2020 年。

[329][美]朱迪斯·巴特勒:《性别麻烦:女性主义与身份的颠覆》,宋素凤译,上海:上海三联书店,2009 年。

[330]朱光潜:《我与文学及其他 谈文学》,北京:中华书局,2012 年。

[331]朱全国:《文学隐喻研究》,北京:中国社会科学出版社,2011 年。

[332]宗白华:《美学散步》,上海:上海人民出版社,2015 年。

[333]中国戏曲研究院编:《中国古典戏曲论著集成(四)》,北京:中国戏剧出版社,1982 年。

## 二、中文文献(期刊论文类)

[1][美]L. 斯蒂芬斯:《关于人工智能的思考》,程炼译,载《哲学译丛》,1988 年第 1 期。

[2]巴莫曲布嫫:《叙事语境与演述场域——以诺苏彝族的口头论辩和

史诗传统为例》,载《文学评论》,2004 年第 1 期。

[3][以色列]本-阿米・沙尔夫斯泰因:《美学理论中的共同人性》,刘翔宇译,李修建校,载《民族艺术》,2016 年第 4 期。

[4]操奇:《底线生命伦理证成的可能性:生命间性论》,载《自然辩证法研究》,2014 年第 4 期。

[5]朝戈金:《口头诗学》,载《民间文化论坛》,2018 年第 6 期。

[6]朝戈金:《口头诗学的文本观》,载《文学遗产》,2022 年第 3 期。

[7]朝戈金:《论口头文学的接受》,载《文学评论》,2022 年第 4 期。

[8]陈新汉:《价值判断的机制》,载《天津社会科学》,1994 年第 1 期。

[9]程金城、乔雪:《文学人类学批评范式转换的理论背景和语境探赜》,载《兰州大学学报(社会科学版)》,2021 年第 3 期。

[10][美]丹尼尔・唐伯斯基:《美因人而异吗? ——过程哲学家哈茨霍恩对审美相对主义的质疑》,康敏、彭雅琦译,载《江苏社会科学》,2015 年第 4 期。

[11]邓京力:《语境与历史之间——作为解释模式与方法论前提的历史语境理论》,载《天津社会科学》,2013 年第 2 期。

[12]董志刚:《文学本质的情境主义阐释》,载《文艺争鸣》,2016 年第 10 期。

[13][荷兰]范丹姆:《审美人类学导论》,向丽译,载《民族艺术》,2013 年第 3 期。

[14]冯黎明:《论文学话语与语境的关系》,载《文艺研究》,2002 年第 6 期。

[15]高楠:《语境与心态:论孟繁华的文学批评》,载《南方文坛》,2002 年第 5 期。

[16]高楠:《批评自主性的语境规定》,载《当代作家评论》,2010 年第 2 期。

[17]高楠:《文学作品意义的关系属性》,载《中国社会科学》,2017 年第 5 期。

[18]谷鹏飞:《文本的死亡与作品的复活——"新文本主义"文学观念及其方法意义》,载《文学评论》,2014 年第 4 期。

[19]顾明栋:《文气论的现代诠释与美学重构》,载《清华大学学报(哲学社会科学版)》,2014 年第 1 期。

[20]郭洪水:《“存在-时间”、“技术-时间”与时间技术的现代演变》,载《哲学研究》,2015 年第 7 期。

[21]郭西安:《作者、文本与语境:当代汉学对“知人论世”观的方法论省思》,载《中国比较文学》,2018 年第 1 期。

[22]郭昭第:《从本质主义到反本质主义:艺术本质论的终结及其反思》,载《当代文坛》,2011 年第 2 期。

[23]郭勇健:《关系主义的艺术作品本体论》,载《浙江大学学报(人文社会科学版)》,2021 年第 6 期。

[24][美]海登·怀特:《历史解释中的形式主义与情境主义策略》,黄红霞译,载《东南学术》,2005 年第 3 期。

[25]韩彩英:《语境本质论》,载《自然辩证法通讯》,2004 年第 5 期。

[26]韩加明:《试论语境的范围和作用》,载《杭州大学学报(哲学社会科学版)》,1997 年第 4 期。

[27]韩巍、赵晓彬:《雅可布逊诗学视野下的文本-语境关系论》,载《解放军外国语学院学报》,2011 年第 5 期。

[28]何静:《生成的主体间性:一种参与式的意义建构进路》,载《哲学动态》,2017 年第 2 期。

[29]和少英、姚伟:《中医人类学视野下的具身性与多重世界》,载《思想战线》,2020 年第 2 期。

[30]胡霞、黄华新:《语境研究的嬗变》,载《华中科技大学学报(社会科学版)》,2004 年第 2 期。

[31]江怡:《语境与意义》,载《科学技术哲学研究》,2011 年第 2 期。

[32]蒋建国:《元宇宙:同质化体验与文化幻象》,载《阅江学刊》,2022 年第 1 期。

[33][法]杰洛姆·波雷:《艺术与痛苦》,尹航译,见教育部普通高校人文社会科学重点研究基地山东大学文艺研究中心编:《文艺美学研究(第 5 辑)》,济南:山东大学出版社,2011 年。

[34]金延:《客观性:难以逾越的哲学问题》,载《厦门大学学报(哲学社会科学版)》,2006 年第 1 期。

[35]寇鹏程:《“文学感受”与文学理论》,载《首都师范大学学报(社会科学版)》,2005 年第 3 期。

[36]黎杨全、梁靖羚:《从实体论到间性论:网络时代文学活动范式的

转型》，载《中州学刊》，2020 年第 3 期。

[37]李波：《审美情境与美感——美感的人类学分析》，复旦大学博士学位论文，2005 年。

[38]李承贵：《“知人论世”：作为一种解释学命题的考察》，载《齐鲁学刊》，2013 年第 1 期。

[39]李春青、史钰：《徘徊于理论与历史之间——中国当代文学理论研究路径讨论之一》，载《山东师范大学学报（人文社会科学版）》，2012 年第 5 期。

[40]李春青：《对文学理论学科性的反思》，载《文艺争鸣》，2001 年第 3 期。

[41]李贵苍、李玲梅：《语境化：西方文学批评的发展脉络》，载《山东外语教学》，2013 年第 3 期。

[42]李国华：《“语境”的介入——略论将语境问题引入美学研究中的可行性》，载《天府新论》，2004 年第 4 期。

[43]李洁非：《文学事实和文学价值——批评的二元论兼论中国文学批评之偏颇》，载《文艺评论》，1991 年第 3 期。

[44]李凯、舒畅：《〈文心雕龙〉中的作品有机论》，载《四川师范大学学报（社会科学版）》，2006 年第 2 期。

[45]李章印：《对亚里士多德四因说的重新解读》，载《哲学研究》，2014 年第 6 期。

[46]刘洪强：《“一代有一代之文学”来源考》，载《求索》，2016 年第 9 期。

[47]刘焕辉：《语境是一种语义氛围》，载《修辞学习》，2007 年第 2 期。

[48]刘青海：《论唐代怨刺诗学的发展历程——以李、杜及其接受为中心》，载《文艺研究》，2017 年第 8 期。

[49]刘润坤：《人工智能取代艺术家？——从本体论视角看人工智能艺术创作》，载《民族艺术研究》，2017 年第 2 期。

[50]刘岩：《“地方”的文学表征及其意义阐释》，载《国外文学》，2022 年第 1 期。

[51]卢文超：《从物性到事性——论作为事件的艺术》，载《澳门理工学报》，2016 年第 3 期。

[52]卢文超：《是欣赏艺术，还是欣赏语境？——当代艺术的语境化倾

向及反思》,载《文艺研究》,2019 年第 11 期。

[53]路卫华:《一种新的知识论方法——谢尔在中国人民大学的报告综述》,载《哲学分析》,2017 年第 2 期。

[54]吕微:《史诗与神话——纳吉论"荷马传统中的神话范例"》,载《民俗研究》,2009 年第 4 期。

[55]马草:《人工智能与艺术终结》,载《艺术评论》,2019 年第 10 期。

[56]马汉广:《作为事件出场的文学及其当下形态》,载《文艺研究》,2017 年第 4 期。

[57]马华灵:《多元主义与相对主义:柏林与施特劳斯的思想争论》,载《学术月刊》,2014 年第 2 期。

[58]马菊玲、陈玉萍:《语境与文学文体学》,载《宁夏社会科学》,2011 年第 3 期。

[59]马俊峰:《语境、视角和方式:研究"公共性"应注意的几个问题》,载《山东社会科学》,2013 年第 7 期。

[60]马睿:《知识的语境化:观察文学理论的一种方式》,载《社会科学研究》,2011 年第 6 期。

[61]牛宏宝:《理智直观与诗性直观——柏拉图的诗哲之争》,载《北京大学学报(哲学社会科学版)》,2013 年第 1 期。

[62]庞学铨、冯芳:《新现象学对海德格尔"在世存在"思想的扬弃》,载《浙江大学学报(人文社会科学版)》,2011 年第 1 期。

[63]庞学铨:《重建日常生活经验世界——新现象学的生活世界理论管窥》,载《学术月刊》,2021 年第 1 期。

[64]彭锋:《意境与气氛——关于艺术本体论的跨文化研究》,载《北京大学学报(哲学社会科学版)》,2014 年第 4 期。

[65]彭玲、刘泽民:《"兴于诗"与"诗可以兴"辨析》,载《北京师范大学学报(社会科学版)》,2016 年第 1 期。

[66]彭文钊:《语境及语境对意境的构建与阐释》,载《中国俄语教学》,2000 年第 4 期。

[67]彭兆荣:《首届中国文学人类学研讨会综述》,载《文艺研究》,1998 年第 2 期。

[68]郄智毅:《"后理论"时代文学理论建构方式的思考》,载《求索》,2017 年第 12 期。

[69]商戈令:《间性论撮要》,载《哲学分析》,2015 年第 6 期。

[70]申丹:《语境叙事学与形式叙事学缘何相互依存》,载《江西社会科学》,2006 年第 10 期。

[71]申洁玲:《低语境交流:文学叙事交流新论》,载《外国文学研究》,2018 年第 1 期。

[72]时胜勋:《文学话语本体论:文学观念、话语分析与中国问题》,载《汉语言文学研究》,2014 年第 3 期。

[73]孙超:《俄国文艺美学中的"语境"考辨》,载《俄罗斯文艺》,2012 年第 3 期。

[74]孙文刚:《语境中的美:审美人类学的研究路径》,载《中央民族大学学报(哲学社会科学版)》,2015 年第 5 期。

[75]索引、文成伟:《从现象学的视角看虚拟现实空间中的身体临场感》,载《自然辩证法研究》,2018 年第 2 期。

[76]陶东风:《精英化-去精英化与文学经典建构机制的转换》,载《文艺研究》,2007 年第 12 期。

[77]陶东风:《文学理论知识建构中的经验事实和价值规范》,载《天津社会科学》,2006 年第 5 期。

[78]田方林:《论客观性》,载《四川大学学报(哲学社会科学版)》,2012 年第 4 期。

[79]童庆炳:《论文学语言文本的三重语境》,载《陕西师范大学学报(哲学社会科学版)》,2008 年第 5 期。

[80]童世骏:《普遍主义之种种》,载《华东师范大学学报(哲学社会科学版)》,2008 年第 6 期。

[81]妥建清、吴英文:《虚拟现实艺术中的时空维度与身体重塑》,载《思想战线》,2021 年第 6 期。

[82]汪徽、辛斌:《系统功能语言学语境理论:质疑与反思》,载《外语研究》,2017 年第 1 期。

[83]汪正龙:《语言转向与 20 世纪西方文学理论的变迁》,载《云南大学学报》,2016 年第 6 期。

[84]王大桥:《文学人类学的方法论演化及其限度》,载《文艺理论研究》,2014 年第 2 期。

[85]王杰文:《民俗研究的哲学根基——来自哲学家巴赫金的启示》,

载《天津社会科学》,2019年第5期。

[86]王齐洲:《"一代有一代之文学"文学史观的现代意义》,载《文艺研究》,2002年第6期。

[87]王熙恩:《文学公共性:话语场域与意义增殖》,载《黑龙江社会科学》,2015年第6期。

[88]王晓路、潘纯琳、肖庆华、蒋欣欣:《作为一个文学事件的诺贝尔文学奖——诺贝尔文学奖四人谈》,载《西南民族大学学报(人文社科版)》,2008年第3期。

[89]王岩:《"总体"与"断裂":构筑"可经验"的世界——文学经验生成的外部语境与内在契机》,载《文艺理论研究》,2017年第5期。

[90]王岩:《传媒文化语境下文学经验危机的美学反思》,载《中州学刊》,2016年第7期。

[91]王一川:《"理论之后"的中国文艺理论》,载《学术月刊》,2011年第11期。

[92]王元明:《马克思与萨特人的本质学说比较》,载《天津师范大学学报(社会科学版)》,2004年第5期。

[93]王元骧:《读张江〈理论中心论〉所想到的》,载《文学评论》,2017年第6期。

[94]吴昊:《20世纪西方文论中的语境思维变革》,载《湖北社会科学》,2017年第10期。

[95]吴昊:《论文学语境的复义功能》,载《理论界》,2017年第5期。

[96]吴昊:《文学语境新论》,载《渤海大学学报(哲学社会科学版)》,2011年第2期。

[97]吴昊:《语境是什么》,载《求索》,2007年第12期。

[98]吴兴明:《视野分析:建立以文学为本位的意义论》,载《文艺研究》,2015年第1期。

[99]吴兴明:《重建意义论的文学理论》,载《文艺研究》,2016年第3期。

[100]夏国军:《整体论:人类理智方法论哥白尼式的革命》,载《云梦学刊》,2017年第3期。

[101]夏宏:《生活、世界与生活世界》,载《中山大学学报(社会科学版)》,2013年第5期。

[102]向丽:《语境研究与中国美学的现代建构》,载《民族艺术研究》,2006年第6期。

[103]向丽:《人类学批评与当代艺术人类学的问题阈》,载《思想战线》,2016年第1期。

[104]辛斌:《互文性:非稳定意义和稳定意义》,载《南京师大学报(社会科学版)》,2006年第3期。

[105]胥志强:《语境方法的解释学向度》,载《民俗研究》,2015年第5期。

[106]徐慧极:《中国古代艺术体式研究》,东南大学博士学位论文,2020年。

[107]徐新建:《文学人类学的中国历程》,载《西南民族大学学报(人文社会科学版)》,2012年第12期。

[108]闫佳琦等:《元宇宙产业发展及其对传媒行业影响分析》,载《新闻与写作》,2022年第1期。

[109]杨矗:《文学性新释》,载《上海师范大学学报(哲学社会科学版)》,2010年第2期。

[110]杨春时:《后现代主义与文学本质言说之可能》,载《文艺理论研究》,2007年第1期。

[111][德]尧斯:《作为向文学挑战的文学史》,载《外国文学报道》,1987年第1期。

[112]叶舒宪:《弗莱的文学人类学思想》,载《内蒙古大学学报(人文社会科学版)》,2001年第3期。

[113]尹虎彬:《口头诗学的本文概念》,载《民族文学研究》,1998年第3期。

[114]余虹:《在事实与价值之间——文学本质论问题论纲》,载《天津社会科学》,2006年第5期。

[115]余素青:《文学话语的多语境分析》,载《江西社会科学》,2009年第7期。

[116][美]约翰·凯奇、[美]威廉·达克沃斯:《约翰凯奇谈乐录》,毕明辉译,载《音乐艺术》,2007年第2期。

[117]约翰·佩娄:《谁是语境》,榕培译,载《外语与外语教学》,1992年第6期。

[118]张春辉:《语境生成——兼评语境推导模式》,载《外国语文》,2010 年第 5 期。

[119]张昊臣:《多模态》,载《外国文学》,2020 年第 3 期。

[120]张文涛:《"文化诗学"的"诗学"含义》,载《福州大学学报(哲学社会科学版)》,2012 年第 2 期。

[121]章辉:《语境主义与当代西方文艺伦理批评》,载《西北师大学报(社会科学版)》,2020 年第 1 期。

[122]赵大军:《被"自定义"的文学——透视"文学本质"的虚构性》,载《吉林大学社会科学学报》,2008 年第 2 期。

[123]赵敦华:《为共同人性辩护》,载《复旦学报(社会科学版)》,2004 年第 6 期。

[124]赵耀:《论人工智能的双向限度与美学理论的感性回归》,载《西南民族大学学报(人文社会科学版)》,2020 第 5 期。

[125]钟丽茜:《数字交互艺术的审美特征及其局限性》,载《社会科学家》,2020 年第 4 期。

[126]周才庶:《新媒介文学景观与文学的物质性》,载《文艺理论研究》,2022 年第 1 期。

[127]朱锐:《工具、道具、元道具:人工智能艺术的技术本质及其创新能力》,载《中国文艺评论》,2022 第 5 期。

[128]朱志荣:《论中国古代艺术的南北差异》,载《湖南科技大学学报(社会科学版)》,2018 年第 6 期。

## 三、外文文献

[1]ABBS P. *The Symbolic Order: A Contemporary Reader on the Arts Debate*. London: The Falmer Press, 1989.

[2]ABRAMS M H. *The Mirror and the Lamp: Romantic Theory and the Critical Tradition*. New York: Oxford University Press, 1971.

[3]ALLAN K. *Linguistic Meaning*. London: Routledge, 1986.

[4]AREWA E O and Dundes A. Proverbs and the Ethnography of Speaking Folklore. *American Anthropologist*, 1964, 66(6):70-85.

[5]ARVIDSON J, Askander M, Bruhn J, et al. *Changing Borders: Contemporary Positions in Intermediality*. Lund: Intermedia Studies

Press, 2007.

[6]AUSTIN J L. *How to Do Things with Words*. London: Oxford University Press, 1962.

[7] AYITER E. Storyworld, gesamtkunstwerk, art ecology: creating narrative geographies in the metaverse. *Electronic Imaging*, 2016, 28 (4): 1-6.

[8] BALL G. Dylan and the Nobel. *Oral Tradition* 2007, 21 (1):14-29.

[9] BARTHES R. *The Rustle of Language*. Trans. Richard Howard. New York: Farrar Straus and Giroux, 1986.

[10] BASCOM W R. Four functions of folklore. The Journal of American *Folklore*, 1954(10):333-349.

[11] BAUDRILLARDJ. *Simulacra and Simulation*. Ann Arbor: University of Michigan Press, 1994.

[12]BAUDRILLARD J. *The Perfect Crime*. Trans. Chris Turner. London: Verso, 1996.

[13] BAUMAN R. Verbal art as performance. *American Anthropologist*, 1975, 77 (2): 290-311.

[14] BAUMAN R. *Story, Performance, and Event: Contextual Studies of Oral Narrative*. New York: Cambridge University Press, 1986.

[15]BEN-AMOS D. "Context" in context. *Western Folklore*, 1993 (04): 209-226.

[16]BENJAMIN W. *Walter Benjamin: Selected Writing, Volume* 3. Trans. Edmund Jephcott, Howard Eiland, and Others. Cambridge, MA: The Belknap Press of Harvard University Press, 2002.

[17] BENNETT J R. Contemporary critical anthologies. *College English*, 1988, 50(05): 566-571.

[18]BERNHART W. *Selected essays on intermediality by Werner Wolf* (1992—2014). Leiden: Brill, 2017.

[19] BOLTER J D and GRUSIN R. *Remediation: Understanding New Media*. Cambridge, MA: The MIT Press, 2000.

［20］BRUHN J and SCHIRRMACHER B, eds. *Intermedial Studies: An Introduction to Meaning Across Media*. London: Routledge, 2021.

［21］BüRGER P. *Theory of the Avant-Garde*, Minneapolis: University of Minnesota Press, 1984.

［22］BURKE P. Context in context. *Common knowledge*, 2022, 28(01): 11-40.

［23］CASTELLS M. *The Rise of the Network Society*. Oxford: Blackwell Publishing Ltd., 2010.

［24］CHATMAN S. What can we learn from contextualist narratology? *Poetics Today*, 1990, 11(2):309-328.

［25］CHIEL K. Intermediality in theatre and performance: Definitions, perceptions and medial relationships. *Culture, Language and Representation*,6(2008): 19-29.

［26］COLLINGWOOD R G. *The Idea of History*. New York: Oxford University Press, 2005.

［27］COMPAGNON A. *Literature, Theory and Common Sense*. Princeton: Princeton University Press, 2004.

［28］COOTE J and SHELTON A, eds. *Anthropology, Art, and Aesthetics*. New York: Oxford University Press, 1992.

［29］DASENBROCKR W, ed. *Literary Theory After Davidson*. Philadelphia: Penn State Press, 1993.

［30］DAVIDSON D. *Essays on Actions and Events*. New York: Oxford University Press, 2001.

［31］DE VET T. Context and the emerging story: Improvised performance in oral and literate societies. *Oral Tradition*, 2008, 23(1): 159-179.

［32］DICKIE G. *Evaluating Art*. Philadelphia: Temple University Press, 1988.

［33］DILLEY R. *The Problem of Context*. New York and Oxford: Berghahn Books, 1999.

［34］DOBLER T. Two conceptions of Wittgenstein's contextualism.

*Lodz Papers in Pragmatics*, 2011, 7(2): 189-204.

[35] DUNDES A. Metafolklore and oral literary criticism. *The Monist*, 1966(4): 505-516.

[36] DURANTI A and GOODWIN C. *Rethinking Context: Language as an Interactive Phenomenon*. Cambridge, UK: Cambridge University Press, 1992.

[37] DUTTON D. *The Art Instinct: Beauty, Pleasure, and Human Evolution*. New York: Bloomsbury Press, 2009.

[38] EATON M M. Kantian and contextual beauty. *The Journal of Aesthetics and Art Criticism*, 1999, 57 (1): 11-15.

[39] FENNER D E W. *Art in Context: Understanding Aesthetic Value*. Athens: Swallow Press, 2008.

[40] FIRTH R. *Elements of social organization*. London : Tavistock Publiations. 1971.

[41] FOUCAULT M. The order of discourse. Ed. *Robert Young*, *Untying the Text: A Post Structuralist Reader*. London: Routledge & Kegan Paul, 1981.

[42] GELL A. *Art and Agency: An Anthropological Theory*. Oxford: Clarendon Press, 1998.

[43] GIDENS A. *Modernity and Self-identity: Self and Society in the Late Modern Age*. Stanford: Stanford University Press, 1991.

[44] GOODWIN C. Action and embodiment within situated human interaction. *Journal of Pragmatics*, 2000, 32(10): 1489-1522.

[45] GRIFFERO T and TEDESCHINI M, eds. *Atmosphere and Aesthetics: A Plural Perspective*, London: Palgrave Macmillan, 2019.

[46] GROSSBERG L. *Bringing It All Back Home: Essays on Cultural Studies*. Durham: Duke University Press, 1997.

[47] HEIDEGGER M. *Being and Time*. Trans. John Macquarrie & Edward Robinson. Oxford: Blackwell Publishing, 1962.

[48] HERZFELD M. *Anthropology Through the Looking-Glass: Critical Ethnography in the Margins of Europe*. Cambridge, UK: Cambridge University Press, 1988.

[49]HICKS D and BEAUDRY M C, eds. *The Oxford Handbook of Material Culture Studies*. Oxford:Oxford University Press, 2010.

[50]HUME R D. *Reconstructing Contexts: The Aims and Principles of Archaeo-Historicism*. New York: Oxford University Press, 1999.

[51] HURLEY A H and GOODBLATT C, eds. *Women Editing/Editing Women: Early Modern Women Writers and the New Textualism*. Newcastle upon Tyne: Cambridge Scholars Publishing, 2009.

[52]DERRIDA J. *Positions*. Trans. Alan Bass. Chicago: University of Chicago Press, 1981.

[53]JEWITT C, BEZEMER J and O' HALLORAN K. *Introducing Multimodality*. London: Routledge, 2016.

[54]JOHNSON P and PETTIT D. *Machinima: the Art & Practice of Virtual Filmmaking*. Jefferson: McFarland, 2012.

[55]JOHNSON P. Painting Machinima in second life: Emerging aesthetics in virtual filmmaking. Ed. Denise Doyle, *New Opportunities for Artistic Practice in Virtual Worlds*. Hershey: IGI Global, 2015.

[56]JONES S. Slouching towards ethnography: the text/context controversy reconsidered. *Western Folklore* 38. 1 (1979): 42-47.

[57]KAIPAYIL J. *Relationalism: A Theory of Being. Bangalore*: JIP Publications, 2009.

[58]KAUFMANN T. *Court, Cloister, and City: The Art and Culture of Central Europe*, 1450—1800. Illinois: University of Chicago Press, 1995.

[59]KRESS G and LEEUWEN TV. *Multimodal Discourse: The Modes and Media of Contemporary Communication*. London: Arnold, 2001.

[60]KRETZMANN N, KENNY A, PINBORG J, et al. *The Cambridge History of Later Medieval Philosophy: From the Rediscovery of Aristotle to the Disintegration of Scholasticism*, 1100—1600. Cambridge, UK: Cambridge University Press,1997.

[61]KRISTEVA J. *The Kristeva Reader*. New York: Columbia University Press, 1986.

[62]KUDERA M. *Testaments Betrayed: An Essay in Nine Parts*. Trans. Linda Asher. New York: Harper Perennial, 1996.

[63]LAKOFF G and JOHNSON M. *Philosophy in the Flesh: The Embodied Mind and Its Change to Western Thought*. New York: Basic Books, 1999.

[64]LE POIDEVIN R. Egocentric and objective time. *Proceedings of the Aristotelian Society*, 1999(1):19-36.

[65]LEMAIRE A. *Jacques Lacan*. Trans. D. Macey, London: Routledge &Kegan Paul,1977.

[66]LEVINSON J, ed. *Aesthetics and Ethics: Essays at the Intersection*. New York : Cambridge University Press, 1998.

[67]LOMBARD M and DITTON T. *At the heart of it all: The concept of presence*. Journal of Computer-Mediated Communication 3. 2 (1997): JCMC321.

[68]LONERGAN B. *Method in Theology*. Toronto: University of Toronto Press, 1972.

[69]LYOTARD J. *The Postmodern Condition: A Report on Knowledge*. Trans. Geoff Bennington and Brian Massumi. Minneapolis: The University of Minnesota,1984.

[70]MALINOWSKI B. *Magic, Science and Religion and Other Essays*. Illinois: The Free Pres,1948.

[71]MARC A. *Non-place: Introduction to an Anthropology of Supermodernity*. London and New York: Verso,1995.

[72]MCROBBIE A. *The Uses of Cultural Studies: A Textbook*. London: SAGE Publications Ltd. , 2005.

[73]MILLS S. *Michel Foucault*. London: Routledge, 2003.

[74]MUMFORD L. *Technics and Civilization*. New York: Harcourt, Brace and Company, 1934.

[75]MUNRO T. *Toward Science in Aesthetics: Selected Essays*. New York: The Liberal Arts Press, 1956.

[76]OGDEN C K and RICHARDS I A, eds. *The Meaning of Meaning*. New York: Harcourt Brace Jovanovich,Inc. 1923.

[77]PHILLIPS D C. *Holistic Thought in Social Science*. Stanford: Stanford University Press , 1976.

[78]POLANYI M. The logic of tacit inference. *Philosophy*, 1966, 41(155): 1-18.

[79]POLANYI M. *The Tacit Dimension*. Chicago: The University of Chicago Press, 2009.

[80]PREYER G and PETER G, eds. *Contextualism in Philosophy: Knowledge, Meaning, and Truth*. Oxford: Clarendon Press, 2005.

[81] ROUSE J. *Knowledge and Power: Toward a Political Philosophy of Science*. Ithaca and London: Cornell University Press,1987.

[82] RUBY J. *Picturing Culture: Explorations of Film and Anthropology*. Chicago and London :University of Chicago Press,2000.

[83] SAID E W. Theproblem of textuality: Two exemplary positions. *Critical Inquiry*, 1978(4):673-714.

[84]SAINTE-BEUVE C A. *Portraits of the Eighteenth Century: Historic and Literary*. Trans. Katharine P. Wormeley. New York: G. P. Putnam's Sons, 1905.

[85]SCHARFSTEIN B. *The Dilemma of Context*. New York: New York University Press,1989.

[86]SCHLEUSENER J. Convention and the context of reading. *Critical Inquiry*, 1980, 6(4): 669-680.

[87]SCHMITS H. The felt body and embodied communication. *Yearbook for Eastern and Western Philosophy*, 2017 (2): 9-19.

[88] SCHROER S A and SCHMITT S B, eds. *Exploring Atmospheres Ethnographically*, London: Routledge, 2018.

[89]SIGG S. *Development of a Novel Context Prediction Algorithm and Analysis of Context Prediction Schemes*. Kassel: Kassel University Press, 2008.

[90]SPERBER D and WILSON D. *Relevance: Communication and Cognition*. Cambridge, MA: Harvard University Press, 1986.

[91]SPRINKER M, CLARK K and HOLQUIST M. Boundless

context: problems in bakhtin's linguistics. *Poetics Today*, 1986, 7(1): 117-128.

[92]STANFORD W B. *The Sound of Greek: Studies in the Greek Theory and Practice of Euphony*. Berkeley and Los Angeles: University of California Press, 1967.

[93]*STRAUSSL*. *The Rebirth of Classical Political Rationalism: An Introduction to the Thought of Leo Strauss*. Chicago: University of Chicago Press, 1989.

[94]TODES S. *Body and World*. Cambridge, MA: The MIT Press, 2001.

[95]VAN DIJK T A. *Discourse and Context: A Sociocognitive Approach*. Cambridge, UK: Cambridge University Press, 2008.

[96]VIRILIO P. *The Lost Dimension*. Trans. D. Moshenberg. New York:Semiotext(e),1991.

[97]WEBERMAN D. Heidegger'srelationalism. *British Journal for the History of Philosophy*, 2001(1):109-122.

[98]WELSCH W. On the universal appreciation of beauty. *International Yearbook of Aesthetics*, 2008(12):6-32.

[99]WESTPHAL B. *Geocriticism: Real and Fictional Spaces*. Trans. Robert T. Tally Jr. New York: Palgrave Macmillan, 2011.

[100]WITTGENSTEIN L. *Philosophical Investigations*. Trans. G. E. M. Anscombe. Oxford: Basil Blackwell Publishing Ltd., 1958.

[101]WOLFREYS J. *Introducing Criticism in the 21st Century*. Edinburgh: Edinburgh University Press, 2002.

[102]YOUNG K. The notion of context. *Western Folklore*, 1985, 44(2): 115-122.

[103]YOUNG M. Relevance and relationalism. *Metaphysica*, 2011 (12): 19-30.

# 后　记

自2010年起，我开始了关于“语境诗学”的思考与写作，不知不觉间已十五载。在此期间，此书历经多次修订。个中甘苦，唯有自知。在此书即将付梓之际，内心既有释然又有期待。

首先，我要向恩师金健人先生表达最深的敬意。“语境诗学”这一选题直接源自他的提议，核心在于围绕文学语境展开深入探索。在写作中，他建议我多去关注人文主义语言学的思想和口头诗学的研究成果。老师的指点让我豁然开朗，这些宝贵的见解最终也成了此书不可或缺的内容。而当我陷入困境时，他如慈父般鼓励我、帮助我，给了我无尽的勇气与力量。得遇如此良师，实乃我人生之大幸。

其次，我要感谢师兄吴时红教授。在学生时代，师兄就常常和我分享做学问的心得，手把手教我论文的写作。即便是在博士毕业逾十年之后，我就书稿撰写中遇到的棘手问题向他请教时，他仍旧慷慨地腾出宝贵的时间，不遗余力地为我提出了一两百条意见。这样亦师亦友的情谊，实属难能可贵，让我终生难忘。

再次，书稿最初对古典文论的探讨稍显薄弱，评审专家们指出需增强此部分内容。正是这些深刻而中肯的批评与建议，促使我花了大量的时间思考中国古典文论中的语境观念，从而夯实了语境诗学的理论基础，并全面重构了书稿的整体框架。在此问题上，我还得到很多老师的帮助。美学专家马正平先生建议我从南北地域和时代精神的角度来思考文学的语境问题；古典文论专家李凯先生建议我深入梳理以儒家思想为核心的文论体系，探讨文艺与社会语境的密切关系。此外，好友陈伦敦教授和李美芳教授也热情地向我推荐了与语境相关的古典文论书目，让我少走了许多弯路。在古典文献数字搜索方面，我还得到了学院王猛副院长的悉心指点。在此，对这些给予我帮助与支持的专家们、老师们表示最诚挚的感谢。是你们的智慧与付出，让这部书稿得以更加完善。

最后，要感谢安徽大学出版社李君、汪君两位老师，还要感谢《中国高校社会科学》《民族文学研究》《西南民族大学学报（人文社科版）》《学术论坛》《内蒙古社会科学》《青海社会科学》《文化与诗学》《中华文化论坛》《湖北社会科学》《社会科学动态》《海峡人文学刊》《西华师范大学学报（哲学社会科学版）》《成都理工大学学报（社会科学版）》《武陵学刊》和《文艺报》等刊发了我围绕“语境诗学”这一主题而写作的文章。

书稿虽已完成，但我深知其中难免存在诸多不完善之处，望各位专家、学者能给予宝贵的批评与指导。

**徐　杰**

**2024 年初冬于蓉**